KB269164

그리스 문화 산책

디오뉘소스의 열정에서 사포의 사랑까지

아크로폴리스(아테나이)

아크로폴리스는 '높은 도시' 라는 뜻으로 고대 그리스에서 방어를 목적으로 가장 높은 언덕 위에 만든 도시의 중심부다. 특히 아테나이의 아크로폴리스는 동서 270미터, 남북 150미터 정도의 바위투성이 언덕 위에 있으며, 서쪽 입구를 제외하고는 세 방향 모두 가파른 절벽이다. 이곳에는 성역으로 들어가는 입구인 프로필라이아, 도시의 수호신 아테나 여신의 신전인 파르테논, 전설적인 영웅 에레크테우스의 신전인 에레크테이온, 그리고 작고 정교한 아테나 니케(승리의 여신) 신전이 있다.

「메데이아」를 그린 도자기

마법사 메데이아는 황금 양털을 구하러 온 이아손을 돕고 그의 아내가 된다. 이아손이 크레온 왕의 딸 때문에 자신을 버리자 메데이아는 복수하기 위해 크레온 왕과 그 딸, 그리고 자신의 두 아들까지도 죽인다. 에우리피데스의 비극 「메데이아」에서 처음에는 충격 받은 합창단이, 다음에는 이아손이 신들에게 그토록 극악무도한 메데이아에게 복수해 달라고 호소한다. 그러나 오히려 태양의 신은 전차를 내려 보내 메데이아를 아테나이의 피난처로 태워다 준다.

사포와 알카이오스를 그린 도자기

사포는 피부가 검은 편이고 키는 작았지만 교양 있고 매력적인 여성이었다. 뮤즈의 축복을 받은 사포는 소녀들은 물론 많은 남성들의 흠모 대상이었다. 그중에서도 레스보스의 서정시인 알카이오스는 사포를 "제비꽃 같은 머리 타래를 지닌 달콤한 미소를 짓는 순수한 사포"라고 부르며 그녀를 사모했다고 한다. 사포와 알카이오스가 대화하는 모습이 그려진 이 항아리는 일반적으로 '거부당한 구혼자'의 주제를 담고 있는 것으로 여겨진다.

크노소스 유적에서 발견된 황소 머리 장식

크노소스 궁전(크레테 섬, 기원전 1500년경)

크노소스는 가장 오래된 에게 문명인 미노아 문명의 중심지다. 미노타우로스가 살고 있었다고 전해지는 라뷔린토스가 바로 이 크노소스 궁전이다. 한번 들어가면 출구를 찾을 수 없을 정도로 복잡하게 계단으로 연결되어 있는 크노소스 궁전 자체가 하나의 미로였다. 미노타우로스 전설은 황소를 숭배하던 크레테에서 왕이자 제사장인 미노스 왕이 황소 가면을 쓰고 제사를 지내는 모습을 연상시킨다. 크노소스 유적은 1900년 영국인 아서 에번스 경이 발굴했는데, 정교한 배수로와 수도관이 있었고 도시 전체가 포장도로라고 한다. 특히 궁전의 벽과 천장을 장식하는 프레스코 그림이 유명한데, 춤추는 여인, 운동하는 모습, 그리고 돌고래, 새와 같은 동식물 등 자연주의 양식이 발달했다.

에피다우로스 야외극장

연극 공연장은 관중들이 앉아서 관람할 수 있는 자연적인 좌석을 마련하기 위해 비탈진 지역에 마련됐다. 이곳을 '테아트론theatron'(관람하는 장소), 그 가운데 타원형의 바닥을 '오르케스트라orchestra'라고 한다. 연극 공연은 디오뉘시아 축제가 열리는 아테나이뿐만 아니라 그리스의 많은 지역에서 행해졌다. 아폴론의 신전이 있는 델포이와 제우스 축제가 열리는 올륌피아에서도 공연되었다. 그러나 가장 유명한 야외극장은 펠로폰네소스 반도에 있는 에피다우로스 극장이다. 이곳의 타원형 오르케스트라에서 맨 윗줄의 관객석과의 거리는 100미터 이상이지만, 바닥에 동전을 떨어뜨리면 동전 크기에 따라 그 소리가 각각 다르게 들린다.

그리스 문화 산책

디오뉘소스의 열정에서 사포의 사랑까지

정혜신

민음사

이 책을 읽는 독자에게

그리스인들은 그리스를 '헬라스', 그리고 그리스 민족을 전설상의 시조인 헬렌의 후예들이라는 뜻으로 '헬레네스'라고 불렀으며, 오늘날까지 여전히 이 명칭들을 사용하고 있다. 그리스인들은 헬레네스 이외의 이방 민족들을 'barbaroi'라고 칭했는데, 이 단어는 영어로 '바르바리언즈 barbarians'라고 번역되지만, 당시에는 '미개인들'이나 '야만인들'이라는 뜻이 아니라, 단지 이들이 그리스어를 말하지 않고 '바르바르 barbar' 같이 알아들을 수 없는 소리를 낸다는 의미였다. 그러나 그리스인들이 '바르바로이'를 '헬레네스'와 구별 짓는 것은 단지 그들이 그리스어를 말하지 않았다는 것 이상을 의미했다. 그들은 그리스적으로 살지 않았고 그리스적으로 사유하지 않았으며, 그들의 삶의 태도는 그리스인들과 완전히 달랐기 때문이다. 고도의 문명은 이집트와 바빌론에서도 발달되었었다. 그러나 이들의 문화는 실용적이고 기술적인 측면에서는 유능했는지 모르지만 지적인 영역에서는 불모지였다. 수많은 사람들이 이 세상에서의 생을 경험한 뒤 사라져 갔으며 그들의 삶은 죽음과 함께 끝이 났다. 그러나 그리스인들은 그들의 삶의 경험을 '문학'을 통해서 보존하고 확장시켜 나갔다. 물론 그리스 문화 이전에 히브리인들의 종교적인 시와 애정시 그리고 예언자들의 시와 웅변이 있었지만, 사실 진정한 의미의 문학과 학문은 그리스인들에 의해 창조되고 완성되었다고 볼 수 있다. 서사시, 비극, 희극, 문학 비평, 역사, 수사학, 인식론에서 형이상학에 이르는 모든 분야의 철학, 경제학, 정치학, 지리학, 천문학, 수학, 많은 자연과학 분야들 그리고 올림픽 같은 조직화된 체육 행사, 이 모든 것들이 그리스인들과 함께 시작되었다. 뿐만 아니라 건축, 조각, 그림에서도 그들의 탁월한 능력을 엿볼 수 있다. 플라톤이 말하듯이, 그리스인들은 다른 민족으로부터 물려받은 것조차 더 나은 것으로 변모시키는 탁월한 재능을 지녔기 때문이다. 이와 같이 그리스인들은 너무나 많은 것들을 창조해 내었을 뿐만 아니라 이것들을 오늘날까지도 찬사를 금치 못할 정도의 경지에까지 올려놓았다.

로마가 그리스를 정복했을 때 그들이 제일 먼저 한 일은 귀족들의 서가에 꽂혀 있는 책들과 예술품들을 로마로 나르는 것이었다. 피정복자인 그리스인들이 정복자의 언어를 배운 것이 아니라, 오히려 정복자인 로마인들이 그리스어를 배웠으며, 특히 귀족들에게 있어서는 그리스어 구사 능력이 필수적이었다. 모든 로마의 위대한 문학가들은 그리스 문학을 공부하는 것으로부터 시작했으며, 이네들은 열심히 그리스어를 습득하고 그리스 문학을 모방하고 연구함으로써 조야하고 거칠었던 라틴어를 아름다운 언어로 순화시킬 수 있었을 뿐만 아니라 위대한 로마 문학을 산출할 수 있었던 것이다. 로마 시인 호라티우스는 그의 시 속에서 "로마가 그리스를 정복했지만, 이 그리스가 오히려 미개한 정복자를 지배했다."(Graecia capta ferum victorem cepit.)라고 말하고 있다. 로마가 군사적, 정치적으로는 그리스를 정복했지만 문화적으로는 오히려 정복을 당했다는 뜻이다. 이것은 그리스 문화가 로마 문화에 얼마나 많은 영향을 미쳤는가를 잘 말해 주고 있다. 이와 같이 그리스 문화는 로마 문화의 모태가 되었고 다시 그리스·로마 문화는 르네상스를 통해서 현대 서양 문화의 근저를 이루며 오늘날까지 계승되고 있다.

그리스인들이 이렇게 찬란하고 위대한 문화를 이룩할 수 있었던 것은 무엇보다도 그들의 자유에 대한 사랑과 신념 때문이었다. '자유'는 그리스인들의 사고와 행동을 특징지어 준다. 새로운 것을 창조할 수 있는 자유, 시험할 수 있는 자유, 의문을 던지는 자유, 남과 다를 수 있는 자유, 자신의 의견을 주장할 수 있는 자유, 이것의 가장 위대한 산물들 중의 하나가 바로 민주주의다. 민주주의는 개인의 권리를 존중한다. 국가의 업무는 공적인 것으로 독재 군주의 사적인 영역에 속하지 않으며, 시민은 정의를 존중하는 법에 의해 다스려진다. 혹시 이 법이 '정의'를 존중하는 것까지는 아니더라도, 적어도 시민은 국가의 한 구성원으로서 정부의 원리원칙들과 법의 내용을 알 수 있었다. 반면 독재 왕정 아래서는 왕 개인의 사적인 의지가 곧 법이며 그러한 주인 아래 있는 자는 바로 노예인 것이다. 그리스인들은 왕권 아래에 있는 바르바로이는 '노예들'이며 헬레네스는 '자유민들'이라고 주장했다.

기원전 490, 480년 두 차례에 걸쳐 페르시아가 그리스를 침략해 왔다. 당시 페르시아는 흑해에서 페르시아 만까지 그리고 지중해에서 인도 끝까지 펼쳐져 있었으며 그때까지 알려진 어떤 제국보다 더 거대한 규모의 왕국을 형성하고 있었다. 조그마한 그리스가 이 거대한 페르시아 제국을 물리칠 수 있으리라고는 그리스인들 자신들도 생각하지 못했다. 그러나 그들은 최선을 다하기로 결의하고 페르시아에 맞서 대항했으며 결과는 그리스의 승리로 끝이 났다. 아이스퀼로스의 비극 「페르시아인들」에서 다리우스 왕의 부인이며 크세르크세스의 어머니인 아토사가 도대체 그리스인들이 어떤 자들이기에 이렇게 거대한 제국을 물리칠 수 있었느냐고 묻자, 페르시아의 원로들로 구성된 코러스는 "그들은 노예도 신하도 아닌 자유민입니다."라고 대답한다. 방대한 페르시아 제국은 왕권 아래에 있기 때문에 절대군주한 사람만이 자유로우며 다른 모든 사람들은 왕에게 예속된 노예에 불과한 자들이지만, 마라톤 전투와 살라미스 해전을 승리로 이끈 아테나이 사람들은 민주주의 체제 아래 어느 누구에게도 예속되지 않은 자유민들이기에, 비록 소수이지만 수많은 노예들을 물리칠 수 있었다는 것이다. 그리스의 승리는 바로 자유의 승리였던 것이다.

그리스인들의 자유로운 사고는 그들이 섬기는 신들에게도 반영되어 있다. 기독교 문화에서는 신이 그의 형상을 본따 인간을 만들었다고 하지만, 그리스 문화에서는 인간이 그의 모습을 본따 신들을 창조했다. 그들의 자유로운 상상력은 다양한 올림포스 신들을 낳았으며 그리스 신들의 자유분방함은 바로 자유를 사랑하는 그리스인들의 심리 투사이기도 하다. 더욱이 그리스 신화에서는 인간과 신은 같은 근원에서 탄생했다. 그리스인들의 시조로 알려진 헬렌은 데우칼리온의 아들이며, 데우칼리온의 아버지 프로메테우스는 제우스와는 사촌간으로 우라노스와 가이아의 손자다. 이와 같이 신과 인간은 같은 조상에서 태어났지만, 그리스인들은 자신들이 신이 아니라는 것을 알았고 인간적인 것과 신적인 것의 차이를 누구보다 더 잘 인식하고 있었다. 그리고 그들은 겸허함과 경외심을 인간의 가장 중요한 덕목들 중에 속하는 것으로 꼽고 있다. 그러나 그들은 자신들이 신이 아니라면 적어도 '인간'이기를 원했다. 여기에는 인간의 존엄성에 대한 확신이 있다. 그리스 문학의 저류에는 인간 존재의 나약함과 인간 행운의 덧없음에 대한 '비극성'이 흐르고 있지만 그럼에도 불구하고 그리스 문학은 자유 의지를 지닌 인간의 위대함을 노래했다. 그리스인들은 단순한 정치적 자유 이상을 원했던 것이다. 인간의 존엄성과 영혼의 자유를.

그리스인들은 또한 아무것도 몸에 걸치지 않은 자연 그대로의 나체를 즐김으로써 육체의 자유를 만끽했다. 소년들은 하루의 절반 이상을 목욕탕, 체육관, 무도장 등에서 완전히 발가벗은 나체로 생활했으며, 이 나체의 자유로운 향유는 '아름다움'을 관찰하고 연구하고 묘사해 낼 수 있는 기회를 제공해 주었다. 그들은 인간의 육체를 가장 아름다운 형상으로 보았고, 가장 위대한 존재인 불멸의 신들에게도 이 형상을 부여했던 것이다. 소년들이 체력을 단련하는 귐나시온에서는 소년들의 육체미와 더불어 아폴론, 헤르메스, 에로스의 나체 신상이 '아름다움'을 더 한층 상승시켜 주었다. 제우스를 찬양하는 올림픽 제전에서도 인간들은 제우스에게 바치는 최대의 예물로서 발가벗은 아름다운 육신을 드러내고 자신이 가진 능력을 최대한으로 발휘함으로써 신에게 경배했다. 에메랄드 빛 지중해를 배경으로 청명한 하늘 아래 펼쳐지는 늠름하고 건장한 젊은 청년들의 나신의 제전은 지상에 꽃핀 가장 아름다운 모습이었으며, 이것은 바로 자유의 외침이었다.

인간은 누구나 자유를 갈구한다. 자유에 대한 사고와 자유에 도달하는 방법은 다양할 수 있을 것이다. 역사를 통해서 많은 종교에서 그리고 많은 성인들이 자유에 이르는 길을 외쳤다. 그리스인들은 어떻게 자유를 추구했는지를 살펴보면서, 그리스 문화 속에 내재한 자유에 대한 갈망과 그들의 노력들을 중심으로 이 책을 엮어 보았다. 물론 여기에 포함되지 않은 많은 다른 자유를 향한 열망들이 있었겠지만, 그리스 문화·문학이 전공이 아닌 일반인들과도 함께 공유하고 싶은 것들을 나름대로 선별해 보았다. 디오뉘소스 종교에서는 '신성한 광기'를 통한 현실의 속박으로부터의 자유를 갈구했다. 또 그리스인들은 신화를 통해 무의식 속에 갇힌 인간 본성을 해방시키려 했으며, 인간들의 불행을 심오한 예술로 승화시킨 비극을 통해 카타르시스를 느꼈다. "인간은 만물의 척도다."라고 부르짖으며 무릇 인간이 이 세계의 주인임을 천명한 프로타고라스는 인간 중심의 사유를 불러일으켰다. 에피쿠로스는 '고통으로부터의 자유', '불안으로부터의 자유'를 외치면서 마음의 '평정'이 인간이 추구해야 할 참 자유임을 주장했다. 또한 그리스인들은 사랑의 영역에서도 그리스 특유의 자유로운 양성애를 구가했다. 이들은 이성에 대한 사랑뿐만 아니라 동성에 대한 사랑 또한 숭고하고 가치 있는 것으로 여겼으며 아름다운 것은 무엇이든지 사랑하는 것을 인간의 자연스러운 본능으로 받아들였다.

그리스 문화 속에 내재한 자유에 대한 갈망은 오늘을 사는 현대인들에게도 충분히 호소력을 지니고 있다. 여기 수록된 것들은 그리스 문화의 단편에 불과하지만, 고대 그리스인들의 삶의 지혜가 우리들의 삶을 살찌우는 양식이 될 수 있기를 기대해 본다. 이 책에 나오는 고유명사는 그리스어·라틴어 원명을 따르는 것을 원칙으로 하되, 이미 우리말로 토착화된 것들은 우리말 표기법을 따랐다. 그리고 본문에 인용된 그리스·로마 문헌들은 필자가 Oxford Classical Texts와 Loeb Classical Texts에 실린 그리스어·라틴어 원문에서 직접 번역한 것임을 아울러 밝히며, 특히 사포의 시를 번역하면서 아름다운 그리스 서정시의 운율을 우리말로 옮길 수 없는 것을 안타깝게 생각한다. 끝으로 원고 교정에 도움을 주신 김지현, 강대진 두 분과 편집위원들에게 감사의 마음을 전한다.

차 례

1 광란의 신 디오뉘소스

디오뉘소스 신화

디오뉘소스는 일반적으로 인간들에게 환희와 도취의 기쁨을 안겨 주는 포도주의 신으로 찬양되고 있다. 그러나 그리스인들에게 디오뉘소스는 단순히 포도주의 신만은 아니었다. 그는 나무 속의 힘, 꽃을 피우고 열매를 맺게 하는 힘으로서의 생명력과 삶의 충만함이었다. 그의 영역은 포도의 액체뿐만 아니라 어린 나무 속에서 밀어 올리는 수액, 어린 동물의 동맥 속에서 고동치는 피, 그리고 자연 속의 모든 생명 속에 흐르는 신비로운 조류를 포함한 액체로 된 모든 것이었다. 사실 전나무와 담쟁이덩굴 같은 야생의 나무, 그리고 야생 동물과의 관련이 포도나무와의 관련보다 더 오래되었다고 볼 수 있다. 이와 같이 디오뉘소스는 삶의 활력, 혈관을 통해 흐르는 피의 고동, 자연의 전율하는 흥분을 대변하는 환희와 신비의 신이다.

디오뉘소스는 또한 인간을 미치게 만들고 인간 속에 있는 동물성과 야성을 불러일으키는 광란의 신이기도 하다. 동시에 그는 숭배자들에게 신비로운 고요함과 적막감을 가져다 준다. 축복받은 환희의 신, 도취된 사랑의 신인 디오뉘소스는 또한 박해당한 신, 고통받고 죽었다가 다시 살아난 신이었으며, 그를 사랑했던 자들은 그의 비극적 운명을 함께해야 했다. 많은 시인들과 사상가들은 이 다양성 속에서 표현할 수 없는 심연의 진실을 감지했다. 디오뉘소스 속에서 우리는 동물적인 것과 숭고한 것을 향한 근본적인 충동이 경이롭게 뒤섞여 있음을 본다. 도취의 신! 광란의 신! 그의 숭배를 위한 축제는 단지 무절제한 의식 속에서의 자기 탐닉을 위한 기만적인 변명이 아니라, 문명화된 사회의 제약으로부터, 그리고 자아를 얽어매는 모든 일상의 속박으로부터의 해방을 위한 절규였다.

환희와 공포의 신, 야성과 축복의 신, 인간들에게 광기를 보내는 광란의 신은 그의 탄생 신화에서 이미 그의 신비롭고 역설적인 본성을 보여 준다.

테바이의 공주 세멜레가 제우스의 사랑을 받고 디오뉘소스를 잉태했을 때, 질투에 찬 헤라는 늙은 유모의 모습으로 변장하고 세멜레를 찾아가 그가 정말 제우스인지 확인하라고 권유했다. 순진한 카드모스(테바이의 창설자)의 딸은 그날 밤 제우스가 찾아왔을 때 제우스가 헤라 앞에서처럼 자신에게도 본 모습으로 나타나 줄 것을 요청했다. 제우스는 이미 사랑하는 세멜레의 청을 들어주겠다고 스튁스 강[1]에 맹세했기 때문에 거절할 수가 없었다. 제우스가 천둥번개를 들고 그의 본 모습으로 나타났을 때, 너무나 연약한 세멜레의 인간 육체는 불길에 휩싸였다. 그때 제우스는 반쯤 형성된 아기를 그녀의 자궁에서 꺼내어 자신의 허벅지에 넣고 꿰매었으며, 그 후 달이 차자 디오뉘소스가 태어나게 되었다.

---

1) 지하 세계를 흐르는 언약의 강. 이 강을 두고 맹세한 신이 그것을 어기면 신들의 세계에서 쫓겨난다.

이 탄생 신화에서 어머니의 비극적 실패는 아버지로부터의 탄생을 위한 필수적인 선행 조건이다. 세멜레는 인간의 딸이었으며 하늘 신의 품속에서 아들을 잉태했다.[2] 그러나 인간 여자는 그녀를 사랑한 신의 폭발하는 장엄함을 감당할 힘을 갖지 못했고 그녀를 죽인 불타오르는 폭풍 속에서 위대한 신이 될 아들을 낳았다. 어머니의 육신이 너무나 연약했기에 아버지는 아들을 자신의 몸 속에 넣어 그의 두 번째 탄생을 위해 기진맥진한 어머니의 임무를 마저 완성해야 했다. 활활 타오르는 인간 어머니의 육신에서 빠져나와 제우스의 신성한 몸 속에서 다시 잉태된 그는 이미 세상 속으로 들어오기 전에 인간적인 모든 것을 벗어나게 되었다. 신적인 아들을 낳기 위해 온몸을 불살라야 했던 인간 어머니의 희생 속에서 신으로 부활한 자, 그는 '두 번 태어난 자'로서 이중적인 특성을 지닌 수수께끼의 신, 역설의 신임을 표명한다.

디오뉘소스의 탄생에 관한 다른 신화는 그의 역할을 더욱 분명하게 드러내 보인다.

제우스는 페르세포네와 관계를 맺고 아들 자그레우스[3]를 낳았다. 헤라는 질투에 차 티탄들로 하여금 아기를 공격하게 만들었다. 이 괴물들은 초크로 얼굴을 희게 바르고 아기가 거울을 들여다보고 있을 때 그를 습격해서(일설에는 장난감으로 아기를 유혹해서) 칼로 조각조각 내었으며, 살해 후 티탄들은 조각난 시체를 삼켜 버렸다. 그러나 아테나 여신이 아기의 심장을 구해 제우스에게 갖다 주어 디오뉘

---

2) 많은 학자들이 세멜레가 원래는 대지의 여신이었다고 주장함으로써 이 경외심을 불러 일으키는 신화의 의미를 경시했다.

3) 디오뉘소스. 오르페우스 신화에 따르면 뱀으로 변장한 제우스와 그의 딸 페르세포네 사이에서 태어났다.

소스는 다시 태어나게 되었다. 제우스는 화가 나서 천둥번개로 티탄들을 파멸시켰으며 이때 그들의 재로부터 인간이 태어났다.

분명히 이 탄생 신화는 디오뉘소스 종교의 기본 철학과 교리의 관점에서 중요한 역할을 한다. 인간은 티탄들의 잔해인 재로부터 태어났으므로 조야하고 악한 육체를 지니게 되었지만, 그 티탄들이 죽기 전에 신을 삼켰기 때문에 순수하고 신적인 영혼을 가지게 되었다는 인간의 이중적 본성을 보여 준다. 한편 디오뉘소스는 갈래갈래 찢겨진 신으로서 고통당하고 박해당한 신의 모습과 상냥하고 부드러운 구원자라는 이중적 면모를 동시에 지니는 것이다. 플라톤은 「법률」에서 인류의 티탄적 요소를 언급하고 있다. 그는 인간 사회의 점차적인 타락을 묘사하면서, 인간들은 소위 '티탄적 본성'을 발휘하며 먼저 그의 부모와 연장자들에게 그리고 법률에 대항해서, 마침내는 모든 예의 범절과 신들 자신에게까지 반항적인 정신을 보인다고 말한다.(「법률」 701c) 디오뉘소스의 고통, 즉 조각난 '분해'는 인간에게 있어서 개별화의 상태를 나타내며, 인간의 개별화는 바로 이 티탄적 반항심에서 비롯되었다. 개체화는 인간의 고뇌의 원천이며 악의 근원이다. 그러나 디오뉘소스의 부활로 인해 여기에 구원을 위한 섬광이 비치며, 개체화의 속박을 벗어나 우주와 하나 되며 통일을 이룰 미래에 대한 희망이 있다. 그리고 이 희망이 있기에 갈래갈래 찢겨진 이 세계의 표상에 기쁨의 미소가 번진다. 티탄적인 마성과 타락에 반해 순수하고 신성한 영혼은 신적인 것을 향해 나아가며, 환희와 열광 속에서 하잘것없는 개별적인 인간 영혼은 정열적인 경험의 절정에서 신과 일체가 되는 것이다.

디오뉘소스가 탄생했을 때 세멜레의 자매 이노가 그를 요람에서 키웠으며 뉘사 산의 님프들이 우유를 먹이며 돌보아 주었다. 디오뉘소스가 성인이 되었을 때 그에 대한 숭배가 널리 퍼졌으며 그의 주위에는 항상 한 무리의 여성 혹은 남성 숭배자들이 무리 지어 따라다녔다. 디오뉘소스를 추종하는 여성들을 '박카이 Bacchae'(단수형은 박케 Bacche) 혹은 '마이나데스 Maenades'(단수형은 마이나스 Mainas)라고 부른다. 엄밀히 구별하자면 '박카이'는 디오뉘소스를 따르는 인간 여성들을 일컬으며 '마이나데스'는 디오뉘소스를 추종하는 신화적인 존재들인 님프들을 칭하는 용어다. 그러나 디오뉘소스 축제 때 의식을 행하는 동안 인간 여성들은 인간적인 면을 벗어나서 신적인 존재 즉 님프가 되는 변화를 맛보게 된다. 이들은 동물의 가죽을 몸에 걸치고 담쟁이덩굴과 포도덩굴로 된 화관을 머리에 쓰고 튀르소스 tyrsos[4]를 가지고 다닌다. 이것은 기적을 불러일으키는 마력의 지팡이이며 또한 필요할 때는 무서운 무기로도 사용된다.

디오뉘소스를 추종하는 남성 존재들은 님프들과 같이 자연의 영들인 사튀로스들이다. 이들은 반은 인간, 반은 염소와 말 같은 동물의 특징을 지닌다. 일반적으로 몸은 남자이며 염소의 얼굴과 말의 꼬리를 지닌 신화적 존재로 알려져 있다. 사튀로스는 춤을 추며 노래를 부르고 음악을 사랑한다. 이들은 또한 포도주를 만들고 마시며 끊임없는 성적 흥분 상태에 있으며 숲 사이로 마이나데스를 쫓아다니는 것을 즐긴다. 디오뉘소스를 추종하는 다른 남성 존재들로 실레노스들이 있다. 이들은 인간과 동물의 모습을 지닌 신화상의 존재들이지만 사튀로스들과는 구별된다. 이들은 사튀로스보다 더 늙고 현명하며 더 호색적인 것으로 알려져 있다.

한 실레노스는 디오뉘소스의 개인 교수였으며, 이 실레노스에 관해서 흥미 있는 일화가 전해지고 있다. 미다스 왕이 현명한 실레노

---

4) 담쟁이덩굴과 포도덩굴의 잎으로 장식되었으며 솔방울을 받기 위해 끝을 뾰족하게 깎은 막대기이다.

스로부터 인생에 대한 지혜를 얻기 위해서 하인으로 하여금 그가 늘 마시는 샘에 포도주를 타서 실레노스를 생포해 오게 했다. 미다스 왕이 그에게 인생에 대한 어떤 깊은 조언을 구하자, 실레노스는 껄껄 웃으며 "인생은 고통으로 가득 차 있으니, 당신이 이 세상에 태어난 것은 하나의 큰 실수였소."라고 대답했다고 한다. 인간에게 있어서 가장 좋은 운명은 결코 태어나지 않는 것이며, 그러나 태어났다면 가능한 한 빨리 죽는 것이 최상이라는 그리스 염세주의 사상은 테오그니스[5]의 시에서도 볼 수 있다.

> 모든 것들 중 최상은 결코 태어나지 않는 것,
> 강렬한 태양의 빛을 알지 못하는 것이니.
> 그러나 만일 태어났다면, 그 차선은 가능한 한 빨리
> 지옥의 문을 통과해서
> 대지의 거대한 방패 아래 눕는 것이라네.

디오뉘소스의 탄생 신화에서 그리고 실레노스의 조언에서 그리스인들의 심오한 염세적 인생관과 인생의 비극적 요소를 엿볼 수 있다. 그러나 그리스인들은 고통과 슬픔으로 가득 찬 현세의 생을 결코 저주하지 않았다. 역설적으로 이 비극적 세계관이 찬란한 올림포스 신들의 세계를 창조해 냈던 것이다. 올림포스 신들은 고뇌로 점철된 생에 위안과 활력을 불어 넣으며 영원한 삶에의 동경을 불러일으켰고, 신들이 그들 스스로 인간의 모습을 지니며 인간적인 삶을 삶으로써 생을 긍정했다. 이와 같이 그리스인들은 삶이 아름다운 것이고 살 만한 가치가 있다는 것을 올림포스 신들을 통해 입증했다.

---

5) 기원전 6세기에 살았던 그리스 시인으로 염세적인 시를 많이 읊었다.

다만 그들과 같이 영원히 살 수 없음을 아쉬워하면서. 따라서 실레노스의 저 지혜는 오히려 삶에 대한 긍정의 역설이라고 볼 수 있으며 우리는 실레노스의 말을 다시 뒤집어 읊을 수 있을 것이다. "인간에게 있어서 가장 큰 악은 태어나지 않는 것이며, 그 다음 악은 빨리 죽는 것이다."라고. 그리스인들은 항상 죽음이 가까이 있다는 사실을 의식하고 있었고 따라서 '어떻게' 살아야 하는가를 끊임없이 되물었으니, 실레노스의 저 탄식이야말로 삶에 대한 예찬이 아닐 수 없다.

디오뉘소스는 특히 한 여성과 관련되어 있다. 바로 크레테의 공주 아리아드네다. 그녀는 디오뉘소스를 추종하는 모든 여성들이 마음속으로 원하는 바, 디오뉘소스의 유일한 부인이며 동료의 지위를 얻었다. 아리아드네는 인간이었지만 디오뉘소스의 어머니 세멜레와 같이 불멸성을 얻게 된다. 제우스가 디오뉘소스를 위해서 그녀에게 영원한 젊음과 영원한 생명을 부여했기 때문이다. 아리아드네가 어떻게 해서 디오뉘소스의 부인이 되었는가를 말해 주는 신화가 있다.

아테나이와 크레테 사이의 전투에서 아테나이가 패하자, 크레테의 왕 미노스는 미로에 살고 있는 미노타우로스[6]의 밥이 되게 매년 일곱 소년과 일곱 소녀를 크레테로 보내 줄 것을 요구했다. 한번은 아테나이의 왕자 테세우스가 자진해서 일곱 소년들의 무리에 끼어 크레테로 왔으며, 크레테의 공주 아리아드네는 테세우스를 보자 곧 사랑에 빠졌다. 그녀는 테세우스에게 자기를 데려가겠다고 약속을 한다면 지금까지 아무도 살아 나오지 못한 미로를 탈출할 수 있는 방법을 가르쳐 주겠다고 말했다. 테세우스가 이에 응하자 아리아드네는 실 꾸러미를 주면서 실을 입구에 매고 그 실을 풀면서 들어가서 다시 그 실을 감

---

6) 몸은 남자, 얼굴은 황소의 모습을 한 신화적인 존재로서 다이달로스가 만든 라뷔린토스(미로)에 살고 있다.

으며 나오도록 일러 주었다. 미노타우로스를 살해하고 미로를 무사히 탈출한 테세우스는 약속대로 아리아드네를 데리고 아테나이로 향했다. 그러나 도중에 낙소스 섬에 들르게 되며 테세우스는 잠이 든 아리아드네를 그곳에 남겨 두고 혼자 아테나이로 돌아갔다. 잠에서 깨어난 아리아드네가 비탄에 잠겨 울고 있을 때 나타난 자가 바로 디오뉘소스였으며 신은 그녀를 자신의 부인으로 맞이했다.

일설에 의하면 디오뉘소스가 테세우스의 꿈에 나타나서 아리아드네는 자신의 여자이니 손을 대지 말라고 충고했다고 한다. 아마도 이것이 테세우스가 아리아드네를 남겨 두고 떠나게 된 가장 그럴듯한 이유인 것 같다. 이와 같이 무서운 슬픔을 경험해야 하는 것이 모든 그녀에 대한 전설에 내재되어 있다. 슬픔과 축복——이것이 그녀의 신화에 놓여 있는 본질적인 개념들 중의 하나다. 그 신 가까이 다가가는 자들에게 죽음 같은 고뇌와 환희의 삶, 소멸과 영원이 신비롭게 섞이게 된다는 것이 바로 디오뉘소스의 본성이다. 그 자신 또한 인간 어머니의 아들이며 찢어지는 고통과 슬픔을 경험해야 했고, 그와 긴밀히 관련된 여성들 또한 깊은 슬픔을 통해서만이 영광을 얻게 된다. 아무도 없는 외로운 섬에 혼자 버려진 아리아드네가 가슴 찢는 고통 후에 맛보는 구원의 축복은 곧 환희의 춤이다. 고통당한 자에게 도래한 신, 그는 이 세상을 갑자기 변형시키는 구원자로서 그녀에게 다가왔다. 그리고 전율하는 기쁨으로 그녀는 신의 팔에 안긴다. 낙소스에서 행해지는 아리아드네 의식은 그 특성이 너무나 역설적이어서, 아리아드네의 이름을 가진 완전히 다른 두 인물이 존재했다고 믿어지기까지 했다. 의식의 일부는 슬픔과 애도로 행해졌으며, 다른 부분은 환희의 축제로 이루어졌다. 그러나 여기서 우리는 디오뉘소스의 근본적인 이중성을 다시 엿보게 된다.

크노소스 유적

전설적인 왕 미노스가 다스린 크레테에서는 황소를 숭배했다. 따라서 크노소스 유적에서 소를 소재로 한 작품을 많이 볼 수 있다. 사진 오른쪽 조형물은 황소 뿔을 상징한다.

디오뉘소스는 원래 아나톨리아 신[7]으로서 트라키아 혹은 프리지아에서 육로와 해로를 통해 그리스 본토로 들어오게 되었다.[8] 디오뉘소스 신이 그리스에 도착하게 된 정확한 시기는 알 수 없으나 뮐렌도르프[9]가 보는 기원전 7세기보다는 오래된 것으로 추정된다. 「디오뉘소스를 위한 찬가」에서는 소아시아에서 바다를 통해서 그리스로 유입된 디오뉘소스의 행로를 보여 주며 신의 특성과 숭배 의식의 본질 속에 있는 기본적인 요소들을 상기시켜 준다. 해적들이 디오뉘소스를 왕자로 오해하고 그를 납치하기 위해 배에 태워서 밧줄로 묶었지만 그 밧줄은 저절로 풀리며 신의 얼굴에는 미소가 만연하다. 곧 신은 기적을 일으키며 달콤하고 향기로운 포도주가 배에 넘쳐 흐르게 만들고 포도 송이가 풍성하게 달린 포도나무가 돛대의 꼭대기까지 자라나게 만듦으로써 자신이 포도나무와 포도주의 신임을 천명했다. 향기로운 포도주와 신성한 암브로시아의 냄새가 번지면서 배는 낙원 같은 신의 축복으로 가득 찬다. 그리고 곧 신은 동물로 변해서 자신을 신으로 인정하지 않고 박해하는 자들을 공포로 위협하며 돌고래로 변형시켰다. 단지 다른 자들에게 반대한 키잡이만이 배 위에 남게 되고, 신은 자신을 이해했던 이 사람에게 연민을 보이며 그를 자신의 사제로 만들었다. 안테스테리아[10] 축제에서는 디오뉘소스의 사제가 배의 키잡이 역할을 하며, 배의 행렬(디오뉘소스가 탄 배를 사

---

7) 소아시아에 살고 있던 아나톨리아 민족이 믿었던 신이다.

8) 육로는 프리지아로부터 트라키아를 거쳐 마케도니아, 보이오티아 그리고 델포이에 이르는 경로다. 해로는 소아시아 해변에서 바다를 통해 에게 해 섬들을 거쳐 에우보이아 그리고 아티카로 들어오는 경로다.

9) 빌라모비츠 뮐렌도르프(1848-1931)는 독일의 고전학자로 운율학, 비문 연구, 파피루스 고문서학, 성서 비평 등의 분야를 발전시켰다.

10) 바다를 통해 그리스로 들어온 디오뉘소스를 기념하는 축제. 이날은 또한 포도주 단지를 열고 새 포도주를 처음 마시는 날로 포도주 마시기 경연 대회가 열린다. 매년 안테스테리온(2-3월)에 사흘 동안 열렸다.

디오뉘소스를 그린 그리스 도자기

디오뉘소스는 그리스 예술 작품에 자주 등장하는 주제다. 위 그림은 디오뉘소스와 마이나스
이며, 아래 그림은 배를 타고 그리스로 들어오는 디오뉘소스다. 디오뉘소스를 왕자로 생각한
해적들이 그를 납치하자 디오뉘소스는 배에 포도덩굴이 무성하게 자라도록 하는 한편 자신
은 사나운 동물로 변했다. 반면 놀라서 바다로 뛰어든 해적들은 돌고래로 변했다.

람들이 운반하거나 바퀴 달린 배를 굴려 들어온다.)로 축제가 시작되었다.

소아시아에서 그리스로 유입된 디오뉘소스 종교는 새로운 종교가 들어올 때 흔히 그러하듯이 그 길이 순탄치만은 않았다. 디오뉘소스는 자신을 따르는 자들에게는 행복과 번영을 주었지만, 그를 거부하는 자들에게는 가차 없이 벌을 내렸다. 신을 반대하는 자들에 대한 보복 신화들은 거의 비슷한 유형으로 나타난다. 신은 자신이 거부당한 지역의 여자들에게 광기를 불어넣으며, 그들의 광기는 어느 한 희생양(신을 거부한 왕이나 아니면 그를 반대한 여자들의 자식들 중의 하나)을 갈기갈기 찢게 만든다. 디오뉘소스를 거부하다가 신의 벌을 받은 가장 유명한 신화는 아마도 에우리피데스의 비극「박코스의 여신도들」에 묘사된 펜테우스와 아가웨의 이야기일 것이다.

세멜레의 언니, 아가웨의 아들이며 디오뉘소스의 사촌인 펜테우스가 테바이의 왕으로 군림하고 있었다. 세멜레의 자매들은 디오뉘소스가 제우스의 아들이라는 것을 믿지 않았고, 펜테우스도 디오뉘소스에 대항하며 그를 신으로 인정하려 들지 않았다. 그는 테바이의 여자들을 가정 밖으로 끌어내어 타락시킨 이방인을 잡아오라고 명령을 내렸다. 병정이 이 새로운 종교를 소개한 이방인을 잡아와서 감옥에 가두었지만 그를 묶은 사슬은 저절로 풀리고 자물쇠로 잠겼던 문이 저절로 열리면서 디오뉘소스는 풀려났다. 펜테우스는 박코스의 여신도들이 입는 옷을 입고 여자로 변장해서 여자들의 광란적인 신비 의식을 엿보기 위해 산으로 갔다. 그러나 펜테우스의 어머니 아가웨는 자신의 아들을 알아보지 못하고 자신들의 신비 의식을 엿보는 사자 새끼가 있다고 외치면서 맨 먼저 그에게 지팡이를 던졌고 펜테우스는 여자들에 의해 갈기갈기 찢겼다. 아가웨는 펜테우스의 머리를 들고 마치 개선장군같이 궁전으로 돌아왔으나, 정신을 차렸을 때 신을 거부한 자신에게 내려진 신의 분노가 어떠한 것인지를 깨닫게 된다.

펜테우스와 아가웨의 이야기는 디오뉘소스 종교를 받아들이기를 거부하는 오만한 인간들에 대한 벌을 묘사하는 일련의 종교 의식에 관한 전설들 중의 하나다. 디오뉘소스를 신으로 받아들이려 하지 않던 카드모스의 세 딸들이 미치게 되고, 그중 한 딸의 아들이 자신의 어머니와 이모들에 의해 죽음을 당하게 되는 이야기는 미뉘아스의 딸들이나 프로이토스의 딸들에 관한 신화에서도 볼 수 있다.[11] 이것은 처음 새로운 종교가 유입될 때 옛 가치와 질서를 완고하게 고집하던 이들이 파멸을 당했던 역사적 사건의 반영일 수 있다. 펜테우스는 보수적인 그리스 귀족이었으며, 새로운 종교를 이국적인 것으로 증오했다. 그는 이 새 종교가 성과 신분의 구별을 없애고 사회 질서와 공중 도덕을 위협한다고 생각했다. 새로운 종교에 대한 광신적인 숭배자들과 이를 거부하는 자들 사이의 반목과 알력은 어느 시대에나 볼 수 있는 현상이다. 그리고 이것은 또한 인간 본성에 대한 깊은 성찰을 제공한다. 어떤 자도 새로운 가치를 아무 고뇌나 투쟁 없이 받아들일 수는 없을 것이다. 인간의 내면에 잠자고 있는 동물적인 요소의 분출은 이성의 반대에 직면하게 된다. 사회 제도에 의해

---

11) 오르코메노스의 왕 미뉘아스의 세 딸들은 아주 부지런히 가사에 전념했으며 디오뉘소스를 숭배하기 위해 도시를 떠나 산으로 모여드는 여자들을 경멸했다. 신이 직접 나타나서 자신의 신비 의식을 무시하지 말라고 충고했으나 미뉘아스의 세 딸들이 이를 무시하자 이들에게 벌을 내리고 한 딸의 아기를 신에게 제물로 바침으로써 신의 분노를 풀게 된다. 티륀스의 왕 프로이토스의 딸들이 디오뉘소스의 신비 의식에 참여하지 않자 신의 분노가 이들에게 내려 세 딸들이 미치게 된다. 이들은 다른 여자들까지 광란 상태로 몰아 넣으며 자신의 자식들을 죽이고 가정을 떠나 황야로 나갔다. 그들의 광기가 극에 달하자 왕은 예언자 멜람푸스에게 왕국의 3분의 2를 주고 이들을 치유하게 하지만 결국 한 딸은 죽게 된다.

규제된 인간 본성은 육체의 좁은 집 안에서 해방을 위해 절규하고
있다. 억눌린 감성이 단단하게 둘러싸인 이성의 조개껍질을 깨고 뛰
쳐나올 때 인간은 비로소 자유로울 수 있는 것이다. 그때에만 인간
은 모든 제약을 바람에 날려 버리고 원시 시대의 발가벗은 자유로움
을 만끽할 수 있게 된다. 디오뉘소스를 거부하는 것은 결국 우리 자
신 속에 있는 원초적인 것을 거부하는 것이며, 이것은 곧 자기 부정
을 의미한다.

디오뉘소스가 항상 반대에만 접했던 것은 아니었다. 디오뉘소스는
그가 주는 선물의 축복을 아는 자들에 의해서 평화와 기쁨 속에서
영접되기도 했다. 신은 그를 따뜻이 맞아 준 이카리오스에게 포도나
무를 심고 포도주를 만드는 기술을 가르쳐 주었다. 그러나 사람들이
이 축복의 효과를 처음 맛보았을 때 그들은 이카리오스가 자신들에
게 독약을 먹였다고 생각하고 그를 죽이게 된다. 새로운 종교가 들
어올 때 이 종교를 신봉하는 자들이 새로운 신을 이해하지 못하는
자들에 의해 순교당하는 것은 역사 속에서 흔히 볼 수 있는 일이다.
디오뉘소스가 그리스에 자리를 잡고 올림포스 신이 되기까지 본토에
서 숭배되고 있던 신들의 신봉자들과 많은 마찰과 갈등이 있었음은
당연하다. 어쨌든 이 이국 종교는 많은 순교자들의 힘으로 그리스에
뿌리를 내리게 되었고 마침내는 아폴론의 성지인 델포이까지 그 세
력을 뻗치게 되었다.

아폴론은 처음에는 이 이국적이고 기괴한 디오뉘소스의 세력을 막
아 내려고 저항했다. 그러나 그리스인들의 깊은 내면 속에서 유사한
충동이 일기 시작하자 아폴론의 저항은 불가능하게 되었고 어쩔 수
없이 델포이의 신은 이 이방 신과 화해하지 않을 수 없었다. 이 화해
의 순간이야말로 그리스인들의 삶을 충만하게 해 주는 조화와 통일
을 위한 위대한 순간이었다. 아폴론적 그리스인은 디오뉘소스의 광

델포이

델포이는 파르나소스 산 중턱에 있다. 고대 그리스인들은 델포이를 세계의 중심(옴팔로스)으로 생각했다. 디오뉘소스 종교는 아폴론의 성지인 델포이에서조차 입지를 굳히게 되었다. 그리하여 델포이에서는 봄에서 가을까지는 아폴론에 대한 종교 의식이 행해지며, 겨울이 오면 아폴론은 디오뉘소스에게 성지를 내주고 그곳을 떠나서 봄에야 다시 돌아온다고 한다.

란의 제전을 얼마나 당황하며 경이롭게 바라보았던가. 그러나 디오뉘소스적인 것이 전혀 본연의 자신과 이질적인 것이 아니며 단지 그것이 아폴론적 베일에 가려 있었다는 사실을 깨달았을 때, 그들을 엄습했던 두려움의 장막이 걷히기 시작했다. 이렇게 해서 디오뉘소스 종교는 아폴론의 가장 성스러운 성지인 델포이에서조차 자신의 입지를 굳히게 되었고, 이곳 델포이에서는 봄에서 가을까지는 아폴론에 대한 종교 의식이 행해지며 겨울이 오면 아폴론은 성지를 디오뉘소스에게 내주고 그곳을 떠나서 봄에야 다시 돌아온다고 한다.

디오뉘소스 종교

디오뉘소스의 종교 의식은 매년 봄에 도시와 들판에서 행해지는 축제와 2년에 한 번씩 겨울의 벌거숭이 산 꼭대기에서 행해지는 축제로 구성되어 있다. 델포이에서는 플루타르코스 시대(1세기)까지 2년에 한 번씩 이 겨울 축제가 열렸다고 한다. 낮의 의식에 이어 밤에는 횃불을 들고 춤을 추면서 산속을 배회한다. 한겨울에 행해진 이 의식은 때로는 위험에 직면하기도 했다. 플루타르코스는, 자신의 시대에 여자들이 델포이의 파르나소스 산 정상까지 올라갔다가 폭설로 차단되어 구조대가 출동했던 일이 있었다고 기록하고 있다. 이 의식의 참여자가 여성에 국한된 것은 아니지만, 여성들이 이 의식에 자주 참여하는 주요한 숭배자들이었던 것으로 묘사되고 있다. 그것은 디오뉘소스의 가장 큰 선물이 무한한 자유에 대한 감각이었으며, 그리스에서는 일반적으로 제한되고 구속적인 삶을 살고 있던 여성들에게 해방에 대한 유혹이 크게 작용했기 때문이라고 볼 수 있다. 그러나 한 무리의 여자들을 이끌고 이들을 박코스의 세계로 인도하는 자는 남성이었다. 이 남성 사제는 디오뉘소스의 화신으로 신으로부터 직접 의식을 전수받았다고 믿어졌다. 그의 임무는 이들에게 신의 계시를 보여 주고 전하는 것이다. 그러나 이 과정은 비밀이었으며 어떤 것도 이 의식에 참여하지 않은 자에게 누설해서는 안 되었다.

디오뉘소스 종교의 목표는 광란 상태이며, 이를 그리스어로 '마니아Mania'라고 부른다. 이 광란은 두 가지 측면, 즉 부정적인 면과 긍정적인 면을 갖고 있다. 부정적인 측면은 신을 숭배하지 않고 거부하는 자들에게 내리는 광기로서, 이것은 이성을 잃고 자기 파멸을 초래하는, 신으로부터의 저주다. 그러나 이 광란의 긍정적인 면은 신이 내리는 축복으로서, 이것을 통해서 디오뉘소스 숭배자들은 자아를 벗어나 신과의 합일을 경험할 수 있게 된다. 이러한 광기는 삶의 동반자로서 건전한 인간 본성이라고 볼 수 있다. 「파이드로스」에서 소크라테스는 인간들에게 가장 큰 축복은 광기를 통해서 온다고 말하고 있다. 그는 이 광기가 단지 "신으로부터 주어진 것이라면"이라는 말로 건전한 광기를 규정하고 있다.(플라톤, 「파이드로스」 265A) 소크라테스는 이 신성한 광기를 네 가지 유형으로 나눈다. 첫 번째는 예언적인 광기로서 수호신은 아폴론이다. 두 번째는 종교 의식적 광기로서 수호신은 디오뉘소스다. 세 번째는 시적인 광기로서 뮤즈들에 의해 고무된다. 그리고 네 번째는 사랑의 광기로서 아프로디테 혹은 에로스에 의한 것이다.(「파이드로스」 265B)

예언적 광기는 그리스에서 아폴론의 종교만큼 오래되었다고 볼 수 있다. 아니 더 오래되었는지도 모른다. 델포이의 여사제 퓌티아는 신에 의해 사로잡혔고, 신이 그 속으로 들어와서 그녀의 입을 통해서 예언을 한다고 믿어졌다. 예언적인 신에 의한 사로잡힘은 신탁에만 국한되지 않았다. 카산드라나 바키스 같은 전설적인 인물들과 퀴벨레도 신에 의해 사로잡힌 상태에서 예언을 했다고 생각되었을 뿐만 아니라,[12] 플라톤 역시 동시대의 영감받은 예언자들을 자주 언급하고 있다. 이들은 일련의 의식적인 행위를 통해서 이 경지에 도달했다. 퓌티아의 경우 성수로 목욕을 하고 성스러운 샘물을 마시고 신성한 월계수를 통해서 신과의 접촉을 유도했다. 불타는 월계수 잎으로 불김을 쐬고 때로는 월계수 잎을 씹으며 삼각 의자에 올라앉았다. 그리고 이 청동 의자에 앉아서 신과의 교섭을 위한 익숙한 신비스러운 행위를 통해서 신과 교감하게 된다. 그러나 이 예언적 광기는 특별한 인간들에게만 허용된 특권으로서 신의 뜻을 인간들에게 전달하기 위한 수단이었다.

뮤즈[13]에 의해 고무된 시적인 광기는 많은 위대한 시인들이 시의 산출에 꼭 필요하다고 생각하는 요소다. 호메로스는 자신이 「일리아스」를 창작했다고 생각하지 않았고, 뮤즈 여신이 자신 속으로 들어와서 그의 입을 통해서 시를 읊었다고 생각했다. 시성(詩性)에 의해 사로잡힌 시인이 신의 영감을 받아 읊는 시는 신으로부터 부여받은 축복의 산물이었다. 헤시오도스는 「테오고니아(신들의 계보)」의 서언에서 농부였던 자신이 처음으로 시인의 소명을 깨달을 때의 경험을 기록하고 있다. 헬리콘 산에서 양들을 지키고 있을 때 뮤즈들이 춤을 추면서 산꼭대기로부터 안개에 감싸여 그에게 다가왔다. 그리고 여신들의 음성이 자신 속에 있는 시성을 일깨웠다. 그들은 헤시오도스에게 월계수 지팡이를 주었고, 그는 지나간 일과 다가올 일들에

---

12) 카산드라는 트로이아의 공주로서 아폴론의 사랑을 받고 예언의 능력을 가지게 되나 후에 아폴론의 사랑을 거부하자 아폴론은 카산드라가 바른 예언을 하지만 아무도 이것을 믿지 않게 만들었다. 바키스는 헤로도토스가 고유명사같이 사용하는 단어지만, 이것은 영감을 받은 예언자들을 칭하는 일반적인 명칭이다. 퀴벨레는 아나톨리아 민족이 믿었던 대지의 여신으로 신화 속에서 아티스라는 젊은 청년을 애인으로 가지고 있다. 그녀는 번식을 주관하는 여신으로 병을 치유하고 예언을 하기도 한다.
13) 그리스어로는 무사 Musa. 시, 음악, 문학, 춤 등을 담당하는 여신들로 아홉 뮤즈들이 있다.

대해 노래 부르도록 요청되는 것을 느꼈다. 이것이 자기의 천직을 인식하던 순간을 묘사하는 시인의 말이다. 인간의 의지에 완전히 의존하지 않는 모든 성취같이, 시적 창조는 '선택적인' 것이 아니라 '부여받은' 요소를 내포한다. 이 '부여받은' 요소가 무엇인지는 명백하지 않다. 그러나 호메로스나 헤시오도스가 뮤즈들에게 도움을 청하며 호소하는 경우들을 고려해 본다면, 우리는 이것이 형식이 아니라 내용이라는 것을 알 수 있다. 그들은 항상 뮤즈에게 자신이 무엇을 말해야 하는지를 물으며 결코 어떻게 말해야 하는지를 묻지 않는다. 그들이 요청하는 것은 항상 사실적인 것이다. 뮤즈의 축복인 시적인 광기는 진실을 말하고자 하는 열정이라고 볼 수 있다.

예언적 광기와 시적 광기는 특수한 개인들에게 허용된 특권인 반면 사랑의 광기는 좀 더 일반적이라고 볼 수 있다. 인간은 누구나 사랑의 감정을 경험하기 때문이다. 여기 또한 인간이 선택하지 아니하고, 왜 일어나는지 그 이유를 알지 못하면서 그에게 다가오는 사로잡힘의 요소가 있다. 이성으로 자제해 보려고 아무리 노력해도 헛되이 사랑의 정열의 노예가 되는 경우를 우리는 흔히 본다. 플라톤에게 에로스는 신적인 자아와 동물적인 본성을 함께 결합시키는 경험양식으로서 중요성을 가진다. 에로스는 인간이 동물과 함께 공유하는 육체적인 충동에 뿌리를 두고 있다. 그럼에도 불구하고 이 에로스는 이 세상을 초월하는 이데아의 세계에 대한 탐구를 위해 영혼에 박차를 가하는 동적인 힘을 제공한다. 사실 모든 위대한 창작은 사랑의 광기에 의해 이루어졌다고 보아도 과언이 아니다. 사랑의 여신 아프로디테가 창조의 여신이라고 불리는 것도 이 때문이다. 이 사랑의 광기는 타오르는 정열의 희열과 함께 고통과 괴로움을 내포하며, 동시에 상대방의 보답적인 사랑을 요구하므로 그 기쁨과 성취감은 조건적이고 상대적이기도 하다.

「디오뉘소스 축제」(푸생, 1594-1665)

디오뉘소스의 축복은 광기다. 아폴론은 귀족들의 수호신이었지만, 디오뉘소스는 남녀노소, 귀족, 노예의 구별 없이 모든 인간들을 신과 하나가 되게 한다. 디오뉘소스 종교의 사회적 기능은 카타르시스다. 즉 인간의 억눌린 부정적인 감정의 무해한 배출구를 제공한다. 이것을 감지했던 참주 페이시스트라토스는 디오뉘소스 축제를 적극적으로 장려했다. 현재의 고통과 고뇌로부터 벗어나고 싶은 충동, 자아를 벗어 던지고 싶은 욕망, 사회적 규제와 제약으로부터 탈피하고 싶은 욕구, 이 모든 것으로부터 디오뉘소스는 인간들을 자유롭게 해 주었다.

한편 디오뉘소스의 축복인 광기는 디오뉘소스를 추종하고자 하는 모든 자에게 열려 있다. 아폴론은 귀족들의 수호신이었지만, 디오뉘소스는 남녀노소, 귀족, 노예의 구별이 없이 모든 인간들을 수용한다. 그의 의식에서 행해지는 광란 상태는 개인이 신과 하나가 될 수 있는 이 종교 의식의 절정이며 핵심이다. 신의 추종자들이 광란 상태에서 느끼는 황홀경인 ‘엑스타시스’는 바로 신과의 합일에서 이루어진다. 디오뉘소스 종교에서 추구하는 광란 상태의 사회적 기능은 카타르시스적인 것이라고 볼 수 있을 것이다. 이것은 다른 문화권에서도 볼 수 있듯이, 심리학적 의미에서 감정이 억눌려 있을 때 집단적인 광란의 춤을 통해서 개인의 감정을 정화시킬 수 있기 때문이다. 우리 속에 있는 광기는 역설적으로 광기를 통해서 그것을 표출함으로서 해소될 수 있는 것이다. 디오뉘소스 종교 의식은 인간들의 억압된 부정적인 감정에 대해 무해한 배출구를 제공해 주었다. 따라서 디오뉘소스 의식은 건전한 사회를 위해서 필요 불가결한 요소라고 볼 수 있으며, 참주 페이시스트라토스[14]는 누구보다도 이것을 잘 인식했고 디오뉘소스 축제를 적극적으로 장려했다고 한다. 현재의 고통과 고뇌로부터 벗어나고 싶은 충동, 자아를 벗어 던져 버리고 싶은 욕망, 사회적 규제와 제약으로부터 탈피하고 싶은 욕구——이 모든 것으로부터 디오뉘소스 종교는 광란의 의식을 통해서 인간들을 자유롭게 해 주었다.

에우리피데스의 「박코스의 여신도들」에서 여신도들로 구성된 코러스가 부르는 노래는 디오뉘소스 의식의 제전을 둘러싸고 있는 고양된 정신과 신비스러운 분위기를 잘 보여 준다.

---

14) 기원전 6세기에 살았던 아테나이의 참주로서 많은 문예 부흥을 일으켰으며, 아테나 여신을 위한 종교 의식과 디오뉘소스 종교를 장려했다.

아시아로부터
거룩한 토몰로스 산을 지나
나는 브로미오스[15]를 위해 달린다.
즐거운 수고와 달콤한 피곤 속에서
박코스를 위해 에우오오오에를 외친다.

누가 길에 있는가?
누가 거리에 있는가? 비키시오.
입을 다물지어다.
불경스러운 말로 입을 더럽히지 말지어다.
내가 디오뉘소스를 위해서 옛 노래를 부르겠노라.

오! 복되도다.
신의 신비 의식을 아는 자,
신을 경배하며 경건한 삶을 사는 자,
그의 영혼이 신에 의해 사로잡힌 자는 복되도다.
산에서 박코스를 위해 춤을 추며
거룩한 죄 씻음을 받은 자,
대지의 여신 퀴벨레의 의식을 행하는 자,
튀르소스를 휘두르는 자,
담쟁이덩굴의 화관을 머리에 쓴 자,
그들은 복되도다.
디오뉘소스를 섬기므로.

---

15) 디오뉘소스를 말한다.

오소서, 박코스의 숭배자들이여, 오소서.
신의 아들 브로미오스를 인도하소서.
프리지아의 산으로부터
헬라스의 넓은 길로
외치는 자, 디오뉘소스를 안내하소서.

제우스가 천둥 번개를 던졌을 때
어머니는 산고의 고통 속에서 그를 낳았네.
그러나 불길에 휩싸여 영원히 이 세상과 하직하였지.
크로노스의 아들 제우스는 동굴 속에서
아기를 받아 자신의 허벅지에 넣고
금으로 된 자물쇠로 잠그었으니
헤라의 시선으로부터 그를 감추기 위함이어라.

운명의 여신들이 때를 완성시켰을 때
황소의 뿔을 지닌 신이 태어났으니,
제우스는 그의 아들에게 화관을 씌우고
머리에 뱀을 얹었네.
이로부터 박코스의 여신도들은
신에 대한 경외심으로
아름다운 꽃이 핀 덩굴로 머리를 장식하고
어깨에는 뱀을 걸쳤네.

오! 테바이, 세멜레의 양육자여,
담쟁이덩굴의 화관을 쓰시오.
초록의 상록수로 충만하게 하시오.

참나무와 전나무의 어린 가지를 손에 쥐고
박코스의 춤을 추시오.
반점의 사슴 가죽을 걸치고 하얀 양털로
술을 드리운 채, 거룩한 신의 지팡이를
마음껏 휘두르시오.

곧 전 대지가 춤을 출 것이오.
한 무리의 여자들이 가정을 떠나
디오뉘소스에 의해 광란의 상태에서
기다리고 있는 산으로, 산으로
브로미오스가 인도할 것이오.

오! 거룩한 쿠레테스[16]의 은신처여,
제우스가 태어난 크레테의 동굴이여,
그곳에서 세 갈래 깃털을 단 코뤼반테스[17]가
가죽으로 된 북을 발견했지.
그들은 격렬한 북소리와 플루트의 달콤한
선율에 맞추어 춤을 추었지.

그리고 박코스의 여신도들이 외치는 소리에
장단을 맞추기 위해
어머니 레아[18]의 손에 넘겨주었지.

---

16) 크레테 섬의 젊은 청년들. 제우스가 태어났을 때 그의 울음소리가 크로노스에게 들
　　리지 않도록 하기 위해 북과 꽹과리를 치며 소음을 냈다고 한다.
17) 레아 여신을 따르는 젊은 청년들이다.
18) 어머니 대지의 여신으로 크로노스의 부인이며 제우스의 어머니다.

그러나 광란의 사튀로스들이 어머니 여신으로부터
이것을 취해서 디오뉘소스를 경배하는
축제의 춤에 가담했네.

그는 산 위에서 즐겁다.
무리 지어 달리면서 땅에 쓰러진다.
성스러운 사슴 가죽을 걸치고
생육식을 위해 야생 염소를 살해한다.
그는 달린다. 프리지아의 산으로.
뤼디아의 산으로. 우리의 인도자 브로미오스,
에우오오에.

대지에는 우유가 흐른다. 포도주가 넘친다.
꿀벌들의 넥타르[19]가 흘러 내린다.
박코스는 시리아의 유향 향기를 풍기는
횃불을 휘두르며, 달리고 춤을 추면서
배회자들을 격려하네.
그의 곱슬머리 타래를 바람에 휘날리면서
마이나데스의 울부짖음에 함께 외치네.

오! 오소서. 박코스의 여신도들이여. 오소서.
아름다운 황금의 트몰로스 산이여,
크게 울리는 북소리의 장단에 맞춰
디오뉘소스를 찬양하라. 프리지아의 외침과

---

19) 신들이 마시는 술을 칭하는 단어이지만 어떤 신성한 액체를 의미할 수도 있다.

울부짖음으로 신을 경배하라. 에우오오에, 에우오오에

거룩한 플루트가 꿀같이 달콤한 선율을 노래할 때,
그들은 무리 지어 산으로 산으로 달리네.
풀을 뜯고 있는 어미 소 곁에서
뛰어노는 망아지같이 즐겁게
박코스의 여신도들은 재빨리 뛰어다니네.
———「박코스의 여신도들」(64-167)

코러스가 노래하듯이, 디오뉘소스의 세계는 우유와 포도주와 꿀이 가득 넘치는 지상의 낙원이다. 그곳에서 박코스의 여신도들은 산속을 뛰어다니면서 신을 경배하고 광란의 상태에 빠진다. 그를 위해서 숭배자들이 야성적인 광란에 빠지는 신 자신이 광란의 신이다. 「일리아스」에서 디오뉘소스는 '미친 신'이라고 불린다. 마이나데스에 관해 언급된 거의 모든 사항이 사실 디오뉘소스 자신에게 적용된다고 볼 수 있다. 신 자신이 튀르소스를 휘두르면서 광란의 춤을 추고 짐승들을 갈기갈기 찢는다. 야성적이고 사나운 존재로서, 엘리스의 여자들은 그를 일컬어 포효하는 황소라 했다. 도취를 야기시키는 신 자신이 도취 상태에 있고, 자신이 나누어주는 축복에 함께 참여하는 것은 지극히 자연스럽다. 가장 즉각적으로 인간에게 나타나는 디오뉘소스는 환희와 황홀의 경지 속으로 숭배자들을 몰고 간다. 동시에 이들은 신의 도래에 광적인 행위로 반응한다. 많은 신화들은 어떻게 신이 여자들을 그들의 평범한 일상생활로부터 떼어 내어 자신의 광적인 숭배자로 만들었는가를 묘사해 주고 있다. 이들은 반복되는 단조로운 가사로부터 탈출하여 광야와 산속의 적막함 속에서 춤을 추면서 광녀들로 변신한다. 이들은 신성이 자신 속으로 들어오는 것을 느끼며 신적인 경지에 몰입하게 된다. 삶의 생동하는 원초적인 힘이 인위적인 껍질을 뚫고 나온다. 세속적이고 이성적인 세계를 벗어나서 모든 제약으로부터 해방된 참된 자아를 되찾는 순간이다.

포도주와 광란의 춤

디오뉘소스의 축복인 도취의 세계는 어느 면으로는 포도주에 취한 상태와 유사하다. 포도나무는 모든 시대에 디오뉘소스의 가장 사랑스러운 선물이며 자연 속에서의 그의 현현이다. 포도 열매의 즙으로 만들어진 포도주가 신의 피라는 은유는 널리 알려져 있다. 포도주를 들이키면서 인간은 신을 마신다. 그리고 취하면서 신과 하나가 된다. 포도주는 신비로움과 야성적인 본성을 지니며 인간에게 무한한 희열을 안겨다 준다. 호메로스의 「일리아스」에서 세멜레가 '인간에게 기쁨이 될' 디오뉘소스를 낳았다고 묘사하고 있다. 헤시오도스 또한 디오뉘소스를 '기쁨으로 충만한 자'로 묘사하고 있다. 포도주는 인간들로 하여금 일상생활의 근심과 괴로움을 잊게 하고 인간의 슬픔에 망각을 가져오기 때문이다. 포도주는 현세의 고통과 억압을 떨쳐 버리고 무한한 자유의 세계로 인간을 인도한다. 포도주의 특성에서 엿볼 수 있듯이, 디오뉘소스는 역설적인 신이다. 포도주를 마시면 약한 자는 스스로를 강한 자로, 노예는 자유인으로, 가난한 자는 부자로 느끼게 된다. 그리고 왕의 근엄함 앞에서나 군인들의 무기 앞에서도 두려워하지 않는 용맹성을 지니게 된다. 모든 강한 제약과 규율이 일시에 무너지고 원시 시대의 자유가 회복된다. 플루타르코스는 포도주가 비굴함과 두려움과 위선의 영혼을 자유롭게 한다고 말하고 있다. 포도주는 또한 인간들을 서로에게 진실되고 솔직하게 만들며, 감추어진 것을 드러내 보인다. 포도주에 취하면, 인간들은 보통 때에는 말하기 힘든 자신의 비밀스러운 부분까지 거침없이 표현하게 된다. 무의식 속에서 자아를 짓누르고 있는 요소들을 토로하게 되고 그것들로부터 해방된다. 따라서 포도주는 현실 세계의 가면으로 둘러싸인 삶에서 그 가면을 벗겨 버리고 진실된 모습을 드러내게 하는 힘을 가진다. 소크라테스는 포도주를 마시면서 진리를 탐구하는 것은 신성한 일이며, 포도주 잔 위에 맺어진 언약은 깨뜨릴 수 없는 거룩한 언약이라고 생각했다.

포도주는 정복자이기도 하다. 가장 강한 자들과 가장 완고한 자들에게 포도주는 승리의 영웅으로서 신의 위엄을 과시한다. 이 경이를 말해 주는 한 신화가 있다.

헤라는 제우스가 혼자서 아테나 여신을 낳은 것을 질투하여 어머니 대지의 여신 가이아의 도움을 얻어 혼자서 헤파이스토스를 낳았다. 그러나 그가 불구인 것을 알자 헤라는 화가 나서 그를 하늘 밖으로 던져 버렸고, 바다의 여신 테티스와 에우뤼노메가 헤파이스토스를 받아 길러 주었다. 대장장이 신은 여신들을 위해 금목걸이, 팔찌, 귀걸이 같은 아름다운 장신구를 만들어 주었다. 그의 손재주가 하늘에까지 알려지자 그는 헤라 여신을 위한 금옥좌를 만들라는 요청을 받게 된다. 그는 불구라는 이유로 자신을 버린 어머니에 대해 원망을 품고 있었지만, 어쨌든 헤라 여신을 위해 아름다운 옥좌를 만들어 보냈다. 여신이 헤파이스토스가 만들어 준 옥좌에 앉았을 때, 갑자기 보이지 않는 사슬에 의해 꽁꽁 묶여 공중으로 떠올랐으며, 아무도 여신을 구해 낼 수 없었다. 아레스가 헤파이스토스를 찾아갔지만 대장장이 신이 내뿜는 불길 앞에서 후퇴해야 했고 불명예스러운 패배를 당하고 돌아왔다. 헤파이스토스의 불굴의 의지를 굽힌 자가 바로 디오뉘소스였다. 헤파이스토스는 처음 맛보는 포도주에 이상야릇하게 기분이 좋아지는 것을 느끼면서 포도주를 계속 들이마셨고 결국 디오뉘소스에게 굴복했다.

술에 만취한 헤파이스토스를 노새 등에 태우고 마치 개선장군같이 올림포스로 돌아오는 디오뉘소스의 모습은 많은 예술 작품의 소재가 되고 있다. 이와 같이 포도주는 아레스도 굽힐 수 없었던 헤파이스토스의 완강한 고집을 꺾는 위력을 지녔던 것이다.

포도주는 또한 무한한 슬픔의 원천이다. 논노스[20]가 묘사한 아름다운 이야기에 따르면, 포도나무는 그를 위해 디오뉘소스가 뜨거운 눈물을 흘린 사랑하는 미소년 암펠로스의 죽은 육체로부터 자라났다고 한다. 눈물을 흘리면서 포도 열매 속에 있는 죽은 소년의 아름다운 광채와 우아함을 들이켰을 때, 신의 가슴은 기쁨으로 충만했다. 따라서 포도주를 마시면서 얻는 인간의 기쁨과 환희는 신의 눈물로부터 흘러나온다. 박코스는 우리들의 눈물을 가라앉히기 위해서 몸소 울었다. 포도주를 마시면 인간의 내면 속에 존재하고 있는 슬픔이 흘러나온다. 「일리아스」에서 헥토르의 시체를 찾으러 온 트로이아의 왕 프리아모스에게 아킬레우스는 말한다. 올림포스의 궁전에는 두 개의 항아리가 있는데 한 항아리에는 좋은 것들로, 다른 항아리에는 나쁜 것들로 가득 차 있다고. 인간이 이 세상에 태어날 때에 제우스는 좋은 것들이 들어 있는 항아리에서 얼마를 그리고 나쁜 것들이 들어 있는 항아리에서 얼마를 꺼내어 이것을 인간의 운명으로 할당한다고 한다. 좋은 것들을 많이 가지고 태어나는 자는 비교적 행복한 삶을 누리게 되지만, 나쁜 것들을 많이 가지고 태어나는 자는

---

20) 5세기 이집트 출신의 그리스 시인. 독특한 표현력과 방대한 지식을 갖춘, 당시 가장 뛰어난 서사시인이었다.

불행한 삶을 살게 된다. 그러나 이 세상의 어느 누구도 좋은 것만 가지고 태어날 수는 없으며, 그것이 바로 인간의 운명이다. (「일리아스」 XXIV. 527-533) 따라서 모든 인간들의 삶에는 고통과 슬픔이 내재되어 있다. 포도주는 인생의 본질인 슬픔이 자연스럽게 흘러나오게 한다. 실컷 눈물을 흘리고 난 뒤에 맛보는 기쁨은 포도주 잔에 반짝이는 영롱한 포도주의 광채 같이 황홀하기만 하다. 포도주의 기쁨은 내면으로부터 흘러나오는 슬픔으로 씻겨진 광채를 발하며 무한한 깊이를 지닌다. 이 기쁨은 영혼을 사로잡는 흥분 속에서 자아를 해방시킨다. 이와 같이, 땅이 산출하는 모든 것 중에서 포도나무가 신의 두 얼굴을 가장 잘 반영하며, 동시에 그의 야성적이고 기적 같은 본성을 드러내 보인다. 슬픔과 기쁨, 고통과 환희, 공포와 사랑스러움이 뒤얽혀 있는 역설을 통해서 무아의 경지에 도달하는 황홀함이 포도주가 제공하는 신비로운 신의 선물인 것이다.

포도주가 어느 정도 종교적 가치를 지닌 것은 사실이지만, 디오뉘소스 종교에서는 이것이 신과의 합일을 위한 유일한 혹은 가장 중요한 수단으로 보지는 않았다. 「박코스의 여신도들」에서 여자들은 술에 취하지 않았고 그들 중 일부는 포도주보다 오히려 물이나 우유를 더 좋아했다. 신과 하나가 되는 경지에 도달하는 다른 방법이 있다. 그것은 '오레이바시아oreibasia'라고 불리는 산속에서 행하는 '광란의 춤'의 의식이다. 신화에 의하면 디오뉘소스는 어머니의 자궁 속에서 이미 춤을 추었으며, 어머니 세멜레 또한 디오뉘소스를 잉태했을 때 춤을 추고 싶은 강한 욕망에 사로잡혔다고 한다. 모든 신들이 디오뉘소스의 탄생에 춤을 추며 기뻐했고, 신이 이 세상에 들어오는 순간 이 우주는 황홀경으로 도취되었다. 호메로스의 「일리아스」는 다이달로스가 디오뉘소스의 부인, 아리아드네를 위해서 크노소스 궁

크노소스 궁전의 프레스코 벽화

크노소스 궁전은 천장과 벽의 프레스코로 유명하다. 그림 위는 황소를 뛰어넘는 의식이고 아래는 푸른 돌고래다.

전에 무도장을 만들어 주었다고 전한다. 또한 에우리피데스의 비극에 묘사되어 있는 광란의 춤은 시인의 상상력의 산물이 아니라 플루타르코스 시대에 이르기까지 델포이에서 행해진 여자들의 종교 의식의 반영이라고 볼 수 있다. 디오뉘소스를 추종하는 여자들이 산속을 뛰어다니면서 '에우오오에, 에우오오에'를 외치며 온몸을 뒤흔든다. 머리를 흔들고 밤의 어두움을 꿰뚫는 비명을 지르면서 그들은 신을 갈구한다. 이들이 사용한 악기는 플루트, 팀파니, 케틀드럼(가마솥북)이었다. 그리스인들에게 이런 악기들은 종교 의식을 위한 탁월한 기구들이었다. 이 악기들은 춤을 수반하는 모든 종교 의식들, 디오뉘소스 종교뿐만 아니라 퀴벨레와 레아의 종교 의식에도 사용되었다. 이 악기들의 소리는 광란을 야기할 수도 있고 또한 그것을 치유할 수도 있다. 헉슬리가 지적하듯이, 많은 사회에는 아니 모든 사회에는 다른 어떤 것보다 종교 의식적인 춤을 통해서 더 만족스럽고 확신적인 종교적 경험을 할 수 있는 자들이 있다. 이들이 가장 쉽게 신적인 것을 체험하는 것은 그들의 근육을 통해서이다. 헉슬리는 기독교가 춤을 완전히 세속적인 것으로 배제한 점이 실수라고 생각했다. 무함마드의 말을 빌리자면, 춤의 위력을 아는 자는 신 안에 거하기 때문이다.

춤은 무용수들만의 전유물은 아니다. 인간의 모든 동작이 춤이 될 수 있다. 감정을 몸으로 표현하면 그것이 곧 춤이다. 팔을 들어 올려 기쁨을 표현할 때, 화가 나서 주먹을 불끈 쥐고 휘두를 때, 이것이 곧 살아 있는 춤이 되는 것이다. 인간 개개인의 삶의 역사가 근육 속에 기록되어 있다. 억압당하며 자란 자들은 그들의 근육 속에 억압된 감정이 새겨져 있으며 근육이 긴장되고 수축되어 있다. 자유롭게 자란 자들은 비교적 이완된 근육을 가진다. 그러나 모든 인간들의 삶에는 슬픔과 고통이 따르기 마련이므로 나름대로의 고뇌와 긴장이 근육 속에 담겨 있다. 눈을 감고 깊은 내면의 세계로 들어가서 몸을 한번 흔들어 보라. 무엇인가 꿈틀거리는 것을 느끼게 될 것이다. 의식의 제약을 받지 않고 이 꿈틀거림을 자연스럽게 표출시켜 보라. 짓눌리고 억압된 감정이 몸의 동작을 통해서 발산되는 것을 느끼게 될 것이다. 그리고 북의 장단에 맞추어 더 격렬하게 흔들어 보라. 북이 울리는 소리는 곧 우리들의 심장이 고동치는 소리며 맥박이 뛰는 소리다. 이것은 가장 원초적인 리듬으로 어머니의 자궁 속에서 듣던 심장의 고동 소리다. 원초적인 리듬에 따라 원시 세계로 되돌아가 보라. 아무 제약도 받지 않는 원시림 속에 몸을 던져 보라. 그리고 내면에 쌓여 있는 찌꺼기를 바람에 날려 버려라. 분노, 증오, 질투 같은 모든 부정적인 감정들을 분출시켜 보자. 그리고 광란 상태로 몰입하라.

광기를 표출해야만 광기로부터 해방될 수 있다. 디오뉘소스는 광기를 불어넣는 신인 동시에 광기로부터의 해방자다. 광란의 춤을 통해서 모든 잡념과 일상적인 근심이 사라지면서 현실을 벗어난 도취의 세계로 들어간다. 무한한 자유와 해방의 기쁨 그리고 자아를 초극하는 희열. 이것이 바로 신과 하나가 되는 경지다. 그러나 디오뉘소스 종교의 황홀경은 한 개인에 의해 성취되는 것이라기보다는 집단적 현상이라 볼 수 있다. 박코스의 숭배자들은 신화 속에서 항상 무리를 지어 다닌다. 그리고 북소리의 울림은 우리 모두의 심장이 고동치는 소리이므로 누구나 쉽게 빨려들 수 있다. 「박코스의 여신도들」에 묘사되었듯이 춤은 마치 산불같이 전염적으로 퍼진다. 이것은 인간의 이성이 아니라 내면 속의 본성에 호소하기 때문이다. 신과 광신자와의 합일은 그리스의 다른 종교에서는 찾아볼 수 없다. 무아의 경지에서 박코스의 광신자 자신이 박코스가 된다.(여자는 박코스의 여성형인 박케 혹은 마이나스가 된다.) 신에 의해 이루어지는 변형의 상징이 자신의 모습을 숨겨 주는 가면이다. 디오뉘소스 축제 때에 남성 숭배자들은 신화적 존재인 사튀로스의 가면을 쓰고 축제에 참여한다. 이것은 디오뉘소스 의식을 통해서 인간적인 차원을 넘어서 신적인 존재로의 변화를 맛보기 때문이다.

오모파기아와 내세

디오뉘소스 종교 의식의 절정은 '오모파기아omophagia'라고 불리는 의식으로서 동물의 몸을 갈기갈기 찢어서 날고기를 먹는 생육식이다. 어떤 학자들은 이 생육식이 어린 아기 디오뉘소스가 티탄들에 의해 갈기갈기 찢겨 삼켜진 그날을 회상하면서 행하는 기념적인 의식이었다고 말한다. 그러나 이 의식은 동종 요법으로 알려진 원시 사회의 믿음에 의한 것으로 보인다. 만일 누군가가 사자같이 강하게 되기를 원한다면 사자의 심장을 먹어야 한다고 생각했다. 뱀을 먹으면 뱀과 같은 특성을, 닭이나 토끼를 먹으면 닭이나 토끼 같은 특성을 지니게 된다고 믿었다. 따라서 신과 같이 되기를 원하는 자는 신을 혹은 신적인 것을 먹어야 한다. 그리고 생명의 즙이 자신 속에 흡수되도록 하기 위해서 피가 뚝뚝 떨어지는 날고기를 먹어야 한다고 생각했다. 그럴 때에만 신성이 그 개인 속에 들어올 수 있다는 것이다. 디오뉘소스가 여러 종류의 동물로 변신하는 모습은 많은 신화에서 엿볼 수 있다. 신은 때로는 황소로 때로는 사자로, 표범으로 그리고 곰으로 변하기도 한다. 신이 항상 이 동물들 속에 존재하지는 않는다. 또한 보통 때에 성찬을 위한 적절한 준비와 의식 없이 날고기를 먹는 것은 안전하지 않다. 그러나 2년에 한 번씩 산속에서 행해지는 광란 의식 동안 신이 나타난다고 생각되었다. 그리고 생육식을 위해 정해진 날은 특히 불길한 날이었다고 한다. 신의 화신을 갈기 갈기 찢어서 먹는 것은 거룩함과 소름끼치는 무서움이, 성취감과 매스꺼운 거부감이, 신성함과 불결함이 뒤섞인 성례전이었다. 이러한 감정은 「박코스의 여신도들」 전체를 통해서 흐르며, 이것은 디오뉘소스 종교의 뿌리에 놓여 있는 감정적 갈등이라고 볼 수 있다. 그러나 시대가 흐름에 따라 성례전의 형식도 변화하게 된다. 신은 동물뿐만 아니라 식물로도 대변되므로, 플루타르코스 시대에는 조각조각 찢겨서 씹혀진 것이 담쟁이덩굴의 잎이었다. 이것은 피가 뚝뚝 떨어지는 원시적인 것에 대한 대용물이다. 그리고 포도주를 마시는 것은 곧 신의 피를 마시는 것이라는 생각이 널리 알려져 있었다. 이 모든 경우에 신이 그 속에 들어 있다고 생각했고, 신을 먹음으로써 자신이 신이 되고 아니면 적어도 신과 같이 될 수 있다고 믿었다. 따라서 '오모파기아'는 신이 동물의 형태로 나타나서 숭배자들에 의해 갈기 갈기 찢겨지고 먹혀진 성찬 의식이었다.

그러나 아테나이에서 비극이 공연되는 디오뉘시아 축제나 모든 시민이 바라보는 광장에서 행해지는 제사 의식에서 짐승을 갈기갈기 찢어서 날고기를 먹는 의식은 찾아볼 수 없다. 프리지아와 트라키아에서 섬겨진 디오뉘소스 종교는 그리스로 들어오면서 순화되고 그리스인들의 정서에 맞게 변모되었다. 트라키아인들은 디오뉘소스의 광신자들이 환희의 절정에서 신과 하나가 되며 생육식을 통해서 숭배자는 신이 될 수 있다고 믿었다. 그러나 그리스인들은 이들의 믿음을 그대로 받아들일 수 없었으며, 인간이 신이 된다는 것은 자신들의 생의 철학과는 상반된 것으로 여겼다. 인간을 신과 동일시하는 사고는 너무나 이국적이어서 그리스인들은 디오뉘소스와의 교감에 의해서 그들이 영원히 불멸하며 죽음으로부터 면제될 수 있다는 트라키아 종교의 중심 메시지에 탐닉하지 않았다. 그리스인들은 디오뉘소스 의식을 통해서 고양되고 신의 경지로 들어 올려지는 희열을 느꼈고 이것을 경험하기 위해서 도취적인 광란 의식에 몰입했지만, 그들은 자신들이 신에 의해 사로잡힘을 당하는 것은 일시적이라는 사실을 인정했다. 그 경험 속에 몰입하고 있는 동안은 이 지상에서 그것과 비교될 만한 것은 아무것도 없었다. 이것은 그들에게 무한한 기쁨을 안겨다 주는 신적인 것과의 교류에 대한 희망과 가능성을 보여 주었지만, 그들은 다시 인간으로 돌아올 수밖에 없다는 현실을 받아들였던 것이다.

한편 디오뉘소스 종교에서도, 많은 다른 신비 종교가 그러하듯이, 내세에 대한 믿음이 내포되어 있었다. 이 세상에서의 인간적인 생을 마감한 후에, 그들에게는 디오뉘소스 의식에 참여하지 않은 자들보다 더 복된 미래가 놓여 있다고 믿는 것은 당연했다. 싹이 돋고 자라서 열매를 맺고, 수확을 하고 나면 죽은 듯이 메말라 있다가 다시 새 싹이 돋는, 그러한 포도나무의 재생과 부활은 곧 디오뉘소스의 재생과 부활이다. 그를 따르는 자들에게 지하 세계에서도 신은 축복을 내린다. 기원전 5세기경의 것으로 추정되는 크레테의 무덤에서 발굴된 황금판에는 다음과 같은 글귀가 새겨져 있다.

하데스의 집에는 오른편에 샘이 있고, 그 옆에 흰 사이프러스가 서 있다. 여기서 죽은 영혼들은 땀을 식힌다. 이 샘에 접근하지 마라! 더욱이 회상의 호수로부터 흘러나오는 찬물을 발견할 것이다. 보초들이 그 옆에 서서 사려 깊은 마음으로 당신에게 물을 것이다. "왜 당신은 부패한 지하 세계의 암흑 속을 배회하고 있소?" "나는 대지와 별들이 있는 하늘의 아들이오. 그러나 나는 목말라 애태우고 지쳐 있소. 그러므로 회상의 호수로부터 흐르는 찬물을 빨리 나에게 주시오." 그리고 나서 지하 세계의 왕의 부하들이 당신에게 회상의 샘으로부터 물을 마시도록 허락할 것이오. …… 사실 당신은 다른 신비 의식의 숭배자들과 박코스들이 영광스럽게 걸어간 긴 성스러운 길을 걸어가고 있소.

신비 의식의 숭배자들과 박코스들은 죽은 후 지하 세계에서 성스러운 길을 걸어간다. 그 길의 목적지는 영원한 축복을 받는 자들이 거하는 섬, 엘뤼시온[21]이다. 그곳은 그리스 신화에 나오는 모든 위대한 영웅들이 살고 있는 곳이기도 하다. 죽음을 애도하는 한 시에서 핀다로스[22]는 "고통으로부터의 해방을 부여하는 〔디오뉘소스의〕 입회 의식에 참여한 자는 복되다."라고 말하고 있다.(핀다로스, fr. 131a) 박코스의 숭배자들이 걸어가는 성스러운 길은 이 지구상에서는 광란의 춤 의식을 행하기 위해 산으로 향하는 길에 상응한다. 따라서 내세는 신비 의식의 연속이다. 아리스토파네스의 희극 「개구리」에서 우리는 신비 종교가들이 디오뉘소스의 상을 들고 엘레우시스로 향하는 성로에서 축하 행렬을 벌이는 것을 본다.(「개구리」 312-459) 이와 같이 박코스의 신비 의식 또한 내세에서의 복된 삶을 염원한다고 볼 수 있다. 회상의 샘물을 마신다는 것은 다시 맑은 정신을 회복함을 의미한다. 반면 신비 종교에 입회하지 않은 자들은 희미한 정신으로 어두운 지하 세계의 암흑 속을 배회한다고 생각되었다. 어쨌든 회상은 더 나은 운명을 보장한다고 볼 수 있다. 기원전 5세기경에는 내세의 축복을 약속하는 박코스의 종교 의식이 존재했다. 그리고 죽은 자와 그의 무덤이 디오뉘소스 종교의 분위기 속에 놓이는 것을 볼 수 있다. 플루타르코스 역시 디오뉘소스의 숭배자였으며, 이 신비

---

21) 엘뤼시온Elysion은 그리스어이고, 라틴어로는 엘뤼시움Elysium이라고 부른다.
22) 핀다로스는 기원전 5세기 그리스 시인. 올림픽 같은 운동 경기에서 승리한 자들을 위한 승리가의 작가로 유명하다.

의식을 통해서 어린 아기의 죽음에 대한 위안을 얻을 수 있었다고
한다. 이 모든 것들 속에서 과소 평가될 수 없는 종교적 흐름을 감지
할 수 있다. 그러나 모든 박코스 종교가, 배타적으로 혹은 주로, 내
세에 관여했다고 말할 수는 없을 것이다. 디오뉘소스 자신이 다양한
모습을 지니듯이 그에 대한 숭배 의식도 다양하기 때문이다.

신의 축복

「박코스의 여신도들」에서 코러스는 디오뉘소스 신이 인간에게 내
리는 축복과 인간적인 행복이 무엇인가를 노래하고 있다.

거룩함이여! 하늘의 여왕이여!
황금 날개를 달고 대지 위를 가로지르는 신성함이여!
왕이 하는 말을 듣고 있습니까?
아름다운 화관을 쓴 축복의 신, 브로미오스를
모독하는 그의 휘브리스를 듣고 있습니까?

디오뉘소스의 왕국은 축복으로 가득하네
광란의 춤 속에서 신과 하나 되고,
플루트의 선율 속에 기쁨을 주시니,
일상의 근심 걱정 모두 떨쳐 버리네.

신들의 향연에 빛나는 포도주 넘치고
담쟁이덩굴을 두른 인간들의 축제에
검붉은 포도주가 잔을 채우면

모든 시름 사라지고
모든 고통 소멸하네.

자제할 줄 모르는 입,
법도를 지킬 줄 모르는 어리석음,
그들에게는 오직 재앙이 있을 뿐이네.
고요한 삶을 사는 자,
사려 깊고 진실된 생을 사는 자,
그들에게는 인생의 풍파도 찾아오지 아니하며
그들의 집은 굳건하고 안정되네.

저 높은 곳에서
거룩한 신들이
인간들의 행동을 굽어 살펴보심이라.
세상적인 지혜는 지혜가 아니니,
인간의 한계를 범하는 자,
세속적인 것을 추구하는 자,
그들은 지극히 어리석도다.

인간들은 단명하게 살고
덧없이 죽어 간다.
그러므로 무한한 영광을 추구하는 자,
초인적인 꿈을 꾸는 자,
그들은 현재의 축복을 잃게 되리니.
이것은 미친 자들과 어리석은 자들의
양식일 뿐일세.

오! 나는 아프로디테의 섬
퀴프로스로 가리.
그곳은 헛된 망상 사라지고
인간들을 매료시키는 사랑이 가득한 곳.
그리고 백 개의 물줄기를 지닌 강이
비가 오지 않아도 대지를 비옥하게 만드는
파포스 섬[23]으로,
아름다운 무사들이 살고 있는 피에리아로,
올륌포스의 거룩한 언덕으로,

나를 인도하소서. 브로미오스여, 브로미오스여.
우리들의 인도자, 기쁨의 신, 박코스,
그곳으로 사랑스러운 우아의 여신들이 가네.
그곳으로 갈망의 여신이 가네.
그리고 그곳에서 나 또한 박코스의 숭배자들과 함께
신을 찬양하리.

제우스의 아들, 디오뉘소스는
향연을 즐기며, 축제에서 즐겁다.
그는 소년들을 보호하며
축복을 내리는
평화의 여신을 사랑하시네.
부유한 자에게나 가난한 자에게
신은 똑같이 슬픔이 없는

---

23) 아프로디테가 이곳 바다의 파도 거품 속에서 태어났다는 전설이 있으며, 아프로디테
   의 신전이 있었다.

포도주의 선물을 주신다네.

그러나 신을 조롱하는 자, 비웃는 자에게는
피할 수 없는 저주가 내리리니,
인생의 종말까지 축복의 삶을 영위하도록 애쓰라.
참된 지혜로 비범한 것을 꿈꾸는 자들로부터
자신의 생각을 멀리하라.
평범한 자들이 생각하고 믿는 것을
나 또한 믿고 받아들이네.

—「박코스의 여신도들」(370-433)

　　코러스가 노래하듯이, 인간은 어디까지나 자신이 인간임을 인식하고 인간으로서의 한계를 인정해야만 한다. 인간의 욕망은 끝이 없으니 지나친 과욕은 '휘브리스hybris'다. 휘브리스란 인간이 인간으로서 마땅히 해야 할 도리를 행하지 않음을 가리키는 것으로, 이는 곧 죄라고 볼 수 있다. 인간이 자신의 한계를 깨닫지 못하고 능력 이상의 것을 추구할 때, 감히 신에게 도전할 때, 지나친 욕심을 부릴 때, 이 모든 것이 휘브리스에 속한다고 볼 수 있다. 휘브리스를 저지를 때에는 반드시 신의 벌이 내린다는 것이 그리스인들의 믿음이었다. 그와 같이 자제할 줄 모르고 정도를 지킬 줄 모르는 자에게는 파멸이 기다리고 있을 뿐이다. 세상적인 지혜는 지혜가 아니며, 세속적인 명예 또한 참된 명예가 아니다. 어리석은 자들은 이 헛된 명성을 얻기 위해 투쟁하며 인생에서 더 소중한 것을 잃게 될 것이다. 디오뉘소스 숭배자들에게는 사회적 지위나 부나 명예는 신의 축복에 비하면 참으로 하잘것없는 것으로 여겨진다. 겸허히 신을 받아들이는 자에게 인생의 축복과 환희가 기다리고 있으니, 신은 그에게 이 세상의 그 무엇과도 비교될 수 없는 무한한 자유를 주기 때문이다. 숭배자는 일상의 근심과 걱정을 모두 떨쳐 버리고 무아의 경지에서 희열을 맛보게 된다. 이 축복을 신은 특정한 자들에게만 내리지 않는다. 부유한 자든 가난한 자든 디오뉘소스를 따르는 자라면 누구에게나 신은 똑같이 포도주의 선물을 주신다. 가장 천한 노예에게조차 기쁨을 선사하는 박코스는 모든 시대에 민중의 신이었다. 누구나 쉽게 포도주 잔을 들이킬 수 있듯이, 디오뉘소스는 항상 우리 가까이 있다. 따라서 멀리 있는 것을 추구하는 자, 비범한 것을 꿈꾸는 자는 현재의 축복을 잃게 되리라. 신은 포도주가 든 가죽 부대를 어깨에 메고 경쾌한 춤을 추는 시골뜨기의 단순한 즐거움부터 박코스 의식에서 행해지는 광란의 춤 속에서 맛보는 희열의 경지에 이르기까지 다양한 기쁨을 선사한다. "기쁨의 신, 환희의 신, 박코스! 그는 우리들의 구원자!" 산속을 뛰어다니고 춤을 추면서 박코스의 여신도들은 외친다. "에우오오에, 에우오오에." 이것은 바로 자유를 위한 함성이었다.

디오뉘소스의 도래와 함께 인간이 알고 있는 세계, 그 속에 자신을 안전하게 정착시킨 세계는 더 이상 존재하지 않게 되었다. 신의 제전을 수반하는 동요가 이것을 휩쓸어 갔다. 모든 것이 변형되었다. 원시 세계가 전경으로 들어왔으며 존재의 심연이 열렸다. 창조적인 모든 것과 파괴적인 모든 것의 원초적인 모습이 드러나고, 질서 잡힌 현실 세계라는 순진한 형상은 산산조각 부서졌다. 그리고 진실의 세계—광기를 가져오는 진실의 세계가 도래한다. 대지로부터 생명수가 솟아오르듯이, 환희의 외침과 함께 갖혔던 모든 것이 해방된다. 이국적이고 적대적인 모든 것이 기적 같은 조화 속에 결합된다. 옛 법들은 그 힘을 잃게 되며, 시간과 공간의 차원조차 더 이상 존재하지 않는다. 인간은 신과 하나 되며, 동료 숭배자들과도 하나가 된다. 나아가 박코스의 숭배자는 야성적인 동물들과 자연과 그리고 전 우주와 하나가 된다. 전 산과 동물들이 신에 의해 사로잡혔고, 디오뉘소스의 숭배자들과 함께 춤을 춘다. 무생물의 자연조차 도취되었고 하늘의 별들이 광란의 춤에 동참한다. 우유와 꿀이 흐르는 낙원에서 박코스의 여신도들은 새끼 사슴에게 젖을 먹인다. 모든 경계선은 무너졌다. 나와 타인의 구별이 존재하지 않는다. 인간과 동물의 구별도 사라졌다. 인간 속에 있는 동물적인 요소, 즉 제약받지 않는 원초적인 야성이 해방되었다. 인간의 본성이 이성과 사회 관습에 의해 부과된 구속으로부터 자유롭게 되었다.

디오뉘소스는 죽음 같은 고요함과 미칠 듯한 광음의, 즉각적인 현존과 완전한 원경의, 무한한 생동력과 가장 잔인한 파멸의 신이다. 그의 본성에 있는 축복의 요소, 창조적이고 황홀한 도취의 희열은 또한 야성과 광기 속에서 그 실체를 드러내 보인다. 참된 신은 이 세상을 반영한다. 미친 세상이 있기에 미친 신이 존재할 수 있는 것이다. 선과 악, 사랑과 증오, 기쁨과 슬픔, 환희와 고뇌, 축복과 저주가 뒤얽혀 있는 이 세계는 역설과 부조리의 세계다. 이 세상이 미쳤다. 그리고 신이 미쳤다. 그 속에서 인간이 미치지 아니하고 어떻게 온전할 수 있겠는가. 모든 위대한 것을 창조하려는 자는 미쳐야만 한다. 어느 누구도 광기의 돌진 없이는 어떤 위대한 것도 창조할 수 없다고 쉘링은 말한다. 이것은 어머니의 자궁 속에 내재한 광기다. 이것은 창조의 모든 순간을 함께하며 이 세상을 끊임없이 변화시키는 원초적인 힘이다. 무한한 자유의 쟁취를 위해서 인간은 또 한번 미쳐야만 한다. 이 광기는 급격히 세속적이고 이성적인 세계의 한가운데에서 의미의 중심인 신의 계시가 된다. 그리고 바로 이 '신성한 광기'를 통해서 인간에게 구원이 다가온다.

2 신화 속에 투영된 인간 심리

신화는 그 특성이 너무나 다양하고 광범위한 영역을 포함하고 있기 때문에 사실 모든 신화를 총체적으로 설명해 주는 단 하나의 이론이란 있을 수 없다. 신화는 전해 내려오는 동안 역사적, 사회적 배경에 따라 상응하는 변화를 겪게 되며 또한 그 이야기를 하는 사람이나 듣는 사람의 특성에 따라 의미와 기능이 변하게 된다. 이와 같이 신화는 다양한 강조와 여러 층의 의미를 지닐 수 있기 때문에 신화를 접하는 개인 각자가 나름대로의 신화의 가치를 규명할 수 있다. 어떤 이론적 설명이 생산적인 것이라 하더라도 다른 해석이 또한 가능하다는 것이다. 인간의 행동이 하나 이상의 동기를 갖듯이, 인간들과 그들의 삶에 관한 이야기도 여러 가지 양상과 함축을 지니게 되며, 이것이 신화에 대해 다양한 이론들이 제기될 수 있는 이유인 것이다.

그동안 제기된 신화에 대한 몇몇 이론들을 살펴본다면, 우선 막스 밀러[1]는 모든 신화는 기상학적, 우주적 현상을 언급한다고 주장했다. 이것은 극단적인 이론들 중의 하나로 모든 신화는 자연 현상을

---

1) 19세기 독일 동양학자. 언어학자. 조로아스터교의 「아베스타」, 힌두교의 「리그베다」 등을 연구했다.

설명하고 있다는 것이다. 앤드류 랭[2]은 자연-신화 이론을 거부하면서 모든 신화는 현실 세계에 있는 어떤 현상에 대한 '이유'나 '설명'을 제시한다고 말했다. 말리노프스키[3]는 신화가 설명적이라는 이론에 반대하고 그 대신 관습, 제도, 신념에 대한 '지침'으로 고려되어야 한다고 제의했다. 한편 미르치아 엘리아데[4]는 모든 신화는 어떤 의미로 '창조 시대'를 불러일으키거나 재수립하기 위한 것이라는 점을 입증하기 위해 수많은 책들을 썼다. 반면 로버트슨 스미스는 모든 신화는 종교 의식과 밀접한 관계를 갖고 있다고 주장했으며 이 이론은 '케임브리지 학파'에 채택되어 거의 불변의 명성을 얻기도 했다. 그러나 19세기에 접어들면서 신화의 궁극적인 실재를 인간의 심리 속에서 찾으려는 시도가 일어났다. 많은 신화 이야기들이 표면적인 내용 외에 보다 깊은 의미를 지니며, 이것은 근본적으로 사회나 외부 세계가 아니라 개인의 내면과 관련되어 있다는 것이다.[5]

프로이트는 1900년 『꿈의 해석』이라는 책을 출간했는데, 여기서 그는 신화와 꿈이 가끔 같은 방법으로 작용한다는 것을 인식하고 있다. 신화는 꿈과 같이 무의식적 사고를 다소 가장된 혹은 상징적인 형태로 표현한다는 것이다. 꿈은 개인의 억압된 사고를 상징적으로 표현함으로써 그 개인의 짓눌린 감정을 일시적으로 완화시키며 정신적 안정을 도모한다. 그는 신화도 마찬가지로 개인 속에 억압되거나 잠자고 있는 어떤 것을 표현한다고 보았다. 인간의 무의식 속에 억압된 욕구와 공포를 신화를 통해 표현함으로써 이것들로부터 자유로

---

2) 스코틀랜드 학자. 1880년대에 호메로스 작품의 번역으로 유명하다.
3) 20세기 사회인류학의 창시자다.
4) 20세기 루마니아 종교학자다.
5) G. S. Kirk, *The Nature of Greek Myths*(New York, 1976), 38-91쪽 참조. 지금까지 제기된 어떤 이론도 사실 모든 신화에 다 적용되지는 않는다. 한 이론으로 잘 설명되는 신화들이 있는 반면, 항상 그런 설명을 벗어나는 다른 신화들이 있기 때문이다.

워질 수 있다는 것이다. 또한 신화는 어떤 소망을 충족시키고 바람직한 감정 상태를 도모하기도 한다. 공상은 위안을 주며 현실에서 이루어질 수 없는 불가능한 소망에 대한 환상적인 만족을 제공해 주기 때문이다. 신화와 꿈이 둘 다 인간의 무의식적 사고를 표현하긴 하지만, 이 둘 사이에는 중요한 차이점이 있다. 꿈은 한 개인의 소망과 공포를 표현하며, 이것은 너무나 개인적이고 특이해서 다른 사람과는 무관하거나 다른 사람에게는 존재하지 않을 수도 있다. 반면에 그 가설적 시작이 무엇이었든지 간에 그것이 표현하는 소망과 두려움이 많은 사람들 혹은 모든 인간들에게 적용되는 보편성을 지닐 때에 그 이야기는 신화로서의 지위를 지니게 된다.

신화를 심리적으로 분석하기 위해서 거창한 심리 분석 이론들을 필요로 하지는 않는다. 다만 심리 분석의 초석이 되는 것들, 다시 말해서 무의식이 존재한다는 것, 억압된 감정이 있다는 것, 그리고 유아기의 사건과 환상들이 중요하다는 것 같은 사실들을 인식하기만 하면 된다. 인간의 무의식 속에는 미해결된 감정들이 남아 있다. 미해결된 감정들이란 어린 시절 욕망을 충족시키지 못했거나 혹은 억울함, 분노, 증오의 감정을 느꼈을 때 약자이기에 참아야 했고 겉으로 드러낼 수 없었던 어두운 경험들로 인한 감정들을 말한다. 이런 감정들은 오랜 세월이 지나 의식으로부터는 잊혀졌다 할지라도 무의식 속에 카르마karma로 내재하고 있으며 성인이 된 후에도 그 사람에게 영향을 미치게 된다. 그 개인이 살아온 삶의 역사가 마치 녹화 필름처럼 무의식 속에 담겨 있기 때문이다.

그리스 전통에서는 인간들이 그들의 형상을 본따 신들을 창조했다. 그리스 신들은 영원한 젊음과 불멸성을 지니며 인간들보다 더 장엄하다는 것을 제외하고는 인간들이 지니고 있는 모든 속성을 가진다. 그들은 사랑, 증오, 원망, 질투 같은 인간들의 감정을 느낄 뿐만 아니라 인간에게 있어서 비난의 대상이 되는 행위들(도둑질, 속임수, 싸움)까지도 거침 없이 행한다. 마치 인간의 심리 속에서는 모든 것이 가능하듯이 말이다. 그리스 신들은 인간들의 투사이므로 신들의 이야기는 곧 인간들의 이야기이기도 하다. 신들의 이야기나 영웅들에 관한 이야기를 인간 심리의 반영으로 해석하려 할 때 염두에 두어야 할 것은 무의식의 반영으로서의 신화는 꿈과 같이 초도덕적인 세계라는 것이다. 초도덕적 세계란 비도덕적인 것 혹은 부도덕한 것과는 달리 도의적인 개념이 적용되지 않는 세계이다. 사회 속에서 인간이 살아가기 위해서는 인간이 지켜야 할 최소한의 규범들이 있다. 이것을 지키지 못할 때 부도덕한 행위라는 비판을 받게 되고 거기에 대한 책임을 져야 한다. 그러나 무의식의 세계는 분명히 현실과는 다른 차원의 세계다. 공상, 상상, 몽상 또한 비현실로서 초도덕적인 세계라고 볼 수 있다. 어떤 사람이 꿈속에서 도둑질을 했다거나 자신이 증오하는 자를 살해했다고 해서 그것에 대한 도의적 책임을 질 필요는 없다. 아니 오히려 심리학적으로는 그러한 꿈을 꿈으로써 증오의 감정이 완화된다고 보고 있다. 기독교에서는 마음속으로도 죄를 짓지 말라고 설교하지만, 마음속에서 일어나는 현상은 초현실 세계로서 비판의 대상이 되지 못한다. 그것이 행동으로 옮겨질 때에야, 사회적 규범의 제약을 받게 되며 비판의 대상이 되는 것이다. 사실 적절한 상상이나 공상은 현실에서 충족되지 못하는 욕망을 간접적으로 만족시켜 주기도 한다. 따라서 무의식의 반영으로서 신화를 고찰할 때에는, 도의적 개념은 잠시 접어 두고 인간 본성의 적나라한 표현으로 이해해야 할 것이다.[6]

---

6) 모든 신화가 인간의 무의식의 반영이라고 볼 수는 없을 것이다. 여기서는 심리학적 해석이 가능한 몇몇 신화들을 고찰해 보고자 한다. 신화를 심리학적인 관점으로 해석하는 대표적인 학자들로는 필립 E. 슬레이터와 조셉 캠벨 등을 들 수 있다.

창조 신화

가장 전통적인 그리스 창조 신화는 헤시오도스의 「테오고니아」에 나타나 있는데, 여기서 그는 신들과 우주와 인간이 어떻게 생성되었는가에 대해 체계적인 설명을 제시하고 있다. 헤시오도스는 이 우주가 카오스로부터 시작되었으며, 가이아, 타르타로스(지하 세계), 에로스의 자발적인 출현으로 생성되게 되었다고 말한다.

> 올림포스 산에 거하는 무사 여신들이여, 신들 중에 누가
> 맨 먼저 태어났는지에 대해서 처음부터 말씀해 주소서.
> 맨 처음 카오스가 존재했다. 그 다음 눈 덮인 올림포스의
> 정상을 점유하고 있는 불멸의 신들의 안전한
> 안식처가 되는, 넓은 가슴을 지닌 가이아가.
> 그리고 넓은 길을 지닌 대지의 심연에 자리한 타르타로스와
> 모든 불멸의 신들 중에 가장 아름다운 에로스가 태어났으니,
> 그는 모든 신들과 인간들의 가슴속에 있는 이성과 지각 있는
> 사고를 정복하고 사지를 나른하게 하는 자이니라.
> ——「테오고니아」(114–122)

에로스가 창조 신화의 초기에 나타나는 것이 그리스 창조 신화의 특징이라고 볼 수 있다. 일단 에로스가 존재하게 되면 그 후의 모든 생성은 사랑에 의한 것이다. 우주의 생성을 인간 세상과 같이 사랑에 의한 결합의 산물로 보는 것이 전형적인 그리스 사고다. 그리고 하늘과 땅을 남성과 여성으로 보는 것도 반복되는 그리스 창조 신화의 주제다. 가이아(대지)는 우라노스(하늘)를 낳고 그와 결합하여 열두 티탄들을 낳게 되며, 이들 중 크로노스와 레아가 결합하여 제우

스를 비롯한 여섯 올림포스 신들을 낳게 된다. 크로노스는 아버지 우라노스같이 하늘신이며 레아는 어머니 가이아와 같이 대지의 여신 이다. 하늘과 땅의 인격화와 신격화 그리고 그들의 육체적 결합에서 우주를 인간 세계의 연장으로 보려는 그리스인들의 세계관을 엿볼 수 있다.

우라노스는 하늘 신으로서 남성 원리를 나타내며, 가이아는 번식 을 주관하는 대지의 여신이다. 이들에 대한 숭배는 아주 이른 시기 부터 더듬어 볼 수 있다. 하늘과 비 그리고 땅과 번식은 원시 농업민 들에게 경이의 대상이었으며 기본적인 관심사였다. 하늘에서 비가 내려 메마른 땅을 비옥하게 하고 땅으로 하여금 곡물을 산출하게 하 는 데에서 '성스러운 혼례'의 개념이 발달했다. 하늘신과 대지의 여 신은 다양한 이름 아래 이 성스러운 의식을 행하는 것으로 나타난 다. 이 결합은 또한 아버지 하늘을 숭배하는 미케네 문화와 어머니 대지를 숭배하는 미노아 문화의 융합을 상징한다.[7] 위대한 어머니로 서 대지에 대한 숭배는 침략자들이 최고신으로 아버지 하늘신의 개 념을 가져오기 전에 이미 에게 해 주변 지역에 확립되어 있었으며, 미케네인들은 어머니 대지에 대한 신앙을 제거하는 대신 이것을 제 우스 숭배와 결합시키려고 했다.

한편 이 우주가 카오스, 가이아, 타르타로스, 에로스로부터 생성 되었다는 그리스 창조 신화는 심리적 현상의 우주적 상징이라고 볼 수 있다.[8] 우주의 기원에 대한 호기심은 인간 각자의 생의 기원에 대

---

7) 미케네 문화는 그리스어를 말하며 제우스를 주신으로 섬기는 인도-유럽어족이 그리 스 본토로 남하해서 미케네를 중심으로 이룩한 문화다. 미노아 문화는 소아시아에서 이주해 온 민족이 크레테 섬의 크노소스를 중심으로 이룩한 문화로서 여신을 주신으 로 섬긴다.

8) 이것은 필자의 스승인 리처드 콜드웰Richard Caldwell의 이론을 참고한 것임을 밝 힌다.

한 호기심이기도 하다. 태초에 카오스가 있었다. 그리스어 '카오스 Chaos'는 혼란이나 무질서를 의미하는 영어 단어 '케이오스chaos' 의 일반적인 의미와는 달리 공허함, 심연, 무한한 공간과 암흑, 형체 가 없는 물질을 의미한다. 여기에는 꿰뚫을 수 없는 어두움, 거대한 불투명성의 측정할 수 없는 전체성에 대한 강한 함축이 들어 있다. 개인의 최초의 삶의 경험이라는 관점에서 본다면, 카오스는 아기가 아직 어머니를 인식하기 이전의 상태다. 모든 것이 하나의 전체를 이루며 개체가 인식되지 않는 상태로서 어린 아기가 자신과 타인을 구별할 수 없던 시기다. 아기는 어머니와 다른 어떤 것도 분리된 존 재로 인식하지 못하는 하나의 거대한 세계 속에 존재하며, 무수한 개체들이 분명히 존재하긴 하지만 아직 아기에게는 알려져 있지 않 다. 아기가 처음으로 인식하는 대상이 어머니다. 가이아(대지)는 신 화적인 어머니 상이다. 거의 모든 우주론에서 대지는 최초의 어머니 의 상징으로 나타난다. 어린 아기는 어머니가 부재할 때 어머니가 자신과 분리된 독립된 존재라는 것을 알게 된다. 어머니를 인식함으 로써 모든 것이 하나의 전체를 이루던 일체성은 끝이 나고 개체화 과정이 시작된다. 자아와 타인을 구별하는 것은 인간의 발달 과정의 한 단계이지만, 아기는 그 원인에 대해서 아무것도 모른다. 그는 단 지 지금까지 자신과 동일시되던 것이 자신으로부터 분리되었다는 것 을 느낄 뿐이다. 개체화의 첫 단계는 그리스 신화에서 어린이의 첫 인식의 대상인 어머니 가이아의 대두로 표현된다.

어린이의 성장 과정의 한 단계인 이 개체화는 하나의 독립된 인간 의 표시지만, 어린아이에게 있어서는 일종의 상실로 느껴진다. 어린 이는 한때 자신의 일부였던 것이 자신으로부터 떨어져 나갔다고 느 끼게 되고, 또 자기 옆에 있던 어머니가 다시는 돌아오지 않게 되지 나 않을까 하는 불안을 느끼게 된다. 따라서 개체화는 한 관점에서는 자아의 탄생이며 주체성의 확립이지만, 다른 관점에서는 상실과 불안 그리고 좌절의 첫 경험인 것이다. 그리고 이것은 어머니에 대한 갈망을 불러일으키며, 어머니와 함께 있었을 때의 편안함, 잃어버린 전체성에 대한 욕망을 느끼게 한다. 그리스 창조 신화에서 어머니의 부재시 느끼는 상실감과 좌절은 타르타로스로, 그리고 어머니를 갈구하는 욕망은 에로스로 표현되었다.

타르타로스는 그리스 신화에서 죄인들이 벌을 받는 장소다. 티탄들은 그들이 아버지에게 행한 행위[9] 때문에 그리고 우주의 패권을 위한 전투에서 제우스에게 졌기 때문에 타르타로스로 보내졌다. 잇따르는 문학에서 타르타로스는 유명한 죄인들이 영원한 벌을 받고 있는 신화적인 지하 세계로 등장한다. 지하 세계에서 벌을 받고 있는 자들은 고대 문헌에서 거의 규범화되어 있으며, 이들은 시쉬포스, 탄탈로스, 익시온, 다나오스의 딸들, 티튀오스 그리고 오크노스이다. 시쉬포스[10]가 받고 있는 벌은 영원히 바위를 가파른 언덕 꼭대기로 굴려 올리는 것이다. 언덕 꼭대기에 다다르자마자 바위는 다시 계곡 아래로 굴러 떨어지며 그는 또다시 바위를 정상을 향해 굴려 올려야만 한다. 탄탈로스[11]는 영원히 애태움을 당하는 벌을 받고 있

---

9) 티탄들은 아버지에게 반란을 일으켰으며 그들 중 하나인 크로노스가 아버지를 몰아내고 왕이 되었다.

10) 시쉬포스가 벌을 받게 된 이유는 여러 가지가 있는데, 그중 하나는 그가 죽었을 때 부인에게 장사를 지내지 말라고 부탁했다는 것이다. 그가 죽어 지하 세계에 내려갔을 때 그는 지하의 왕 하데스와 왕비 페르세포네에게 자신을 묻어 주지 않는 부인을 벌하고 오겠다고 하며 잠시 지상으로 올라오는 것을 허락받은 후, 돌아와서는 계속 지상에서의 삶을 즐겼다고 한다. 결국 하데스는 헤르메스를 보내어 시쉬포스를 데려오게 하여 벌을 받도록 했다.

11) 탄탈로스는 자신이 신들보다 위대하다는 것을 입증하기 위해 아들 펠롭스를 죽여 신들에게 음식으로 바쳤다. 신들이 이것이 무엇인지 모르고 먹는다면 이것이 무엇인지 아는 자신이 신들보다 더 위대하다는 논리였다. 물론 신들은 이 음식이 무엇인지 알았으며 단지 딸을 잃고 슬픔에 잠겨 있던 데메테르만이 한입 깨물었다고 한다.

다. 그는 강물 속에 서 있으며 그의 옆에는 과일 나무가 자라고 있다. 배가 고파서 과일을 따먹으려고 팔을 뻗으면 나뭇가지가 하늘로 올라가 버리고, 목이 말라서 물을 마시려고 몸을 굽히면 강물이 아래로 내려간다. 그는 영원히 목이 마르고 굶주리는 벌을 받고 있다. 익시온[12]은 아무것도 없는 빈 맷돌을 영원히 돌려야 하는 벌을 받고 있다. 다나오스의 딸들[13]은 바닥에 구멍이 뚫린 항아리에 영원히 강물을 길어다 부어야 했다. 티튀오스[14]는 거대한 육체를 땅 위에 뻗은 채 두 마리의 독수리에 의해 간을 파먹히는 벌을 받고 있다. 이 간은 매달 다시 회생되며, 그래서 그는 영원히 고통을 당해야 했다. 한편 오크노스[15]는 문학 작품 속에는 거의 나타나지 않지만 유명한 화가 폴뤼그노토스에 의해 델포이에 그려진 지하 세계의 그림 속에 있는 인물들 중의 하나다. 그 그림 속에 한 늙은 노인이 짚으로 새끼줄을 꼬며 앉아 있고, 그의 뒤에는 당나귀가 이 새끼줄을 갉아먹고 있는데, 이것이 그가 받고 있는 벌이다.

시쉬포스, 탄탈로스, 익시온, 다나오스의 딸들, 티튀오스 그리고 오크노스가 지하 세계에서 받고 있는 벌은 각각 다른 형태로 나타나고 있지만, 본질적으로는 동일한 벌이라고 볼 수 있다. 이들은 아무리 노력을 해도 자신의 일을 성취하지 못하는 헛된 고행을 하고 있다. 즉 욕망을 충족시킬 수 없다는 좌절감이 바로 그들이 당하고 있

---

12) 익시온은 헤라를 유혹하려 했는데, 제우스가 그의 계획을 알고 구름으로 헤라의 형상을 빚어 익시온으로 하여금 욕망을 채우게 했다. 이 관계에서 반인반마인 켄타우로스가 태어났다.
13) 이들은 다나오스의 쉰 명의 딸들로 아이귑토스의 쉰 명의 아들들에 의해 결혼을 강요당했다. 아버지는 첫날밤 딸들이 각자의 남편을 살해하도록 시켰다. 딸들 중 하나를 제외한 마흔아홉 명이 아버지의 명령을 따랐고, 그래서 이 벌을 받게 되었다.
14) 티튀오스는 레토를 범하려다 레토의 아들 아폴론의 화살을 맞고 살해되어 이 벌을 받고 있다.
15) 오크노스는 낭비벽이 있는 부인으로 하여금 자신이 근면하게 모은 재산을 낭비하도록 허용한 그의 나태함 때문에 이 벌을 받게 되었다.

는 벌이다. 노력의 대가가 주어지지 않는 세계, 희망이 없는 절망의 세계 이것이 타르타로스가 상징하는 것이다. 이들은 이룰 수 없는 불가능한 욕망에 뒤따르는 불가피한 좌절을 당한다. 그러나 욕망은 항상 되살아나고 만족할 수 없는 욕망으로 인해 또다시 좌절감을 느낀다. 사실 이것이 인간 실존인지도 모른다. 정상을 정복했다고 느끼는 순간 다시 나락의 심연으로 굴러 떨어지는 바위, 그럼에도 불구하고 다시 정상을 향해 오르는 시쉬포스의 땀과 노력은 끊임없는 욕망과 좌절 사이를 오가는 현대인들의 모습이기 때문이다. 좌절과 영원한 상실의 장소로서의 타르타로스는 모든 개인의 삶에 있어서 첫 번째의 가장 중요한 상실에 대한 심리적 투사다. 그것은 어머니의 분리에 의해 표명되는 바 일체감의 상실이다. 지하 세계에서 벌을 받고 있는 자들이 경험하는 욕망과 좌절은 어린아이의 어머니와 함께 있고자 하는 욕망과 그것의 좌절의 경험이 다른 형태로 나타난 것일 뿐이다. 따라서 어머니의 부재로 느끼는 첫 좌절과 상실감이 창조 신화에서 타르타로스의 출현으로 나타난 것이라 하겠다.

타르타로스에 이어 대두되는 에로스는 어깨에 활통을 메고 다니면서 금화살을 심장에 쏘아 사랑을 불러일으키는 천진스럽고 귀여운 로마 신화의 큐피드와는 다르다. 창조 신화에 나오는 에로스는 생과 우주의 기본 원리로서 욕망을 표상하는 추상적 존재다. 타르타로스가 욕망의 좌절을 나타내는 반면, 에로스는 좌절과 동시에 일어나는 욕망의 대두를 의미한다. 좌절과 욕망은 끊임없이 반복되지만, 신화에서는 좌절이 욕망에 앞서 나타난다. 그것은 어린아이가 어머니와 함께 있을 때 거기에는 어떤 상실도 존재하지 않으므로 욕망이 일어나지 않으며, 어머니가 아기 곁을 떠날 때 어머니를 잃어버린 상실감에 이어 어머니에 대한 갈망이 일어나기 때문이다. 이것에 대한 다른 신화적인 설명이 플라톤의 「향연」(202a−203b)에 묘사되어 있다.

소크라테스는 한때 에로스가 아무것도 결핍되지 않은 위대하고 강력
한 신이라고 믿었다. 그러나 그는 현명한 여사제 디오티마로부터 사
실은 그 반대라는 것을 배우게 되었다고 한다. 에로스는 절대적인
존재가 아니며 어떤 대상에 대한 욕망이므로 그 대상이 현재 결핍되
어 있을 때 욕망이 일어난다는 것이다. 에로스는 아름다움과 선에
대한 사랑이므로 결국 에로스에는 아름다움과 선이 결핍되어 있다.
디오티마는 에로스가 아버지 '책략'과 어머니 '가난' 사이에서 태어
났기 때문에 다음과 같은 성격을 지니고 있다고 덧붙인다.

> 그는 항상 가난하며, 대부분의 사람들이 생각하듯이, 섬세하지도
> 아름답지도 않다. 그는 가혹하며, 비바람을 맞고 신발도 신지 않은
> 채 집도 없이 돌아다니며, 침대도 없이 땅바닥이나 문간의 층계나 거
> 리에서 잠을 잔다. 그는 어머니를 닮아서 궁핍 속에 살고 있지만, 아
> 버지(책략)의 아들로서 아름답고 좋은 것은 무엇이든지 가지려고 애
> 를 쓴다. 그는 대담하고 주제 넘고 격렬하며 항상 교활한 사냥꾼같이
> 계략을 꾸민다. 그는 또한 지식을 갈망하고 수단과 방편으로 가득하
> 며, 일생 동안 지식의 탐구자, 숙련된 마술가, 연금술사 그리고 참된
> 소피스트다.
>
> ──「향연」(203b)

디오티마의 가르침에서 보듯이, 욕망은 결핍된 것에 대한 갈망이
다. 사랑의 대상은 아름답고 우아하고 완전하지만, 사랑을 느끼는
자는 완전히 반대로 이 모든 것을 결여하고 있다. 아기에게 있어서
어머니의 존재는 아름답고 선하며 모든 좋은 것들의 총체로서 절대
적인 존재다. 자아의 분리와 함께 어머니, 그리고 한때 하나의 전체
를 이루었던 세계에 대한 인식이 생겨나며 잃어버린 것들에 대한 욕

망이 일어난다.

　이와 같이 그리스 창조 신화에서 우주의 탄생은 인간이 태어나서 처음으로 경험하는 감정의 심리적 반영이라고 볼 수 있다. 카오스는 어머니와 일체를 이루며 아무것도 부족하지 않은 상태를 나타낸다. 나와 타인의 구별이 없이 자아가 어머니와 우주와 일체를 이루며 모든 것이 충족되는 시기다. 어머니가 아기 곁을 떠날 때 아기는 처음으로 어머니가 자신과 분리된 존재라는 것을 인식하게 된다. 이것이 가이아의 대두이며, 대지는 최초의 모상이다. 어머니의 부재로 인해 아기가 느끼는 상실감과 좌절이 신화에 타르타로스로 나타나며 곧이어 어머니를 갈망하는 욕망인 에로스가 일어난다. 아기의 어머니에 대한 갈망은 다시 일체를 이루고 싶어 하는 완전함에의 갈망이다. 인간은 완전함을 염원한다. 그러나 이것은 이 생에서는 이루어질 수 없는 욕망이다. 아기가 느끼는 어머니에 대한 상실감과 욕망은 일생 동안 인간이 경험하는 욕망과 좌절의 전조라고 볼 수 있다.

파라다이스

　어머니와 일체를 이루던 행복했던 시절에 대한 추억은 그리스 신화나 다른 신화에서 파라다이스로 묘사된다. 어머니가 모든 것을 충족시켜 주던 때, 절대적인 보호와 사랑을 받으며 아무것도 부족하지 않기 때문에 어떠한 욕망도 일어나지 않던 상황은 인간의 무의식 속에 잃어버린 낙원으로 남아 있다. 「창세기」의 에덴 동산도 그중의 하나이며, 그리스 신화에서는 황금 시대가 이에 속한다. 헤시오도스는 인간의 역사를 다섯 시대(황금 시대, 은 시대, 청동 시대, 영웅시대, 철 시대)로 나누고 있으며 황금 시대를 다음과 같이 묘사한다.

　　그들(황금 종족)은 수고를 할 필요도 없고 가슴에 슬픔도 느끼지
않은 채 자유롭게 신들과 같이 살았으며, 비참한 시대가 그들 위에
머물지 않았다. 결코 쇠약해지지 않는 팔과 다리를 지닌 그들은 악이
존재하지 않는 곳에서 향연을 즐겼으며, 그들이 죽을 때에는 마치 잠
에 빠져드는 것 같았다. 그들은 모든 좋은 것들을 가졌으니, 풍작을
가져다 주는 땅이 저절로 그들에게 탐스럽고 풍성한 열매를 산출해
주었기 때문이다. 그들은 또한 풍요로운 가축으로부터 많은 좋은 것
들을 얻었고 축복받은 신들의 사랑을 받으며 대지 위에서 여유와 평
화 속에 살았다.

—「일과 날들」(112-120)

　　이렇게 그리스 신화 속의 파라다이스는 인간이 수고도 할 필요 없
이 저절로 모든 것이 충족되며 어떤 악도 존재하지 않고 가슴에 슬
픔도 없이 자유롭게 살 수 있는 낙원으로 묘사되고 있다. 모든 것이
풍요롭기 때문에 어떤 욕망도 일어나지 않으며 그곳은 자유와 평화
만이 있을 뿐이다. 크로노스는, 축복받은 첫 인간들이 살던 황금 시
대에 군림했었기 때문에, 제우스에 의해 폐위당한 뒤에도 선택받은
영웅들이 내세를 사는 또 하나의 파라다이스인 '축복받은 자들이 거
하는 섬'을 통치하게 된다. 이 섬은 헤시오도스의 다섯 시대 중의 네
번째 시대인 영웅시대의 위대한 영웅들이 지상에서의 생을 마치고,
현실의 고통과 슬픔이 없는 영원한 낙원에서 내세를 즐기는 곳이다.
이곳에서는 대지가 그들을 위해 일 년에 세 번씩 꿀같이 달콤한 과
일을 생산해 주며 모든 것이 평화롭고 기쁨으로 충만해 있다. 이곳
은 황금 시대의 축복처럼 기적 같은 풍요로움이 넘치는 곳이다.

　　그리스 신화에서 또 하나의 파라다이스를 헤스페리데스의 정원에
서 찾아볼 수 있다. 헤스페리데스는 서쪽 끝에 살고 있는 밤의 여신

의 세 딸들이다. 이들이 살고 있는 정원은 축복받은 자들이 거하는 섬인 '엘뤼시온'과는 달리 선한 자들이 내세에 거하는 곳은 아니다. 이곳은 인간들의 정원이 아니라 신들의 정원이지만, 가끔 인간들이 이곳을 방문하기도 한다. 여기에는 유명한 황금 사과나무가 있다. 황금색은 특히 파라다이스의 개념과 관련이 깊다. 인간의 첫 종족이 황금 시대였으며, 핀다로스에 의하면 '엘뤼시온'은 황금 꽃과 황금 과일로 가득 차 있다. (핀다로스, 「올림피아 송가」 II. 71-73) 헤라클레스는 그의 열한 번째 고행으로 헤스페리데스의 정원에 있는 황금 사과를 가져와야 했다. 이 황금 사과를 얻는 것은 불멸성을 얻고 어머니와 다시 결합하고자 하는 소망의 상징적 실현이라고 볼 수 있다. 사과는 어머니의 가슴을 특히 양육적이고 모성적인 역할을 상징한다. 황금 사과가 있는 헤스페리데스의 정원으로의 탐험은 헤라클레스가 죽어 하늘로 올라가서 궁극적으로 얻게 되는 파라다이스에 대한 전조라고 볼 수 있다.

이와 같이 파라다이스가 인생의 시작(황금 시대)에 놓여 있든 인생의 끝(죽어서 가는 '축복받은 자들이 거하는 섬')에 놓여 있든지 간에 그곳은 모든 것이 충족되고 만족스러운 상태를 나타낸다. 결핍된 것이 전혀 없기 때문에 아무런 욕망도 일어나지 않는 곳이다. 인간에게 있어서 최초의 파라다이스는 아기가, 어머니가 독립된 존재라는 것을 인식하기 이전, 그래서 아무런 부족함도 느끼지 못했던 상태이며, 마지막 파라다이스는 인간이 죽어 영원히 어머니 대지와 일체를 이룬 상태다. 죽음과 함께 이 세상의 고통도 슬픔도 사라지고 더 이상 아무것도 필요하지 않은, 영원한 안식과 평화가 기다리고 있는 곳으로 가게 된다. '나'의 존재가 분리된 개체를 이루지 않고 이 세상 속으로 녹아들어서 어머니 대지의 품에 안기는 것이다. 이것은 현실에서 이룰 수 없는 최초의 잃어버린 파라다이스에 대한 무의식적 욕망을 충족시키는 환상이라고 볼 수 있다. 가끔씩 일어나는 죽고 싶은 욕망은 어머니와의 합일, 즉 잃어버린 낙원에 대한 향수인지도 모른다. 영웅들이 죽어서 가는 '축복받은 자들이 거하는 섬'은 이 파라다이스의 회복이 현실에서는 불가능하지만 내세에서는 가능하리라는 인간 심리의 표명이기도 하다. 에덴 동산과 천국도 이러한 맥락에서 이해될 수 있다. 따라서 인생은 두 파라다이스 사이에 존재하며, 어머니로부터 자아가 분리되기 시작하면서 개인의 인생이 시작된다고 할 수 있겠다. 아이러니컬하게도 인간은 숙명적으로 파라다이스를 떠나야 하며, 성숙한 인간이 되기 위해서는 어머니와 일체를 이루던 유아기의 상태를 벗어나야만 하는 것이다.

황금 시대 다음에 대두된 은 시대의 인간들은 육체에 있어서나 정신에 있어서 황금 종족과 같지 않았다. 이들은 100년간의 유년기를 거쳐 청년기에 이르면 조금밖에 더 살지 못했으며, 자신들의 어리석음 때문에 슬픔 속에 살아야만 했다. 그들은 죄를 짓고 서로에게 해를 가하며 신들을 경배하지 않고 그들의 성스러운 제단에 제물도 바치지 않았다. 그래서 크로노스의 아들 제우스는 이 종족을 없애 버렸다. 죽을 인간들의 세 번째 세대인 청동 종족은 무시무시하고 잔인한 인종으로 전쟁과 난폭한 행위를 좋아했고 단단한 가슴과 강인한 힘을 지녔다. 무기도 청동으로 만들어졌고 집도 청동으로 지어졌으며 그들이 사용하는 도구도 청동 연장이었다. 이들은 자신들의 손에 의해 파멸되어 차가운 하데스로 내려갔으며 아무 이름도 남기지 않았다. 검은 땅이 이 세계를 덮었을 때 크로노스의 아들 제우스는 더 고귀하고 더 정의로운 신과 같은 종족인 영웅들을 만들었다. 이 시대는 그리스 신화에 나오는 영웅들이 산 시대다. 이들은 육체적으로나 정신적으로 청동 종족과 같지 않았으며 용맹스럽게 싸우다가장렬하게 쓰러진 정의로운 자들이었다. 어떤 자들은 테바이의 성문 앞에서, 어떤 자들은 트로이아에서 그들의 생을 마감했다. 이 영웅들은 죽어서 '축복받은 자들이 거하는 섬'으로 가서 신과 같이 복된 날들을 보내게 된다.

이 위대한 영웅들의 시대가 끝이 났을 때, 제우스는 다섯 번째 종족인 철 시대 인간들을 만들었다. 헤시오도스는 자신이 이 철 시대에 속한다고 보고 있으며 오늘을 사는 현 세대도 이에 속한다고 볼 수 있다. 헤시오도스는, 노동과 슬픔을 숙명적으로 안고 태어났고 괴로운 근심이 끊이지 않는 철 시대를 다음과 같이 묘사하고 있다.

아버지는 그의 자식들과 마음이 맞지 않고, 손님은 주인과, 친구는 친구와 동의하지 않으며, 형제는 전과 같이 형제에게 다정하지 않다. 인간들은 나이를 먹으면서 그들의 부모를 불명예스럽게 만들 것이다. 강심장을 지닌 그들은 신들에 대한 경외심을 갖지 않고 늙으신 부모님을 가혹한 말로 꾸짖으며 질책한다. 그들은 또한 연로한 부모에게 그들의 양육에 대한 대가를 지불하지도 않는다. 그들에게는 힘이 곧 정의이므로. 그리고 인간들은 다른 자의 도시를 약탈한다. 사람들은 맹세를 지키는 자나 정의로운 자 혹은 훌륭한 자에 대해서는 어떤 호의도 보이지 않으며, 오히려 악한 행위를 행한 자와 그의 난폭한 태도를 찬양한다. 힘이 정의이며 더 이상 존경심은 존재하지 않는다. 그리고 사악한 자가 가치 있는 자에 대해 거짓말을 하고 그에게 상처를 입히며 위증에 맹세한다. 악을 즐기는 더러운 입의 질투가 찌푸린 얼굴을 하고 비참한 자들 모두와 함께 지내게 된다. 그리고 그때 아이도스와 네메시스가 그들의 감미로운 형태를 흰 옷으로 감싸고 넓은 길이 있는 대지를 떠나 불멸의 신들의 무리에 가담하기 위해 인간들을 저버릴 것이다. 그리고 쓰라린 슬픔만이 죽을 수밖에 없는 인간들에게 남게 되며 악에 대한 어떤 도움도 갖지 못한다.

——「일과 날들」(181–201)

　헤시오도스는 자신이 현재 살고 있는 철 시대의 인간들 속에 속하지 않기를 간절히 염원한다. 이 시대는 진실로 악으로 가득 차 있기 때문이다. 인간들이 너무나 타락해서 새로 태어나는 아기조차 노인의 징후인 흰 머리카락을 지니고 태어날 때 제우스는 이 종족 또한 멸망시킬 것이다.(「일과 날들」 180) 힘이 곧 정의인 시대, 인간들 사이에 신의도 믿음도 없이 오직 반목과 질투만이 있는 시대. 그리하여 마침내 수치의 여신 아이도스와 분노의 여신 네메시스가 타락한 이 세상을 저버리고 하늘나라로 올라가 버릴 것이라고 한다. 아이도스는 인간들을 잘못으로부터 자제케 하는 존경과 수치의 감정을, 네메시스는 특히 악한 자들이 받을 자격이 없는 번영을 누리는 광경에 의해 야기되는 정당한 분노의 감정을 대변하는 신이다. 철 시대는 잘못을 저지르고도 부끄러워할 줄 모르는 뻔뻔스러운 자들과 불의를 보고도 분노할 줄 모르며 악에 물들어 무감각해진 인간들로 가득 차 있다고 헤시오도스는 한탄한다. 여기에는 헤시오도스 자신의 비관적인 인생관이 담겨 있기도 하다. 형이 뇌물을 좋아하는 재판관들에게 뇌물을 주고 아버지의 유산의 대부분을 차지해 버린 쓰라린 경험을 가졌던 시인의 염세적 인생관이 신화와 뒤섞여 있다. 그러나 시인 개인의 경험은 그에게만 국한된 것이 아니라 오늘날 우리 사회에 만연한 현상이라고 볼 수 있다. 특수한 경우는 보편적인 것에 대한 하나의 예일 뿐이며, 권력을 가진 자들의 횡포와 그들에 의해 부당하게 고통을 당하는 약자의 억울함은 어느 사회에나 존재하는 현상이다. 선한 자에게 참된 보상이 주어지지 않는 사회, 정의가 무기력해진 사회 속에서 부당함과 좌절감으로 허탈해진 인간들이 사는 시대가 바로 철 시대이며 오늘날 우리들의 시대이기도 하다. 그러나 헤시오도스에게 있어서나 다른 곳에서 그리스 염세주의는 체념된 회의주의를 의미하지 않는다. 시인은 모든 암흑을 넘어서 빛이 반짝이는 것을 본다. 제우스는 물고기, 짐승, 새들에게는 서로를 먹이로 하는 생존을 할당했지만 인간들에게는 훨씬 더 고귀한 정의Dike를 주었기 때문이다.(「일과 날들」 276-281) 헤시오도스의 작품 속에는 정의의 거룩함과 불멸성 그리고 구원력에 대한 확신이 담겨 있으며, 그는 현실에서 부당한 대우를 받는 자들을 위한 정의를 요구하며 결국에는 정의가 불의를 이긴다는 신념을 토로하고 있다.

헤시오도스는 최초의 인간들인 황금 종족은 파라다이스에서 신과 같은 삶을 즐겼지만, 은 시대, 청동 시대, 영웅시대를 거쳐 악이 만연한 철 시대에 이르렀다고 묘사하고 있다. 인간이 점점 타락해 간다는 사고는 고대나 현대 문학 속에서 많이 엿볼 수 있다. 황금 시대의 파라다이스에 대한 비젼은 에덴 동산과 같이 인간이 갈구하고 염원하는 꿈이다. 고통과 악으로 가득한 현실을 바라보면서 그 언젠가 아득한 옛날, 기억도 되지 않는 그러한 때에 부정과 불의가 존재하지 않고 모든 것이 정의롭고 평화로운 시대가 있었을 것이라는 믿음은 이상향을 꿈꾸는 인간 심리의 반영이다. 이기심과 욕망으로 빚어지는, 인간들의 암투로 만연한 현세에 반해 현실과는 다른 세상을 바라는 인간들의 소망의 표현인 것이다. 이것은 또한 어머니의 자궁 속에서 모든 것이 충족되던 시기, 아무것도 부족하지 않으며 어떤 욕구도 일어나지 않던 상태의, 회복될 수 없는 잃어버린 축복에 대한 환상이기도 하다. 파라다이스 신화는 개인의 어떤 노력도 요하지 않는, 즉각적이고 완전한 만족이 주어지던 어머니와의 합일에 대한 향수라고 볼 수 있다.

한편 창조 신화에서 파라다이스는 카오스(어머니와의 합일의 심리적 투사)로 표현되었다. 그렇다면 이 생에서 파라다이스를 실현하기 위해서 우리는 카오스로 되돌아가야 한다. 카오스는 무한히 뻗어 가는 텅 빈 공간, 끝없이 깊은 영원, 다만 하나의 거대한 전체일 뿐이다. 카오스의 실현——이것은 어머니와 합일을 이룬 유아기의 상태가 지속되어야 함을 의미하지는 않는다. 이것은 개체화를 통한 귀향이다. 그것은 개체화를 통해 자신의 '참 자아'를 수립한 후에 그 자아마저 버리는 무아의 경지다. 욕망과 좌절로 얼룩진 생의 경험으로 파괴되었다가 다시 합쳐지는 죽음의 미학이다. 갈래갈래 찢겨진 파멸을 통해서 다시 살아나는 더 성숙한 존재로의 재탄생인 것이다. 이제는 육체적인 어머니가 아니라 위대한 어머니 대지와 우주와의 합일을 이룰 때이다. 파라다이스는 피안의 세계가 아니다. 지금 여기에 파라다이스를 실현하기 위해서 우리는 인간의 가장 원초적인 세상, 즉 무(無)의 세계인 존재의 심연으로 귀향해야 한다. 그곳에는 하늘과 같은 무한한 공간만이 있을 뿐이다. 그리고 영원한 심연이. 카오스같이 텅 빈 존재의 공간이 무한으로 뻗어 갈 때 거기에는 욕망도 좌절도 없는 영원한 자유가 기다리고 있다.

크로노스와 제우스의 반란

가이아는 우라노스를 낳고 우라노스는 가이아와 결합하여 열두 티탄들을 낳았다. 그중에서 막내인 크로노스가 아버지 우라노스를 몰아내고 천지를 지배하는 왕이 되는 과정을 헤시오도스는 다음과 같이 묘사하고 있다.

그의 자식들이 태어날 때마다 우라노스는 모두 게(Ge: 가이아)의

심연 속에 숨기고 그들이 빛의 세계로 나오지 못하게 하면서 자신의 사악함을 즐겼다. 그러나 거대한 대지는 비탄에 잠겨 속으로 신음했다. 그러고는 교묘하고 악한 계획을 고안했다. 즉시 그녀는 회색빛 철석을 창조해 내어 거대한 낫을 만들고 자기의 사랑하는 자식들에게 털어놓았다. 마음으로 슬퍼하면서 그녀는 그들에게 이렇게 강요했다. "염치 없는 아버지로부터 태어난 자식들아. 만일 너희들이 순종한다면, 우리는 그의 악한 무례함을 벌할 수 있을 것이다. 왜냐하면 그가 수치스러운 행위를 고안한 첫 자이므로." 공포가 그들을 감쌌고 아무도 대답하지 못했다. 그러나 위대하고 꾀가 많은 크로노스가 용기를 내어 그의 사랑하는 어머니에게 말했다. "나는 우리들의 혐오스러운 아버지를 개의치 않으므로 내가 이 일을 수행하고 완성하겠습니다. 왜냐하면 그는 수치스러운 행동을 행한 첫 자이니까요." 그렇게 그가 말하자, 거대한 대지는 가슴속으로 크게 기뻐했다. 그녀는 그를 매복시키고 그의 손에 톱날을 한 낫을 쥐어주며 그에게 모든 계획을 얘기했다. 위대한 우라노스가 밤을 동반하고 사랑을 갈망하며 그녀 위를 완전히 덮으며 게 위에 누웠다. 그의 아들이 숨은 곳으로부터 왼손을 내밀며 오른손으로 낫을 들고 그의 사랑하는 아버지의 생식기를 잘라 던져 버렸다. 대지가 떨어지는 핏방울을 받았고, 때가 되어 강인한 에리뉘에스[16]와 번쩍이는 갑옷을 입고 손에 긴 창을 든 거인들과 멜리아이라고 불리는 님프들을 낳았다.

——「테오고니아」(156~187)

처음 느끼기에는 아주 무시무시하고 기괴한 이야기이지만, 이 신화는 인간 본성 속에 있는 근본적인 동기와 세력에 대한 솔직한 묘

---

16) 세 자매로 구성된 분노의 여신들로 단수는 에리뉘스 Erinys다.

사를 제공한다. 그리스인들은 인간의 심리 속에 있는 어두운 면들조차 억압하거나 외면하지 않고 심오한 통찰력과 감수성으로 적나라하게 그려 냈다. 막내아들의 어머니에 대한 헌신적인 사랑과 아버지에 대한 반항을 '오이디푸스적 반란'이라고 부를 수 있을 것이다. 어린이가 이성의 부모의 사랑과 관심을 독차지하기를 원하면서 동성의 부모를 경쟁 상대로 여기고 적대감을 느끼는 것을 '오이디푸스 콤플렉스'라고 칭한다. 이것은 그리스 신화 중 아버지 라이오스를 살해하고 어머니 이오카스테와 결혼한 오이디푸스 이야기로부터 프로이트가 따온 명칭이다.[17] 프로이트는 인간에게는 삶의 본능과 죽음의 본능이 있다고 보았으며, 특히 삶의 본능에 이바지하는 에너지를 '리비도libido'라고 불렀다. 이 리비도는 흔히 성적인 에너지와 동일시되는데, 이것은 프로이트가 삶의 본능 중에서 성적인 본능이 가장 강하다고 보았기 때문이다. 프로이트에 의하면, 어린아이는 구순기(1-2세), 항문기(2-3세)를 거쳐서 남근기(4-5세: 오이디푸스기)에 도달하는데 이때 '오이디푸스 콤플렉스'를 느낀다고 한다. 남자아이는 첫 이성의 대상인 어머니의 사랑을 독차지하고 싶은 욕망을 느끼며, 아버지에 대해서는 경쟁심과 적개심을 느끼게 된다. 그러나 동시에 자신의 이러한 감정이 아버지에게 발각되어 거세당하지 않을까 하는 거세 공포를 느끼게 된다고 한다. 그렇다고 아버지를 향해 항상 증오와 질투심을 느끼는 것은 아니며, 사랑하는 마음과 미워하는 마음이 뒤섞인 미묘하고 복잡한 감정이다. 또한 심리적 방어 기제인 '억압'이 작용하기 때문에, 부모나 다른 사람들은 아이로부터 이따금의 과도한 질투심이나 소유욕 이상은 느끼지 못하게 된다. 이 억압된 무의식적 환상은 후에 다소 가장된 형태로 나타나게 되며 인격 형성

---

17) 소포클레스의 비극 「오이디푸스 왕」과 동일시해서는 안 된다.

에 중요한 역할을 한다. 프로이트는 정신적 건강과 병리는 이 '오이디푸스 콤플렉스'를 잘 극복하느냐 못하느냐에 달려 있으며 모든 신경증적 증세의 근저에는 해결되지 못한 '오이디푸스 콤플렉스'가 자리하고 있다고 보았다. (반면 여자아이가 이성인 아버지를 좋아하는 것을 '엘렉트라 콤플렉스'라고 하는데, 여성의 경우에도 해결되지 못한 '엘렉트라 콤플렉스'는 그녀의 삶에 중요한 영향을 미치게 된다.) 사춘기를 거치면서 남자아이는 자신을 아버지와 동일시하면서 아버지에 대한 질투심과 어머니에 대한 집착으로부터 벗어나게 되고, 가정 밖에서 대리적인 애정의 대상을 얻기 위해서 가정 내의 욕망의 대상을 포기하게 된다. 이 극복되어야 할 과정을 제대로 청산하지 못하면 성장해서도 올바른 이성 관계를 가질 수 없을 뿐만 아니라 참된 의미의 성인이 될 수가 없는 것이다.

크로노스가 어머니의 뜻을 따라 아버지를 거세하는 이야기는 인간의 심리 속에 내재하고 있는 무의식적 욕구의 표현으로 아들이 어머니의 사랑을 독차지하기 위해서 경쟁자인 아버지를 무력하게 만드는 것으로 볼 수 있다. 어머니와 아버지가 갈등을 일으킬 때 아들은 어머니의 편에 서게 되며 아버지와 적대적인 관계가 된다. 남편으로부터 충족적인 사랑을 얻지 못한 어머니가 자신의 뜻을 따르는 아들과 함께 공모하여 반란을 일으킬 수도 있으며, 또 한편으로는 어린이의 환상 속에서 자신이 원하는 바를 마치 어머니의 뜻인 듯이 어머니에게 모든 것을 전가할 수도 있다. 후자를 심리학적 용어로 '투사 projection'라고 한다. 아들은 자신이 어머니의 사랑을 독차지하기 위해 아버지를 몰아내고자 하면서 이것을 어머니가 바라는 일이라고 생각하는 것이다. 이와 같이 아들은 첫 애정의 대상인 어머니의 사랑을 얻고 싶은 욕망에 자극되어 아버지를 적대시하며 아버지를 몰아내고 싶은 충동을 느낀다. 모든 아들들은 다소 정도의 차이는 있

겠으나 아버지에 대해 느끼지만 결국 억압하고 있는 숙명적인 적대
감에 대해 죄의식을 느낀다. 아버지에게 대항하는 아들의 범죄로부
터 태어난 분노의 여신들, 에리뉘에스는 부모를 향해 야기되거나 억
압된 적대적인 충동에 대한 죄의식을 상징한다.

자식들에 대한 우라노스의 공포와 억압은 그 자신의 두려운 기억
으로부터 생겨난 것이라고 볼 수 있다. 그가 어머니와 결혼했기 때
문에, 우라노스는 자신의 행위에 비추어 그의 아들들도 똑같은 것을
원하리라는 것을 알았다. 자신의 어머니와 결혼한 아버지는, 아들이
자신을 전복시키고 자기의 특권을 빼앗지 못하게 하려고 애쓴다. 반
면 어머니와 아들은 아버지를 몰아내려고 함께 공모한다. 이것은 분
명히 오이디푸스적 갈등이다. 그러나 크로노스는 어머니 가이아와
결혼하지 않는다. 우라노스가 어머니와 결혼하고 결국 아들에 의해
쫓겨났기 때문에 크로노스는 아버지의 실수를 되풀이함으로써 아버
지와 같은 운명을 당하지 않기 위해서 어머니와의 결혼을 포기하고
대체물을 구한 것이다.

아버지에 대한 반란은 다음 세대로 이어진다. 크로노스는 레아와
결합해서 여섯 올림포스 신들을 낳게 된다. 막내인 제우스가 어떻게
아버지 크로노스를 몰아내고 천지를 지배하는 왕이 되었는가에 대한
신화를 요약하면 다음과 같다.

크로노스는 자식들이 태어날 때마다 자신이 몸소 그 아이들을 삼켜
버렸다. 그는 자기 자식들 중에 누구도 아버지보다 더 강하게 되어
천지를 지배하는 세력을 가져서는 안 된다고 믿었기 때문이다. 그리
고 대지 속에 가두는 것은 더 이상 안전하지 않다는 것을 알았다. 레
아는 부모 우라노스와 게를 찾아가서 어떻게 하면 아버지의 세력을
빼앗은, 그리고 자기 자식들을 삼킨 크로노스에게 복수할 수 있을지

를 의논했다. 막내아들 제우스를 낳게 되었을 때, 레아는 크레테 섬
의 뤼크토스 산 동굴 속에 그를 감추어 두고 큰 돌을 포대기에 싸서
방금 태어난 아기라고 하며 크로노스에게 건네 주었다. 크로노스는
그것을 받아서 그대로 삼켜 버렸다. 그는 돌 대신 곧 그를 전복시키
고 그의 권력을 빼앗아 불멸의 신들을 통치할 그의 아들이 정복되지
않은 채 안전하게 남아 있는 것을 알지 못했다.

그 후 얼마 지나지 않아 크로노스는 배가 아픈 것을 느꼈고 먹은
것들을 토해 내기 시작했다. 먼저 돌부터 토해 내고, 그 다음 포세이
돈, 하데스, 헤라, 데메테르, 헤스티아를 차례로 토해 냈다. 제우스는
형제들과 함께 아버지 크로노스에 대항해서 전쟁을 일으켰다. 헤카톤
케이레스와 퀴클롭스들이 제우스의 편을 들었다.[18] 크로노스 편에는
그의 형제들인 티탄들이 싸웠으며, 프로메테우스는 제우스 쪽에, 아
틀라스는 크로노스 쪽에 가담했다. 제우스는 올림포스 산에 진을 치
고 크로노스는 오트리스 산에 진을 쳤다. 전투는 10년간 계속되었다.
전투의 승부가 결정될 때까지 치열한 싸움이 벌어졌다. 마치 하늘과
땅이 맞부딪치는 듯한 소음이 일어나고, 하늘이 땅 위에 무너져 내려
앉는 것 같았다. 바람이 먼지와 천둥번개를 휘몰고 다녔으며, 무시무
시한 전투의 소음이 천지를 진동시켰다. 마침내 제우스가 승리를 거
두었다. 크로노스는 제우스에 의해 폐위되어 '축복받은 자들이 거하
는 섬'으로 가서 그곳을 통치하게 된다. 티탄들은 타르타로스에 갇히
게 되고 아틀라스는 하늘을 떠받들고 있는 벌을 받게 되었다. 제우스
는 천지를 3등분하여 자신은 하늘을 다스리고, 포세이돈에게는 바다
를, 하데스에게는 지하 세계를 지배하게 했다.

―「테오고니아」(678-721, 820-880)

---

18) 헤카톤케이레스는 100개의 손을 가진 괴물이다. 퀴클롭스는 제우스에게 천둥 번개를
만들어 준 외눈의 거인이다.

포세이돈

제우스가 형제들과 함께 아버지 크로노스를 무찌른 다음에 천지를 세 등분하여 자신은 하늘
을 다스리고, 포세이돈에게는 바다를, 하데스에게는 지하 세계를 지배하게 했다.

크로노스가 아버지 우라노스를 전복하고 하늘신으로서 이 우주의 왕권을 장악했을 때, 그는 자신의 지위를 보호하기 위해서 숙고했었다. 그는 자기 아버지에게 일어났던 일을 기억하면서 자식들을 어머니의 몸 속에 가두는 것은 안전하지 않다고 판단하고, 이번에는 자식들이 태어날 때마다 스스로 그들을 삼키는 방법을 택했다. 아들들의 뒤에는 이들과 손을 잡은 공모자인 어머니의 존재가 있다는 것을 인식했기 때문에, 어머니와 아들들을 분리할 필요를 느꼈던 것이다. 그러나 이 방법 또한 유효하지 못했다. 어머니로부터 보호를 받은 제우스가 자신의 경쟁자인 아버지를 몰아내기 위해서 전쟁을 선포한 것이다. 아버지를 몰아내고 어머니의 사랑을 독차지하고 싶어 하는 무의식적 욕구는 이렇게 다음 세대에 또다시 재현된다. 제우스의 크로노스에 대한 반란은 크로노스의 우라노스에 대한 반란의 숙명적인 모사다. 남자아이가 이성인 어머니를 애정의 첫 대상으로 느끼며, 아버지를 제거되어야 할 경쟁자로 여기는 유아기적 소망과 무의식적 본능이 크로노스와 제우스의 반란 신화에 표출되어 있다는 것이 이 신화들에 대한 프로이트적 해석이다. 인류 역사를 통해서 근친상간을 금하는 강한 터부가 형성되었다는 것은 금해진 대상에 대한 강한 욕망이 있음을 의미한다. 자라서 성인이 되면 어머니에 대한 성적 충동과 아버지에 대한 질투심으로부터 벗어나게 되지만 인간의 무의식 속에는 유아기적 소망이 잠재하고 있으며, 동시에 금지된 터부가 현실에서 실현되면 어떻게 하나 하는 불안과 공포심이 함께 공존하고 있다. 신화 속에서 인간들은 감히 스스로 인정하고 싶지 않은 자신의 비밀스러운 감정들을 신들에게 투사하고 있는 것이다. 이와 같이 신화는 개인 속에 억압되거나 잠재되어 있는 어떤 것을 표현하고 있으며, 우리는 신화를 통해서 무의식 속에 내재하고 있는 억압된 욕구와 공포로부터 자아를 해방하고 정서적 안정을 도모하게 된다.

　한편 크로노스와 제우스의 반란 신화에는 더 근본적인 인간 심리가 표현되어 있을 수 있다. 인간의 가장 기본적인 욕구는 '권력에 대한 의지'일 것이다. 인간은 태어나는 순간부터 죽을 때까지 나름대로 세력을 가지려고 발버둥친다. 남을 지배하고 남 위에 군림하기 위해서, 다르게 표현한다면 남에게 지배당하지 않고 억눌리지 않기 위해 힘을 갖고자 한다. 이런 권력 투쟁은 가정 내에서부터 시작된다. 부모와 자식 사이의 알력은 다소 정도의 차이는 있겠지만 어느 가정에서나 볼 수 있는 현상이다. 자식은 자신의 의사대로 행동하려고 하지만 부모의 가치관과 권위에 부딪히게 된다. 가만히 내버려 두면 자식이 부모를 지배하려 들지도 모른다. 여기에 대항해서 부모는 자식들을 자신의 수중에 넣어 두려고 한다. 우라노스는 민주적인 인자한 아버지 상이 아니다. 그는 자식들이 태어날 때마다 그들이 아버지에게 대항해서 맞서지 못하도록 그들로부터 힘을 빼앗고 대지의 심연 속에 가두어 버렸다. 이들은 어두운 암흑 속에서 짓눌린 채 고통으로 신음했다. 자신의 인생을 살지 못하는 아들들은 아버지에게 박탈당한 자신의 권리를 되찾기 위해 반란을 일으킨다. 이와 같이 아버지에 대한 증오심은 가부장제 사회의 권위적인 부자 관계에 기인한다. 가부장제 사회에서 아들은 자기가 자신의 삶의 주체가 되지 못하고 아버지에게 예속되어 있다. 권위적인 억압은 아버지에 대한 증오심을 불러일으키며 억압에서 해방되고 싶은 강한 욕망을 품게 만든다.

　권위적이고 난폭한 아버지 밑에서 자라는 아이는 아버지에 대해 반감을 느끼며, 사실 크로노스같이 반란을 일으키고 싶지만 아직은 아버지에게 도전할 힘이 없기 때문에 그리고 이러한 감정이 발각되어 아버지로부터 보복당하지 않을까 두려워서 자신의 감정을 숨기게 된다. 그러나 무의식적 방어 기제인 '억압'에 의해서 이러한 감정이

의식으로부터 사라졌을 때에도 그것은 그 개인의 무의식 속에 깊이 뿌리 박히게 된다. 성장하면서 배우는 도의와 윤리 때문에 이 '억압'은 더욱 심화된다. 그러나 사실 인간의 행동은 의식보다 무의식에 의해서 더 지배를 받는다고 할 수 있다. 그래서 우리는 자신이 왜 그러한 행동을 하는지 그 이유를 자신도 모르는 경우를 많이 보게 된다. 인간의 무의식 속에는 자아와 부모의 상, 특히 권위적인 아버지 상과 자신의 어릴 때 모습이 아로새겨져 있다. 자아가 그 개인의 주체가 되어야 함에도 불구하고 자신 속에 있는 아버지 상이 주체가 되는 사람들이 많이 있다. 권위적이고 억압적인 아버지 밑에서 자란 사람들은 성인이 되어도 자신 속에 들어 있는 아버지 상이 지시하는 대로 행동하게 된다. 또한 아버지의 비위를 거슬러 아버지에게 야단 맞지나 않을까 하는 겁먹은 어린아이의 모습이 부각된다. 한편 반항적인 사람들은 그 행동의 당위성을 떠나 무조건 아버지의 의사와 반대로만 행동하려고 할 것이다. 진실로 자아가 자신의 주체가 되기 위해서는 자신 속에서 자기를 지배하고 있는 아버지 상을 자신의 무의식으로부터 제거해야 한다.(아니면 힘을 잃게 해야 한다.) 실제로 현존하는 아버지가 아니라 자신의 무의식 속 깊이 자리하고 있는 아버지의 부정적인 상을 살해해야 한다. 인간이 자아를 실현하기 위해서는 자유 의지에 의한 숙명적인 대결을 할 수밖에 없다. 이것이 아버지에 대한 반란 신화의 의미다. 이 대결에서 승리한다면 그는 인간 존재의 비극을 통해서 스스로의 세계 속에 다시 태어나는 재생을 맞이할 것이다. 그러나 이 대결에서 패배한다면, 그는 기존의 질서와 권위 속에 파묻혀 화석화된 삶의 모형을 따를 수밖에 없다.

크로노스는 자신이 자아의 주체가 되기 위해서 억압적인 아버지 상에 도전했다. 자신의 권위가 침해당하지나 않을까 두려워 자식들을 심연으로 가두어 버린 독재자 아버지를 무능하게 만듦으로써 자아가 진정으로 자신의 세계에서 왕이 됨을 천명했다. 그러나 크로노스 자신이 아버지가 되었을 때 자식과의 갈등과 대결이 다시 반복된다. 그 또한 가부장제 사회의 아버지로서 권위 의식에 물들어 있기 때문이다. 이것은 피할 수 없는 숙명적 반란을 불러일으키며 제우스와 그의 형제들은 또다시 자아의 해방을 위해 아버지에게 반기를 든다. 이것은 자유를 쟁취하기 위한 자신의 무의식과의 대결이며, 자기 자신과의 싸움이기도 하다.

많은 사람들이 자신의 심리 속에 내재하고 있는 아버지의 이미지와 현실의 아버지를 구별하지 못하며 심리 속의 상이 마치 실체이듯이 현실의 아버지와 동일시한다. 우리 모두는 아버지의 모든 면을 좋아하지 않을 수도 있다. 아버지도 불완전한 한 인간이기에. 그러나 경험 속에서 아버지의 좋은 면들은 다 흘러가 버리고 자신과 갈등을 일으킨 부분들만 심리 속에 카르마가 되어 남아 있다. 그리고 우리는 미성숙한 어린이의 경험 속에서 형성된 이 부정적인 부상에 대한 감정을 현실의 아버지에게 투사한다. 그러나 참된 성인이 된다는 것은, 자신이 미워하는 대상이 현실의 아버지가 아니라 바로 자신의 심리 속에 내재한 이 부정적인 부상임을 인식하고 자신을 억압하고 있는 이 상과 대결해서 승리를 거두는 것을 의미한다. 크로노스와 제우스가 승리를 거두듯이. 그리하여 부정적인 부상으로부터 해방된 자아는, 있는 그대로의 아버지를 수용하며, 그 아버지의 결점과 허물까지도 이해하고 포용하는 성숙한 자유인이 될 것이다.

페르세우스

페르세우스에 관한 신화를 요약하면 다음과 같다.

아크리시오스와 에우뤼디케 사이에 다나에가 태어났다. 아크리시오스는 자신이 아들을 낳을 수 있을지를 문의하기 위해 델포이 신탁을 찾아갔다. 신탁은 장차 그를 죽일 아들이 그의 딸에게서 태어날 것이라고 대답했다. 이 신탁이 두려워 아크리시오스는 다나에를 청동 지하실에 가두고 보초를 세워 지키게 했다. 그러나 제우스가 다나에를 사랑하게 되었고, 제우스가 마음먹는 데에는 어쩔 도리가 없었다. 제우스는 황금 소나기[19]로 변해서 틈 사이로 스며들어 그녀와 관계를 맺었다. 그 후 페르세우스가 태어났을 때 아크리시오스는 그가 제우스의 아들이라는 것을 믿지 않고, 딸과 아기를 상자에 넣어 바다에 띄웠다. 상자는 세리포스 섬에 닿았으며, 어부 딕튀스가 이들을 구해주었다.

딕튀스의 형 폴뤼덱테스가 세리포스의 왕이었다. 그가 다나에를 보고 사랑에 빠졌다. 그러나 페르세우스가 지금 자라서 청년이 되었기 때문에 폴뤼덱테스는 다나에에게 접근할 수가 없었다. 그는 페르세우스를 포함한 그의 친구들을 불러, 자신이 히포다메이아와 결혼을 하려고 하니, 그 결혼을 위한 선물을 가져오라고 요구했다. 페르세우스는 고르곤의 머리라도 거절하지 않겠다고 말했다. 왕은 다른 자들로부터는 말을 받았지만, 페르세우스에게는 고르곤의 머리를 가져오도록 명령했다.

헤르메스와 아테나의 인도를 받으며 페르세우스는 먼저 고르곤들의 자매이며 태어날 때부터 노파의 모습을 한 그라이아들에게 갔다. 이들 세 자매는 하나의 눈과 하나의 이를 가지고 있으며 서로서로 돌려가며 이것을 사용했다. 페르세우스는 이들로부터 눈과 이를 빼앗고는 그들이 님프들에게 가는 길을 가르쳐 주면 돌려주겠다고 얼러서 길을

알아냈다. 다음으로 그는 님프들에게 가서 날개가 달린 샌들과 고르곤의 머리를 넣을 자루인 키비시스, 그리고 하데스의 모자를 얻었다. 그는 키비시스를 어깨에 걸치고, 발에 샌들을 신고 하데스의 모자를 머리에 썼다. 이 모자를 쓰면 그가 원하는 사람은 누구나 볼 수 있지만, 그 자신은 다른 사람들에게 보이지 않는다. 그는 또한 헤르메스로부터 낫을 받았다. 그러고는 오케아노스[20] 건너편으로 날아가서 고르곤들이 잠자고 있는 것을 발견했다. 이들은 스텐노, 에우뤼알레, 메두사였다. 그러나 이들 중에 메두사만이 불멸의 존재가 아니므로 페르세우스가 가져가야 할 고르곤의 머리는 메두사였다. 고르곤들은 뱀으로 된 머리카락을 가졌으며 멧돼지의 이빨과 놋쇠로 된 손, 그리고 날 수 있는 황금 날개를 가지고 있었다. 이들은 또한 그들을 보는 자들을 모두 돌로 변화시키는 능력을 갖고 있었다. 페르세우스는 아테나의 인도를 받으며, 옆으로 서서 청동방패에 비친 고르곤의 형상을 보고 그녀의 머리를 잘랐다. 머리가 잘렸을 때, 목에서 날개가 달린 말 페가소스와 아들 크뤼사오르가 태어났다. 페르세우스는 메두사의 머리를 키비시스에 넣고 돌아왔다. 고르곤들이 깨어나서 그를 추적했지만, 하데스의 모자를 쓴 페르세우스를 볼 수가 없었다.

페르세우스는 돌아오는 길에 에티오피아를 들르게 되는데, 거기서 그는 케페우스 왕의 딸 안드로메다가 바다 괴물의 먹이가 되기 위해서 바위에 묶여 있는 것을 보았다. 케페우스의 부인, 카시오페이아가 그녀의 미모가 바다의 요정들인 네레이드들보다 낫다고 자랑했기 때문에, 화가 난 네레이드들이 포세이돈으로 하여금 이곳에 홍수와 괴물을 보내게 했었다. 그런데 암몬[21]이 내린 신탁에 의하면, 카시오페

---

20) 오케아노스Oceanos는 대양Ocean을 의미하며 대양의 신이기도 하다.
21) 원래는 이집트의 테바이시의 신이었으나 이집트 제국 시대에 암몬은 제국의 신이 되며 그에 대한 숭배는 시리아, 리비아까지 퍼지게 된다.

이아의 딸 안드로메다를 바다 괴물의 먹이로 주면 이 재난으로부터 구원받을 수 있으리라는 것이었다. 결국 아버지 케페우스는 에티오피아인들의 강요에 못 이겨, 그의 딸을 바위에 묶었다. 그런데 마침 이 때 페르세우스가 이곳을 지나게 되었던 것이다. 그는 안드로메다를 보고 사랑에 빠졌고, 케페우스에게 이 소녀를 부인으로 맞이하게 해 준다면 자신이 그 괴물을 처치하겠다고 말했다. 맹세를 받아낸 페르세우스는 괴물과 대결해서 이를 죽이고 안드로메다를 구해 냈다. 그러나 안드로메다는 케페우스의 동생 피네우스와 이미 약혼한 상태였고, 피네우스는 페르세우스에 대해 음모를 꾸몄다. 페르세우스가 이 음모를 발견하였을 때, 그는 곧 바로 피네우스와 그의 동료들에게 메두사의 머리를 보여 이들을 돌로 만들어 버렸다. 그리고 그는 안드로메다를 데리고 그곳을 떠났다.

세리포스에 도착했을 때 그는 자신의 어머니가 딕튀스와 함께 폴뤼덱테스의 폭력을 피하기 위해 신전 제단으로 피신한 것을 알았다. 그는 궁전으로 가서 폴뤼덱테스에게 친구들을 불러 모으게 한 후, 자신은 얼굴을 돌리고 그들에게 메두사의 머리를 보여 주었다. 그러자 그들은 모두 돌로 변했다. 그러고 나서 그는 딕튀스를 세리포스의 왕으로 앉혔다. 그는 샌들과 키비시스와 모자를 헤르메스에게 돌려주고 메두사의 머리는 아테나에게 바쳤다. 헤르메스는 물건들을 다시 님프들에게 돌려주었고, 아테나는 고르곤의 머리를 그녀의 방패 가운데 붙였다.

페르세우스는 다나에와 안드로메다와 함께 아크리시오스를 보러 갔다. 그러나 아크리시오스는 신탁이 두려워서 아르고스를 떠나 펠레기아로 갔다. 라리사의 왕 테우타미데스가 그의 죽은 아버지를 경배하기 위해 운동 경기를 개최했을 때 페르세우스가 경기에 참여하기 위해 이곳에 왔다. 그가 펜타틀론 종목에 참가했을 때, 그가 던진 원반

이 아크리시오스를 맞히게 되고 아크리시오스는 즉사하게 된다. 페르세우스는 아크리시오스를 시 밖에 묻고는, 자신이 죽인 자의 왕국을 차지하러 아르고스로 돌아가는 것을 수치스럽게 생각하며, 티륀스로 가서 프로이토스의 아들 메가펜테스와 왕국을 맞바꾸기로 했다. 이리하여 메가펜테스가 아르고스를 통치하고 페르세우스는 티륀스를 지배하게 되었다.

──아폴로도로스, 「도서관」(Ⅱ. 4. 1-5)

페르세우스에게는 아버지가 없다. 남편이 없는 다나에는 남편의 부재로 인해 채워지지 않는 빈 공간을 아들을 통해 채우려고 한다. 아들로부터 대리 만족을 얻으려는 어머니의 집요한 욕망은 아들에게 구속적이고 무겁게만 느껴진다. 아들은 어머니를 보호해 주고 아버지의 역할을 해 주고 싶지만 거기에는 한계가 있다. 아들은 어머니를 만족시켜 주고 싶은 욕망과, 동시에 자신이 결코 어머니를 만족시켜 줄 수 없다는 무능함으로 인한 좌절감을 느끼게 된다. 그리고 어머니의 사랑을 독차지하고 싶다는 욕망과 함께 어머니의 집요한 사랑으로부터 도피하고 싶은 충동을 동시에 느낀다. 페르세우스가 원하는 모상은 자신에게 아무것도 요구하지 않으며 오직 양육적이고 절대적인 사랑을 베푸는 어머니 상이다. 어린아이로서 어머니를 갖는다는 것은, 그 자신은 나약하고 무능하며 아무런 능력도 갖지 못한 상태라는 것을 의미한다. 어머니를 소유하기 위해서는 어린애처럼 어머니에게 의존하는 것을 포기하고 성인이 되어 힘을 길러야 한다. 그러나 페르세우스는 아버지의 부재로 자신의 모델이 될 수 있는 아버지 상을 갖지 못하며 성인이 되는 데에 많은 어려움을 겪는다. 페르세우스는 마땅히 있어야 할 아버지의 존재의 결여에 대한 원망과 그것으로 말미암아 자신에게 부과된 책임의 과다로 인해 아버지 상에 대한 적대적 충동을 갖게 된다. 그는 아버지와 동일시될 수 있는 모든 자들을 제거한다. 아버지가 없는 페르세우스에게 아버지에 가장 가까운 존재가 아크리시오스다. 아크리시오스의 살해는 자신의 무의식 속에 들어 있는 부정적인 부상에 대한 피할 수 없는 도전이었다.

페르세우스가 메두사를 공격하는 것이 어머니 상의 살해라는 이미지는 페르세우스와 오레스테스 사이의 밀접한 관계에서 명백하게 드러난다. 오레스테스는 아버지 아가멤논의 죽음을 복수하기 위해서 어머니 클뤼타임네스트라를 살해해야 할 소명을 아폴론으로부터 받게 되었다. 클뤼타임네스트라는 남편이 트로이아로 출전한 후 오레스테스를 도성 밖으로 쫓아내고 정부와 함께 뮈케나이의 주인 노릇을 했으며 남편이 트로이아 전쟁에서 승리를 거두고 돌아왔을 때 그를 살해했다. (클뤼타임네스트라에게는 나름대로의 이유가 있었다. 즉 사랑하는 딸 이피게네이아를 트로이아 전쟁의 승리를 위해 제물로 바친 남편에 대한 증오심과, 전쟁을 마치고 트로이아의 공주 카산드라를 정부로 데려온 것에 대한 질투심이 작용했던 것이다.) 오레스테스는 아버지를 살해한 어머니에 대한 증오심과 어머니의 사랑을 받지 못한 원망으로 점철된 일그러진 모상을 제거해야만 했다. 아이스퀼로스의 비극 「헌주를 바치는 여인들」에서 코러스는 오레스테스에게 어머니를 살해하도록 용기를 북돋아 주면서, 그에게 "당신의 가슴에 페르세우스의 심장을 갖도록 하라."고 권한다. (「헌주를 바치는 여인들」 831 ─ 832) 그리고 어머니의 살해 후 분노의 여신들인 에리뉘에스가 오레스테스를 추적하는 것은 메두사의 살해 후 자매인 고르곤들이 페르세우스를 추적하는 것과 근본적으로 동일한 성격을 지닌다. 이것은 가슴속에 있는 어머니 상을 도려내는 아픔과 함께 느끼는 일종의 죄책감을 상징하고 있다. 이와 같이 페르세우스가 메두사의 머리를 자

「메두사의 머리를 들고 있는 페르세우스」(벤베누토 첼리니, 1500-1571)
페르세우스가 메두사의 머리를 자르는 것은 자신 속에 있는 부정적인 모상을 제거하는 것을 의미한다. 두려움에 떠는 자들을 돌로 만드는 메두사의 마력이 의미하는 것은 무능과 마비를 초래하는 어머니의 위압감이다. 어머니에게 아들은 모순적인 감정을 느끼는데, 곧 첫 애정의 대상으로서의 흥분과 사랑, 이성에 대한 호기심, 그리고 절대적인 사랑을 원하면서 동시에 집요한 애착에 대한 거부감과 두려움이다.

르는 것은 자신 속에 있는 부정적인 모상을 제거하는 것을 의미한다.

메두사의 머리를 보는 사람을 모두 돌로 변하게 만드는 메두사의 마력은 무엇일까. 돌로 변하는 것이 암시하는 것은 무능과 마비이며, 이는 두려움에 따른 결과다. 어머니와의 관계에서 아들은 모순적인 감정을 동시에 느낀다. 첫 애정의 대상으로서의 흥분과 사랑, 이성에 대한 호기심과 매력 그리고 절대적인 사랑을 원하면서 동시에 집요한 사랑에 대한 거부감과 두려움을. 돌로 변하는 것의 상징은 얼어붙게 만드는 최면적인 응시에 대한 순간적인 반응뿐만 아니라 무기력하고 무능하게 되며 불감증을 느끼게 되는 더 넓은 영역까지 포함한다. 어머니의 자기만족적인 사랑은 아들을 독립된 존재로 인정하려 하지 않고 그의 자유로운 성장을 방해한다. 자신의 자아를 일그러지게 만들며 자신을 죄는 듯한 압박이 어머니로부터 온다는 것을 인식할 때 아들은 달아나고 싶어진다. 자신을 돌과 같이 얼어붙게 만드는 부정적인 어머니 상은 아버지가 없는 페르세우스의 경우 더욱 두드러진다. 페르세우스는 악마 같은 속성을 지닌 어머니를 바로 대면할 수 없었다. 공포에 질려 마비되지 않기 위해서는 메두사의 머리를 보아서는 안 된다. 그 대신 진실을 비추는 방패에 나타난 메두사의 영상을 포착해야 했다. 방패에 비친 메두사의 머리는 무의식 속에서 자신을 얼어붙게 만드는 어머니의 부정적인 상이다. 페르세우스는 자신을 무력하게 만드는 모상의 존재가 자신 속에 있음을 인정하고 이것과 대결하는 결단을 보였다. 페르세우스는 자신을 괴롭히는 악마 같은 어머니 상을 살해함으로써 모상으로부터의 해방을 실현했기에 영웅이 된 것이다. 메두사의 잘린 머리로부터 태어난, 하늘을 나는 천마 페가소스는 부정적인 모상으로부터의 자아의 해방을 상징한다.

영웅은 완전한 정신을 상징하는 표상이며 영웅 신화의 보편적인 기능은 개인의 자아 의식의 발달이라고 볼 수 있다. 인간에게는 타인도 싫어할 뿐만 아니라 자신도 인정하고 싶지 않은 무의식적인 부분이 있으며 융은 인간의 이러한 성격적 측면을 '그림자shadow'[22] 라는 용어로 칭하고 있다. 자아와 그림자는 서로 분리되어 있기는 하지만 마치 사고와 감정이 상호 관련이 있는 것처럼 밀접한 관계를 가진다. 일반적으로 한 개인의 고통스러운 경험으로 인해 형성된 어둡고 부정적인 면은 억압되어 무의식 상태로 남아 있기 마련이다. 그러나 영웅은 그림자의 존재를 인정하고 대면하며 이것과 싸울 준비가 되어 있다. 의식과 무의식의 대결은 그리스 신화에서 흔히 영웅과 악이 인격화된 괴물과의 투쟁으로 나타난다. 그림자가 적대적인 존재가 되느냐 그렇지 않으냐는 자신에게 달려 있다. 그림자는 그 진실이 오해되거나 무시될 때에 적대적인 것이 된다. 영웅은 자신 속에 그림자가 있다는 사실을 인식할 뿐만 아니라 그 그림자로부터도 힘을 끌어낼 수 있어야 한다. 악마를 타도하기 위해서는 파괴적인 힘과도 손을 잡아야 하기 때문이다. 마치 영웅이 괴물을 피하지 않고 그것과 대결해서 승리를 거두듯이 자아는 자신의 그림자를 대면하고 정복함으로써 그림자로부터 해방되어야 한다. 융은 자아와 그림자 사이의 갈등을 '해방을 위한 투쟁'이라고 보았다. 페르세우스가 메두사를 살해하는 것은 자신의 자아를 공포와 증오로 점철된 어두운 그림자로부터 해방시키는 행위였다. 사실 페르세우스에게는

---

22) 융은 인격의 이러한 무의식적 부분에 '그림자'라는 용어를 사용했는데, 그것은 실제로 꿈에 그것이 인격화된 형태로 나타나기 때문이다. 그림자가 단순히 의식적인 자아의 반대라고 볼 수는 없으며, 마치 자아가 불쾌하고 파괴적인 태도를 내포하고 있듯이 그림자도 역시 정상적인 본능이나 창조적인 충동이라는 좋은 면이 있다. 꿈이나 신화에서 그림자는 구체적인 인격으로 형상화되어 나타나며 동성으로 나타나는 경향이 많다.

어머니에 대한 증오심보다 사랑하는 마음이 더 크다. 그러나 조그마한 그림자에 가려져서 사랑하는 마음이 우러나올 수 없으며, 이 그림자가 모자간의 관계를 방해하고 있다. 악마 같은 그림자를 제거함으로써 페르세우스는 어머니와 온전한 관계를 가질 수 있게 되며, 도의와 의무에 의한 관계가 아니라 진심에서 우러나오는 성숙한 사랑을 할 수 있게 된다.

페르세우스는 메두사로 상징된 부정적인 모상을 정복했다. 이제 페르세우스가 들고 가는 메두사의 머리는 더 이상 페르세우스에게는 효력이 미치지 않지만, 아직도 모든 사람을 돌로 변화시키는 위력을 지니고 있다. 페르세우스는 메두사의 머리를 다른 자들에게 보여 주기 위해서 가지고 간다. 그들이 볼 수 있는 것은 살아 있는 메두사가 아니라 죽어 있는 메두사이다. 이들을 얼어붙게 만드는 어머니의 존재는 살아 있는 현존하는 어머니가 아니라 자신의 심리 속에 자리하고 있는 생명력이 없는 어머니 상이다. 그러나 이 무의식적인 존재는 그것을 인식하지 못하는 자들에게 그들을 돌로 변하게 하는 효력을 발휘한다. 그렇지만 페르세우스가 메두사의 머리를 잘랐다는 사실은, 메두사의 머리는 정복될 수 있다는 것을 입증한다.

융은 인간의 무의식 속에는 그림자 외에 또 다른 '내적인 상'이 있다고 한다. 남자에게는 여성적 요소가 인격화된 상이 존재하고 여성에게는 남성적 요소가 인격화된 상이 존재하며, 이것들을 각각 '아니마anima'와 '아니무스animus'라고 부른다. 아니마는 남성의 마음속에 숨은 모든 여성적인 심리적 경향들이 인격화된 것으로, 남성의 아니마가 개별적으로 나타날 때 보이는 특성은 일반적으로 그의 어머니에 의해 영향을 받는다. 반대로 여성 속의 남성 상인 아니무스는 그녀의 아버지에 의해 영향을 받는다. 만일 한 남성이 어머니로부터 부정적인 영향을 받았다면 그의 아니마는 불안정하고 쉽게 흥분하고 변덕스러운 경향을 띠게 되며, 그는 인생이 전혀 보람이 없는 것처럼 느끼게 되고 때로는 권태에 빠지기도 한다. 이런 암울한 기분은 심지어 그를 자살로까지 몰고 갈 수 있는데 이 경우에 아니마는 죽음을 불러일으키는 사령이 된다. 한편 남성이 어머니와 긍정적인 관계를 가졌을 경우에도 이것은 다른 방식으로 아니마에 영향을 주게 되며, 그 결과 그를 여성적이고 감상주의적인 사람으로 만들게 된다. 아니마의 모든 면들은 투사될 수 있으며 마치 그것들이 특정한 여인의 성질처럼 느껴지기도 한다. 그렇지만 아니마가 자신의 내부에 존재하는 무의식적인 상으로 제대로 인식될 때에야 비로소 이 문제는 해결될 수 있는 것이다. 어머니와의 밀착된 관계(그것이 부정적이든 긍정적이든)는 그 개인의 개체화를 방해한다.

페르세우스는 무의식적이며 악마 같은 모성의 힘에 대한 공포감을 극복하고, 집요한 어머니 상으로 점철된 자신의 아니마를 해방시켜야 했다. 이러한 해방이 이루어진 후에라야 다른 여성과 바람직한 관계를 가질 수 있는 것이다. 여성과의 관계에서 성숙한 관계를 갖기 위해서, 그리고 자아가 주체가 되는 진정한 의미의 성인이 되기 위해서, 어머니와의 관계에 밀착된 정신적 에너지를 자유롭게 해야 했다. 페르세우스와 메두사의 대결은 이러한 '성장' 과정의 표현이다. 안드로메다를 얻기 위해서 페르세우스는 먼저 메두사를 살해해야만 했던 것이다. 영웅적인 행위로 그는 자신을 어머니로부터 독립시켰고 부모의 기대라는 압력에서 벗어나게 되었다. 결국 페르세우스는 메두사를 살해한 후 다른 어머니 상을 얻게 된다. 안드로메다는 어머니 다나에로부터 메두사의 모습이 제거된 또 하나의 모상이다. 이제 다른 여인과 긍정적인 관계를 가질 수 있도록, 어머니에게 향해 있던 부정적인 감정들은 해소되었다. 단순히 다른 여인과의 관계를 위해서뿐만 아니라 어머니와의 바람직한 관계를 위해서도, 그리고 자신의 창조적인 미래를 위해서도 영웅은 정신의 내적 요소인 아니마를 해방시켜야 했던 것이다.

헤라클레스

'클레스'란 그리스어로 영광을 뜻하므로, 헤라클레스의 이름은 '헤라의 영광'을 의미한다. 아이러니컬하게도 헤라의 질투심으로 인한 고행을 통해서 궁극적인 영광을 얻게 된다는 것이다. 헤라클레스의 탄생부터 죽을 때까지 전 생애를 통해 변하지 않는 특징은 헤라의 적개심이다. (헤라는 제우스의 부인이므로 헤라클레스의 계모다. 그러나 여기서는 '어머니 상'을 대변한다.) 헤라는 제우스와 인간 여자와의 사이에서 태어난 많은 자식들 중에 유난히 헤라클레스를 미워했다. 그러나 헤라클레스는 어머니의 적개심에 의해 나약해지거나, 거기에 굴복하지 않고, 이 고난을 이겨 냄으로써 불멸성으로 상징되는 무한한 자유를 얻게 된 영웅이다. 헤라클레스의 탄생과 관련된 신화는 다음과 같다.

헤라클레스는 제우스와 알크메네 사이에서 태어난 아들이다. 암피트뤼온이 원정으로부터 돌아오기 전날 밤 제우스가 암피트뤼온의 모습으로 변장해서 알크메네를 찾아왔다. 그날 밤을 평소보다 세 배 길게 만들고 알크메네와 함께 밤을 지냈다. 그 다음날 암피트뤼온이 돌아왔을 때, 그는 아내가 별로 다정하게 반기지 않자 이상하게 생각했다. 그는 예언자 테이레시아스로부터 제우스가 전날 밤 암피트뤼온의 모습으로 그녀와 관계를 맺은 것을 알게 되었다. 헤라클레스가 태어날 날 제우스는 헤라에게 오늘 자신의 혈통이 태어날 것이며, 이 아

기는 장차 그가 살고 있는 지역과 주변 지역을 다스리게 될 것이라고
자랑했다. 헤라는 제우스로 하여금 이 말에 맹세를 하게 한 뒤 곧 아
르고스로 서둘러 가서 아직 일곱 달밖에 되지 않은 페르세우스의 손
자(따라서 제우스의 자손) 에우뤼스테우스를 서둘러 태어나게 하는 한
편 헤라클레스의 탄생은 지연시켰다. 따라서 제우스가 헤라클레스를
위해서 한 맹세는 곧 에우뤼스테우스에게 적용되었다. 이와 같이 헤
라클레스는 이미 이 세상에 태어나기 전부터 헤라의 질투와 적개심으
로 공격을 당하며, 이 공격은 헤라클레스의 일생에 영향을 미친다.
왜냐하면 그는 성인이 되어 그의 생의 대부분을 약하고 비겁한 에우
뤼스테우스에게 봉사해야 할 운명을 이때 부여받았기 때문이다. 알크
메네는 그 후 쌍둥이——제우스의 아들 헤라클레스와 암피트뤼온의 아
들 이피클레스——를 낳았다. 이들이 8개월이 되었을 때 헤라가 헤라
클레스를 죽이기 위해서 아이들의 침대 속에 두 마리의 큰 뱀을 넣었
다. 알크메네가 공포에 질려 남편 암피트뤼온을 부르는 동안 헤라클
레스가 벌떡 일어나 양손으로 한 마리씩 뱀의 목을 졸라 죽였다.[23]
한편 한 신화에 의하면 헤라는 헤라클레스를 자신의 아들로 만들기
위해 영웅을 자신의 치마 속에 넣고 산고의 흉내를 내며 다시 치마
밖으로 나오게 하고 자신의 젖을 먹임으로써 입양 의식을 치렀다고
한다.[24]

헤라클레스 신화에 있어서 모순성은 헤라와의 모순적인 관계에서
비롯된다. 헤라와 헤라클레스의 관계에는 부정적인 면과 긍정적인
면이 함께 공존하고 있다. 항상 다른 여신이나 인간 여자와 관계를
맺기 위해서 자기 곁을 떠나 있는 제우스에 대한 헤라의 적개심이

---

23) 호메로스, 「일리아스」 XIX. 97-125와 핀다로스, 「네메아 송가」 I. 33-72 참조.
24) 디오도루스 시쿨루스, IV. 39 참조.

헤라클레스에게 전가된다. 심리적으로 여자가 남편에게 증오심을 느낄 때 이 증오심을 아들에게 투사시켜, 그 아들을 남편 대신 증오의 목표물로 삼는 경우가 있다. 이 경우에 아들은 희생양이 되는 것이다. 반면 부재하는 남편의 대치물로써 자신의 빈 공백을 채울 필요성은 헤라로 하여금 자신의 젖을 먹이고, 그럼으로써 헤라클레스를 야심적이고 명예로운 존재로 만들도록 한다. 사실 헤라클레스가 초인적인 업적을 성취하는 위대한 영웅으로 성장할 수 있었던 것도 헤라의 불멸의 젖을 먹었기 때문이다. 따라서 일생 동안 헤라클레스를 괴롭힌 자도 헤라이며, 용맹스럽고 탁월한 영웅으로 만든 자도 헤라인 것이다. 헤라는 악의에 찬 박해하는 어머니 상이다. 그녀는 '정신분열증'적 어머니를 닮았다. 사랑을 주되 아이를 독립된 존재로 성장할 수 있게 배려해 주는 것이 아니라 인격 형성에 부정적인 영향을 미치는 조건적인 사랑을 준다. 현실을 왜곡하고 모순적인 것을 요구하며 자신의 만족을 위해서 어머니의 연장선 위에 아이를 두는, 그런 어머니에게 묶여 있는 자들은 보통 신경증적 증세를 나타내는데, 이러한 어머니의 사랑은 '독이 든 젖가슴'으로 상징된다. 그래서 헤라클레스는, 헤라의 증오의 대상인 동시에 그녀의 연장extension으로서, 어머니의 속박과 구속으로부터 벗어나기 위해 절규한다.

일반적으로 여성의 지위가 낮고 이성에 대한 적대감sex antagonism이 강한 사회에서는 여성의 감정적 충족이 주로 어머니와 아들의 관계에서 이루어진다. 반면 이 특성이 아주 적게 존재하는 사회에서는 결혼 관계가 필요충족의 수단이 된다. 고대 그리스는 분명히 전자에 속한다. 여성에 대한 거부와 경멸은 가정과 가족 생활에 대한 거부와 경멸을 의미하며, 남자 어린이는 그의 심리적 발달의 가장 중요한 시기에 주로 어머니에 의해 양육된다. 그리스 남성들과 같이 제우스는 항상 헤라로부터 멀리 떨어져 있었으며 헤라에게는 충실할 것을 강요한다. 그래서 헤라는 주로 그녀의 의붓자식들에 대한 복수심에 찬 추적을 통해 자신의 감정을 발산하게 된다. 좌절된 어머니가 자신의 감정의 일부를 아들에게 향하게 하는 것은 흔히 볼 수 있는 일이다. 남자아이는 그녀의 것이다. 어머니는 아들을 지배하려 하고 그녀의 변덕의 노리개로 만들며 자신의 충족되지 않는 감정을 아들을 통해 채우려고 한다.

헤라클레스는 어머니의 ‘희생양’인 동시에 ‘해독제’다. 그는 곧 증오의 대상인 동시에 사랑의 대상이 되는 것이다. ‘모순된 정서 ambivalance’의 적극적인 측면도 아들에게는 과도한 부담으로 다가온다. 어머니는 아들을 통해 남편으로부터 충족되지 않는 감정을 채우기 위해 그를 ‘이상적인 영웅’으로 만들려고 애쓴다. 그녀의 ‘작은 영웅’이 성장해서 ‘완전한 영웅’이 되어 그녀의 생의 남은 기간 동안 자신을 보호해 주고 사랑해 줄 것을 기대한다.[25] 그녀는 구속되고 제한된 삶을 살고 있지만 아들을 통해 자유롭고 충만한 삶을 펼치기를 원하는 것이다. 여기에는 자신의 잃어버린 삶의 일부를 아들을 통해 보상받고자 하는 ‘보상 심리’가 작용하고 있다고 볼 수 있다. 따라서 그리스 어머니들의 아들에 대한 모순된 정서는 대상을 향한 애정과 초조감을 내포하는 일반적인 모순 정서가 아니라 자신의 상처에 대한 치유로 반응하는 자기 중심적 모순 정서이다.

헤라클레스에 대한 헤라의 적개심은 가끔씩 그를 엄습하는 발작에 의해 표현된다. 성인이 되자 헤라클레스는 메가라와 결혼한다. 그러나 헤라클레스는 한 여자의 남편이 될 수 없었다. 어머니의 구속을 벗어나지 못한 헤라클레스에게 메가라는 자신을 얽어매는 속박으로

---

25) 헤라클레스가 헤라를 보호해 준 두 경우가 신화에 전해지고 있다. 하나는 티탄들의
반란 동안 포르퓌리온이 헤라를 겁탈하려 했을 때이며, 다른 하나는 파이스툼에 있는
신전에 그려져 있듯이 유사한 동기로 헤라가 실레노스들의 공격을 받았을 때이다.

밖에 느껴지지 않는다. 자기 자신의 무기력함에 대한 분노는 메가라에게로 향한다. 자유는 스스로가 고통스러운 투쟁을 통해서 얻을 수있는 것임을 인식하지 못한 헤라클레스는 스스로의 내적인 구속을부인의 탓으로 돌린다. 헤라클레스의 광기는 어머니의 저주다. 그것은 자신의 무의식 속에 들어 있는 부정적인 어머니 상의 발현이다.이것은 그를 미친 듯이 내리쳐, 그로 하여금 이성을 잃고 발광하게만드는 헤라의 적개심으로 상징되어 있다. 그는 가구를 부수고 집에불을 지르고 자신의 자식들마저 알아보지 못하고 죽이며 마침내 부인 메가라까지 살해한다.

메가라의 살해는 어머니에 대한 증오심이 '전위'된 것이라고 볼수 있다. 헤라클레스는 정상적인 '오이디푸스기'를 거치지 못했다.첫사랑의 대상인 어머니로부터 사랑을 얻지 못한 헤라클레스의 가슴은 원망으로 가득하다. 프로이트는 어머니에 대한 아들의 애착은 강도에 있어서는 성인의 것보다 훨씬 미약하지만 분명히 에로틱한 것으로 보았다. 어머니를 향한 리비도가 거부되면서 어머니에게 적대감을 갖게 되는 것이다. 어린아이는 사회적 관습이나 윤리적 제약을받지 않고 자신의 이기심을 발휘하며 마음껏 공상한다. 이성의 부모를 독차지하기를 원하면서 동성의 부모에게 적대감을 느끼는 것은성장 과정의 자연스러운 한 단계이다. 그러나 어머니의 박해를 받은헤라클레스는 정상적인 어린이가 동성의 부모에게 느끼는 적대감과증오심을 사랑의 대상이 되어야 할 이성의 부모에게 느끼게 되며,그럼으로써 그의 삶은 혼란에 빠진다. 헤라클레스의 해결되지 못한이 유아기의 감정이 메가라에게로 향했다. 배출구를 찾지 못하고 억압당한 증오심은 어느 순간 폭발하게 된다. 어머니에게 자신의 감정을 직접 표출할 수 없기 때문에 용이한 다른 대상으로 심리적 에너지가 옮겨진 것이다. 한편 어머니에 대한 증오는 사랑의 '반동 형성'

이라고 볼 수 있다. 인간의 본능과 그 파생물은 대립된 쌍을 이루고 있다. 삶과 죽음, 사랑과 미움, 건설과 파괴, 능동과 수동, 지배와 복종 등으로. 본능의 욕구가 충족되지 않을 때 자아는 그 반대되는 본능에 치중함으로써 충족되지 않는 불쾌한 욕구를 피하려고 한다. 이와 같이 한 본능이 대립되는 본능에 의해 직접적인 지각으로부터 은폐되는 방어 메커니즘을 '반동 형성reaction formation'이라고 한다. 증오는 사랑의 반동 형성이다. 증오한다는 것은 그 대상의 사랑을 원한다는 것을 의미한다. 반동 형성은 기만적이고 위선적인 목적에 에너지를 소모하게 함으로써 올바른 자신의 인생을 살 수 없게 만들며, 그 사람이 진정으로 원하는 것과 반대되는 행동을 하게 만든다. 헤라클레스의 어머니에 대한 증오심으로 점철된 자아는 '이드 Id'[26]에 의해 지배되며 이성을 잃고 광란한다.

헤라클레스의 미래의 삶은 그가 지은 죄에 대한 보상과 고행으로 인도된다. 그가 정신을 되찾았을 때 그는 자신도 모르는 광기의 실체에 몸서리친다. 그는 델포이 신탁을 찾아간다. 신탁은 헤라클레스에게 아르고스로 가서 12년간 에우뤼스테우스가 부과하는 고행을 하고, 그에게 봉사하면 불멸성을 얻게 될 것이라고 말한다. 호메로스의 「오뒤세이아」에서 오뒤세우스가 미래를 알기 위해 지하 세계로 내려갔다가 헤라클레스의 유령을 만났을 때, 그 유령은 오뒤세우스

---

26) 프로이트는 후기 이론에서 인간의 인격을 '이드', '자아', '초자아'로 나누고 있다. '이드'는 인간의 본능적 욕구가 자리하는 곳이며, '초자아'는 인격의 도덕적 측면으로 '이상아'가 자리하는 곳이다. 정신적으로 건강한 사람은 '자아'가 인격의 주체가 되어 '이드'와 '초자아'를 통제하고 지배함으로써 외부 세계와 원만한 관계를 갖는다. 이 세 체계가 다른 명칭을 갖고 있다고 해서 각기 독립된 실재를 의미하는 것은 아니며, 이것들은 모두 인격 내의 다른 과정, 기능, 역학 관계를 나타내는 약어인 것이다.

에게 이렇게 말한다. "나는 제우스의 아들이었소. 그러나 나의 고행은 끝이 없었소. 나는 훨씬 비천한 인간의 노예였으며, 그가 부과한 고행은 너무나 무거웠다오."(「오뒤세이아」 XI. 620-623) 여기서 그는 자신의 고행이 얼마나 어렵고 힘든 업무였는지, 자기보다 못한 인간의 종으로 굴욕을 견뎌 내는 것이 얼마나 고통스러웠는지를 말하고 있다.

이 고행을 그리스어로 '아틀로이 athloi'라 하는데, 이것은 원래 상을 얻기 위한 경연 대회를 의미한다. 헤라클레스의 경우 그 상은 델포이 신탁이 가리키듯이 불멸성이며, 이 불멸성은 참 자유의 상징이다. 에우뤼스테우스는 영웅답지 못한 비열한 자로서 관습의 틀을 대변한다. 에우뤼스테우스가 부과하는 고행은 결국은 헤라의 적개심의 산물이며, 헤라클레스는 이 고행을 통해 어머니로부터의 자유를 위해 투쟁해야만 했다. 아폴론의 신탁은, 헤라클레스에게 결코 에우뤼스테우스의 왕위를 빼앗아서는 안 된다고 경고했다. 힘으로 따지자면 헤라클레스가 에우뤼스테우스보다 훨씬 강했고, 그가 하려고 마음만 먹는다면 그 일은 능히 할 수 있는 것이었다. 그러나 왕이 되어 세상을 지배하는 것은 헤라클레스의 본성에 어울리는 일이 아니었다. 참된 승리자로서의 영웅은 이 세상을 통치하려 하지 않는다. 영웅은 자신의 근본적인 적이 자신 속에 존재함을 인식하고 자신과 싸워 승리하는 자이며, 자신의 욕망을 정복하고 자신 속에 내재하는 부정적인 요소와 대결하는 자인 것이다.

에우뤼스테우스가 부과한 열두 고행은 헤라클레스가 진정한 자유인이 되기 위해서 통과해야 하는 열두 가지 관문이었다. 어머니의 사랑을 받지 못하고 오히려 박해를 받은 헤라클레스는 정신적으로 신경증적 증세를 보인다. 헤라클레스는 충동적이고 자제력이 없으며 난폭하고 파괴적이다. 헤라클레스가 겪는 힘든 시련들은 자신의 결함과 대항해서 끊임없이 투쟁함으로써 정신을 정화시켜 나가는 과정을 상징한다. 헤라클레스는 네메아에 살고 있는 사자를 죽이고 에뤼만토스 산 주위를 황폐케 하는 멧돼지와 크레테 섬에 살고 있는 황소를 잡아 온다. 이들 야생 동물들이 날뛰는 모습은 헤라클레스 자신의 제어되지 않는 광기의 모습이기도 하다. 어머니의 적개심으로 인한 발작은 이성을 잃게 만들고 자신도 이해할 수 없는 광포성으로 이어진다. 헤라클레스는 자신 속에 있는 난폭함과 파괴적인 충동을 다스려야 했다.

헤라클레스는 물뱀 휘드라를 죽이는데, 휘드라는 머리가 아홉 개 달렸으며 그중의 하나는 불멸하기 때문에 머리를 자르면 자른 자리에 다시 머리가 자라나는 존재였다. 독이 든 이 뱀의 머리는 자르면 다시 솟아오르는 욕망의 덩어리를 나타낸다. 인간의 욕망은 한이 없으며 완전히 정복되지 않는 한 그것은 점점 더 크게 자라난다. 불멸의 머리가 자라나지 않도록 조카인 이올라오스가 횃불로 잘려진 부분을 지졌다. 불은 정화의 상징으로 숭고한 정신력만이 욕망을 제어할 수 있음을 의미한다. (그러나 헤라클레스는 자신의 화살들을 휘드라의 독에 담금으로써 결국 그의 육신은 욕망으로 인해 파멸당하게 된다.) 그는 또한 케뤼네이아에 살고 있는 금뿔이 달린 아르테미스 여신의 사슴을 잡아 와야 했다. 1년을 추적한 후 가벼운 상처를 내어 겨우 여신의 사슴을 생포했다. 이 고행은 쉬운 것같이 보이지만 가장 시간이 많이 걸리고 가장 힘든 일이었다고 헤라클레스는 고백한다. 사자나 멧돼지로 상징되는 광포함보다 어쩌면 사슴같이 유약한 여성적인 우울함이나 감상주의적인 기질이 더 다스리기 어려운지 모른다. 정신의 해방을 위해서 그는 나약한 감수성을 정화시켜야 했다.

헤라클레스는 아우게이아스 왕의 엄청나게 큰 마구간을 청소해야 했다. 지금까지 한번도 청소를 하지 않은 먼지와 오물투성이의 외양간은 헤라클레스의 심리 속에 쌓인 감정의 찌꺼기들로서 증오, 미움, 원망, 질투 같은 것들을 의미한다. 그는 알페이오스와 페네우스 강물 줄기를 마구간을 통해 흐르게 함으로써 이 일을 하루 만에 끝냈다. 강은 정체된 물이 아니며 생명력이 있는 흐르는 물이다. 이와 같이 깨어 있는 의식은 무의식 속까지 꿰뚫고 들어가서 정체되어 있는 감정의 오물들을 제거한다. 헤라클레스는 스튐팔로스 호수 옆의 늪에 살고 있는 새들을 모조리 화살로 쏘아 죽였다. 이 새들은 늪이라는 무의식 속에서 나오는 수많은 괴기 망상들이다. 헤라클레스는 자신의 정신을 흐리게 만들며 판단력을 잃게 만드는 망상과 허상들을 제거해야 했다. 헤라클레스는 또한 인간의 살을 먹고사는 디오메데스의 암말들을 데려와야 했다. 말은 성급함과 허영을 상징한다. 이 허영은 인간의 정신을 갉아먹고 쇠진하게 만든다. 그는 불멸성으로 상징되는 자유를 얻기 위해서 모든 허식과 허영을 물리쳐야 했다. 헤라클레스는 아마존 족들과 대결해서 여왕 히폴뤼테를 죽이고 그녀의 허리띠를 가져와야 했다. 아마존들은 남자들을 살해하는 여자들로 남성에 대한 적개심의 상징이다. 이것은 곧 헤라의 제우스에 대한 적개심이며 헤라클레스에게 전가된 적개심이기도 하다. 자신 속에 있는 여성에 대한 적개심을 제거하기 위해서 그는 자신에게 투사된 남성 적개심을 정복해야 했다.

마지막으로 헤라클레스는 서쪽 끝에 위치한 에뤼테이아 섬에 살고 있는 게뤼온의 가축들을 데려와야 했고, 서쪽 끝에 살고 있는 밤의 여신의 세 딸들인 헤스페리데스의 정원에 있는 황금 사과를 가져와야 했으며, 지하 세계의 문을 지키고 있는 세 개의 머리가 달린 개 케르베로스를 잡아 와야 했다. 헤라클레스가 행한 열두 고행들 중에 이 마지막 세 고행은 죽음을 정복하는 주제를 담고 있으며, 영원한 불멸성을 얻기 위한 준비 과정이라고 볼 수 있다. 고대에는 지하 세계가 지구의 서쪽 끝에 위치한다고 생각되었으며 지하 세계를 방문하고 무사히 돌아오는 것은 죽음을 정복하는 것으로 케르베로스를 생포하는 것에서 절정에 이른다. 헤라클레스는 참 자유를 얻기 위해서 정신적 죽음을 정복해야 했다. 자신이 진정한 자아가 되는 것을 방해하고 있는 무의식 속에 존재하는 모든 억압과 속박으로부터 자기를 해방해야 했던 것이다. 또한 황금 사과는 어머니의 가슴을 상징하며, 이것의 획득은 헤라클레스가 하늘로 올라가서 어머니와의 합일을 이루며 궁극적인 불멸성을 얻게 되는 것을 예시한다.

자기 자신의 무의식과의 투쟁을 심리학에서는 '헤라클레스의 작업'에 비유한다. 헤라클레스의 열두 고행은 보통 사람은 엄두도 내지 못할 힘들고 어려운 일이었다. 그러나 불가능한 일같이 보이는 것도 힘을 내어 시작할 때 길이 열린다. 자신의 부정적인 측면을 대면하는 용기를 가질 때 이미 그림자는 그 힘에 압도되기 시작하는 것이다. 진정한 성인이 되기 위해서는 이러한 과도기가 필요하다. 이것은 자신의 가슴속에 묻어 둔 상처와 그에 따르는 고통과 함께 시작된다. 그리고 스스로를 무의식의 힘에 내맡김으로써 외로운 자기 탐색의 길을 가야 한다. 그 무의식이라는 암흑 속에 어떤 공포가, 어떤 괴물이 도사리고 있다 할지라도 그 실체를 찾기 위해서 고통스러운 진실을 감수할 준비가 되어 있어야 하는 것이다. 자아를 그림자로부터 해방시키기 위해서는 자신의 내부로부터 악마 같은 존재가 돌출할지라도, 헤라클레스가 괴물들과 당당히 맞서 싸우듯이, 도피하지 않고 대면하는 용사가 되어야 한다. 이것은 일종의 소명이며, 참 자유인이 되기 위해 거쳐야만 하는 숙명적인 과제다.

헤라클레스의 생의 후반부에 관한 신화를 요약하면 다음과 같다.

헤라클레스가 열두 고행 중 마지막 고행인 케르베로스를 잡아 오기 위해 지하 세계를 방문했을 때 그곳에서 멜레아그로스를 만났다. 헤라클레스는 그의 남자다움과 늠름한 기상에 매료되었다. 그러나 이미 죽어 지하 세계에 내려와 있는 청년을 어떻게 할 수가 없어서 헤라클레스는 멜레아그로스에게 그와 똑같이 생긴 형제가 없느냐고 물었다. 멜레아그로스가 자기와 꼭 닮은 아직 결혼을 하지 않은 여동생이 있다고 대답하자 헤라클레스는 그녀와 결혼하겠다고 약속했다. 모든 고행들을 완결지은 후에 그는 멜레아그로스의 여동생 데이아네이라와 결혼하기 위해 칼뤼돈으로 갔다. 그는 데이아네이라를 얻기 전에 다른 구혼자인 강의 신 아켈로스와 결투를 해야 했다. 결투에서 승리한 후 그는 데이아네이라를 데리고 티륀스로 돌아오게 된다. 오는 도중 에우에노스 강을 건너야 하는데 강물이 불어 강을 건널 수 없게 되자 켄타우로스인 네소스가 먼저 데이아네이라를 업고 강을 건너게 해 주었다. 강둑에서 네소스가 그녀를 겁탈하려 하자, 헤라클레스가 그를 화살로 쏘아 죽였다. 네소스는 죽으면서 데이아네이라에게 자신의 상처로부터 흘러내리는 피를 모으라고 충고한다. 이것은 헤라클레스가 다른 여자를 데이아네이라보다 더 사랑하지 않게 만드는 효력 있는 약이 되리라는 것이었다. 그런데 사실은, 헤라클레스가 쏜 화살에는 휘드라의 독이 묻어 있었고, 따라서 그 화살을 맞은 네소스의 피 속에도 그 독이 스며들어 있었다. 그러나 순진한 데이아네이라는 네소스의 말을 그대로 믿고 이 피를 간직했다. 수년 동안 데이아네이라와 헤라클레스는 티륀스에 살았으며 여러 자식을 낳았다.

그러다가 헤라클레스는 오이칼리아의 왕 에우뤼토스의 딸 이올레를 사랑하게 되었다. 그러나 헤라클레스가 이올레를 얻기 위한 활쏘기 경연 대회에서 승리를 거두었는데도, 에우뤼토스는 그에게 이올레를 주기를 거절했다. 헤라클레스는 모욕을 받고 분한 마음으로 티륀스로 돌아왔다. 그 후 이올레의 오빠 이피토스가 잃어버린 가축을 찾기 위해 티륀스로 왔을 때 헤라클레스는 그를 성으로부터 던져 죽게 했다. 그는 이피토스를 죽게 만든 자신의 광기의 병을 치유하기 위해 델포이 신탁의 조언에 따라 뤼디아의 여왕 옴팔레의 몸종으로 1년간을 지내게 된다. 그는 여왕을 위해서 많은 일들을 행했으며 때로는 여자의 옷을 입고 뜨개질을 하기도 했다. 옴팔레로부터 풀려난 뒤 그는 트로이아를 공격했으며 돌아오는 길에 에우뤼토스에게 복수를 하고 이올레를 갖기로 결심했다.

그동안 데이아네이라는 트라키스에 있었다. 그녀는 헤라클레스가 옴팔레의 종이 되기 전부터 15개월간 헤라클레스를 보지 못했다. 헤라클레스는 아시아로부터 돌아오는 길에 에우뤼토스를 죽이고 오이칼리아를 파괴한 후 이올레와 다른 포로 여자들을 전령과 함께 트라키스로 먼저 보냈다. 이올레에 대한 헤라클레스의 사랑에 절망한 데이아네이라는 네소스의 마력을 사용한다. 그녀는 헤라클레스의 옷에 네소스의 피를 발라서 이 옷을 헤라클레스가 제우스에게 바치는 제사의식 때 입도록 했다. 제단의 불길이 활활 타오르자 독이 든 네소스의 피가 헤라클레스의 살갗으로 스며들었다. 헤라클레스는 견딜 수 없는 고통으로 울부짖으며 자신을 트라키스로 운반하게 하고 그곳에 그를 위한 화장용 장작 더미를 쌓게 했다. 데이아네이라는 자신이 행한 일이 결국 무엇이었는가를 깨달았을 때 자살했으며, 아들 휠로스가 헤라클레스의 임종을 지켰다. 아직 숨을 쉬고 있는 헤라클레스가 고통을 견디지 못해 자신의 화장용 장작더미에 불을 붙이라고 명령하지만 아들 휠로스는 차마 자신의 손으로 불을 지필 수가 없었다. 지나가는 목동 포이아스(필록테테스의 아버지) 혹은 필록테테스가 불을 붙여 주고 이에 대한 보답으로 헤라클레스의 활을 물려받았다. 이리하여 헤라클레스의 인간적인 육체는 다 타버리고 그는 올륌포스로 올

라가서 불멸성을 얻게 되었으며 헤라의 딸 헤베와 결혼했다.[27]

데이아네이라와의 충족적이지 못한 관계는 결국 헤라클레스를 죽음으로 몰고 간다. 헤라클레스는 대부분의 시간을 고행과 다른 여자와의 일시적인 관계로 보내면서 부인으로부터 멀리 떨어져 있다. 부인은 남편이 어디서 무엇을 하고 있는지 거의 알지 못한다. 또한 자식들도 필요한 때에 아버지의 보호와 사랑을 받지 못한다. 단지 집 밖에서만 유능한 아버지의 얄팍한 위상은 가정 내에서 무너지기 쉽다. 헤라클레스 자신도 같은 통찰력으로 자신의 입지를 인식한다. 에우리피데스의 비극 「헤라클레스의 광기」에서 헤라클레스는, 자신이 기본적인 남성의 역할, 즉 자기 부인과 자식들을 보호하는 일조차 해낼 수 없다면 그의 영광스러운 업적들이 다 무의미하다고 말한다.(「헤라클레스의 광기」 574-582) 비극은, 감정적인 충족을 원하는 데이아네이라와, 부인을 단순히 합법적인 자식을 낳기 위한 수단으로 여기는 남성적 관점 사이의 갈등에서 비롯된다. 데이아네이라의 가슴은 남편의 무관심에 대한 원망과 다른 여자를 사랑하는 남편에 대한 질투심으로 가득 차 있다. 데이아네이라의 남편에 대한 두려움과 증오는 헤라클레스의 여성에 대한 감정에 필적한다고 볼 수 있다. 어머니의 박해를 받은 아들은 여성에 대해 적대감과 부정적인 감정을 갖기 마련이다. 방자한 뤼디아의 여왕 옴팔레에 의한 노예화는 헤라클레스 자신의 '아니마'에 점철되어 있는 부정적인 어머니 상에 의한 노예화를 상징한다. 헤라클레스는 많은 여성들과 관계를 가지지만 어떤 여성과도 바람직한 관계를 이루지 못한다. 아직 자신의 '아니마'를 부정적인 모상으로부터 해방시키지 못한 그는 자유를

---

27) 소포클레스, 「트라키스의 여인들」과 핀다로스, 「이스트미아 송가」 IV. 61-67 참조.

얻기 위한 마지막 시련을 겪게 된다.

헤라클레스는 여성에 의해 파멸된다. 데이아네이라의 질투는 곧 헤라의 질투다. 휘드라는 헤라가 헤라클레스에 대한 분노로 키웠으며 그 독이 결국 그를 죽인다. 휘드라의 독이 묻은 화살은 헤라의 적개심의 절정을 의미하며, 상징적으로 그는 독이 든 어머니의 젖가슴에 의해 파멸된 것이다. 헤라클레스의 고통은 동물적인 욕망의 이기적 승리를 축하하는 제사 의식의 불길로 시작된다. 악한 어머니 상에 의해 파멸된 헤라클레스는 아버지에 의해 구원받는다. 제우스가 번개를 내리친다. 이 번개불은 정화의 상징이다. 독이 번진 육신은 소멸되고 그의 영혼은 자유를 얻어 승천한다. 그는 신이 된 것이다. 어머니가 그에게 준 육체는 다 타 버리고 단지 아버지의 형상을 닮은 이미지만이 화장용 장작더미의 재로부터 떠오른다. 그리고 뱀이 옛 허물을 벗고 번쩍이는 새옷을 입고 영화롭게 되듯이 헤라클레스는 인간적인 존재로부터 자유롭게 되었다. 그는 명예와 함께 더 큰 형상을 지니고 위엄과 권위의 풍모를 띠며 어떤 신과도 같이 크고 장엄하게 되었다. 어머니의 손아귀로부터 벗어난 헤라클레스는 전보다 더 강하게 된 것이다.

헤라클레스는 야생동물들의 정복자였다. 이제는 더 깊은 의미에서 그러하다. 그는 자신 속에 있는 야수들을 패배시킴으로써 내적인 괴물들의 정복자가 되었다. 일생 동안 자신에게 혼란과 파괴를 불러일으켰던 악마적인 힘으로부터 자유를 얻은 것이다. 고행을 통해서 순화된 헤라클레스의 정신은 영혼의 불멸성으로 상징된다. 그의 죽음은 곧 구원이며 새로운 모습으로 다시 태어나기 위한 과거의 청산이다. 헤라의 질투와 저주와 적개심으로 점철된 고뇌의 자아는 정화된 의식으로 변했다. 헤라클레스는 고행을 통해서 덕을 쌓는 것을 목표로 하는 스토아 학파의 이상적 영웅상이기도 하다. 그는 악과 투쟁하는 힘의 대변자이며 무의식의 그림자를 정복하는 인간 정신의 승리자다. 헤라클레스는 하늘로 올라가서 헤라의 딸 헤베와 결혼하게 된다. 헤베는 단지 헤라의 다른 모습일 뿐이다. 헤라에게서 헤라클레스에게 부정적인 영향을 미치는 모든 나쁜 요소들이 제거된 모상이다. 많은 고행과 시련을 겪고 난 뒤에 맞는 하늘에서의 결혼은 곧 헤라의 영광인 것이다.

심리학적으로 고행을 이겨 내고 불멸성을 얻은 진정한 영웅상의 의미는 무엇일까. 인간은 어린이 같은 전의식적인 상태에서 의식적이고 독립적인 자아를 확립하기 위해 자신의 자아 에너지를 풀어 놓고 단련시켜 나가게 된다. 마치 영웅이 수많은 괴물을 물리치며 승리를 거두듯이, 자아는 단련의 과정을 통해서 완전히 개별화된 자아 의식으로 정립되어 자율성을 얻게 되는데(융의 이론에 의하면 개성화 과정이다.) 이것이 바로 성숙한 영웅상의 의미다. 진정한 영웅상이란, 자아가 부모로부터 심리적으로 완전히 독립하여 성숙한 자아 의식을 확립하는 것이다. 이 단계에서는, 영웅이 더 이상 괴물이나 악마를 정복할 필요가 없듯이, 인간의 마음속 깊이 숨어 있는 힘이 인격화되며, 아니마와 그림자는 더 이상 위협적인 존재가 되지 못한다. 무의식 속에서 인격화된 모든 것은 밝은 면과 어두운 면을 다 가지고 있다. 그렇지만 영웅적인 투쟁을 통해서 부정적인 면이 제거된 아니마와 그림자는 생명력과 창조성을 불러일으킬 수 있게 된다. 긍정적인 아니마는 남성의 마음을 올바른 내적 가치와 합치하게 하여 보다 깊은 마음의 심부에 이르는 길을 열어 주는 역할을 한다.

현대인에게 아직도 가치 있는 유일한 모험은 자신의 무의식 세계로의 탐색이라고 볼 수 있다. 참된 의미의 성인은 타인의 삶의 어떤 모습도 모방하기를 거부한다. 그러나 많은 사람들이 위대한 종교적 스승들의 삶과 그들의 종교적 체험을 흉내 내려 하다가 돌과 같이 굳어지고 말았다. 그들은 회의도 고뇌도 방황도 해보지 않은 채 사회와 부모로부터 물려받은 전통만을 고수하면서 자신의 입지를 굳히려 한다. 혹시나 자신의 내면 속에 자리하고 있는 무서운 실체가 드러날까 봐 두려워하면서 종교와 전통 속에 안주하고 있다. 이들은 자신의 카르마를 더 깊은 심연으로 파묻으며 억압한다. 그럼으로써 이들은 관념으로 가득 찬 허위의 세계에 살고 있는 것이다. 위대한 정신적 지도자를 따르는 것은 그들의 삶을 그대로 모방하는 것이 아니라 그들과 같이 자신에게 진실되게 살며 깨어난 의식으로 자신의 참 자아를 수립하는 것을 의미한다. 성숙한 인간이 되기 위해서 우리는 세속적인 가치와 믿음을 추구하기보다 의식적으로 자신을 무의식의 세계에 내맡기려고 노력하지 않으면 안 된다. 그러나 무의식을 심각하게 받아들이고 그것이 제기하는 문제들과 대결하는 데에는 많은 용기가 필요하다. 영웅은 '그림자'가 있다는 사실을 인식하고 무의식의 신비스러운 세계를 향해 도전하는 용기를 가졌다. 괴물과의 투쟁에서의 승리는 곧 자신을 괴롭히고 있는 '그림자'에 대한 자아의 승리인 동시에 자기 자신에 대한 승리인 것이다. 이와 같이 이 세상에서의 진정한 해방은 심리적 해방을 통한 성숙한 자아 의식의 확립에 있음을 영웅상은 제시해 주고 있다.

3 비극을 통한 카타르시스

디오뉘시아 축제

아테나이에서 행해지는 큰 행사들 중의 하나가 디오뉘소스를 경배하기 위한 디오뉘시아 축제다. 이 축제의 주된 특징은 연극 경연 대회로서, 사람들이 실외 공연을 관람할 수 있도록 따뜻한 3월 후반에 열렸다. 일요일이 없던 때에 디오뉘시아 축제는 진귀한 음식을 먹고 포도주를 마시며 다양한 의식과 연극을 즐길 수 있는 공휴일이기도 했다. 만물이 소생하는 봄은 포도나무 가지에도 새싹이 돋는 디오뉘소스의 부활의 계절이다. 제전이 열리는 닷새간은 여느 때보다 더 복되고 신의 축복을 느낄 수 있는 날들이었다. 모든 사람들은 일을 중단했고, 이 동안에는 감옥에 들어가는 자도 없었다. 오직 신에 대한 경배와 디오뉘소스에게 바치는 연극 공연으로 이 제전을 경축했다. 또한 연극에 관심이 있는 많은 방문객들이 이웃 도시로부터 찾아와서 아테나이는 축제 분위기에 휩싸이게 된다. 축제의 첫날은 행렬과 신에게 제물을 바치는 의식을 행하는 종교적 행사로 채워진다. 디오뉘소스의 신상이 먼저 아카데메이아로 운반된 후, 디오뉘소스를 찬양하는 찬가인 디튀람보스를 부르는 소년들의 행렬 속에 아크로폴리스 남쪽 비탈에 있는 그의 신전으로 운반된다. 이것은 디오뉘소스가 처음에 아테나이에 도착했던 경로를 재연하는 의식으로서, 이 디오뉘시아 축제에서는 소아시아로부터 내륙을 통해 들어온 신을 기념했다.[1] 축제의 둘째 날에는 희극이 공연되며, 그 다음 사흘간은 비극이 공연된다.

연극 경연 대회는 아크로폴리스 남쪽 비탈에 위치한 야외 공연장에서 행해졌다. 오늘날 현존하는 구조는 돌로 되어 있으며 기원전 5세기에 존재한 목조 구조를 기원전 4세기에 더 영구적인 것으로 개조한 것이다. 공연장을 위해서 비탈진 지역이 선택되었다. 이것은 청중들이 앉아서 연주를 관람할 수 있는 자연적인 좌석을 마련해 주었기 때문이다. 이곳을 관람하는 장소라는 뜻인 '테아트론theatron'이라고 불렀으며, 그 가운데 타원형의 바닥을 '오르케스트라orchestra'라고 칭했다. 연극 공연은 디오뉘시아 축제가 열리는 아테나이뿐만 아니라 그리스의 많은 지역에서 행해졌다. 아폴론의 신전이 있는 델포이와 제우스를 위한 축제가 열리는 올륌피아에서도 공연되었다. 그러나 가장 유명한 야외 공연장은 펠로폰네소스 반도에 있는 에피다우로스의 공연장이다. 이곳의 타원형 오르케스트라에서 맨 윗줄의 관객석과의 거리는 100미터 이상이다. 그러나 바닥에 동전을 떨어뜨리면 동전의 크기에 따라 그 소리가 각각 다르게 들리며, 성냥불 지피는 소리가 맨 꼭대기까지 확연하게 들린다. 그래서 이곳을 찾는 이들은 고대 그리스인들의 건축술에 찬사를 아끼지 않는다.

축젯날 청중들은 음식과 포도주는 물론 방석까지 들고 와야 했다. 이들은 하루에 네다섯 편의 연극을 관람했기 때문이다. 각 연극 동안은 휴식이 없으며, 연극과 연극 사이에 약간의 휴식과 함께 열 시

---

1) 안테스테리아 축제에서는 바다를 건너 그리스로 들어온 신을 경축한다.

간 이상 관람했다. 공연이 시작되기 전, 디오뉘소스의 신상이 연극을 관람하기 위해 횃불과 함께 공연장으로 들어온다. 맨 앞줄에는 중요한 관직자와 저명한 방문객들을 위한 특별한 자리가 마련되어 있으며, 한가운데에는 디오뉘소스의 사제가 앉는다.

디오뉘시아 축제의 경연 대회에 참가하기 위해서 비극 작가는 작품 네 개(세 편의 비극과 한 편의 사튀로스극)를 공연하게 되어 있다. 초기에는 세 편의 비극 작품들이 주제에 있어서 서로 연결된 3부작을 형성했다. 그러나 이 관습은 점차 사라지게 되고, 그 후 각각 독립된 주제를 다루는 세 편의 비극이 공연되었다. 아이스퀼로스의 비극들 「아가멤논」, 「제주를 바치는 여인들」, 「에우메니데스」가 유일하게 현존하는 내용상의 3부작이다. 사튀로스극은 인간과 염소의 모습을 지닌, 디오뉘소스를 추종하는 신화상의 존재들인 사튀로스들로 코러스가 구성된 데에서 그 명칭을 따왔다. 익살과 해학과 기지로 넘치는 사튀로스극은, 세 편의 심오한 주제를 다루는 비극 공연 후에 기분 전환을 해 준다. 로마 시인 호라티우스는 사튀로스극을 축젯날 춤을 추도록 요청받는 숙녀에 비유함으로써 익살과 해학 속에 깃들어 있는 격조 높은 품위를 엿보게 한다. (호라티우스, 「시의 기법」 231-233) 오늘날 현존하는 유일한 사튀로스극은 에우리피데스에 의한 「퀴클롭스」로서, 이 작품은 오뒤세우스에 의해 봉사가 되는 외눈의 거인 폴뤼페모스에 관한 이야기를 다루고 있다. 반면 희극 작가들은 디오뉘시아 축제에서 한 편의 연극만 공연할 수 있다. 희극을 위한 축제는 따로 마련되어 있으며 가장 유명한 축제가 레나이아이다.

연극은 운문으로 되어 있으며 대화는 단음과 장음이 되풀이되는 단장격 iambic meter으로 그리고 코러스의 합창은 일정한 형식이 없이 시인 자신이 원하는 운율로 형성되어 있다. 초기에는 주역을 작가 자신이 맡았으나 나중에는 전문적인 연기자로 대치되었다. 그리스 비극은 세 사람의 남성 연기자가 행했으며 이것은 연기자들이 린넨이나 나무로 만든 가면을 썼기 때문에 가능했다. 주 연기자가 한 역할(주역)을 담당하고 나머지 두 연기자들이 여자들을 포함한 나머지 역을 맡았다. 코러스는 그리스 비극에 있어서 필수적인 요소였으며, 이 점이 오늘날의 작품들과 근본적으로 다른 점들 중의 하나다. 코러스는 공연장의 가운데에 있는 타원형의 오르케스트라에서 공연을 했으며, 춤을 추는 장소라는 뜻을 지닌 이 이름은 코러스가 노래를 불렀을 뿐만 아니라 춤을 추었다는 사실을 반영한다. 코러스는 연극의 내용에 따라서 한 무리의 선원들일 수도 있고 한 무리의 시민들일 수도 있으며 한 무리의 노예들일 수도 있다. 이들은 연극 사이사이에 플롯의 반주에 맞추어 노래를 부르고 춤을 추었으며 극 도중에는 연기자들과 대화를 나누기도 한다. 일반적으로 코러스는 연극 안에 일어나는 사건들에 대해 자신들의 의견을 말하는 형식을 취하고 있다.

오르케스트라 뒷면에는 낮은 무대와 무대 건물이 있다. 이 무대 건물 안에 소품들을 보관하며 여기서 연기자들이 분장을 바꾼다. 사실 현실적인 무대 장치를 시도하지는 않았으므로 배경은 거의 사용되지 않았다. 무대 건물 자체가 가운데 문과 옆면에 다른 문을 갖고 있어서 주로 궁전이나 집이나 신전으로 사용되었다. 바위나 바다 멀리 떨어져 있는 도시를 나타내기 위해서 그림이 그려진 배경 막이 사용되기도 했다. 또한 운반할 수 있는 신이나 여신의 상이 장소를 나타내기 위해 사용되었으며, 델포이 신전을 위해 아폴론 상이, 아테나이 시를 나타내기 위해 아테나 여신상을 두었다. 그러나 일반적으로 이러한 소품은 최소한도로 사용되었으며, 하나의 신상, 하나의 왕좌, 하나의 제단으로 사건이 벌어지고 있는 장소를 표현했다. 사실 그리스 비극에서는 연기자가 말하는 대사가 보이는 것보다 훨씬 더 중요하다. 작가는 언어의 힘으로 청중의 상상력 속에 배경을 만들었으며, 이것은 연극 속에서 사자(使者)가 말하는 많은 묘사적인 대사에서 두드러지게 나타난다.

일반적으로 낮은 무대 외에 무대 건물의 평평한 지붕이 때로는 연기 장소로 사용되었다. 더욱이 기중기는 가끔 날개 달린 마차를 타고 무대 위를 날아다니는 인물을 위해 사용되었으며, 특히 그리스 비극에 자주 나타나는 신들의 출현을 위해 적합했다. 이들은 가끔 알맞은 때에 인간사를 해결하기 위해 나타나며 이것을 전문적인 용어로 '데우스 엑스 마키나deus-ex-machina'[2]라고 부른다. 다른 무대 장치는 여닫이문과 엑퀴클레마ekkyklema로 알려진 장치이며, 엑퀴클레마는 바퀴가 달린 침상 같은 것으로서 무대 건물의 중간 문으로부터 밀려나와 안에서 벌어진 일의 결과를 보여 준다. 살인 같은 폭력적인 행위는 무대 뒤편에서만 행해지기 때문이다.

비극의 인물들은 전설이나 옛 시대의 영웅들, 또는 신들이다. 따라서 그 역에 맞도록 화려한 색깔과 모양을 지닌 사제의 옷과 같이 당당하고 길게 끌리는 의상을 입었다. 그들은 코토르노이kothornoi라고 부르는 특수한 신발을 신었는데 이것이 비극을 상징하는 물건이 되었다. 후에 비극의 연기자들을 더 인상적으로 보이게 하기 위해 코토르노이에 두꺼운 창을 대었으며 의상 속에 솜을 넣어 몸의 풍채가 돋보이게 만들었다. 또한 가면은 어떤 유형의 인물에 대해 전통적인 표준형을 가짐으로써 중요한 역할을 하기도 했다. 거대한 야외극장에서 미묘한 얼굴 표정은 드러나지 않고 가면의 과장된 특

---

2) 라틴어로서 '기중기로부터 나온 신'이라는 뜻이다. 그리스 비극에서는 아폴론, 디오뉘소스, 아테나 같은 올림포스 신들이 무대에 나타나서 극중 인물들이 해결할 수 없는 문제들을 해결한다. 그러나 제우스만은 비극 무대에 나타나지 않는다. 가장 위대한 신이여 전지전능한 신인 제우스는 감히 인간의 눈으로 볼 수 없기 때문이다.

고대 그리스 야외극장

고대 그리스 연극은 거대한 야외극장에서 상연되었다. 따라서 관객은 극중 인물의 미묘한 얼굴 표정을 볼 수 없기 때문에 가면이 중요한 역할을 했다. 가면의 모양과 형태는 특정 유형의 인물을 드러내는 데 효과적이기 때문이다. 관객은 가면의 과장된 특징만으로 새로 등장한 인물이 영웅인지 제사장인지 노예인지를 즉시 알아보았다. 또한 왕은 홀을, 헤라클레스는 곤봉을, 포세이돈은 삼지창을 지니는 것과 같은 적당한 상징물도 사용됐다.

징만 볼 수 있기 때문이었다. 청중은 가면만 보고도 새로 등장한 인물이 영웅인지 제사장인지 노예인지를 즉시 알아차릴 수 있었다. 머리카락이 가면에 붙어 있어서 따로 가발이 필요 없었으며, 기원전 5세기 이후 키를 크게 보이게 하기 위해 머리가 때로는 꼬깔형으로 만들어졌다. 또한 청중이 극중 인물을 쉽게 알 수 있도록 왕은 홀을, 헤라클레스는 곤봉을, 포세이돈은 삼지창을 지니는 것과 같은 적당한 상징물이 사용되기도 했다.

우리는 아테나이 정부가 이 축제에 관련된 정도에 의해 아테나이인들이 연극 경연 대회를 얼마나 중요하게 여겼는가를 알 수 있다. 경연 대회는 공식적인 종교적 축제로 마련되었으며 시 정부로부터 상당한 재정적 후원을 받았던 것이다. 경연 대회에 참여하기 위해서 극작가들은 그 해의 아르콘[3]에게 신청을 해야 했다. 아르콘은 그가 선택한 작가들에게 코러스를 배당했으며 이것은 극작가가 시의 비용으로 연기자와 코레고스choregos를 할당받았다는 것을 의미한다. 코레고스는 코러스의 훈련과 의상을 위한 비용을 담당하는, 공공 봉사에 나선 부유한 시민이었다. 그가 자신에게 할당된 극작가를 위해서 기꺼이 자신의 재산을 쓰고자 하는 의지 여부는 시인의 승리에 상당한 영향을 준다. 성공하게 되면, 코레고스도 극작가와 연기자와 같이 상을 받게 되며, 이런 경우에는 승리를 축하하기 위해 기념비를 세우거나 돌에 조각을 하기도 했다. 연극 경연은 열 명의 시민들로 구성된 심사원들에 의해 판정되며, 마지막 최종 결정은 추첨에 의해 선택된 이들 중의 다섯 명의 투표에 의한다. 그리고 나서 아르콘은 승리한 작가와 코레고스에게 청중들이 바라보는 앞에서 담쟁이 화관을 수여했다.

---

3) 군사, 민사, 종교를 담당하는 세 아르콘(archon: 집정관)이 있었으며 후기에는 아홉 명으로 그 수가 증가되었다. 처음에는 종신직이었던 것이 후에는 1년제로 바뀌었다.

비극의 기원은 기원전 6세기경으로 볼 수 있으나 증거가 너무나 모호하고, 대두된 이론들이 다양해서 많은 논쟁을 불러일으키고 있다. 오늘날 대부분의 학자들은 비극의 기원에 관해서 아리스토텔레스의 「시학」에 의존하고 있다. 아리스토텔레스는 「시학」에서 연극은 즉흥시로부터 유래되었고 그 시발점은 디튀람보스의 선창자로부터 나왔다고 말한다.(「시학」 1449a) 선창자는 노래를 시작하거나 인도하는 자를 의미하며 코러스와는 구별된다. 분명히 아리스토텔레스는 코러스와는 다른 선창자가 연극의 대화의 발달을 위한 시초를 제공했다고 생각했다. 그러나 아리스토텔레스는 곧 이어 비극의 다른 근원에 대해 말하고 있다. 한때 비극은 사소한 주제를 다루면서 우스꽝스럽고 익살맞은 양식으로 창작되었으며, 이것이 사튀로스극으로부터 변형되면서 위엄을 갖게 되었다고 한다.(「시학」 1449a) 아리스토텔레스가 여기서 사용한 '사튀로스극'이란 말은 완전히 발달된 사튀로스극이 아니라 그것의 초기 형태를 의미한다. 사튀로스극은 비극이 대두되면서 배경으로 물러나게 되고 더욱더 비극 속으로 흡수되었다. 프라티나스가 그것을 부활시키고 개작하지 않았다면 사튀로스극은 완전히 잊혀졌을 것이다.[4] 그가 사튀로스들의 익살극을 올바른 자리로 복귀시키고 아주 효과적으로 만들어서 사튀로스극은 디오뉘시아 축제의 비극 경연 대회에서 세 편의 비극 다음에 마지막 작품으로 공연되는 중요한 위치를 차지하게 되었다. 사실 사튀로스극은 항상 비극 작가에 의해 씌어졌으며 비극과 사튀로스극은 같은 근

---

4) 10세기에 편찬된 역사적, 문학적 백과사전인 「수다」는 프라티나스가 사튀로스극을 만든 첫 사람이었다고 말한다. 그는 기원전 5세기 초에 아테나이에서 공연했으며 완전한 연극 형식으로서의 사튀로스극을 완성했다.

원에서 나왔다고 볼 수 있다.

이와 같이 아리스토텔레스는 「시학」의 한곳에서는 디튀람보스가 다른 곳에서는 사튀로스극이 비극의 시초였다고 기술하고 있다. 헤로도토스는 아리온이 처음으로 디튀람보스를 쓰고 그것에 이름을 붙이고 코린토스에서 공연을 했다고 말한다. (「역사」 I. 23) 「수다」는 더 상세하게 아리온이 비극적 양식의 창시자이며, 코러스를 훈련시켜 디튀람보스를 부르게 하고 사튀로스들로 하여금 운율에 맞추어 노래 부르게 한 첫 사람이었다고 기록하고 있다. 아리온이 디오뉘소스를 찬양하는 고대 의식의 찬가인 디튀람보스를 발명하지 않았다는 것은 명백하다. 그의 기여는 디튀람보스를 서정시적 합창의 예술 형식으로 발달시켰다는 것이다. 그러나 비극의 기원에 대한 고찰을 위해서 가장 중요한 점은 아리온이 디튀람보스를 사튀로스들로 하여금 공연하게 했다는 것이다. 여기서 디튀람보스와 사튀로스극이 한 점에 모이게 되며, 아리스토텔레스의 「시학」에서 묘사된 이중적 기원이 역사적인 근거를 갖게 된다.

비극을 의미하는 그리스어 트라고이디아 tragoidia는 염소 tragos와 노래 oide가 합쳐진 단어로 '염소들의 노래'를 의미한다는 설이 지배적이다. 사튀로스는 남자의 몸에 염소의 얼굴과 꼬리를 지닌 신화상의 존재다. 사튀로스의 아버지 폽프실레노스는 항상 머리타래로 장식된 일종의 뜨개질한 옷을 걸치고 있으며, 고양된 정신의 소유자인 아들들은 털이 달린 옷을 허리에 두르고 있는 원시적인 모습으로 나타난다. 진정한 사튀로스가 자랑하는 긴 수염은 말이 아니라 염소의 것이다. 이와 같이 비극의 명칭은 염소의 모습을 한 사튀로스들이 디튀람보스를 부른 데에서 유래했다고 볼 수 있다. 그러나 프라티나스를 사튀로스극의 발명가로 생각하는 헬레니즘 시대[5] 학자들은 자연히 비극이 '염소들의 노래'를 의미한다는 것을 받아들일 수 없었다. 그들은 비극이 아티카의 시골 풍습에서 유래했다고 생각했으며 그들은 비극을 '염소의 제물을 바칠 때 부르는 노래' 혹은 '염소의 상을 타기 위해 경연을 벌이는 노래'로 해석했다. 따라서 이들은 사튀로스극이 비극보다 늦게 나온 것으로 생각했다.

비극에 대사가 도입되는 결정적인 단계에 관해서도 의견의 불일치가 있다. 어떤 학자들은 대사는 노래의 한 형식으로서 코러스의 노래에서 유래했다고 생각했다. 그러나 이 이론은 코러스의 노래와 대사 사이에 존재하는 언어와 문체의 상이점과 모순된다. 더 나은 해석은 대화는 외부로부터 첨가되었다는 것이다. 테미스티우스는 초기 단계에서는 단지 코러스만 노래했으며 후에 서언과 대사가 테스피스에 의해 첨가되었다고 전하고 있다.(「오라티오네스」 XXVI. 316d) 이것은 사실 「시학」에 기술된 것보다 훨씬 더 많이 알고 있는 아리스토텔레스의 말을 해설한 것이다.(「시학」 1449ab) 비극의 발달 과정에서 코러스의 노래는 분명히 청중에게 주제에 관한 많은 지식을 요구했다. 서언으로써 앞으로 일어나는 일에 대해 청중을 준비시키는 것은 명백히 한 단계 진전한 것이었다. 그리고 이와 유사하게 신화 이야기의 다양한 국면을 취급하는 일련의 코러스의 노래 사이에 대화자가 대두되게 되었다. 그 다음 단계는 화자와 코러스 지휘자가 서로서로에게 말하는 것이었다.

연기자를 지칭하는 그리스어는 히포크리테스hypocrites인데, 어떤 학자는 이것이 '해설가'를 의미한다고 생각했고 어떤 학자들은 '답하는 자'를 의미한다고 보았다. 연기자가 '해설가'를 의미한다고 본 학자들은 연기자가 서언으로써 복잡한 신화 이야기를 설명해 주었다고 생각했다. 반면 히포크리테스가 '답하는 자'를 의미한다는 관점

---

5) 알렉산드로스 대왕이 죽은 기원전 323년부터 그리스의 마지막 영토인 이집트가 로마의 옥타비아누스에게 넘어가는 기원전 31년 까지의 기간을 헬레니즘 시대라고 칭한다.

에서 보자면, 연기자는 코러스의 질문에 대답을 하며 그들의 노래를
야기시키는 역할을 한다. 연기자는 자신의 상황에 대해 긴 대사로
응답하거나, 사자로 등장해서 재앙적인 사건에 대해 서술하기도 하
며, 일문일답의 형태로 대화를 주고받기도 한다. 자연히 지휘자가
연기자로 변신하는 것이 코러스의 극화에 필연적으로 대두되는 양상
이었다.

한편 테스피스에 관해서 두 가지 견해가 전해지고 있다.[6] 한 가지
는 그를 위대한 비극의 발명가로 보는 것이며, 다른 의견은 단순히
마을 풍습과 관련된 인물이라는 것이다. 비극의 발달에 대한 헬레니
즘 시대의 이론에서 그는 아티카 마을 주변에서 염소의 상을 타기
위해 노래를 부르는 자로 묘사되고 있다. 그러나 「수다」는 기원전
536년에 테스피스가 디오뉘시아 축제에서 비극을 처음으로 공연했다
고 전하고 있다. 이때는 참주 페이시스트라토스[7]가 광범위한 개혁을
단행하면서 디오뉘소스 종교를 장려하고 비극이 공식적인 종교적 삶
의 필수적인 부분이 된 때이다. 오늘날 일반적으로 테스피스를 코러
스의 노래에 화자를 처음으로 도입한 비극의 창시자로 보며 그를
'비극의 아버지'라고 칭하고 있다. 「수다」에 따르면 테스피스가 처음
에는 그의 얼굴을 흰 납으로 칠했으며 후에는 가면을 소개했다고 한
다. 가면은 연극이 나오기 이전에 존재한 유물일 수 있으나, 테스피
스가 이 분야에 혁신을 일으켰으며 연기자를 위한 가면의 소개와 관
련이 있다고 볼 수 있을 것이다.

아이스퀼로스의 현존하는 비극은 비극의 발달 과정에 대한 정보를

---

6) E. Tieche, *Thespis*(Leip. 1933) 참조.

7) 아테나이의 참주로서 경제, 사회, 문화, 종교 개혁을 단행했다. 그는 아테나 여신을
   위한 종교 의식인 '판아테나이아' 축제를 창설했으며, 디오뉘소스 종교를 장려함으로
   써 그 부산물로 비극과 희극이 탄생하게 되는 계기를 마련했다.

제공해 주고 있다. 그의 작품에는 비극이 요하는 대로 극화된 코러스가 있다. 그들의 노래는 정교하게 잘 다듬어져 있으며 상당한 분량을 차지한다. 아이스퀼로스 이전의 비극에서는 코러스가 더 큰 분량을 차지했을 수 있다. 왜냐하면 아리스토텔레스는 아이스퀼로스가 코러스의 요소를 감소시키고 대사에 주 역할을 할당했다고 말하기 때문이다.(「시학」 1449a) 그의 초기 연극에는 두 사람의 연기자가 있었는데, 이들은 의상과 가면을 바꿈으로써 한 역할 이상을 할 수 있었다. 그 이전에는 한 명뿐이었던 연기자에 두 번째 연기자를 도입한 사람은 아이스퀼로스 자신이었다. 소포클레스가 세 번째 연기자를 첨가했으며(「시학」 1449a), 아이스퀼로스도 후기 연극에서는 세 연기자를 쓰고 있다. 코러스는 열두 명으로 구성되었던 것을 소포클레스가 열다섯 명으로 늘렸다.

그리스 비극은 그리스의 먼 영웅시대에 관한 이야기를 그리고 있다. 역사적으로는 후기 청동기 시대 혹은 미케네 시대로 알려진 시기이며, 전통적인 영웅시의 배경이 되는 위대한 모험과 전쟁이 일어난 웅장하고 장엄한 몇 세기의 이야기다. 신화는 서사시 그리고 서정시의 국면을 거쳐서, 시인들이 그것을 철학적, 종교적 문제의 수단으로 만든 비극의 국면으로 들어서게 되었다. 비극은 그리스 국민들의 의식 속에 그들 자신의 역사의 일부로 살아 있는 소재를 다루며, 비극 작가들은 지나간 과거사를 거리를 두고 관망하면서 그 속에 내포된 심오한 의미를 조명했다. 이들은 인간의 불행을 '비극'이라는 위대한 예술 형식으로 승화시킨 것이다.

그리스 병사들을 그린 도자기

그리스 비극은 그리스의 먼 영웅시대에 관한 이야기를 그리고 있다. 역사적으로는 후기 청동기 시대 혹은 미케네 시대로 알려진 시기이며, 전통적인 영웅시의 배경이 되는 위대한 모험과 전쟁이 일어난 웅장하고 장엄한 몇 세기의 이야기다. 그리스 도자기에는 이러한 전쟁과 영웅 이야기가 많이 등장한다.

아리스토텔레스의 「시학」은 현대에 이르기까지 문학 비평서로서 큰 영향력을 행사하고 있으며, 그리스 비극을 이해하는 데에 많은 도움을 주고 있다. 불행히도 오늘날 전해지고 있는 「시학」은 그 일부가 소실된 불완전한 형태로서, 문학에 대한 전반적인 이론보다는 주로 비극에 대한 그의 견해를 보여 준다. 「시학」은 그 내용이 너무나 압축되어 있어서, 많은 학자들이 이것을 출판을 위해 씌어진 한 권의 책으로보다는 아리스토텔레스 학파 내에서의 연구를 위해 씌어진 하나의 논문으로 보고 있다. 아리스토텔레스는 비극을 문학의 최고 형태로 생각했으므로 이 비극에 관한 논의가 「시학」의 핵심이라고 보아도 과언은 아니다. 그는 「시학」에서 비극의 기능과 목적, 그리고 이 목적을 잘 달성하기 위해서 비극이 어떻게 구성되어야 하는가를 설명하고 있다. 아리스토텔레스는 비극을 다음과 같이 정의한다.

비극이란 진지하고 완전하며 어떤 부피를 지닌 행위의 모방으로서 각 부분에 적절하게 사용된 감미로운 언어의 수단으로 서술적 형식이 아니라 극적 형식을 매개체로 하여, 연민과 공포를 통해서 그러한 감정들의 카타르시스를 성취한다.

——「시학」(1440b)

아리스토텔레스가 예술이 모방이라고 말할 때 그는 플라톤의 전통을 따르고 있다. 그러나 사실 이것은 플라톤의 이론이라기보다 플라톤이 시인들을 공격하기 위해 이용한, 당시 일반적으로 받아들여지던 견해였다. 아리스토텔레스는 「시학」의 첫 부분에서 이것을, 논쟁을 필요로 하는 관점으로서가 아니라 당연하게 받아들여지고 있는 견해로 취하며, 시의 다양한 장르들은 모방의 성격에 의해서, 다시 말해서 모방의 대상, 수단, 양식의 상이점에 따라 다른 예술을 만들어 내게 된다고 말하고 있다. 아리스토텔레스가 비극이 행위에 대한 모방이라고 말할 때 그는 단순한 모사나 재연을 의미하지 않는다. 이것은 시가 특수한 종류의 창조적 예술이라고 말하는 그의 방식이다. 모방은 상상력이나 독창성과 모순되지 않으며, 이 개념은 오히려 단순히 황당하고 불가능한 것에 반대되는 것으로 보아야 할 것이다.

비극 시인의 임무는 인간의 행위와 삶을 표현하는 것이다. 따라서 예술이 삶에 진실해야 한다는 것은 자명한 이치인 듯하다. 이것은 묘사되거나 제기된 상황, 인물, 감정이 우리에게 진실하게 다가와야 하며, 우리에게 기쁨을 느끼게 해 주어야 한다는 것을 의미한다. 예술이 진실하게 느껴지지 않을 때 그것은 관객에게 허탈감을 안겨 주기 때문이다. 그렇다고 반드시 지금 여기에서의 삶에 진실해야 한다는 것은 아니다. 시인은 과거에 그러했던 대로, 현재 그러한 대로, 혹은 그것들이 앞으로 그러하리라고 생각되는 대로 혹은 당연히 그러해야 하는 대로의 사건들을 묘사할 수 있다. (「시학」 1460)

아리스토텔레스는 시는 특수한 사건이 아니라 보편적인 사건을 다루므로 역사보다 더 철학적이고 가치가 있다고 말한다.[8]

이미 우리가 다룬 사실들로부터 명백한 것은 시인의 임무는 실제의 사건을 서술하는 것이 아니라, 개연적으로 혹은 필연적으로 일어날 수 있거나 일어날 법한 일들을 이야기한다는 것이다. 역사가와 시인의 차이점은 운문으로 쓰느냐 산문으로 쓰느냐에 있지 않다. 헤로도토스의 작품은 운문으로 씌어질 수 있으며, 그것은 운율에 맞춰 씌어

---

8) '시'는 운문으로 씌어진 모든 글을 말하며 문학을 총체적으로 일컫는 말이다. 그러나 여기서는 특히 '비극'을 의미한다.

지든 그렇지 않든 간에 여전히 일종의 역사이기 때문이다. 이들의 참
된 상이점은 역사가 실제로 일어난 사실을 기술하는 반면, 시인은 일
어날 가능성이 있는 사실을 말하는 데에 있다. 따라서 시는 역사보다
더 철학적이고 진지하다. 왜냐하면 역사는 개별적인 사실을 말하지만
시는 보편적인 진리를 말하기 때문이다.

—「시학」(1451ab)

시와 역사의 다른 점은 시가 운문으로, 역사가 산문으로 씌어진
데에 있지 않고 역사가 일어난 사건을 다루는 데 반하여 시는 일어
날 말한 것들은 다루는 데 있다. 다시 말해서 시와 역사의 차이점은
형식이 아니라 내용에 있으며 역사는 실제로 일어난 일을, 시는 일
어날 가능성이 있는 사건을 다룬다. 역사적 사건은 어떤 특정한 장
소와 시간에 특정 인물에게 일어난 사건인 반면, 보편적인 사건은
어느 누구에게나 필연적으로 혹은 개연적으로 일어날 수 있는 사건
을 말한다. 특정한 사건은 어느 특별한 상황에서 특정한 개인이 경
험하는 것으로 여기에는 우연성이 작용한다. 이 우연성은 충격을 주
며 비극적 감정인 공포와 연민을 일으키지 못한다. 그러나 비극에서
다루는 이야기는 인간이면 누구나 체험할 수 있는 삶의 보편적 진실
이며, 우리는 여기에 반응하고 감동을 받게 된다. 많은 청중들이 비극
을 관람하고 공감을 느끼는 이유가 바로 이 보편성에 있다고 하겠다.
아리스토텔레스는 구성을 비극의 제일 원리이며 영혼이라고 말한
다.(「시학」 1450b) 비극은 행위의 모방이며 행위의 연속인 이야기의
구조가 효과적일수록 비극이 산출하는 감정이 크기 때문이다. 플롯
은 하나이어야 하며 통일성과 유기성을 지녀야 한다. 이 통일성은
한 사건이 삭제되거나 위치가 옮겨질 때, 전 비극이 뒤죽박죽이 되
는 그러한 것이어야 한다. 다시 말해서 통일성은 유기체적이어야 하

며, 모든 부분은 제자리에 있어야 함과 동시에 적절한 기능을 행해야 한다. 그리고 그것들 사이의 관련성은 불가피하거나 적어도 그럴 듯해야 한다. 그러나 이 연관성은 너무 명백해서 관객들이 미리 알 수 있어서는 안 된다. 비극에는 놀라움의 요소가 있어야 하기 때문이다. 그러나 그 구조는 사건 후에는 명백하게 보여야 하며, 일련의 자연스러운 사건을 통해서 전개되고 결론에 도달하는 것이어야 한다.

플롯은 행운에서 불행으로 혹은 그 반대로의 운명의 변화를 포함한다. 아리스토텔레스의 관점에서는 비극이 반드시 불행하게 끝나야 할 필요는 없지만 이것이 그가 선호하는 운명의 변화다. 사실 소포클레스나 에우리피데스의 현존하는 비극들 중에는 행복한 결말로 끝나는 작품이 적지 않다. 아리스토텔레스는 단순한 구성보다 복합적인 구성을 더 훌륭한 비극으로 생각했으며, 복합적인 구성이란 운명의 변화가 '역전' 혹은 '인식' 장면 혹은 둘 다를 가지는 것이다.(「시학」 1452a) 역전과 인식은 그것 자체로 운명의 변화가 아니며, 비극 속에서 사용되고 있는 연극상의 기교들이다.

역전은 방향 혹은 의도의 역전이며 운명의 역전은 아니다. 한 방향으로 전개되기를 의도하는 무엇이 갑자기 예기치 않게 의도되지 않는 방향으로 변화하는 것이다. 역전의 예로서 「오이디푸스 왕」에서 아버지를 살해하고 어머니와 결혼할 것이라는 신탁이 두려워 코린토스로 돌아가기를 거부하는 오이디푸스에게 코린토스의 사자는 오이디푸스의 두려움을 없애 주기 위해서, 사실은 그가 코린토스의 왕 폴리보스의 친아들이 아니라 버려진 아기였던 것을 자신이 왕에게 갖다주었다고 말한다. 사자는 이 소식이 오이디푸스를 기쁘게 해 주기를 의도했으나, 이 사실은 오이디푸스가 자신의 정체를 알게 되는 실마리를 제공해 주며 그를 더욱더 두려움으로 몰고 가는 반대 효과를 가져온다. 역전은 플롯이 한 방향으로 진행되고 있는 것같이 보일 때 사건의 갑작스러운 전환이 있으며 다른 방향으로 진행되는 것이다.

인식은 우애적인 관계든지 적대적인 관계든지 간에 무지에서 앎으로의 변화를 의미한다. 인식의 가장 일반적인 형태는 인물들 사이의 인식이다. 누군가를 해치려고 하거나 해쳤을 때, 그 이전에 적이라고 생각했던 그 사람과의 유대, 일반적으로 혈연 관계를 발견하는 것이다. '인식'은 더 넓은 의미를 지닐 수 있으며 아리스토텔레스 자신이 훨씬 더 넓은 적용이 가능하다는 것을 후에 덧붙이고 있다. 확실히 다른 형태의 인식이 있으며, 얻어진 지식은 무생물에 관한 것일 수도 있고, 어떤 자가 어떤 것을 행하거나 행하지 않았다는 것일 수도 있으며, 사실 어떤 것에 관한 것일 수도 있다고 그는 말한다. (「시학」 1452b) 그러나 아리스토텔레스는 곧 인물들 사이의 인식에 대한 논의로 되돌아온다. 가장 훌륭한 비극의 구성은 '역전'과 '인식'에 의한 복합적인 구조를 지닌 것으로, 이 둘은 극작가에 의해서 인위적으로 고안된 것같이 보이지 않고, 극중 인물들의 행위들로부터 직접적으로 자연스럽게 일어나야 한다.

아리스토텔레스는 비극의 정의에서 비극을 단순한 행동의 모방이 아니라 '진지한' 행동의 모방이라고 말하고 있다. (「시학」 1449b) 여기서의 행위는 어느 특정한 행위가 아니라 전 연극의 행위를 의미한다. '진지한'의 그리스어는 '스푸다이오스spoudaios'로서 이 말은 진지한, 훌륭한, 고귀한, 가치 있는, 중요한 등 여러 가지로 해석될 수 있다. 여기서 비평가들은 도의적 개념과 심미적 의미 사이에 논쟁을 벌이며 도의적 함축을 주장하는 학자들은 '훌륭한' 행위로, 도의적 개념을 배제하려는 학자들은 '진지한' 혹은 '중요한' 행위로 해석한다. 사실 이 말은 그리스어 '파울로스phaulos'에 반대되는 말로 도의적 대립은 물론 정치적, 사회적, 미적 등 다양한 측면에서의 대립을 나타낸다. 다시 말해서 '스푸다이오스'는 귀족들의 특징을, '파울로스'는 평민이나 노예의 특징을 나타낸다고 볼 수 있다. 고대 그리스에서 귀족들은 신분적, 물질적 우월함뿐만 아니라 품위와 덕망과 탁월함(아레테 arete)에서도 평민들과는 그 특징을 달리했다. 아리스토텔레스는 행위는 행위자의 인격과 심성으로부터 나오며, 비극은 보통 사람보다 훌륭한 사람을 모방한다고 말하고 있다. 또한 그리스 비극의 주인공들은 전통적인 영웅이나 귀족 가문의 출신이었다. 따라서 '진지한 행동'이란 희극에 등장하는 인물들의 천하고 우스꽝스러운 행위와는 달리 영웅이나 귀족의 신분에 어울리는 깊이와 무게가 있는 행위를 의미한다.

대부분의 비극은 한 위대한 비극적 영웅을 중심으로 이야기가 전개된다. 아리스토텔레스는 이 '비극적 영웅'의 특징을 다음과 같이 규명하고 있다.

먼저 성자가 행복에서 불행으로 전락하는 것을 보여 주어서는 안 된다. 이것은 공포도 연민도 불러일으키지 않으며 단지 충격적이기 때문이다. 그리고 악인이 불행에서 번영으로 운명의 변화를 가져서도 안 된다. 이것은 비극을 위해 필요한 조건을 하나도 갖추지 못하며 가장 비극적이지 않기 때문이다. 이것은 연민과 공포를 불러일으키지 않을 뿐만 아니라 우리의 감정을 만족시키지도 않는다. 또한 완전한 악인이 행복에서 불행으로 운명이 바뀌는 것을 보여 주어서도 안 된다. 그러한 구조는 우리들의 감정을 만족시켜 줄지는 모르지만 연민도 공포도 야기시키지 않는다. 우리는 부당하게 불행을 당한 자에 대해 연민을, 우리와 유사한 자가 불행에 빠지는 것에 대해 공포를 느끼게 된다. 그러므로 이 경우에는 연민도 공포도 불러일으키지 못한다. 따라서 남는 것은 이들 중간에 있는 인물이다. 덕과 정의에 있어서 탁월하지 않는 자이어야 하며, 어떤 비행이나 악에 의해서가 아니라 어떤 하마르티아hamartia를 통해서 행복에서 불행으로 전락해야 한다. 그는 또한 오이디푸스나 튀에스테스나 그러한 귀족 가문 출신의 사람같이 저명하거나 번영을 누리는 자이어야 한다.

——「시학」(1452b–1453a)

비극의 주인공은 성자도 완전한 악인도 아니어야 한다. 완벽하게 훌륭한 자가 불행으로 전락하는 것은 단순히 충격적이며, 또한 악인이 불행하게 되는 것은 우리들을 만족시켜 주지만 비극적이지는 않기 때문이다. 이러한 변화의 어떤 것도 공포와 연민을 야기시키지 못한다. 우리는 그의 불행이 부당하다고 느껴지는 자에 대해 연민을 느끼며 우리는 우리 자신과 유사한 어떤 자에 대해 공포를 느낀다. 비극을 즐기기 위해서 우리는 영웅과 감정적으로 동일시될 수 있어야 하는데 성자나 악인은 사실 우리와 너무 거리가 멀다. 한편 아리스토텔레스는 비극적 영웅은 오이디푸스, 튀에스테스 혹은 그러한 가문의 저명한 사람들같이 유명하고 번영을 누리는 자여야 한다고 말하고 있다. 비극적 영웅이 지상에 존재하는 위대한 자들이어야 한다는 것은 무대의 위엄성을 높이고 전락의 폭을 크게 함으로써 더 깊은 감응을 불러일으키기 위함이다. 평범한 자가 전락하는 것보다 모든 사람이 우러러보고 존경하는 높은 지위의 인물이 전락할 때 행복으로부터 불행으로의 운명의 변화 폭이 커지기 때문이다. 영웅이 우리 자신과 유사해야 한다는 것은 청중이 쉽게 주인공과 동일시됨으로써 극중 주인공이 당하는 고통이 곧 나 자신에게도 일어날 수 있다는 가능성을 느끼게 하기 위함이다.

가장 훌륭한 종류의 비극은 어떤 사악함이나 악을 통해서가 아니라, 훌륭한 인물 속에 있는 어떤 '하마르티아hamartia'를 통해서 초래되는 불행한 결말을 요구한다. 비극적 영웅에 관한 아리스토텔레스의 묘사에서 문제가 되고 있는 것이 이 '하마르티아'의 성격이다. 이 단어는 실수, 잘못, 결점 등을 의미하며, 도의적인 잘못, 판단의 오류 혹은 단순한 실수 등 다양하게 해석되어 왔다. 아리스토텔레스는 비극적 인물을 묘사하면서 '하마르티아'가 그 인물의 외부에 존재하지 않고 인물 속에 내재하고 있다고 말하는 듯하다. 한 행위는 그 인물의 성격으로부터 나오며, 그가 행한 행위는 그럴듯하고 불가피하기 때문이다. 어떤 사람이 그 스스로 잘못을 저지르는 것이 아니라 잘못으로 인도되는 상황에 처해질 수 있다. 그는 환경의 희생자라고 볼 수 있지만 여전히 그 환경에 대한 반응은 그 자신의 성격으로부터 나온다. 아리스토텔레스는 불행이 영웅의 잘못으로 인해 일어났다고 말하지 않으며, 단지 연극 내에서 그 인물 속에 있는 '하마르티아'를 통해서 일어난다고 말할 뿐이다. '하마르티아'가 인물 속에 내재한다면 이것은 도의적 잘못인가 아니면 판단의 오류인가. 아리스토텔레스는 '하마르티아'로서 주인공의 큰 결함을 의미하지 않는다. 왜냐하면 그것은 사악한 자가 비극의 주인공이 될 수 없다고 말하는 것과 모순되기 때문이다. 영웅이 그의 불행에 책임이 있다거나 이것이 그의 잘못으로 인한 합당한 귀결이라기보다 비극을 초래하게 하는 어떤 사소한 인간적인 결함이 있다는 것이다. 아리스토텔레스는 도의적 결함과 이성적 판단의 오류 사이를 구별짓지 않았다. 이것들은 영웅의 인격 속에 내재하는 흠점 혹은 결함이며 어떤 특수한 상황 속에서 비극을 초래할 수도 있다. 여기서 중요한 것은 불행을 야기하는 '하마르티아'가 무엇이든지 간에 주인공의 고통이 부당하다고 느껴지며, 그 불행이 그의 결함에 대한 벌이 아니라는 것이다. 그러나 그 불행이 초래되는 과정이 자연스러워야 하며 그래야만 극적인 만족감을 주게 된다. 주인공이 맞는 불행에 책임이

나 비난의 여지가 없으며 다만 그것이 그럴듯하고 불가피하게 보여야 한다. 결함은 인간성 속에 들어 있으며 인간의 인격에는 도의적인 면과 지성적인 면이 모두 포함되어 있다. 따라서 결함은 이성적인 것일 수도 있고 도의적인 것일 수도 있으며 또한 두 가지 다일 수도 있다.

아리스토텔레스는 「윤리학」(1135b)과 「수사학」(1374b)에서 어떤 물리적 사실에 대한 무지로 행해진, 그리하여 죄악으로부터 자유로운 범죄를 의미하기 위해 '하마르테마 hamartema'를 사용한 것과 같이 여기서 '하마르티아'를 사용하고 있다. 아리스토텔레스는 오이디푸스와 튀에스테스를 하마르티아의 예로 들며 특히 비극에 적합한 인물로 꼽고 있다. 오이디푸스와 튀에스테스는 둘 다 인간 사회의 가장 성스러운 금기를 파기함으로써 인간으로서 가장 추하고 심각한 오염을 야기했다. 오이디푸스는 누구인지 모르고 아버지를 살해하고 누구인지 모르고 어머니와 결혼했으며, 튀에스테스는 동물의 고기라고 생각하고 자식의 고기를 먹고 그녀가 누구인지 알지 못한 채 딸에게서 자식을 낳았다. 그러나 이들에게 악의는 없었다. 왜냐하면 그들이 무엇을 행하는지 몰랐기 때문이다. 이것은 죄악(아디케마 adikema)이 아니라 하나의 '하마르티아'였다. 그들이 만일 알고 행했다면, 그들은 인간성을 상실한 동물로 치부될 수 있으며 비극이 산출하는 연민을 불러일으키지 못할 것이다. 우리는 불완전한 인간의 무지로 인해 불행의 구렁텅이로 전락하는 비극적 영웅에게 연민을 느끼며 그리고 이해할 수 없는 우주의 법칙에 대해 공포를 느낀다. '하마르티아'라는 말은 원래 화살이 과녁을 맞추지 못한다는 뜻이다. 허물어지기 쉽고 나약한 인간의 의도가 빗나가서 본의 아니게 엄청난 결과를 초래하게 됨을 내포하고 있다. 그는 과녁을 맞추려고 최선을 다했지만, 자신의 자유 의지와는 다른 뜻하지 않은 요인으로 인해 화살은 빗나가고 만다. 이와 같이 인간적인 노력에도 불구하고 우주의 법칙과의 갈등 속에서 인간의 불안전성과 무지로 인해 결국 파멸되고 마는 불운한 주인공의 운명 앞에 우리는 숙연함을 느끼게 된다.

아리스토텔레스는 비극을 정의하면서 비극의 기능은 공포와 연민을 통해서 '카타르시스'를 성취하는 데 있다고 말하고 있다.(「시학」 1449b) 아리스토텔레스는 「정치학」에서 음악의 카타르시스적인 기능을 논하면서 「시학」에서 카타르시스를 더 상세히 다루겠다고 기술하고 있지만(「정치학」 1341b), 현존하는 「시학」에는 카타르시스에 대한 구체적인 설명이 없다. 따라서 「시학」의 이 부분이 소실된 것으로 추정된다. 그러나 분명한 것은 '카타르시스'는 관객이 비극적 영웅이 겪는 운명의 변화에 대해 느끼는 연민과 공포라는 비극적 감정을 통해서 일어난다는 것이다. 아리스토텔레스는 「수사학」에서 공포란 그 본성에 있어서 파괴적이고 고통스러운 재앙이 임박해 있다고 생각될 때 느끼는 일종의 고통 혹은 내적 혼란이며(「수사학」 1382a), 연민이란 그것을 받아 마땅하지 않는 자에게 일어나는 피할 수 없는 고통스러운 재난을 보고 우리가 느끼는 일종의 고통으로서 이러한 일이 우리 자신이나 우리와 가까운 자들 중의 누군가에게 일어날 수 있다고 생각될 때 느끼는 감정이라고 규정하고 있다.(「수사학」 1385b) 공포와 연민은 밀접한 관계를 가지는 정서로서, 연민은 우리와 유사한 주인공이 겪는 부당한 불행에 대해 느끼는 감정이고 공포는 그 불행이 우리에게도 일어날 수 있다는 가능성에 의해 야기되는 감정이다. 아리스토텔레스의 견해로는 비극이 성공적이려면 청중의 감정을 이러한 방식으로 고조시켜야 하며, 그는 이 점에서 소포클레스의 「오이디푸스 왕」을 가장 위대한 비극으로 평가했다.

아리스토텔레스는 이어서 시인은 '모방'을 통해서 연민과 공포로부터 야기되는 쾌감을 산출해야 한다고 말한다. 그는 비극에 독특한 쾌감이 있으며, 이것은 비극을 관람할 때 느끼는 연민과 공포의 산물이라고 보고 있다.

> 우리는 비극으로부터 모든 종류의 쾌감을 추구해서는 안 되며 비극에 독특한 쾌감을 추구해야 한다. 왜냐하면 비극 시인은 삶의 모방을 통해서 공포와 연민을 느끼는 것으로부터 초래되는 쾌감을 산출해야 하며, 명백히 이 특징이 사건 속에 내재해야만 한다.
>
> ——「시학」(1453b)

아리스토텔레스는 연민과 공포가 일종의 고통이라는 것을 인정했다. 그러나 이것은 비극이 청중들에게 쾌감을 준다는 것과 모순되지 않는다. 왜냐하면 우리는 분명히 비극을 즐기기 때문이다. 아리스토텔레스가 「시학」에서 카타르시스의 의미를 명백히 밝히고 있지는 않지만, 공포와 연민에 대한 설명은 카타르시스가 실제 삶에서는 고통스러운 경험인 것을 비극에서는 쾌감으로 변형되는 과정임을 의미한다. 우리는 비극적 영웅이 겪는, 부당하게까지 느껴지는, 그 엄청난 고통에 의해 야기되는 연민과 공포의 감정을 통해서 그러한 정서의 해방을 맛보게 된다. 다시 말해서 무의식 속에 잠재되어 있는 연민과 공포의 감정들이 일깨워져서 예술적 기교에 의해 해소될 때 비극의 독특한 쾌감인 카타르시스를 느끼게 되는 것이다.

카타르시스의 개념은 당시 의학적인 용어로서 혹은 오르페우스교의 의식으로 널리 알려져 있었다. 의학적인 의미로는 하제를 사용하여 이물질을 배설하여 체내의 유해한 요소를 제거하고 신체의 균형을 회복시키는 것을 의미한다. 한편 오르페우스교에서는 인생의 목표는 영혼을 순수하게 만드는 것이며, 이것은 끊임없는 종교적 의식을 통해서 도달된다고 믿었다. 따라서 의학적으로는 불순물의 배설에 의한 정화, 오르페우스교에서는 영혼의 순화를 의미한다.[9] 비극이 성취하는 카타르시스는 당시 사용되던 의학적인 용어를 빌린 것으로 볼 수 있으며, 체내의 이물질을 제거함으로써 건강의 균형 상태를 이루듯이 비극을 통해서 혼란스럽고 고통스러운 감정을 배출함으로써 감정의 균형 상태를 이룰 수 있다는 것이다.

비극이 주는 카타르시스 효과를 더 잘 이해하기 위해서 우리는 아리스토텔레스가 그의 「정치학」에서 음악을 통한 카타르시스를 논하는 부분을 살펴볼 필요가 있다. 아리스토텔레스는 「정치학」에서 음악의 기능을 교육, 카타르시스, 오락으로 나누며, 음악의 카타르시스적 기능을 교육적 기능과 구별하고 있다. 오락적 기능은 일을 마친 후 긴장을 풀고 휴식을 제공해 주며, 교육을 위해서는 도의적인 선율이 사용되어야 한다고 한다.(「정치학」 1341b-1342a) 그리고 나서 그는 카타르시스적 기능을 다음과 같이 설명하고 있다.

어떤 영혼들에게 강하게 영향을 미치는 감정은 정도의 차이는 있지만 모든 자들에게 존재한다. 예를 들면 연민, 공포, 환희 같은 것들이다. 어떤 자들은 특히 종교적 열광 속에 쉽게 빠져들며, 영혼을 광란 상태로 몰고 가는 종교적 음악과 노래의 영향 아래, 그들도 마치 의학적으로 치료를 받고 정화된 것같이 평정을 되찾는 것을 본다. 또한 동정심이 많은 자들, 겁이 많은 자들 그리고 다른 그러한 감정적인 자들도 같은 방식으로 영향을 받는다. 유사하게 정화적인 음악은 사람들에게 무해한 즐거움을 주게 된다.

—「정치학」(1342a)

---

9) 카타르시스에 대한 다양한 견해에 대해서는 S. Halliwell, *The Poetics of Aristotle* (Chapel Hill, 1986), 344-356쪽 참조.

카타르시스의 의미는 여기서 꽤 명백하다. 감정적으로 균형 상태에 있지 않는 자들이 더 자극되고 흥분되어 격한 감정들을 발산시킴으로써 정서적으로 안정된 평정을 회복한다는 것이다. 감정적 균형을 되찾기 위해서는 극도에 도달해야 하며 그러기 위해서 고도의 감정적이고 격렬한 공연이 허용되어야 한다. 여기서 언급된 감정은 연민, 공포, 그리고 사로잡힘의 황홀감이다. 어떤 종류의 모방이나 공연은 우리들에게 감정적 동일화를 야기하며 어떤 것들은 사로잡힘의 지점까지 우리를 흥분시킨다. 아리스토텔레스는 공연을 통한 감각적 흥분의 그 강도가 카타르시스의 과정을 통해서 지나친 감정들을 정화시키고 균형 상태로 되돌아오게 만든다고 생각했다.

아리스토텔레스는 「정치학」에서 음악의 카타르시스적 효과에 대해 논하면서 청중을 두 종류로 분류하고 있다. 한 종류는 자유롭고 교육받은 자들이며, 다른 저속한 종류는 기공들, 노동자들 그리고 다른 유사한 직에 종사하는 자들이다.(「정치학」 1342a) 이 저속한 부류의 사람들은 그들의 영혼이 자연스러운 상태에서 왜곡되고 비뚤어져 있으며, 이들은 고도로 흥분적이며 불규칙하고 뒤틀린 선율로부터 쾌감을 얻게 된다고 한다. 그리고 모든 사람은 자신과 유사한 것에 즐거움을 가지므로, 이러한 부류의 청중을 위해서, 그들에게 적합한 음악 공연이 허용되어야 한다고 덧붙이고 있다. 아리스토텔레스는 여기서 카타르시스적 음악에 의해 정화되는 자들은 주로 정신적으로 불균형 상태에 있는 저속한 부류의 사람들이며 감정이 균형 잡힌 교양 있는 자들에게는 이 동종 요법적인 치료가 거의 필요없다고 보고 있다. 그러나 「시학」에서는 그러한 암시가 전혀 없다. 교양 있는 자들이 위대한 비극으로부터 저속한 부류의 사람들보다 덜 감명을 받는다고 볼 수는 없다. 또한 시가 보편적인 것을 다루기 때문에 역사보다 더 철학에 가깝고 가치 있으며, 비극이 시의 최고 형태라는 그의 주장은 비극이 저속한 부류의 청중을 위한 예술이 아니라 자유롭고 교육받은 자들을 위한 것이라는 것을 의미한다. 사람들의 종류가 다양한 만큼, 이들이 시에 의해 영향을 받는 방식도 다양할 것이다. 사실 훌륭하고 교양 있는 자들조차 다양한 종류의 스트레스를 받고 있다. 특히 사회적으로 높은 지위를 지닌 자들은 그들의 의무와 책임으로부터 부과되는 긴장감을 느끼며, 철학이나 시, 예술에 종사하는 자들조차 우울한 기질로 고통당할 수가 있다. 아리스토텔레스가 「시학」을 쓸 때에는, 거의 모든 인간은 정서적으로 자유롭지 못하므로 다양한 종류의 '카타르시스'가 필요하다는 것을 인식하고 이 개념을 보편화시킨 듯하다. 비극을 관람함으로써 관객은 잠재적인 연민과 공포 혹은 다른 그러한 종류의 감정들을 표출함으로써 정서적으로 무해한 안정을 도모하는데, 이것은 현실 속에서 실제로 일어난 사건이 아니라 '행동의 모방'이라는 예술 형식에 의해서 야기되므로 더욱 바람직하다고 볼 수 있다.

플라톤은 「국가」에서 감성적인 삶을 모방하는 시인은, 그 자체가 이데아의 모사인 인간의 삶을 다시 모방하므로 인간들을 이데아의 세계로부터 더욱 멀리 떨어지게 만든다고 비판하면서, 시인들을 그의 이상 국가로부터 추방했다.(「국가」 602b) 그러나 뒤에 가서 그는 시가 즐거움을 줄 뿐만 아니라 국가와 시민들에게 유익하다면 이를 기꺼이 환영한다고 덧붙이고 있다.(「국가」 607d) 플라톤은 사회 속에서의 목적과 기능을 생각하지 않고 시나 문학을 논할 수 없었으며 그에게는 항상 사회적 가치가 작용했다. 훌륭한 시는 신성한 광기를 지닌 자들 그리고 영원한 세계를 보는 눈을 가진 자들에 의해서만 가능하며, 그러한 자들에 의해 씌어진 시는 후세대의 교육에 이바지한다고 믿었다. 플라톤은 시와 예술이 영혼의 양식이 되며 삶을 풍요롭게 만든다는 것을 인정했지만, 어디까지나 이것들은 그의 이상 국가를 위해 덕스러운 인간을 만드는 교육적 수단이었다. 따라서 그는 부도덕한 내용을 담은 시나 예술 특히 비극에 대해 강한 반감을 보였고 동시대 비극에 대한 거부감을 표현했다. 그는 교육 개혁을 주장하면서 시와 예술의 부도덕성이 정화되어야 한다고 생각했다. 그러나 아리스토텔레스는 예술의 고유한 영역을 인정했다. 아리스토텔레스는 「시학」에서 시인들에게 어떠한 도덕성을 요구하지 않는다. 시의 창작을 그것 자체로 정당한 활동으로 취급하며, 시에서의 정당성은 정치학의 그것과는 다르다고 말하고 있다.(「시학」 1460b) 다시 말해서 현실의 삶을 다루는 정치학에서는 도덕성이 문제가 되지만, 현실이 아닌 예술의 세계에서는 도덕성이 규범이 될 수 없다는 뜻이다.

플라톤은 또한 시인들이 사람들을 그들의 감정에, 특히 연민과 공포에 몰입하게 함으로써 그들 속에 비이성적인 요소를 기르고 조장한다고 비난했다.(「국가」 605b) 그는 사람들이 비극 속의 인물들에 대한 연민에 자신을 내맡긴다면 그들은 자신들의 고통을 쉽게 견뎌 내지 못할 것이라고 생각했다. 그는 연민을, 우리가 삶을 견뎌 내는 데에 무력하도록 만드는 것으로 여겼으며, 이것은 자기 몰입을 낳고 삶에서의 적극적인 행동을 취하지 못하게 심성을 약화시킨다고 보았다. 그러나 아리스토텔레스는 비극을 통해 고조된 감각적 흥분이 '카타르시스'의 과정을 통해 배출되어 부정적인 감정들이 정화되고 심적인 균형 상태를 회복한다고 믿었다.

아리스토텔레스에게 비극은 근본적으로 감성적 경험이다. 비극이 전하는 메시지가 무엇이든 간에 그것은 그 작품의 비극적 감정을 통해서 전달된다. 플라톤은 이 과정을 찬성하지 않았으며 그것을 유해한 것으로 보았다. 그러한 경험이 인간의 가장 높은 부분인 지적인 영역에 속하지 않는다는 것이다. 그는 강한 감정은 사고와 대립되며 정신적 활동을 방해한다고 생각했다. 그러나 감성은 플라톤이 생각

「아테네 학당」의 부분(라파엘로, 1483 - 1520)
아리스토텔레스(오른쪽)에게 비극은 근본적으로 감성적 경험이다. 비극은
감정을 통해 메시지를 전달한다. 반면 플라톤은 강한 감정은 사고와 대립
하여 정신적 활동을 방해한다고 생각한다. 플라톤이 비극을 형이상학적,
도의적인 관점으로 보는 데 반해 아리스토텔레스는 미학적, 심리학적으로
해석한다. 아리스토텔레스에게 가장 훌륭한 비극은 공포와 연민의 감정을
최고조로 야기하여 최대의 '카타르시스'를 일으키는 작품이다.

하듯이 비이성적이지 않으며 감성과 이성은 서로 배타적이고 모순되지 않는다. 감성과 이성은 이질적인 특성을 지녔지만 조화를 이룰 수 있는 요소들이다. 모순되는 것은 오히려 사고에 의해 감응되지 않는 차가운 무감각일 것이다. 플라톤이 부도덕한 사건을 다루고 감성에 호소한다는 이유로 비극을 비난한 데 반하여, 아리스토텔레스는 이것을 이롭고 유익한 경험으로 옹호했다. 플라톤이 비극을 형이상학적, 도의적인 관점으로 보는 데 반해서 아리스토텔레스는 미학적, 심리학적인 개념으로 답하고 있다. 아리스토텔레스에게 가장 훌륭한 비극은 공포와 연민의 감정을 최고조로 야기함으로써 최대의 '카타르시스'를 일으키는 작품이다. 비극의 경험을 통해서 우리들의 혼란된 감정을 정화하고 정서적인 안정과 균형을 되찾게 되기 때문이다. 이것은 일종의 감정적 치료의 효과를 가져오며, 플라톤의 비난에 반해 비극의 긍정적이고 적극적인 가치를 제시해 준다. 청중은 연민, 공포, 카타르시스를 통해서 이 특수한 종류의 '모방'을 즐기며, 비극의 독특한 쾌감을 맛보게 되는 것이다.

그리스 비극의 성격과 기능

그리스 비극은 신화와 서사시의 세계로부터 가공되지 않은 자료를 취한다. 그러나 비극적 관점은 더 이상 불행을 조용히 인내하지 않는다. 신화를 비극으로 변형시킬 때 위대한 시인들은 신화를 재창조하면서 끊임없이 질문을 던지게 된다. 그리고 신화는 진리를 추구하는 시인의 정열적인 투쟁 속에서 완전히 새로 태어난다. 비극 속에서 비로소 신화는 성숙함과 깊이를 지니게 되는 것이다. 비극의 질문은 인간의 삶에 대한 탐색이다. 왜 이러한 일들이 일어나는가. 인간은 어떤 존재인가. 무엇이 그의 삶을 인도하는가. 운명은 무엇인가. 인간들 사이의 규범은 어디서 오는가. 인간은 무엇을 위해 살아야 하는가. 신은 어떤 존재인가.

그리스 비극은 그 시대를 반영한다. 물론 그리스 비극 속에는 동시대 인물이나 사건에 대한 언급은 없다. 그러나 비극은 지나간 과거를 통해서 현재를 비추는 거울 역할을 하고 있다. 분명히 기원전 5세기의 비극은 그 시대의 아테나이인들을 위한 비극이며 청동기 시대 청중을 위한 비극은 아니다. 또한 그 속에 내포되어 있는 도의적, 사회적, 감정적 요소들은 그 당시의 것들이다. 그러나 비극은 그 시대와 신화의 소재가 되는 영웅시대를 연결해 주며 우리가 살고 있는 현세대로 이어진다. 그것은 비극 속에서 다루어지는 문제들이 어느 사회에서나 볼 수 있는 보편적인 주제이기 때문이다.

그리스인들이 그들의 삶의 일부인 신화 이야기를 알고 있었다고 해서 그들이 비극을 관람하러 갈 때 비극의 내용을 이미 다 알고 있었다고 생각하는 것은 잘못이다. 그리스 비극은 전통적인 이야기의 저장소로서 극작가가 신화를 단순히 극화시킨 것이 아니기 때문이다. 비극 작가들은 전해 내려오는 이야기를 전달하는 데 목적이 있지 않고 비극이라는 예술 작품을 창조하는 데에 중점을 두므로 주제와 자신이 의도하는 목적을 위해서 전체적인 윤곽 내에서 신화 이야기를 변형시킬 수 있는 자유를 가졌다. 사실 전해 내려오는 신화는 모든 비극 작가들이 이용할 수 있으며, 위대한 비극 작가와 동시에 저속한 작가에 의해서도 공유될 수 있는 것이다. 한 비극 작가를 위대하게 만드는 것은 그가 신화를 비극으로 만드는 방식에 있으며, 여기에 독창성과 예술을 위한 풍부한 영역이 있다. 연속적인 일련의 사건 중에서 어떤 부분이 선택되며 어떤 사건이 강조되고, 어떤 인물이, 어떤 동기가, 어떤 이미지가 강조되는가에 작품의 성패가 달려 있다. 중요한 것은 극작가가 어떻게 그 연극을 만들었으며, 왜 그가 하필이면 그러한 방식으로 극화했는가이다. 거기에는 작가의 많은 고민과 생각이 들어 있기 때문이다. 시인은 자신의 비극을 통해 청중에게 기대했던 효과를 끌어내기 위해서 그 독특한 형태를 선택한 것이다.

따라서 청중이 비극을 관람하러 갈 때 그들은 연극의 구성을 미리 알지 못했다. 작가가 어떤 변형과 어떤 혁신적인 구상을 그의 작품 속에 반영할지를 몰랐기 때문이다. 전해 내려오는 이야기를 그가 어떠한 구성으로 재창조했는지가 바로 청중들의 관심사였다. 이러한 측면에서 청중들은 선입관을 갖지 않고 비극에 접근했다. 그리스 비극의 기본 법칙은 연극 속에 언급되지 않는 것은 존재하지 않는다는 것이다. 전설 속에서 그 신화의 내용이 어떠하든지 간에 그것이 이 구체적인 한 비극 작품 속에 언급되지 않았다면 그 이야기는 이 비극과는 무관한 것이다. 이것이 바로 이미 청중들이 신화 이야기를 알고 있다면 그들에게 자명한, 가장 기초적인 요소들까지도 시인이 비극 속에 포함시키는 이유이다. 청중들은 비극의 내용을 미리부터 알고 있는 것이 아니라 비극을 관람하면서 그 속에서 전개되는 이야기를 알게 되며, 그들이 생각하고 느끼도록 고안된 것을 사색하고 경험하게 된다. 놀라움과 서스펜스를 통해서 청중을 사로잡는 것이 작가의 의무였다. 그리고 그는 그가 원하는 지식과 사고와 감정으로 청중의 마음을 가득 채운다.

대사 위주의 그리스 비극에서 중요한 행위들은 무대 밖에서 행해지고 무대 위에서는 단지 일어난 일들이 대사로 전해지거나 노래로 불린다는 인상을 받기 쉽다. 그러나 그리스 비극에서 중요한 것은 사실 무대 위에서 벌어지는 행위다. 무대 밖에서 벌어진 행위는 무대에서 관심을 불러일으키는 한에서만 흥미롭다. 연극의 행위를 구

성하는 것이 무엇인가에 대한 잘못된 생각으로부터 오해가 생겨난
다. 그리스 비극에서 중요한 요소는 전쟁이나 폭동이나 기적이나 자
연적인 재앙 같은 격렬하고 난폭한 사건이 아니라 그 사건들에 대한
개인적인 반응이다. 피비린내 나는 복수의 행위가 아니라 그것이 야
기하는 갈등과 고뇌와 눈물이 극의 핵심을 이룬다. 극작가의 관심은
개인적 차원의 진솔한 삶의 모습이다. 따라서 관객은 무대 밖에서
벌어진 행위에 대해 상상의 나래를 펴기보다는 바로 눈앞에서 벌어
지고 있는 인물들의 고뇌와 그들이 겪는 고통에 함께 동참하는 자세
가 되어야 할 것이다.

또 다른 일반적인 오해는 그리스 비극은 근본적으로 운명이나 고
차원적 세력의 지배 아래 있는 인간의 모습을 보여 준다는 것이다.
일어나는 비극은 운명과 숙명의 작용이며 등장인물들은 이러한 신적
인 세력들의 꼭두각시에 불과하다는 그릇된 사고가 적잖이 퍼져 있
다. 대부분의 문화는 운명론과 관련된 그들 고유의 표현을 가지고
있다. 갑자기 불어닥친 불행 앞에 운명론은 하나의 위안을 제공하는
근원이기도 하다. 그리스인들은 개인의 운명과 관련해서 '모이라
moria'를 말하고 '다이몬daimon'을 이야기했다. '모이라'는 생의
길이를 할당하는 것을 의미하며 '다이몬'은 그의 삶의 과정을 결정
하는 신적인 세력으로 인식된다. 그리스인들의 세계는 신들로 가득
하며, 이 신들은 인간의 삶 속에서 초인간적인 세력을 발휘하는 존
재로서 희망과 공포의 대상이 되었다. 왜 인간이 고통을 당하며 번
영의 정상에서 재앙의 구렁텅이로 떨어지는가를 사색할 때 초자연적
인 세력의 개입을 말하게 된다. 가끔 신들은 인간의 지나친 번영과
특권에 질투를 느끼며 파멸시키려 한다고 생각되었다. 다른 한편으
로는 인간에게 떨어지는 재앙은 신들에 의해 보내진 처벌로 보이기
도 했다. 그리스인들은 개인적이든 비개인적이든 재앙 뒤에 있는 양

식과 목적을 이해하기 위해 초인간적인 세력을 바라보았다. 그러나 만일 일어나기로 예정되어 있는 일들이 그대로 벌어진다면 모든 인간의 노력은 무의미할 것이다. 운명론에 관한 강한 믿음은 인간의 활력을 빨아먹을 것이다. 그러나 고대 그리스인들은 전혀 그렇지 않았다. 그들은 자신들의 목적을 달성하기 위해 확신을 가지고 추진해 나갔다. 그리고 그들은 무엇보다도 자유를 가치 있게 여겼다. 그리스 작가들은 연극 내에 등장인물들의 자유 의지와 그들의 책임을 배제하지 않았으며 그들의 행위를 꼭두각시 놀음으로 묘사하지 않았다. 대부분의 경우 그들은 자신의 운명을 실현하는 자유로운 행위자로 그리고 자신의 의지에 의해 재앙으로 떨어지는 것으로 묘사된다. 이것이 '비극'이기 때문이다. 때로는 그들의 행위가 운명론적으로 보이기도 한다. 사실 주인공의 비극은 인간적인 것과 초인간적인 것이 함께 작용한다고 볼 수 있다. 어쩌면 자유 의지와 운명은 동전의 양면과도 같은 것인지 모른다. 자유 의지로 행한 그 행위와 삶이 결국 그의 운명이기 때문이다. 그리스 비극의 주인공들은 자신이 저지른 행위에 스스로 책임을 지는 자유 의지의 소유자였으며, 그들이 신적인 세력의 희생양으로 보일 때조차 그들은 신에게 예속된 존재가 아니라 인간으로서 독립된 위치에 남아 있다.

아리스토파네스는 그의 희극 「개구리」에서 문학 비평을 다루면서 시인들은 비극을 통해 청중을 가르친다고 말하고 있다.(「개구리」 1007-1009) 소년들은 학교 선생으로부터 배움을 얻게 되지만 성인들은 시인을 선생으로 가지며, 시인이 그들을 더 나은 시민으로 만든다는 것이다. 문학이 어느 면으로는 교훈적이라고 볼 수 있을 것이다. 작가가 독자나 청중에게 전하고자 하는 메시지를 통해 교화시킬 수도 있다. 아리스토파네스는 연극의 메시지가 혹은 그 작가의 도의적 관점이나 가치관이 작품 속의 어떤 문장 속에 함축되어 있다고 보고, 따라서 작품으로부터 금언적 말들을 발췌할 수 있다고 생각한다. 그러나 각 문장은 한 작품으로서의 연극 안에서 문맥을 가지며 그 문맥과 분리될 수 없다. 그리고 비극의 코러스에 의해 소개되는 많은 금언적인 말들은, 그것들이 얼마나 아름다운 수식어로 채색되어 있든지 간에 이미 그리스인들에게 널리 알려진 것으로, 비극이 발명되기 오래전부터 전해 내려오는 일반적인 경구들이다. 거기서는 비극의 어떤 독특한 양상을 엿볼 수 없으며, 전해 내려오는 전통적인 금언들을 듣기 위해서 비극을 관람하러 갈 필요는 없을 것이다. 그렇다고 비극이 가르침을 준다는 사고가 잘못되었다는 것은 아니다. 비극이 뭔가를 가르친다면, 그것은 비극의 금언적 말들을 통해서가 아니라 전 작품을 통해서다. 최종 메시지가 비극 전체로부터 유추될 수 있다는 것이다. 그러나 예술 작품의 메시지가 한 문장으로 환원되면 이것은 곧 진부해진다. 비극의 메시지는 인간의 삶이 묘사된 방법을 통해서, 즉 비극적 생에 대한 간접적 경험을 통해서 전해지며, 이것은 총체적인 경험의 결과라고 볼 수 있다.

아리스토파네스는 또한 비극이 청중에게 미치는 도의적인 영향에 관해 말하고 있다. 관객들은 비극의 무대 위에서 행해지는 행동들을 모방하게 되며 무대 위의 인물들이 말하거나 그들이 내포하고 있는 의견이나 사고를 채택하게 된다는 것이다. 비극 속에서 부도덕한 행위나 악행이 행해지면, 이것이 곧 실제의 삶 속에 이러한 부도덕한 비행을 증가시키는 결과를 낳게 된다는 식의 사고는 오늘날에도 볼 수 있다. 이러한 견해는 문학이나 예술을 실제 삶의 연장으로 보려는 자들에 의해 공유되고 있다. 예술과 현실을 구별하지 못한다는 것은 어떻게 보면 정신적 미성숙함을 의미한다. 현실의 삶에서는 행위가 중요하며 그것은 도의적인 제약을 받는다. 그러나 예술에서는 겉으로 드러난 행위뿐만 아니라 그 내면의 동기나 인간의 심리를 다룰 수 있다. 인간의 행동이 현상이라면 내면의 심리는 진실의 세계다. 이 진실의 세계에는 선과 악이 존재하지 않으며 이것은 도의적 차원을 초월한 초도덕적 세계다. 예술이 이 초도덕적인 진실의 세계를 다룰 수 없다면 예술의 의미가 어디에 있겠는가.

비극에 대한 교훈적 혹은 인식적 접근은 또 하나의 상투적인 개념을 만들어 냈다. 그것은 '고통을 통해서 배우게 된다.'는 것이다. 죄에 대한 징벌을 약속하는 코러스의 이 구절이 고통에 대한 보상적 개념으로 취해졌다. 따라서 '고통을 통해서 배운다.'는 이 상투적인 인용구는 행위자가 고통을 당할 것이며, 그 고통을 통해서 그의 영혼을 다시 회복한다는 의미로 해석되었다. '제우스의 법칙'이 작용하는 것을 관찰한 인간은 안전하게 사고하는 것을 배울는지 모른다. 교훈으로부터 이득을 보는 것은 희생자가 아니라 관찰자다. 주인공의 파멸을 바라보면서 청중은 안전한 길을 택하려고 노력할 것이다. 한편 도로테아 크룩은 고통은 그것이 지식을 증진시키는 한에서만 '적절하게 비극적'이라고 믿었다.[10] 다시 말해서 인간의 근본적인 본성이나 인간 조건에 대한 이해를 높이고 인간 정신의 위엄과 인생의 가치에 대한 확인을 제시해 주지 않는 한 '적절하게 비극적'이지 않다고 보았다. 특히 소포클레스의 비극적 영웅들은 그들의 고통을 통해서 오만을 몰아낼 수 있는 유일한 덕인 겸허함을 배운다고 말한다.

이 교훈적 혹은 인식적 접근은 비극을 많은 자들을 교화시키기 위해 소수가 파멸당하는 객관적 교훈으로 환원시킨다. 타인의 고통을 바라보면서 이성적인 교훈만을 추출해 낸다는 것은 얼마나 냉혹하고 무정한 태도인가. 비극적 고통의 광경으로부터 얻어지는 그러한 실리는 현실 속의 당사자들을 분노케 할 것이다. 이것은 자신을 타인

---

10) D. Krook, *Elements of Tragedy*(London, 1969), 8쪽 참조.

의 고통과 완전히 분리시키며, 무감각한 이론만을 요구하기 때문이다. 그리고 여기서 얻어지는 인간의 덕목은 겸허함과 신중함이라는 소극적인 것들이다. 이러한 주장을 하는 이들은 감정은 비지성적이라고 생각하면서 지적인 결론을 끌어내는 데에 초점을 두고 있다. 그러나 생각해 보라. 오이디푸스의 고통이 단순히 우리에게 무감각한 지적인 교훈을 주기 위해 존재하는가. 이들은 고통을 이성적으로 대하면서 비극에 존재하는 감성적인 차원과 지적인 차원을 분리하는 오류를 범하고 있는 것이다.

한편 스토아 학파[11]는 비극적 고통을 고통에 대한 위엄 있는 인내의 철학과 관련시킨다. 비극적 고통을 대면하는 것은 현실 세계에서 그의 삶 속의 고통에 대한 자신의 반응과 어느 정도 관련이 있다고 볼 수 있을 것이다. 마르쿠스 아우렐리우스[12]에게 그리스 비극이란, 거기서 비록 행위들이 불가피한 결말을 갖게 되긴 하지만, 입술로부터 터져 나오는 고뇌에 찬 울부짖음에도 불구하고 인간들은 여전히 그것을 견뎌 낼 수 있음을 보여 주는 것으로 여겨졌다.(「명상록」 XI. 6) 스토아 학파에게 있어서 용감하게 고통당하는 인간의 광경은 긍정적으로 기운을 북돋아 주는 것으로 찬양되었다. 세네카 또한 역경과 투쟁하는 덕스러운 인간은 신들이 기쁘게 바라볼 수 있는 장관이라고 말하고 있다.[13] 그러나 과연 비극 속의 고통이 청중에게 고통을 견뎌 내는 인내심을 키워 주기 위함인가. 그리스 비극에서 영웅들은

---

11) 그리스의 제논이 창설했으며 일명 '금욕주의'로 알려져 있다. 공적인 삶을 중요시함으로써 개인의 안일과 평안보다는 책임, 의무, 소명을 중요시하는 철학 사조이다.
12) 로마의 황제로서 「명상록」을 그리스어로 저술했다. 이 책은 자신에 대한 충고와 사색이 담겨 있는 사적인 기록으로서 고양되고 준엄한 그의 신조를 보여주며 스토아 철학을 피력하고 있다.
13) 세네카는 로마의 철학자로서 네로 황제의 스승이기도 하다. 서간문, 수필, 비극을 남겼으며 네로에 의해 죽음을 당했다. 「섭리에 대하여 *De Providentia*」(2, 8, 9) 참조.

고통을 불굴의 의지로 침묵 속에서 견뎌 내지 않는다. 비극에서는 강한 자들이 눈물을 흘리며 울부짖는다. 그 고통이 자신이 선택한 길의 필연적인 귀결이라 할지라도 자신이 왜 이 고통을 당해야만 하는지, 그리고 현재 당하고 있는 그 고통이 얼마나 부당하고 견디기 힘든 것이지를 호소한다. 그들의 고통에 대한 억제되지 않은 표현은 정당하고 자연스럽고 또한 불가피하다. 그리스 비극들은 영웅들의 고통의 장면을 통해서 인내력을 키워 준다기보다 영웅들이 맞는 불행이 얼마나 엄청나고 고통스러운 것인지를 '보고' 생생하게 '느끼도록' 관객을 인도한다.

비극적 비젼과 전망은 의미가 없는 운명에 의미를 부여한다. 비극은 일상의 경험에서 사소하고 보잘것없는 것처럼 보이는 것들에조차 의미를 주고 숨겨진 비밀을 일깨우며, 존재의 무서운 양상을 드러내 보이는 사건으로 우리들 앞에 다가온다. 비극은 이 우주 속에 내재하는 본질이다. 이 우주의 부조화는 다양한 신들에 반영된 세력들의 갈등으로서, 어떤 인간도 모든 신들을 만족시킬 수는 없다. 한 세력에 대한 숭배와 편애는 결과적으로 다른 신을 무시하고 경시하게 만들기 때문이다. 신들로 표현된 세력들 사이에 갈등이 있다. 그리고 인간은 이 세력들의 싸움 속에 휘말려 희생양이 되기도 한다. 이 세상의 모순과 갈등이 베일 속에 가려져 있으며, 비극은 이러한 인간과 미지의 세계와의 뒤얽힘을 드러내 보인다. 인간은 그의 자유를 제한하고 구속하는 외부 세계와 충돌한다. 이 세계에는 자아를 짓누르는 세력이 있다. 개인의 의지와 대립되는 타인의 의지 그리고 보이지 않는 우주의 세력이 있다. 이 세력들과의 마찰로 빚어지는 비극적 실패와 좌절 속에서도 우리는 삶의 진실을 느낄 수 있으며, 신들과 운명에 대항하는 절망적인 투쟁 속에서조차 우리는 인간의 진수를 느끼게 된다.

현실과 진실은 분열되어 있다. 이 분열 때문에 인간들은 사회 속에서 충돌하고 투쟁하게 되며, 비극적 관점은 이 피할 수 없는 투쟁을 본다. 그러나 누가 누구와 투쟁을 하며 무엇이 실제로 무엇과 충돌하는가. 인간과 우주의 투쟁, 인간과 사회의, 인간과 타인의, 그리고 인간의 자기 자신에 대한 투쟁이다. 여기에는 모순되는 의무, 동기, 성격, 욕망이 작용하고 있다. 또 사적인 것과 일반적인 것이 갈등을 일으키고 있다. 개인은 일반적인 법칙, 기준, 필요성과 맞선다. 그러나 법에 반대하는 단순한 고집은 비극적이지 않다. 비극적이려면 그는 법을 위배하는 것을 통해서, 그럼에도 불구하고 그의 편에 어떤 진리를 가지는 순수한 예외로 나타나야 한다. 진정한 승리는 승리한 자가 아니라 패배당한 자에게 있다. 고통당하는 실패 속에서 패배자가 승리한다. 인간이 신이 아니라는 것이 그의 미소함과 그의 파멸의 이유다. 그러나 그가 자신이 지닌 가능성을 끝까지 밀고 나가 눈을 크게 뜨고 파멸될 수 있다는 것이 그의 위대함이다. 무엇 때문에 고통을 당하며 무엇을 위해서 자신의 존재를 희생하는가에 비극적 영웅의 위대함이 있다. 그는 실제의 혹은 가정되는 어떤 절대적인 요구와의 불일치 속에서 파멸당한다. 시인은 비극적 영웅 속에서 개인의 존재를 넘어선 어떤 것의 수호자, 어떤 힘과 원리와 신적인 능력의 소유자를 감지한다. 영웅의 위대함은 선과 악을 넘어선 초월의 세계에 있는 것이다.

그리스 비극은 인간의 고통과 그 고통의 원인, 그것이 미치는 영향을 표현하고 있다. 비극은 연극 내에서 인간적인 심성을 지닌 인물들에게, 그리고 연극 밖에 있는 그러한 청중들에게, 고통당하는 자에 대한 연민의 감정을 불러일으킨다. 연극은 활성이 없는 물체가 아니라 진솔한 삶의 경험으로서 언어를 통해서 가장 극단적이고 강력한 감정을 산출해 낸다. 청중은 비극을 관람하면서 등장인물들의 삶에 몰입하게 되며 그들과 함께 생각하고 느낀다. 우리는 현실의 삶에서 경험하는 것과 유사한 방법으로 비극 속의 인물들의 행위에 반응한다. 악인에 대해 증오를 느끼고 죄 없는 희생자에 대해 연민을 느끼는 동시에 등장인물들의 고뇌와 고통 속으로 말려들게 되는 것이다. 그러나 이것은 상상 속에서 청중이 주인공이 되는 동일시를 의미하지 않는다. 이것은 주인공이 느끼는 감정을 청중도 함께 느끼며, 그의 부당한 파멸에 연민을 느끼는, 감정의 동일화다. 비극은 예술 속에는 물론 우리의 삶 속에 존재한다. 삶 자체가 비극적 양상을 지니고 있으므로, 비극을 순수하게 미학적 현상으로 보기보다는 비극 속에서 벌어지는 고뇌와 고통에 우리들도 반응을 보여야 할 것이다.

다양한 비평적 전통들은 비극과 자신과의 직접적인 관련성을 배제해 왔다. 차가운 이성으로 비극을 분석하면서, 연민의 감정을, 스스로를 낮추고 나약하고 무기력하게 만드는 요소로 치부했다. 연민은 인간성에 근본적인 요소로서 우리 자신으로부터 연민의 감정을 없애는 것은 인간성의 말살을 의미한다 할 수 있다. 비극이 불러일으키는 가장 주된 감정인 연민은 삶과 예술에 있어서 자신을 격하시키는 유약한 반응이 아니며, 이것은 오히려 유일하게 적절한 인간적인 반응이다. 오이디푸스의 고통에 연민을 느끼지 않는다면 그것은 비인간적이고 냉혹한 태도로서, 고통에 대한 이러한 무관심은 정말 무서운 잔인성의 한 형태다. 그리스 비극에서는 억제되지 않은 고통의 표현이 관객들로 하여금 절실하게 그것을 느끼도록 요청한다. 극중 인물들은 솔직하게 그리고 공공연하게 동정심과 연민을 호소하며, 우리는 그것을 기탄 없이 줄 준비가 되어 있다. 부당하게 희생되었던 자는 가끔 그 자신이 가해자가 되기 위해 연민을 호소하기도 한다. 특히 에우리피데스의 코러스는 동정심을 표현할 자세가 되어 있으며 이것이 코러스의 또 하나의 합당한 기능이라고 볼 수 있다. 고통이 연민을 야기하는 장면에 센티멘털한 것은 아무것도 없다. 에우리피데스의 「트로이아의 여인들」의 경험 뒤에 느끼는 우리의 감정은 고통에 대한 비애와 전쟁의 잔인성에 대한 비통함이다. 연극 밖에서 관객이 느끼는 연민은 차치하고라도, 우리는 연극 내에서 일어나는 연민의 감정을 가치 있게 여길 수 있을 것이다. 특히 적군인 그리스 용사 탈튀비오스가 트로이아의 여인들의 불행을 직면하여 보이는 반응은, 인간 존재의 원점에서 인간은 그의 적에게도 연민을 느낄 수 있다는 진귀한 인간성의 일면을 보여 준다.

기원전 5세기의 수사학자 고르기아스는 다음과 같이 말하고 있다. "기만하는 자는 그러하지 못하는 자보다 더 정의로우며, 기만당하는 자는 그러하지 않는 자보다 더 지혜롭다."[14] 이것은 고르기아스 특유의 역설적인 말로서, 비극의 본질을 꿰뚫고 있다. 비극 작가는 현실이 아니라 허구의 세계에서 청중의 마음을 사로잡고 감동시킨다. 예술이라는 형식의 기만을 통해서 청중을 매료시키는 데 성공하는 비극 작가는 이것이 청중에게 미치는 효과에 의해 그들의 마음을 사로잡는 데 실패하는 극작가보다 더 정의를 행한다. 이와 마찬가지로 연극의 마력에 압도당하고 '속임수' 속으로 빨려 들어가는 청중은 그 경험을 거부하고 감동받지 않는 상태로 남아 있는 청중보다 더 훌륭하고 현명하다고 볼 수 있다. 예를 들면 소포클레스의 「오이디푸스 왕」을 관람하면서, 이오카스테가 오이디푸스와 그렇게 오랫동안 함께 살아왔으면서 어떻게 지금까지 그의 신분을 모르고 있었는가, 그리고 오이디푸스가 죽은 남편의 모습과 비슷하며 발목에 상처가 있었는데 어떻게 한번도 의심을 품지 않았는가 하고 이성적으로

---

14) R. K. Sprague, ed., *The Older Sophists*(South Carolina, 1972), 30쪽 참조.

비판하는 자보다 두세 시간이라는 제한된 시간 속에서 최대의 효과를 산출하기 위하여 고안된 작가의 예술적 '기만' 속에 젖어 들어 극중 인물과 함께 고통당하고 슬퍼하면서 감동을 받는 자가 훨씬 더 현명하다는 뜻이다. 속임수가 정의와 지혜의 수단이 된다는 것은 고르기아스 특유의 역설이다. 이것은 가공의 문학이 모두 거짓이라고 비판하는 도덕가들, 특히 플라톤에 대한 통찰력 있는 답변이다. 고르기아스는 '기만'이 일시적이고 어느 면으로 유효하다는 것을 암시하고 있다. 예술 작품의 규범은 참이냐 거짓이냐에 있지 않고 오히려 이것이 설득력이 있는지 그리고 흥미를 자아냄으로써 청중을 매료시키고 감동을 줄 수 있는지에 달려 있다.

고르기아스는 비극은 '기만'을 통해서 청중에게 무시무시한 공포와 눈물 섞인 슬픔과 슬픔에 잠긴 동경을 불러일으킨다고 말한다.[15] 비극의 심장부에 감성이 있다. 언어라는 수단을 통해 그들의 영혼은 타인의 불행에 대해 사적인 감정을 느낀다. 우리는 우리와 직접적인 관계가 없는 그리고 사실 우리와는 다른 세계에 속하는 신화적인 인물에 대해서조차 그들의 불행에 사적으로 동요되는 것을 경험한다. 이 감정은 자기 자신에게 몰입된 내향적인 감성이 아니라 밖으로 향하는 외향적인 것으로서 자신과 타인을 이어 주는 인간의 보편적 감성에 근거한다. 우리는 고난과 시련과 고통을 겪는 타인에 대해 연민을 그리고 동시에 공포와 경악을 느낀다. 전율하는 공포와 눈물을 자아내는 연민과 슬픔을 사랑하는 갈망이 인다. 우리에게는 슬픔을 원하는 갈망이 있다. 이것은 달콤한 비애이며, 우리는 비애감 속에 깃든 역설적인 기쁨을 즐긴다.

비극은 근본적으로 청중의 감성적 경험이다. 우리가 비극적 감정

---

15) 고르기아스, 「헬레네를 위한 찬사」(Diels, fr. 11) 참조.

을 느끼는 것은 우리와 아무런 관련이 없는 극중 인물들의 운명에 대해서지만, 그렇다고 해서 이러한 사실이 감정의 강도를 결코 약화시키는 것은 아니다. 이것은 거리감과 통찰력을 제공하며 우리로 하여금 느끼는 동시에 관찰하게 만든다. 비극의 경험은 닥치는 대로 제멋대로의 느낌의 나열이 아니며, 감정의 절정에 도달하도록 작가에 의해 치밀하게 고안된 설계에 따라 야기되는 감정이다. 따라서 비극은 일련의 정돈된 순서와 어떤 형태와 감지할 수 있는 문맥을 지닌다. 그리고 우리를 감동시키는 인물들의 행위는 연극 속에서 논의되는 철학적 배경을 가지고 있다. 비극은 도의적, 사회적, 지적 갈등의 상황 속에서 고민하고 고통당하며 여기에 반응하는 인간의 모습을 그리기 때문이다. 비극의 질은 우리의 감성을 야기하는 힘에 있으며, 이것은 극 속에 진행되는 행위의 순서와 그 비극에 주어진 의미에 의해 좌우된다. 청중에게 감동을 주지 못하는 비극은 그것이 아무리 도의적이고 교훈적이라 해도 실패작이며, 반대로 극도의 감성을 자극하긴 하지만 아무런 사고를 불러일으키지 못한다면 그것은 선정적인 통속극에 불과한 저속한 비극이다.

이와 같이 비극은 우리의 감성과 이성에 똑같이 호소한다. 이것은 동시적이며 상호 의존적이다. 실제의 삶에서는 너무나 가깝게 뒤엉켜서 우리가 관조하기 어려운 혼란스러운 감정들을 정돈되고 잘 조직된 구조 속에 재생시킴으로써 그 감정들을 밖으로 분출할 기회를 제공한다. 또한 비극은 우리들로 하여금 삶의 비극적 양상을 이해하게 돕는다. 현실의 삶에서 겪는 비극들은 자주 형체가 없고 변덕스럽고 무의미한 것같이 보이지만, 비극은 무의미해 보이는 고통과 괴로움에 어떤 형체와 의미를 부여해 주며 삶의 뒤틀린 양상을 관망하고 이해하는 힘을 갖게 만든다. 아울러 비극을 통해서 느끼는 감정과 사고는 생생한 체험으로 경험하는 사람의 가슴에 진실하게 다가온다. 비극의 본질을 이해하고 관조할 때 마음속에 기쁨이 일게 되며, 이것이 바로 비극의 감정들과 혼합된 슬픔 속에서 느끼는 쾌감이다.

모든 비극적 사건들은 슬프다. 비극은 인간의 감정 속에 자리하고 있는 슬픔을 일깨운다. 슬픔이 사건으로부터 무한한 공간 속으로 번져 나오며, 이 세계 자체가 슬픔 속에 침전된 것같이 보인다. 영혼을 슬픔 속에 젖어 들게 하는 비극적 연민은 사적인 슬픔과는 다르며, 슬픔 속에서 비극과 나와 이 우주가 하나 됨을 느끼게 한다. 비극은 바로 이 우주 속에 내재하고 있기 때문이다. 비극적 슬픔은 또한 절대적인 침착을 내포한다. 이것은 분노, 화, 비난, 욕망과는 다른 감정으로서 여기에는 고요하고 정적인 충만함이 있으며 특수한 종류의 평화와 안정감이 있다. 또한 비극적인 것이 이 세계 자체의 근본적인 구조 속에 뿌리 내리고 있다는 인식은 책망과 비난보다 용서를 향한 길을 열어 준다. 우리가 비극적 사건 속에서 우주적인 요소를 볼 때 일종의 체념과 평화가 우리를 가득 채우게 되는 것이다. 이것은 있는 그대로의 세계를 수용하는 관대함과 너그러움을 주며, 마치 이 세상의 고통을 혼자 짊어지고 있는 듯한 그리고 나만이 희생양인 듯한 착각에서 일어나는 원망과 분노의 감정으로부터 해방되게 만든다. 나의 불행은 부조리한 우주의 한 양상이라는 인식은 자신의 영혼을 짓누르고 있는 속박으로부터 벗어나게 하는 것이다. 이것은 존재의 심연에서 일어나는 일종의 화해다. 역설적으로 인간은 비극을 통해서 자신의 비극으로부터 해방되는 것이다. 비극을 통해서 우리는 연민과 공포를 통한 감정적 카타르시스뿐만 아니라, 자신의 비극을 이해하고 수용하는 정신적 카타르시스를 통해 영혼의 자유를 얻게 된다.

4 소포클레스의 「오이디푸스 왕」

소포클레스

소포클레스는 1차 페르시아 전쟁 전인 기원전 496년에 아크로폴리스로부터 1마일 북쪽에 위치하며 지금은 아테나이 시 안에 속하는 콜로노스에서 태어나서 펠로폰네소스 전쟁의 마지막 시기인 기원전 406년에 죽었다.[1] 따라서 그의 긴 생애는 기원전 5세기 전 기간에 걸쳐 있다. 무기 제조업자인 아버지 소필로스는 그의 장래성 있는 아들에게 음악, 춤, 체육에 있어서 가장 훌륭한 전통적 교육을 받게 해주었다. 소포클레스는 저명한 음악가 캄프로스 아래에서 공부했으며 소년 시절에 이미 레슬링과 음악 분야에서 상을 탔다. 기원전 480년 살라미스 전투[2]에서 페르시아가 패한 후에는 소포클레스 자신이 리라의 연주에 맞추어 찬가를 부르는 코러스를 인도하며 위대한 해군의 승리를 위한 축하 공연에 참여하기도 했다.

---

1) 페르시아 전쟁은 기원전 490년 페르시아가 그리스를 침략한 전쟁이다. 펠로폰네소스 전쟁은 기원전 431년에서 404년까지 얼마 동안의 휴전과 함께 27년간 지속된, 아테나이와 스파르타 사이에 벌어진 전쟁이다.
2) 제2차 페르시아 전쟁 때 그리스가 승리를 거두게 되는 결정적인 전투로서 살라미스 해협에서 일어났다.

고대인들이 소포클레스에 관해서 어떻게 생각하고 있었는가는 그에 관한 기록들을 통해 추측할 수 있다. 사실 그에 관한 기록들은 모두 너무나 호의적이고 열정적이다. 소포클레스는 좋은 가정에서 태어났고 미남이었으며, 애국심이 강하고 경건한 자로서 많은 업적을 이루었다고 전한다. 그에 관한 묘사는 의심스러울 정도로 장밋빛이지만, 소포클레스에 대한 이러한 언급들은 그에 대해 가졌던 고대인들의 호감을 입증해 준다. 희극 작가들은 일반적으로 비극 시인들을 우스꽝스럽게 묘사하거나 조롱했지만 소포클레스는 희극 작가들에 의해서조차 호의적으로 취급되었다. 소포클레스의 친구 이온[3]이 그의 쾌활함과 재치에 대해 언급한 부분은 소포클레스의 인간적인 매력에 대한 고대인들의 기술에 신빙성을 더해 준다. 소포클레스는 그 시대의 비극 작가들 중에서 가장 성공적이었고 또한 가장 인기가 높았다. 소포클레스는 123편이라는 다작을 썼지만 오늘날 「오이디푸스 왕」, 「콜로노스의 오이디푸스」, 「안티고네」, 「필록테테스」, 「아이아스」, 「엘렉트라」, 「트라키스의 여인들」 일곱 편이 현존한다. 그는 비극 경연 대회에서 스물네 번 1등상을 획득했으며 2등 밑으로 떨어진 적이 없었다고 한다.

소포클레스는 아주 다정다감한 성품의 소유자로서 보편적인 대중의 사랑을 받았다. 그리고 우리가 아는 한 그의 가족 생활은 행복했다. 그는 니코스트라테라는 여인으로부터 비극 작가로서 명성을 누린 아들 이오폰을 얻었고, 또한 테오리스라는 여인에 의해 아리스톤이라는 아들을 가졌다. 소포클레스는 특히 아리스톤의 아들, 소포클레스 2세를 귀여워했으며, 그는 극작가로서 마흔여 편의 비극을 썼고, 엘러지(비가) 작가로 명성을 누리기도 했다. 소포클레스 가문 내

---

3) 비극 시인으로 아테나이오스는 소포클레스가 장군이었던 사미아 전쟁 때 키오스 섬에서 그를 만났다고 기록하고 있다. (「현자들의 만찬」 XIII. 603e)

에서 극작가의 전통은 여러 세대 이어진 것으로 보인다. 기원전 3세기에 위대한 극작가 소포클레스의 후손으로 명성을 날린 세 번째 소포클레스가 있었으며 그는 비극과 서정시로 명성을 얻었다. 한번은 아들 이오폰이 아버지 소포클레스를 치매로 고발하면서 그를 노년에 법정으로 데려왔지만, 소포클레스는 이때 그가 쓴 비극 「콜로노스의 오이디푸스」의 일부를 암송함으로써 자신의 온전함을 입증했다고 한다.

아테나이 시민들 사이에 널리 퍼진 그의 명성은, 연극 공연장에서 그가 수없이 승리했다는 점에서뿐만 아니라 책임 있는 높은 관직에 선출되었다는 사실에서도 알 수 있다. 그는 기원전 443년 델로스 동맹[4]의 종속시들로부터 공물을 헌납받는 재정 사무원직을 맡았으며, 기원전 440년에는 사미아 전쟁을 위한 열 명의 장군들 중의 한 사람으로 선출되었다. 이것은 그의 비극 「안티고네」의 성공에 의해 부여된 직책이기도 하다. 기원전 5세기는 아테나이에서 민주주의가 실행되던 시기로 왕은 사라지고, 모든 시민들이 모인 민회에서 매해 투표로 선출되는 열 명의 장군들에 의해 국사가 운영되던 시기였다. 따라서 소포클레스가 최고의 관직인 장군으로 선출되었다는 사실은 그에 대한 민중의 신뢰와 존경과 믿음을 말해 준다. 페리클레스[5]가 이때 그의 동료 장군이었다. 소포클레스는 후에 또 장군직에 당선되었다는 증거까지 있다. 플루타르코스는 그의 영웅전 「니키아스」[6]에

---

4) 페르시아 전쟁 후 아테나이를 중심으로 페르시아의 위협에 대항하기 위한 새로운 동맹을 형성했으며 헌납된 공물을 델로스 섬에 보관했으므로 델로스 동맹이라고 칭했다. 페르시아와 비교적 거리가 먼 스파르타와 펠로폰네소스 반도의 도시들은 이 동맹에 가입하지 않았다.
5) 기원전 443-429년까지 계속 장군직에 당선된 아테나이의 위대한 지도자로서 아테나이 제국을 형성하는 데 공헌했다.
6) 니키아스는 아테나이의 정치가이며 장군으로서 페리클레스 사망 후 정치적 지도권을 위한 투쟁에서 클레온의 적수였다.

서 장군들의 회의에서 소포클레스가 가장 나이가 많다는 이유로 먼저 그의 의견을 말하도록 요청받자, 그는 자신이 나이로서는 연장자이지만 니키아스가 고참자라고 말하면서 먼저 의견을 제시하는 것을 사양했다는 이야기를 전하고 있다.

아테나이 시민들이 그에게 보인 호의는 시인에 의해서도 보답되었다. 소포클레스는 아테나이에 헌신적이었으며, 많은 왕들이 그를 데려오도록 사람을 보냈어도 결코 그는 조국을 떠나지 않았다. 이 점에서 그는 시라쿠사이의 왕 히에론을 방문한 아이스퀼로스나 핀다로스와는 달랐으며, 그리고 마케도니아의 왕 아르켈라오스의 궁전에 머물다가 죽은 에우리피데스와도 달랐다. 또한 소포클레스의 경건함은 널리 알려진 사실이다. 그는 특히 병을 치유하는 의학의 신들과 관련이 깊으며 할론이라는 의학의 신의 사제이기도 했다. 필로스트라토스[7]에 의하면 의학의 신 아스클레피오스(병을 치유하는 신 아폴론의 아들)를 경배하는 그의 찬가가 아테나이에서 불리었으며, 아스클레피오스를 찬양하는 그의 시 중에서 세 개의 작은 시구가 아크로폴리스의 남쪽에 위치한 아스클레피오스 신전의 입구에서 발견되었다. 그는 또한 헤라클레스의 신전을 설립하기도 했다. 그는 사후 아테나이인들에 의해 '덱시온'이라는 이름 아래 영웅으로 숭배되었으며, 매해 그에게 제물을 바치는 의식이 행해졌다.

소포클레스의 청년기에는 그보다 한 세대 위인 아이스퀼로스가 비극 무대에서 아주 중요한 인물이었다. 따라서 젊은 소포클레스가 그의 영향을 받은 것은 당연했다. 비극의 외적인 형식은 이미 아이스퀼로스에 의해 잘 발달되어 있었지만 소포클레스는 그것을 더 향상시킬 수 있다는 것을 알았다. 그는 세 번째 연기자를 첨가했으며 코

---

7) 2세기의 로마인. 아테나이에서 공부했으며 셉티무스 세웨루스와 그의 부인 쥴리아 도므나가 후원하는 철학 서클에서 활동했다.

러스의 수를 열두 명에서 열다섯 명으로 늘렸다. 무대 위에서 동시에 말하는 세 사람의 연기자를 가질 수 있다는 가능성은 극작가가 효과적인 장면을 연출하는 데에 크게 기여했다. 그는 또한 비극 작가가 경연 대회에 출품해야 하는 세 편의 비극과 한 편의 사튀로스 극으로 구성된 4부작을, 하나의 주제에 관한 연결된 내용 대신 서로 관련이 없는 독립된 주제로 연극을 구성함으로써 새로운 혁신을 일으켰다. 더욱이 그는 약한 목소리 때문에, 극작가가 직접 자신의 연극에서 공연하는 관례를 그만두고 전문적인 배우를 고용하기도 했다. 소포클레스는 기원전 468년에 비극 경연 대회에서 첫 승리를 거두었으며 그때 그는 스물여덟 살이었다. 이 젊은 시인은 위대한 아이스퀼로스와 경연을 벌였으며, 이때 관객들의 감정이 너무나 고조되어 아르콘은 일반적인 관례대로 열 명의 심판관을 추첨으로 선택하지 않고, 열 명의 장군들이 관습적인 헌주를 하기 위해 공연장 안으로 들어왔을 때 이들을 심판관으로 임명했다. 그들의 명성은 공평한 결정을 보증하기에 충분했으며, 이들은 아이스퀼로스 대신에 젊은 극작가 소포클레스를 선택했다.

기원전 5세기에 아테나이는 큰 도시가 아니었으며, 소포클레스는 의심할 여지 없이 그 시대에 그곳에 살았던 모든 유명한 문인들을 개인적으로 알고 있었다. 그중에서도 역사가 헤로도토스와의 친분이 특별히 두터웠던 것으로 보인다. 플루타르코스는 소포클레스가 쉰다섯 살 때에 이 역사가를 위해 쓴 송시의 일부를 보존하고 있다. 소포클레스의 현존하는 비극들 속에서 헤로도토스의 「역사」를 참조한 것으로 보이는 문장들을 볼 수 있으며, 다양한 문장들이 역사가로부터 영향을 입은 것으로 지적되고 있다. 또한 에우리피데스의 죽음의 소식을 듣고 소포클레스가 친히 상복을 입고 화관을 쓰지 않은 코러스를 인도했다는 이야기는 젊은 극작가와 그와의 친분을 보여 준다.

소포클레스는 에우리피데스가 죽고 얼마 후, 같은 해인 기원전 406년 아흔한 살의 나이로 사망했다. 그의 죽음의 원인에 관해서는 여러 가지 설이 전해진다. 설익은 포도를 먹다가 질식했다는 이야기가 있는가 하면, 「안티고네」를 낭독하는 동안 감정이 너무 격해져서 죽었다고 하기도 하고 연극을 공연한 후 승리자가 발표되었을 때 너무 기뻐하다 죽었다고도 한다. 그러나 그의 죽음의 근본적인 원인은 무엇보다도 노령일 것이다.

그는 그가 살아왔듯이 행복하게 죽었다. 아테나이의 비극 시인 프리니코스의 말들이 위대한 극작가의 생애를 잘 묘사해 준다. "행복한 소포클레스, 그는 행운아였고 현명했고 장수를 누린 후에 죽었으며, 많은 아름다운 비극을 창작했고, 어떤 악도 겪지 않고 행복하게 죽었다." 그러나 극작가로서 예술가로서 비범하게 성공적인 그의 생애와 특이하게 평정하고 축복받은 것같이 보이는 삶에도 불구하고, 그는 인간들 사이의 고통과 갈등에 관해 날카로운 통찰력으로 글을 썼다. 그 자신의 삶의 어떤 시기에 인생에 대한 고뇌와 고통을 겪어 보지 못한 자가 그러한 확신과 열정으로 인간의 갈등과 고뇌에 관한 심오한 비극을 창작할 수는 없었을 것이다. 그는 아테나이 시의 성벽으로부터 2.5킬로미터 떨어진 데케레아로 가는 길에 위치한 조상의 무덤에 묻혔다. 그때는 스파르타의 뤼산드로스[8]가 아테나이를 포위하고 있었지만, 죽은 자가 소포클레스라는 것을 알자 곧 장례를 허용해 주었다고 한다.

아리스토텔레스는 소포클레스를 가장 위대한 비극 작가로 꼽았다. 그는 「오이디푸스 왕」을 비극의 모델로 삼았으며 비평가들로 하여금 소포클레스를 거의 그리스 비극의 표준으로 취급하게 만든 것도 의

----

8) 스파르타의 탁월한 지도자들 중의 한 사람. 기원전 408년 해군 사령관에 임명되었다.

심할 여지 없이 아리스토텔레스의 「시학」의 압도적인 영향 탓이다. 소포클레스는 아이스퀼로스에 관해서 그가 무엇을 하고 있는지 알지 못하면서 올바른 것을 행했다고 말했다. 이 말은 예술적 기교에 대한 소포클레스의 강한 관심을 드러내는 것이다. 한편 아리스토텔레스는 에우리피데스는 있는 그대로의 인간과 삶의 모습을 묘사했지만, 소포클레스는 마땅히 그러해야 하는 대로의 인간의 모습을 그렸다고 말한다.(「시학」 1460b)

고대 문헌들은 이구동성으로 그의 '꿈 같은' 문체에 대해, 시인이나 연설가에게 주어질 수 있는 최대의 찬사인 '꿀벌'이라는 별명으로 소포클레스를 찬양했다. 매력은 물론, 물 흐르는 듯한 능변을 암시하는 '달콤함'은 소포클레스의 주된 특징들 중의 하나다. 소포클레스의 문체는 활력과 위엄과 아름다움과 명백함과 부드러움이 특징이다. 그의 시는 거의 노력을 들이지 않고 씌어진 것 같이 보인다. 그러나 주의 깊게 관찰해 보면, 표면적인 달콤함과 우아함은 시인의 기술적인 작문에 기인한다는 사실을 발견하게 된다. 그는 '기술을 감추는 기술'의 대가였다. 그는 항상 자신이 무엇을 말하기를 원하는지를 알았으며, 그것을 말할 올바른 단어들을 가지고 있었다. 그의 시의 가장 현저한 특징인 형식의 미묘함과 아름다움을 그는 적절한 단어의 선택과 결합으로 이루어 내었다. 소포클레스의 명성에 관해서 많은 것이 언급될 수 있을 것이다. 그는 이른 시기에 이 명성을 얻어서는 일생 동안 유지했다. 그는 또한 고대에 그리스로부터 멀리 떨어진 지역에서조차 열렬한 독자들을 가졌다. 폴레몬[9]이 그를 '비극의 호메로스' 그리고 호메로스를 '서사시의 소포클레스'라고 칭하는 것은 그에게 바치는 최대의 찬사였다.

---

9) 2세기에 활동한 로마의 유명한 소피스트로서 트라야누스, 하드리아누스, 안토니누스 같은 황제들과 친밀했다.

스핑크스

「오이디푸스 왕」 개요

프롤로고스[10]

테바이의 오이디푸스 궁전 앞에 남녀노소의 시민들이 엎드려 있다. 문이 열리며 오이디푸스 왕이 등장한다. 오이디푸스는 백성들이 탄원자들의 나뭇가지를 들고 앉아 있는 까닭을 직접 듣기 위해 몸소 나왔다. 그들이 바라는 바가 무엇인지를 묻는 왕에게 제관은 온 장안에 심한 재앙이 내려 땅에 나는 곡식은 메말라 가고 풀을 뜯는 소들은 떼죽음을 당하고 있으며 부인들은 죽은 아기를 낳고 카드모스의 도시가 폐허가 되어 가며 이제 온 도시가 탄식과 눈물로 넘치고 있다고 호소한다. 왕께서 예전에 저 잔인한 스핑크스의 노래(수수께끼)[11]로부터 테바이를 구하신 것과 같이 이번에도 그의 지혜로 재앙에 빠진 이 도시를 구해 주기를 사제는 간곡히 청한다.

이때 크레온(테바이의 왕비 이오카스테의 남동생)이 기쁜 소식을 가져오듯이 월계관을 쓰고 웃는 얼굴로 돌아온다. 크레온은 이 땅에서 생기고 키워진 더러운 일을 씻어 없애라는 아폴론 신의 명령을 전한다. 전 왕인 라이오스(이오카스테의 전 남편이며 오이디푸스의 친아버지)의 시살자가 이 땅에 살아 있기 때문에 전 도시가 오염되었으며 그자를 찾아 추방하거나 피를 피로써 갚으라는 것이다. 신은 이 땅에서라고 말씀하셨고 찾으면 찾아질 것이요 찾지 않으면 잃게 될 것이라고 말씀하셨다. 라이오스가 살해당했을 때 겁에 질려 도망쳐 온

---

10) 연극의 첫 부분으로 '서막'을 의미한다.

11) 여자의 얼굴과 사자의 몸을 지녔으며 날개가 달린 신화상의 존재이다. 스핑크스는 테바이인들에게 아침에는 네 발, 오후에는 두 발, 저녁에는 세 발로 걷는 동물로서 네 발로 걸을 때가 가장 약한 존재가 무엇이냐고 물었으며, 여기에 대답을 하지 못하는 자들을 전부 잡아먹었다. 오이디푸스가 '인간'이라고 답하자 스핑크스는 아크로폴리스에서 몸을 던져 자살을 했다.

자가 한 사람 있었는데, 그에 의하면 여러 명의 도둑 떼들이 나타나
서 라이오스와 그의 일행을 살해했으며 자신만이 겨우 살아 도망쳐
왔다고 한다. 그러나 곧 잇따라 수수께끼를 내는 스핑크스가 자신의
질문에 대답하지 못하는 인간들을 잡아먹는 재앙이 일어났기 때문에
당장의 바쁜 일에 몰두하느라고 아무도 원수를 갚지 못했다는 것이
다. 이에 오이디푸스는 모든 것을 새로 시작하는 마음으로 어둠에
갇혀 있는 것들을 모두 밝혀 내겠다고 천명한다.

파로도스[12]

제우스의 황금의 딸 아테나 여신(도시의 수호신)이여, 파멸이 닥쳐
오던 그 옛날 이 땅에서 불 같은 재앙을 몰아내셨듯이, 이제 또 오셔
서 죽음과 황폐함으로부터 이 나라를 구해 주소서. 땅은 열매를 맺
지 못하고 여인들은 헛된 산고에 울부짖고 날쌘 새의 날갯짓보다 더
빨리 목숨이 잇따라 쓰러져 가고 있네. 수없이 헛된 죽음으로 이 나라
는 목 놓은 탄식 소리와 찌르는 듯 우는 소리에 뒤섞인 기도 소리만
울려 퍼진다. 아무리 생각해도 막을 길 없는 이 재앙을 애통해하면서,
이 도시로부터 재앙을 몰아내 주시기를 신들께 간곡히 청원하나이다.

첫 번째 에페이소디온[13]

오이디푸스 왕이 다시 등장한다. 그는 백성들을 향해서 누구든지
라이오스 왕의 시살자를 알거든 곧 고할 것이며 죄인은 자수하여 극
형을 면하도록 하고 그가 받을 벌은 추방일 뿐이라고 말한다. 또한
이 나라에 사는 그 어느 누구도 살해범을 감추거나 그와 친분을 가
져서는 안 되며, 만일 자신이 그자를 알고도 집안으로 들인다면 남

---

12) 프롤로고스에 이어 나오는 코러스의 노래로서 '등장가' 라고도 한다.
13) 삽화적인 이야기 혹은 에피소드이다.

에게 내린 저주와 똑같은 저주가 자신에게도 떨어지기를 바란다고 덧붙인다.

이때 봉사 예언자 테이레시아스[14]가 하인과 함께 들어온다. 오이디푸스는 예언자에게 이 재앙으로부터 백성과 나라를 구해 줄 수 있는 유일한 자라고 칭하며 현재의 일에 도움을 요청한다. 그러나 테이레시아스는 왕이 묻는 말에는 대답하지 않고, 안다는 것이 얼마나 괴로운 일인가라고 중얼거리면서 왕의 부름에 응한 것을 후회한다. 오이디푸스는 제발 알고 있는 바를 숨김 없이 말해 달라고 간청하지만 테이레시아스는 자신의 깊은 비밀을 들추어내지 않겠다고 하며 계속 대답을 회피한다. 이롭지도 않은 일을 어째서 자꾸 물으시느냐는 테이레시아스에게 오이디푸스가 심하게 화를 내자, 테이레시아스도 감정이 격해져서 바로 왕 자신 때문에 이 나라가 부정을 타고 있으며 왕이 찾고 있는 시살자가 바로 당신 자신이라고 사실대로 고한다. 그리고 예언자가 왕은 자신과 가장 가까운 핏줄과 부끄러운 인연을 맺고 살면서도 그 사실을 모르고 있다고 직언을 하지만 오이디푸스는 전혀 이해할 수 없는 예언자의 말을 중상이나 모략으로 치부하며 크레온이 왕위를 탐내고 테이레시아스와 음모를 꾸몄다고 오해한다. 다시는 이곳에 나타나지 말라고 하며 오이디푸스가 심하게 역정을 내자, 테이레시아스는 왕이 찾아내려고 하는 라이오스의 시살자는 바로 여기에 있으며 지금은 그가 딴 나라 사람으로 통하지만 곧 그가 테바이 출신임이 드러날 것이며 그때에는 밝았던 눈이 멀게 되고 부유의 몸이 걸인이 될 것이며 지팡이를 짚고 이국땅을 헤메게 될 것이라고 오이디푸스의 미래를 예언한다.

---

14) 신화에 의하면, 아테나 여신이 목욕을 하고 있는 모습을 보았기 때문에 여신에 의해 봉사가 되었다. 여신과 친숙했던 어머니 카리클로가 그에게 다시 시력을 회복시켜줄 것을 요청했으나 여신은 그럴 수가 없어 대신 예언의 능력을 부여해 주었다.

첫 번째 스타시몬[15]

예언자의 말이 사실인지 거짓인지 분별이 안 되니 알 수 없는 두려움이 온몸을 짓누르네. 희미한 추측으로 가슴 조이며 현재도 미래도 분명치 않네. 제우스와 아폴론은 현명하시어 그 어느 것을 모르는 것이 없도다. 지혜에 있어서 남들보다 뛰어난 자가 없지 않지만 예언자가 과연 나보다 더 잘 안다고 어떻게 입증할 수 있겠는가. 날개 돋친 저 요녀가 나타났을 때 황금의 지혜로 이 도시를 구한 자를 내 어찌 죄 있다고 비난할 수 있으리오.

두 번째 에페이소디온

오이디푸스는 크레온을 보자 곧 자기 목숨을 빼앗고 왕위를 훔치려는 자라고 악담을 퍼붓는다. 그가 예언자와 공모하지 않았다면 테이레시아스가 자기에게 라이오스 왕의 시살자라는 누명을 씌울 까닭이 없다는 것이다. 크레온은 이에 맞서 자신이 무엇이 부족해서 왕위를 탐내겠느냐고 하면서 자신의 결백을 주장한다. 이때 이오카스테(테바이의 왕비로서 오이디푸스의 현재 부인이며 생모)가 나와서 온 나라가 이렇게 고난을 당하고 있는 때에 사사로운 일로 다투다니 부끄럽지도 않으냐며 이들 사이를 무마시킨다. 이오카스테는 예언술 같은 것은 믿을 바가 못 된다고 하면서 오이디푸스의 마음을 편하게 해 주기 위해 자신의 과거 이야기를 한다. 예언에 의하면 왕은 왕과 이오카스테 사이에 태어난 아들의 손에 살해당할 운명이었지만, 소문으로는 큰 삼거리의 한복판에서 딴 나라 도둑들에 의해 살해당했다는 것이다. 아들은 난 지 겨우 사흘밖에 안 되었을 때 두 발을 묶어서 인적이 없는 산비탈에 죽도록 내버려 두었다고 하며 예언의 결

---

15) 에페이소디온 다음에 나오는 코러스의 노래로서 '정립가'라고도 한다.

과란 이런 것이라고 말한다. 그러나 삼거리라는 말이 오이디푸스에게 과거의 기억이 되살아나게 만들며 오이디푸스의 마음을 불안하게 만든다. 이오카스테는 뒤이어 일행 중 집 종만이 살아 돌아왔으며 라이오스 대신 오이디푸스가 왕이 된 것을 보고 그는 될 수 있는 대로 이 나라에서 멀리 떨어진 목장으로 보내 달라고 애원해서 이를 허락해 주었다고 말한다.

오이디푸스는 이오카스테에게 살아 돌아온 자를 이곳으로 불러 달라고 하며 자신의 과거 이야기를 한다. 아버지는 코린토스의 왕 폴뤼보스였고 어머니는 왕비 메로페였다. 어느 잔칫날 술에 만취한 자가 자신이 폴뤼보스의 친아들이 아니라고 떠들어 대어 그 다음날 양친께 여쭙자 부모들은 그런 말을 지껄인 자에게 역정을 내며 오이디푸스를 안심시켰지만, 오이디푸스는 왠지 마음이 편치 않아 델포이를 찾아갔다. 아폴론은 자신이 묻는 일에 관해서는 아무것도 알려 주지 않고, 오이디푸스가 어머니와 결혼하고 아버지를 죽이게 될 것이라는 무서운 신탁을 예언했다. 이 말을 듣고 오이디푸스는 다시는 부모님이 계신 코린토스로 돌아가지 않겠다고 결심하고 코린토스로부터 멀리 떨어진 곳으로 가기 위해 방향을 돌렸을 때, 이오카스테가 말한 바로 그 삼거리에서 마차에 탄 노인과 일행을 만나게 되었다. 길잡이와 노인이 억지로 자신을 길에서 몰아내려고 하자 오이디푸스가 길잡이를 밀치고 지나가는데 마차에 탄 노인이 끝이 두 갈래로 갈라진 몽둥이로 오이디푸스의 머리를 힘껏 내리쳤다. 그러자 오이디푸스도 이에 대항해서 지팡이를 휘둘렀으며 노인은 한 대 맞고서 굴러 떨어졌고 일행 모두 죽음을 당했다. 그 낯선 사람이 라이오스와 무슨 관계가 있다면 자신보다 더 불행한 자가 어디 있을까 하고 오이디푸스는 한탄한다. 그러나 남아 있는 한 가닥 희망은 라이오스의 살해자가 한 사람이 아니라 여러 명의 도둑들이었다면 이 불안에서 벗어날 수 있으리라는 것이다.

두 번째 스타시몬

오만은 폭군을 낳고 오만은 헛되이 지나친 이득의 정상을 오르다 가는 이내 비참한 운명의 나락으로 떨어지게 되네. 그래도 조국을 위한 열의에 불타는 용사들을 신께서 보호해 주소서. 정의를 두려워 하지 않고 신을 경배하지 않으며 말이나 행동에서 오만한 자는 그 오만으로 인하여 파멸되나니. 신은 나의 유일한 희망이오. 나는 그를 섬기네. 그러나 아폴론의 영광은 사라지고 믿음은 날로 식어만 가니, 신탁에 대해 희미해져 가는 믿음을 어떻게 회복시킬 수 있으리오.

세 번째 에페이소디온

이오카스테가 신전을 찾아가려고 꽃과 향불을 들고 궁으로부터 나 온다. 그때 코린토스의 사자가 등장해서 왕비에게 폴뤼보스의 죽음 을 알리며 코린토스의 백성들이 오이디푸스를 그곳의 왕으로 삼으려 고 한다는 것을 전한다. 오이디푸스는 폴뤼보스 왕이 병환으로 돌아 가셨다는 소식에 한편으로는 슬프지만 자신에 의해 죽음을 맞지 않 았다는 사실에 안도감과 기쁨을 감추지 못한다. 자신이 신탁대로 아 버지를 죽이게 되지 않을까 두려워서 그렇게 오랫동안 피해 있었는 데 그분은 자연의 손에 돌아가셨다니, 오이디푸스는 신탁은 믿을 바 가 못 된다는 이오카스테의 말에 다소 동의하지만, 그러나 어머니가 살아 계시는 동안 아직도 두려움이 그치지 않는다.

코린토스의 사자는 오이디푸스의 불안을 덜어 주기 위해서, 사실 은 오이디푸스와 폴뤼보스 왕과는 아무 인연이 닿지 않으며, 자신이 오래전에 키타이론 산에서 어떤 양치기로부터 받은 아기를 자식이 없는 폴뤼보스 왕에게 갖다 주었다고 말한다. 그때 아기의 두 발목에 구멍이 뚫려 밧줄로 묶여 있었는데 이것을 자신이 풀어 주었으며, 그래서 오이디푸스라는 이름으로 불리게 되었다는 것이다. ('오이디푸스'는 '퉁퉁 부어오른 발'이란 뜻이다.) 아기를 누구로부터 받았느냐는 질문에 사자는 라이오스 왕의 사람인 것 같다고 대답한다. 이오카스테는 코린토스의 사자의 말로부터 모든 사실을 직감하고 오이디푸스에게 이 일을 더 이상 밝혀 내려 하지 말라고 애원한다. 아무리 만류해도 듣지 않는 오이디푸스에게 이오카스테는 더 이상 어쩔 수 없어, 제발 스스로 누구인지 모르고 지내기를 바란다는 마지막 말을 남기고 궁 안으로 들어간다.

세 번째 스타시몬

코러스는 누가 오이디푸스의 친부모일까 하고 나름대로 상상의 나래를 편다. 오이디푸스를 낳은 자가 여신일까, 요정일까, 그는 판의 아들일까, 록시아스(아폴론)의 아들일까, 아니면 헤르메스의 아들일까, 디오뉘소스의 아들일까.

네 번째 에페이소디온

양치기가 등장한다. 코린토스의 사자는 그를 알아보며 그 옛날 키타이론 산에서 목동으로 지낼 때 건네 준 어린 아기를 상기시키며 여기 계신 왕이 바로 그 아기라고 말하자, 양치기는 입을 다물라고 호통을 친다. 양치기는 코린토스 사자의 바보 같은 말에 신경을 쓰지 말라고 간청하지만, 그도 오이디푸스를 설득시킬 수 없다. 양치기는 다시 한번 더 이상 묻지 말아 달라고 애원하지만, 오이디푸스의 위협적인 태도에 사실대로 고하게 된다. 그 아기는 라이오스 댁의 아기였으며 왕의 친아들로서 왕비가 건네 주었다고 말한다. 그 아이가 부모를 죽이리라는 불길한 신탁이 두려워 죽여 없애라는 것

을 어린것이 너무나 가여워 멀리 딴 나라로 가서 살라고 다른 자에
게 주었다는 것이다. 이제 모든 것이 명백해졌다. 모든 것이 사실로
드러났다. 오이디푸스는 고뇌의 비명을 지르며 궁 안으로 들어간다.

네 번째 스타시몬

인간은 하루살이 목숨, 오이디푸스가 누리던 그 행운과 명성도 이
름뿐이었네. 과연 그런 행운보다 더 나은 것을 얻는 자가 어디에 있
겠는가. 불행한 오이디푸스를 바라보며, 이 세상 무엇을 행운이라
부를 수 있겠는가. 비길 데 없는 솜씨로 요사스러운 가희(스핑크스)
를 쓰러뜨리고 도시를 재앙으로부터 구한 자, 그로부터 이 나라의
왕이 되어 영화와 권력을 얻은 자, 오이디푸스! 그러나 이제 이것보
다 더 슬픈 이야기가 어디에 또 있을까. 이처럼 격심한 재앙과 고뇌
가운데서 인생의 무상함을 느끼지 않을 자가 어디 있겠는가.

엑소도스[16)]

궁으로부터 다른 사자가 등장해서 궁궐 안에서 일어난 일을 설명
한다. 이오카스테 왕비는 미칠 듯이 집안으로 뛰어 들어가 머리카락
을 쥐어뜯으며 침실로 들어가서 문을 잠그고 오래전에 죽은 라이오
스 왕의 이름을 불러 대다가 스스로 목을 매었고, 곧 이어 오이디푸
스가 소리치며 뛰어 들어와 빗장을 비틀어 열고 죽은 왕비의 모습을
보자 목이 멘 소리로 가엾은 시체를 내려 눕히고 나서 왕비의 옷에
꽂힌 황금 브로치를 빼 내어 그것으로 자신의 두 눈을 찔러 스스로
를 봉사로 만들었다.

두 눈에 피를 흘리며 봉사가 된 오이디푸스가 등장한다. 오이디푸

---

16) 연극의 마지막 부분으로 '종막'을 의미한다.

스는 아폴론이 자신의 쓰리고 괴로운 앙화를 가져왔지만 그러나 눈을 찌른 것은 바로 자신이었다고 말한다. 그의 모습을 보고 애처로워하는 코러스에게 오이디푸스는 모든 것이 추악한 곳에서 무엇 때문에 보아야 하느냐고 반문한다. 그는 절망과 저주 속에 묻힌 자, 신들의 노여움을 가장 많이 받은 이 사람을 빨리 여기서 끌어내라고 외친다. 그리고 그는 그 목장에서 발의 사슬을 풀고 자신을 죽음으로부터 구한 자를 저주한다. 그때 죽고 말았더라면 아버지의 피를 흘리지도 자신을 낳은 사람의 남편이 되지도 않았을 텐데. 그러나 지금은 신들에게서도 버림받은 자, 치욕의 아들이 되었다. 오이디푸스는 사람의 세상에 다시없는 더러운 죄업을 저지른 자신을 빨리 이 나라에서 추방해 달라고 절규한다.

이때 크레온이 등장하며 뒤에 안티고네와 이스메네(오이디푸스와 이오카스테 사이에서 태어난 딸들)가 흐느끼며 따라 들어온다. 오이디푸스는 크레온에게 자신을 빨리 이 땅에서 내쫓아 달라고 애원하며, 마지막으로 자신으로 인해서 불행하게 된 두 딸, 안티고네와 이스메네를 크레온에게 부탁한다. 크레온은 나라 밖으로 추방해 달라는 오이디푸스의 소원이 이루어질 것이지만, 그것은 자신이 아니라 신들이 결정할 일이라고 하며 오이디푸스를 궁 안으로 인도한다. 예측할 수 없는 인간의 운명을 한탄하는 코러스의 노래와 춤과 함께 막이 내린다.

「오이디푸스 왕」 해설

소포클레스의 비극 「오이디푸스 왕」은 스핑크스의 수수께끼를 풀고 테바이의 왕이 된 오이디푸스의 성공적인 삶으로부터 시작된다.

오랜 세월 동안의 훌륭한 통치로 세인들의 존경과 사랑을 받고 있는 위대한 왕으로서 그의 첫 모습은 여기에 걸맞게 화려하고 당당하며 고도의 극적인 오프닝은 육체적 시각을 황홀하게 만든다. 연극의 나머지 부분은 이 화려한 외양을 하나하나 벗겨 가면서 내부로 들어가는 작업이다. 현상을 벗겨 버리고 진실된 내부가 드러날 때 그 속에 존재하는 실체는 과연 무엇인가. 오이디푸스에게 주어진 과제는 자신을 탐색하는 것이며 자아의 참된 모습을 밝혀 내는 것이다.

연극의 첫 장면에서 사제에게 비친 오이디푸스의 모습은 인간들 중에서 가장 위대한 자이고 가장 고귀한 자이며 과거에 스핑크스로부터 도시를 구한 테바이의 구원자다. 그는 신들의 호의를 받고 백성들이 경외하는 제왕의 모습으로 등장한다. 사제와 남녀노소의 백성들이 털실을 드리운 나뭇가지를 들고 탄원자의 모습으로 엎드려 있는 장면은 마치 그를 신과 같은 존재로 여긴다는 인상을 준다. 오이디푸스의 지적이고 정신적인 능력으로 현재의 재앙으로부터 도시를 구원해 줄 것을 호소하는 사제의 말 속에는 왕의 탁월함에 대한 최대의 찬사가 내포되어 있다. 그는 통치자라기보다 과거에 신들의 도움으로 테바이를 구한 특수한 재능의 소유자로서 현재의 재앙으로부터 또다시 테바이를 구할 수 있는 특별한 존재라고 사제는 믿고 있다. 아무도 풀 수 없었던 스핑크스의 수수께끼를 푼 오이디푸스는 지혜의 상징으로 그의 정신적 위대함과 군주로서의 위엄이 무대 장면에 의해 고조된다.

오이디푸스는 백성들과 함께 고통을 나누고 그들의 호소를 직접 듣기 위해 몸소 군중들 앞으로 나왔다. 그는 백성들이 그에게 호소하기 전에 이미 백성들을 염려하고 있었고, 모든 백성들의, 그리고 나라 전체의 고통을 자신의 것으로 받아들이고 있다. 역설적으로 백성들의 고통에 대한 이 최초의 이해는 자신의 운명에 대한 무의식적

직관으로 연결된다. 그는 백성들의 고난을 마치 자신의 일인 듯한 열정으로 임한다. 그러나 그 '마치'는 실제이며 스핑크스의 수수께끼를 풀고 왕이 된 이방인은 사실 테바이 태생으로 그가 찾고 있는 살인자는 자신의 친아버지를 살해한 자다. 한 위대한 존재가 자신 앞에 엎드려 있는 군중들의 고뇌를 받아들일 때 이것은 갑자기 사적인 재앙의 망령이 된다.

크레온이 아폴론의 명령을 전한다. 이 땅에서 몰아내어야 하는 오염이 있으며 전 왕 라이오스의 살해자가 추방되거나 피로 속죄되어야 한다는 것이다. 오이디푸스는 그분을 뵌 적은 없으나 말로 들어서 알고 있다고 대답하지만, 사실 그는 라이오스를 보았을 뿐만 아니라 그를 살해했으며 그는 앞으로 자신이 알고 있는 것보다 더 진실되게 사실을 보아야 한다. 오이디푸스는 범인을 기필코 찾아내겠다는 맹세와 함께 어두운 실체를 밝혀 내고자 하는 저항할 수 없는 욕망에 사로잡힌다. 그는 과거에 스핑크스의 수수께끼를 풂으로써 테바이를 구했듯이, 이제 새로운 수수께끼를 풀어야 하며, 델포이 신탁으로부터 온 임무는 수색자에게 자신을 발견하는 과제를 부여한다. 서막에 나타나는 오이디푸스의 위대함은 현상적인 것이다. 이 현상 속에 숨어 있는 실재를 밝혀 내기 위한 임무에 오이디푸스는 스스로 몸을 던지게 된다. 그는 안일보다 행위를 택하며 남아 있는 과제는 자신의 어두운 부분을 밝혀 내는 것이다.

코러스가 얼마나 무서운 재난이 테바이를 엄습하고 있는지를 생생하게 묘사한다. 땅은 메마르고 여인들은 죽은 아기를 낳고 온 나라가 탄식 소리로 가득하다. 과거에 이 땅에서 불 같은 재앙을 몰아내신 것같이 이제 또다시 파멸로부터 자신들을 지켜 달라고 신들에게 호소하는 코러스의 노래 다음에 오이디푸스가 다시 등장한다. 그는 첫 장면에서와 같이 위엄 있고 당당하며 그의 모습은 더욱 인상적이다. 그는 더 고조되는 강도로 그가 서막에서 선포한 영웅적이고 도의적인 목적을 고수한다. 미지의 오염자에 대한 분노는 마침내 무서운 저주로 폭발한다.

내가 너희들 카드모스의 후손들에게 이것을 선포하노라. 너희들 중 누가 랍다코스의 아들 라이오스를 살해한 자를 안다면 즉시 나에게 고하라. 그가 두려워 자수하기를 꺼린다면 스스로 이 벌을 숙고해 보라. 다른 어떤 형벌도 가하지 않을 것이다. 추방일 뿐. 그리고 어떤 자가 이방인이 살해범인 것을 안다면 침묵하지 마라. 내가 보상할 것이며 그는 길이 나의 감사를 받을 것이다. 너희들이 여전히 침묵한다면 그리고 누군가가 자신이나 친구를 위해 두려운 나머지 나의 말을 거역한다면 내가 어떻게 할 것인지 똑똑히 알아라. 그가 누구이든지 내가 다스리고 통치하는 이 땅으로부터 몰아낼 것이다. 어떤 자도 그를 자기 집으로 받아들여서도 안 되며 말을 걸어서도 안 된다. 또한 함께 기도하거나 제물을 바치거나 의식을 행해서도 안 된다. 모든 사람들은 그를 자신의 집으로부터 몰아내라. 퓌토신(퓌토는 델포이의 옛 이름으로 아폴론을 의미한다.)의 신탁이 최근에 나에게 밝혔듯이 그는 우리들에게 하나의 오염이기 때문이다. 이와 같이 나는 신과 죽은 자에게 동맹자가 될 것이며 나는 살인자에게 이 저주를 내린다. 그가 혼자서 혹은 많은 자들과 함께 남의 눈을 피했다면 재앙이 그의 비참한 삶을 철저히 파멸시키기를 기원한다. 또한 나 자신이 알고도 그자를 나의 집으로 받아들인다면 내가 다른 자에게 내린 것과 같은 저주가 나에게 떨어지기를 바란다. 너희들 모두는 나를 위해서 신을 위해서 황폐해진 이 나라를 위해서 이 모든 것을 행할 것을 명한다.

―「오이디푸스 왕」(223-254)

저주가 의식하지 못하는 저주자 자신에게 향할 때 저주를 부르는 힘이 더욱 강해진다. 그는 자신과는 무관한 사건에 마치 그것이 자신의 일인 듯이 빠져들고 있음을 발견하게 된다. 그가 관계를 인식하지는 못하지만 환상의 영역 속에서 현상과 진실이 오묘하게 뒤섞여 들어가고 있다. 오이디푸스는 아폴론이 최근에 밝힌 오염을 더 구체적으로 밝혀 낼 의무를 지니며, 오이디푸스 자신이 자신의 위대한 탐색의 목표이자 아폴론의 인간적 구현이기도 하다.

마침내 기다리던 봉사 예언자 테이레시아스가 들어온다. 그러나 예언자는 오이디푸스가 알고자 하는 라이오스의 살인자에 대한 언급을 꺼리며 계속 밝힐 것을 거부한다. 오이디푸스가 테이레시아스의 침묵이 바위를 화나게 하기에 충분하다고 말할 때 그것은 사실이다. 자신을 위해서라기보다 백성을 위해서 나라를 위해서 이 일을 밝혀내겠다고 결심한 오이디푸스에게 예언자의 비협조적인 태도는 왕의 화를 돋우기에 충분했다. 오이디푸스의 분노는 오히려 예언자를 자극시켜 그가 감추기를 의도했던 사실들을 폭로하게 만든다. 오이디푸스가 바로 이 땅의 오염자라는 것이다. 진실이 분노로부터 터져 나온다. 모든 것이 발가벗겨진 채 그 모습을 드러낸다. 오이디푸스는 자신의 귀를 의심케 하는 그 비난에 압력을 가함으로써 더 구체적인 진실이 나오게 만든다. 오이디푸스가 바로 자신이 찾고 있는 그 살인자이며, 오이디푸스는 누구와 함께 살고 있는지 어떤 처참한 상황에 빠져 있는지 모르고 있다는 것이다. 그리고 예언자는 이어 오이디푸스의 미래를 예언한다. 지금 밝은 그 눈은 어두움으로 덮힐 것이며 걸인이 되어 이 나라 밖을 떠돌아다니게 될 것이다. 너무나 충격적이고 믿을 수 없는 테이레시아스의 말에 오이디푸스는 예언자를 음모자라고 비난한다. 테이레시아스의 상세한 폭로에도 불구하고 오이디푸스는 아직 진실을 받아들일 준비가 되어 있지 않다. 우리는

오이디푸스의 무지와 그의 반응을 보면서 그가 얼마나 어리석은가가
아니라 그의 태도가 얼마나 당연하며 자연스러운가를 그리고 이 단
계에서 진실을 받아들인다는 것이 얼마나 불가능한가를 보게 된다.
오이디푸스는 자신이 찾고 있는 진실을 타인의 폭로에 의해서가 아
니라 스스로의 힘과 노력으로 조금씩 조금씩 파헤쳐 나가야 한다.
일종의 해답이 제시되었지만 무지에서 결론으로 비약할 수 없기 때
문이다. 이제 오이디푸스는 스스로의 힘으로 새로운 탐색의 길을 통
해서 자신을 발견해야만 할 것이다.
　테이레시아스와 대면하는 장면에서 처음부터 보는 자와 보지 못하
는 자 사이의 대립이 부각되었다.

　　오이디푸스 그런 말을 하고도 무사할 줄 아느냐?
　　테이레시아스 진실에 어떤 힘이 있다면요.
　　오이디푸스 물론 너 외에 다른 자들에게는 그러하지. 그러나 너에게
　　　만은 아니야. 너는 귀도 마음도 눈도 모두 멀었으니까.
　　테이레시아스 불쌍한 분이시여, 그런 모욕을 퍼붓다니. 곧 여기 있
　　　는 모든 사람들이 당신을 향해 그런 욕설을 퍼붓게 될 겁니다.
　　오이디푸스 영원한 어둠의 자식이여, 너는 빛을 보는 나나 다른 누
　　　구도 해치지 못한다.
　　테이레시아스 당신의 운명이 나로 인해 당신에게 떨어지지는 않을
　　　겁니다. 아폴론이 모든 것을 성취하실 테니까요.
　　오이디푸스 이것이 크레온의 음모냐 아니면 너 자신의 짓이냐?
　　테이레시아스 크레온이 아니라 당신 자신이 당신의 파멸의 원인입
　　　니다.

　　　　　　　　　　　　　　　　　　　　　　　──「오이디푸스 왕」(368~379)

테이레시아스의 진실에 대한 첫 폭로에 오이디푸스는 테이레시아스를 암흑으로부터 태어난 자라고 칭하며 그가 봉사인 것에 대해 모욕적인 언사를 던진다. 그러나 테이레시아스는 빛을 보지 못하지만 진실을 알고 있으며, 반대로 오이디푸스는 빛을 보지만 진실을 알지 못하고 오히려 진실을 자신으로부터 차단하고 있다. 현상의 세계를 보지 못하는 테이레시아스는 빛의 세계에 살고 있지만, 현상을 바라보는 눈을 가진 오이디푸스는 암흑의 세계에 살고 있는 것이다. 현상의 구조 속으로 진실이 침입해 들어온다. 그러나 오이디푸스는 자신의 권력과 안전과 그를 보존하는 모든 것이 존재하는 현상의 세계에 머물고 있다. 진실이 그에게 다가오기에는 현상 속의 그의 입지가 너무나 확고한 듯하다. 테이레시아스에게는 진리와 빛인 그 무엇이 오이디푸스에게는 감추어지고 부인되었으며, 테이레시아스와 청중은 오이디푸스가 알지 못하는 사실을 알고 있다. 그가 바로 자신이 찾고 있는 자라는 것을. 이것은 연극의 기교 면으로 비극의 아이러니[17]에 속하지만, 더 깊은 의미에서 존재의 다른 양상을 드러내 보인다. 진실의 세계에 살고 있는 자와 현상의 세계에 살고 있는 자와의 대조를 부각시키고 있는 것이다.

테바이 시민들로 구성된 코러스는 예언자의 몸서리치는 말을 믿을 수도 부정할 수도 없다고 토로한다. 아직 아무것도 분명치 않으니까. 그러나 한때 시련을 당한 이 나라를 구했던 왕에게 죄가 있다고 생각할 수 있느냐고 반문하면서 오이디푸스에 대한 그들의 믿음과 신뢰를 표명한다. 오이디푸스에 대한 백성들의 지지는 거의 절대적인 것으로서 이것은 그의 전락의 폭을 더욱 크게 만든다.

오이디푸스는 크레온을 보자 그가 왕위를 찬탈하기 위해서 테이레

---

17) 관객은 오이디푸스가 범인이라는 것을 알고 있지만 극중 인물인 오이디푸스 자신은 그 사실을 모르고 있다. 이것을 연극의 '아이러니'라고 한다.

시아스와 손을 잡고 자신에게 누명을 씌운 것으로 생각하며 그를 비난한다. 예언자를 부르라고 재촉한 자가 크레온이었다는 사실만으로 확실한 증거도 없이 그를 의심하는 오이디푸스에게 성급한 성격의 일면을 볼 수 있다. 그러나 오이디푸스가 보이는 성급함과 분노는 인간성의 규범을 넘어선 것은 아니다. 오이디푸스의 그러한 태도에 우리는 오이디푸스가 악한 자라거나 나쁜 자라고 생각하기보다는 그러한 상황에서 충분히 일어날 수 있는 반응이라고 생각하게 된다. 그가 크레온을 사형에 처하겠다고 호통을 칠 때에는 과한 면이 있지만, 오이디푸스는 이오카스테가 크레온의 결백을 믿어 주자고 권할 때 곧 그에 대한 분노를 푼다. 자신이 억울한 누명을 쓰고 살해당하건 아니면 추방을 당하건 그를 용서해 주기로 결심한다. 비난받는 자가 사면되고 분노로부터 해방되지만, 이것은 안도와 평안이 아니라 더 무거운 불안과 중압감을 가져온다. 반역자로 생각되는 자를 놓아 줌으로써 그는 다른 자의 죄를 대신 짊어질 준비가 되어 있다. 오이디푸스가 일종의 상처를 입고 비난을 퍼붓든가 아니면 비난을 받아들이든가 하는 사이를 오갈 때 자신도 모르는 사이에 진실이 그에게 다가오고 있다.

이오카스테의 출현은 극의 전 구성을 바꾸어 놓으며 역전을 가져온다. 이오카스테는 무대에 나오는 순간부터 주도권을 쥐며 두 남자를 꾸짖고 집으로 돌아갈 것을 명한다. 어머니와 아들의 진짜 관계가 구체적인 용어로 표현되지는 않았지만, 왕의 권위가 사라지고 마치 어머니가 어린아이들을 달래는 듯한 어조 속에 그들의 관계가 암시되어 있다. 크레온은 집으로 돌아가고 오이디푸스는 이오카스테와의 중요한 장면을 위해서 무대에 남는다. 오이디푸스가 예언자에 의해 라이오스의 살인자로 비난받은 것을 알자 이오카스테는 곧 이 사실을 무시해 버린다. 그러나 오이디푸스에게 예언자가 하는 말 따위는 믿을 바가 못 된다고 하면서 오이디푸스를 안심시키기 위해 하는 말이 오히려 오이디푸스에게 불안을 야기한다. 자신이 낳은 자식이 아버지를 죽일 것이라는 신탁이 있었지만 라이오스는 삼거리에서 도둑 떼들에 의해 살해당했다는 것이다. 테이레시아스가 정교하게 드러내 보인 진실로도 성취될 수 없었던 것이 '삼거리'라는 우연한 한 단어에 의해서 달성된다. 감추어진 진실이 베일을 벗고 드러나기 시작한다. 오이디푸스는 자신이 마차에 탄 한 남자를 죽였다는 사실을 알고 있다. 라이오스가 살해된 장소와 자신이 살인한 장소가 일치하자 그가 이오카스테의 남편을 죽였을지도 모른다는 생각이 오이디푸스를 엄습하며 그를 불안과 공포로 가득 채운다. 라이오스가 살해된 구체적인 장소와 시간 그리고 그의 나이와 외모에 대한 이오카스테의 진술은 자신이 왕위에 오르기 직전에 일어난 일과 너무나 흡사하다. 그러나 한 가닥 가냘픈 희망은 만일 라이오스가 도망쳐 온 자의 말대로 여러 명의 도둑 떼들에 의해 죽음을 당했다면 범인이 자기가 아닐 수 있다는 것이다. 오이디푸스는 여기에 대한 증인이 될 목동을 보기를 열렬히 원한다.

오이디푸스의 장면이 전개될 때 오이디푸스는 사실은 자신을 탐색하고 있으며 이 탐색이 위험스럽다는 것을 안다. 오이디푸스가 진실을 추구하는 열정은 테이레시아스의 비난을 거부한 그의 분노의 불길보다 더 강하며, 그는 자신이 유죄일지 모른다는 것을 의식하지만 그의 태도는 더욱 확고하다. 이제 그는 예언자가 정말 보는 눈을 가졌을까 봐 두려워진다. 그의 말대로 자신이 라이오스를 살해하고 이 도시를 오염시킨 장본인일지 모른다. 오이디푸스는 지금까지 표면 아래 감추어져 있던 자신의 과거를 이야기한다. 코린토스의 부모, 술 취한 자의 빈정댐, 델포이의 방문, 무서운 신탁, 그리고 삼거리에서 일어난 일. 비합리적이고 정당화될 수 없는 악이 삶의 구조 속에 내재되어 있음을 본다. 오이디푸스가 삼거리에서 자신을 밀어내려 하는 하인을 제치고 지나갈 때 마차에 탄 노인이 먼저 몽둥이로 그의 머리를 내리쳤으며, 노인에 대한 오이디푸스의 공격은 자기 방어였다. 그리고 오이디푸스가 노인에게 대항할 때 왕의 부하들이 함께 오이디푸스에게 덤벼들었을 것이라는 것은 너무나 자명한 사실이다.

이야기는 도의적으로 묘사되지 않았다. 소포클레스는 삼거리에서 오이디푸스를 악한 자로 묘사할 수도 있었다. 그리고 맹목적인 야망이 그로 하여금 테바이의 왕위와 왕비를 차지하게 만든 것으로 그릴 수도 있었다. 그러나 일어난 일들은 그의 성격과 환경의 유해한 요소가 결합되어 자연스럽게 일어난 재앙이다. 오이디푸스는 지적이고 단호하며 자신을 너무 신뢰하는 면이 있지만 그는 의지적으로 결백하고 동기에 있어서 정직하며 영웅적 탁월함으로 가득한 인물이다. 결과가 불안스럽게 다가올 때조차 오이디푸스는 일관되게 인격적인 모습으로 흔들리지 않고 진실에 임한다. 잇따르는 코러스의 노래에서 코러스가 어느 특정 인물을 칭하지는 않지만 분명히 오이디푸스를 자신을 과신하고 성미가 급한 사람으로 지적하고 있다. 그러나 오이디푸스의 이러한 성격이 그의 파멸의 직접적인 원인이라고 볼 수는 없다.

네 번째 에피소드에서는 불안에서 안도로 다시 안도에서 불안으로의 역전이 있다. 폴뤼보스 왕이 죽었으며 코린토스의 백성들이 오이디푸스를 새 왕으로 모시려 한다는 새로운 소식은 오이디푸스에게 일시적인 안도감을 준다. 자신의 손으로 아버지를 죽이게 되지 않을까 얼마나 두려워했던가. 그러나 아직 두려움으로부터 완전히 해방된 것은 아니다. 어머니가 살아 계시기 때문이다. 그러나 오이디푸스의 이러한 두려움을 해소시켜 주기 위해서 코린토스의 사자는 오이디푸스가 폴뤼보스의 친아들이 아니라는 사실을 알려 주는데, 이

것은 의도와는 달리 오이디푸스를 더 한층 깊은 불안의 구렁텅이로
떨어지게 만든다. 오이디푸스의 신분이 밝혀지기 전 오이디푸스는
아기를 건네 준 테바이의 목동을 보기를 원한다. 그자가 또한 삼거
리에서 유일하게 살아남은 자이며, 이자의 신분에 대한 증명의 임무
가 침묵하는 이오카스테에게 주어진다. 이오카스테는 발목을 꿰뚫고
밧줄로 묶여 있는 아기를 폴뤼보스 왕에게 갖다 주었다는 코린토스
의 사자의 말로부터 모든 것을 알아차렸다. 오이디푸스가 바로 자신
이 낳은 아들이라는 것을. 오이디푸스의 불안을 떨쳐 줄 것이라는
기대에서 부르러 보낸 바로 그자가 모든 비밀의 증인이 된다. 그의
중요성을 떨쳐 버리려는 이오카스테의 절망적인 시도는 공허하게 메
아리칠 뿐이다.

이오카스테 그자가 누구란 말입니까? 그것이 어쨌단 말입니까? 그냥
    내버려 두세요. 쓸데없는 말에 귀를 기울이는 것은 어리석은 일
    입니다.
오이디푸스 그만한 단서를 가지고 나의 출생을 밝혀 내지 않을 수는
    없소.
이오카스테 당신의 목숨을 소중히 여기신다면 제발 더 이상 밝혀 내
    려 하지 마세요. 저의 고통만으로도 충분하니까요.
오이디푸스 기운을 내시오. 나의 어머니가 삼대째 노예였다 할지라
    도 당신의 명예는 조금도 손상되지 않을 것이오.
이오카스테 여전히 저를 달래려 하시는군요. 간청합니다. 제발 이
    일을 그만두세요.
오이디푸스 그럴 수는 없소. 이 일은 명백히 밝혀 내야만 하오.
이오카스테 당신을 위해서 당신에게 최상의 길을 말씀드리고 있습
    니다.

오이디푸스 그 최상의 것이라는 것이 나를 성가시게 하고 있구려.

이오카스테 오 불운한 자여. 당신이 누구인지 모르고 지내시기를.

오이디푸스 누가 가서 목동을 이리로 데려올 수 없겠느냐? 저 여자
　는 자신의 부유한 출생을 즐기도록 내버려 두려므나.

이오카스테 아아 가엾은 분! 단지 이 말밖에는 할 말이 없군요. 이
　제 더 이상은 아무 말도 않으렵니다.

　(이오카스테는 마지막 말을 남기고 궁 안으로 들어간다.)

—「오이디푸스 왕」(1056-1072)

　이오카스테의 희망과 절망은 진실 자체가 아니라 그녀가 사랑하는
남자의 상황과 그의 기분에 의해 좌우된다. 폴뤼보스의 죽음의 소식
에 이오카스테는 오이디푸스 자신보다 더 기뻐하며 헛된 희망에 부
풀어 있었다. 이제 오이디푸스의 전락을 눈앞에 두고 그녀는 더 이
상 삶을 견뎌 낼 수 없을 정도로 나락의 세계로 떨어진다. 그녀의 전
락은 자신의 참된 지위를 보는 데에 있다기보다 어떻게 오이디푸스
가 그의 참된 지위를 알게 될 것인가를 보는 데에 있다. 이오카스테
의 애처로운 만류는 진실을 추구하는 오이디푸스 앞에서는 절망적인
투쟁일 뿐이다. 현상과 실재의 갈등은 진실을 추구하는 힘과 현상에
매달리려는 힘 사이의 투쟁으로 나타나며, 여기서 어머니와 아들은
같은 운명 속에 결합된다. 이들은 둘 다 현상의 세계를 보존하기 위
해 싸운다. 하나가 비틀거릴 때 다른 하나는 안전을 상상하며 자신
이 더욱더 확고한 위치에 서 있다고 생각한다. 먼저 오이디푸스가
깊은 진실의 구렁 속으로 곤두박질해 들어갈 때 이오카스테는 그녀
와 오이디푸스가 안전하다고 믿는다.[18] 그리고 유사하게 오이디푸스
가 그의 현상 세계를 붙들고 마지막 희망을 포기하지 않을 때, 이오
카스테는 진실 속으로 곤두박질해 들어간다.[19]

테바이 목동의 다가옴과 함께 실재가 가장 속에 다가오고 있다. 그러나 진실이 밝혀지기 전 오이디푸스는 현상 세계에 도피처를 구하면서 자신을 '우연의 아들'이라고 부른다. 이오카스테가 그녀의 모든 노력이 헛되다는 것을 알고 고뇌의 비명과 함께 궁 안으로 뛰어 들어갈 때 이것은 마지막 침묵을 예시한다. 오이디푸스는 이오카스테가 자신의 천한 출신이 부끄러워서 그런다고 생각하며, 그에게 생을 부여해 준 어머니, 인자한 행운을 포용하기 위해 허영심이 많은 부인을 가게 내버려 둔다. 인식 장면 직전에 진짜 어머니가 환상의 어머니로 대치되었다. 이오카스테가 침묵하고 절망의 구렁텅이로 빠져드는 순간 오이디푸스는 환상 속에서 참된 어머니를 만나는 희망에 부푼다. 코러스는 오이디푸스가 어떤 어머니로부터 태어났을까 그리고 어떤 신의 아들일까 하고 상상의 나래를 펼치면서 전락 직전의 장면을 고양시킨다.

드디어 목동이 도착한다. 오이디푸스는 고문과 죽음으로 위협하면서 공포에 질린 목동의 입을 통해서 진실 속으로 한 발 한 발 다가간다.

> 오이디푸스 여봐라. 빨리 이자의 양팔을 비틀어라.
>
> 목동 비참하도다. 무엇 때문에 이러십니까? 무엇을 더 알기를 바라십니까?
>
> 오이디푸스 이자가 말하는 아기를 그에게 주었는가?
>
> 목동 주었습니다. 바로 그날 내가 죽었어야 했는데.

---

18) 오이디푸스가 삼거리라는 말에 자신이 범인일지도 모른다는 것을 의식하면서 진실 속으로 들어가기 시작할 때 이오카스테는 예언자의 말 따위는 믿을 바가 못 된다고 하면서 자신과 오이디푸스가 안전하다고 생각한다.

19) 오이디푸스는 라이오스의 살해자가 한 무리의 도둑 떼들이었다면 자신이 범인이 아닐 수 있다는 가냘픈 희망을 붙들고 목동이 오기를 기다리는 반면 이오카스테는 코린토스 사자의 말로부터 오이디푸스가 바로 자신이 낳은 아들이라는 것을 알게 된다.

오이디푸스 바른 대로 고하지 않으면 그렇게 될 것이다.

목동 그러나 바른 대로 말하면 저는 훨씬 더 망하게 됩니다.

오이디푸스 이자가 아직도 말을 얼버무리는구나.

목동 아닙니다. 저자에게 주었다고 아까 말씀드렸습니다.

오이디푸스 누구로부터 받았느냐? 네 자신의 아기냐? 아니면 다른
　사람의 아기냐?

목동 제 자식은 아닙니다. 다른 사람으로부터 받았습니다.

오이디푸스 시민들 중의 누구로부터? 어느 집에서?

목동 제발 주인이시여. 더 이상 묻지 마십시오.

오이디푸스 내가 너에게 다시 한번 묻게 되면 목숨을 잃을 줄 알아라.

목동 그렇다면 할 수 없군요…… 라이오스 댁의 아기였습니다.

오이디푸스 노예 자식인가 아니면 라이오스 자신의 혈통인가?

목동 아! 무서운 말을 하지 않으면 안 되겠군요.

오이디푸스 나도 그것을 듣기가 두렵다. 그러나 나는 기어코 들어야
　만 하겠노라.

목동 그 아기는 라이오스 자신의 아기라고 합니다. 그러나 안에 계
　신 왕비께서 어찌 된 일인지 가장 잘 말씀드릴 수 있을 겁니다.

오이디푸스 무어라고? 왕비가 너에게 주었다고?

목동 그렇습니다. 왕이시여.

오이디푸스 무엇 때문에?

목동 그를 죽여 없애라는 것이었습니다.

오이디푸스 그럴 수가…… 자기가 낳은 자식을?

목동 무서운 신탁이 두려워서죠.

오이디푸스 어떤 신탁이?

목동 그가 자신의 아버지를 살해한다는 것이었습니다.

오이디푸스 그렇다면 너는 왜 이 늙은이에게 아기를 주었느냐?

목동 어린것이 너무나 불쌍해서 그랬습니다. 그가 딴 나라로 자기
고국으로 데려가리라고 생각했습니다. 그러나 이 사람이 가장 큰
악을 위해서 아기를 구했군요. 당신이 이자가 말하는 바로 그 사
람이라면 당신은 정말 불행하게 태어나셨습니다.
—「오이디푸스 왕」(1154-1181)

마지막 대면은 모든 것을 아는 자와 모든 것을 알아야 하는 자 사
이에 있다. 말하기를 거부하는 목동으로부터 위협과 폭력으로 진실
을 밝혀 내면서, 마지막 두려운 폭로의 순간에 오이디푸스는 어떤
무서운 말이 그의 입으로부터 터져 나온다 할지라도 들을 준비가 되
어 있었고 그리고 들어야만 했다. 드디어 모든 것이 밝혀졌다. 목동
이 건네 준 아기는 바로 라이오스와 이오카스테의 친자식이며 자신
이 바로 라이오스의 살해자요, 아버지를 죽인 자 그리고 어머니와
동침한 자라는 것이. 오이디푸스는 절규한다.

아아 모든 것이 명백해졌구나. 모든 것이 사실이로구나.
오오 빛이여. 다시는 너를 보지 못하게 해다오.
태어나지 말았어야 하는 아들인 것을. 함께 살아서는 아니 되는
여자와 함께 살고, 살해해서는 아니 되는 사람을 살해한
죄 많은 이 몸. 오오 저주받은 자여!
—「오이디푸스 왕」(1182-1185)

오이디푸스는 비밀을 밝히지 않으려는 테이레시아스의 거부에, 타
협에 대한 이오카스테의 충고와 절망적인 호소에 그리고 마지막 순
간 고뇌에 찬 목동의 애원에 직면했지만, 그는 진실이 발가벗겨질
때까지 그의 결심을 고수한다. 인간적인 반대에 직면해서 그는 그의

본성의 가장 깊은 심연으로부터 솟아나는 결심을 맹목적으로 사납게 영웅적으로 자기 파멸의 지점까지 밀고 나간다. 세상과의 타협은 그로 하여금 현재 소유하고 있는 모든 것을 그대로 지닐 수 있는 현상 세계에 머물게 할 것이다. 그러나 오이디푸스에게 있어서 현상적인 가치보다 더 소중한 것은 자신의 깊은 본성으로부터 우러나오는 진실을 향한 열정이었다. 영웅은 자신의 가치관과 판단 기준을 가지며 이것은 타인의 가치와 세속적인 가치와 위배될 수도 있다. 영웅은 자신이 옳다고 믿는 바를 관철시키기 위해 죽음도 불사하는 의지를 지닌다. 영웅은 굴복하기를 거부한다.[20] 영웅 자신에게 다른 자들의 의견은 부적절하다. 그 자신의 본성에 대한 충실성과 자신의 신념에 대한 의지만이 영웅에게는 의미가 있기 때문이다. 자신의 신념을 저버리는 것은 자아의 상실이며 이것은 그의 본성에 대한 배신이기도 하다. 영웅은 또한 자신의 독특함을 인식한다. 삶의 위기의 순간에 그는 친구들로부터 버림받고 신들에 의해 지지되지 못한 채 오직 자신의 독특한 개성과 운명에 대한 믿음 외에 의지할 곳이 아무것도 없다는 것을 발견한다.

모든 것이 밝혀진 뒤, 두 목동들이 비틀거리며 무대를 떠나는 뒷모습을 보면서 우리는 또한 이들에 대해 연민을 느끼게 된다. 이 극에서 오이디푸스가 가장 큰 희생자이긴 하지만, 그가 유일하게 고통당하는 자는 아니다. 두 목동들도 오이디푸스와 같은 정도는 아니지만 유사하게 고통당하는 것을 볼 수 있다. 그들은 버려진 아기에게 보인 자신들의 자비로운 관심이 얼마나 엄청난 결과를 초래했는지를 알게 된다. 여기에 또한 빗나간 의도가 있다. 좋은 의도로 행한 일이

---

20) 영웅의 의지에 대한 공격은 일반적으로 이성적인 논쟁과 호소의 형태를 취하며, 이성적 논쟁의 방법은 설득으로서 반복되어 나오는 문구, '사색하고 설득되라'는 굴복을 의미한다.

어떤 상황과의 결합으로 재앙이 된다. 코린토스의 목동이 확신을 가지고 열렬히 손을 뻗칠 때, 테바이의 목동은 겁을 먹고 움츠리며 이것은 공포로 변한다. 그리고 아기를 살해하기를 거부한 테바이 목동에 대한 보상의 일부가 이제 온다. 그는 라이오스의 살해자가 왕위에 오르고 왕비와 결혼한 것을 보고 자신의 안전을 위해 멀리 떠나 있었다. 지금 갑작스러운 부름을 받고 그는 자신이 베푼 자비의 결과가 결국 이것이라는 것을 보게 된다. 무서운 죄가 전적인 결백함 속에 행해졌으며 덕스러운 의도가 나쁜 결과를 초래했다.

잇따르는 코러스의 노래는 오이디푸스의 전락에 대한 비탄에 찬 애도이다. 그러나 위대한 왕의 운명은 덧없고 그림자 같은 인간 존재의 보편적인 전형으로 나타난다. 오이디푸스의 삶은 보잘것없는 하루살이 인생에 불과한 인간의 삶을 여실히 드러내 보였고 인간의 기쁨은 단지 환상이며 희망 또한 환영에 불과함을 보여 주었다.

오이디푸스는 스스로 목숨을 끊은 어머니의 가슴에 꽂힌 브로치를 뽑아 자신의 눈을 내리친다. 보아서는 안 될 것을 보았고 보았어야 할 것을 보지 못한 눈들. 그는 과거에 올바른 기능을 하지 못한 눈을 벌하며 동시에 그가 더 이상 견딜 수 없는 빛으로부터 자신을 차단한다. 그의 눈은 현상 세계만을 보아 왔고 그를 진실의 세계가 아니라 거짓과 불완전한 세계로 인도했다. 오이디푸스는 이렇게 헛된 지식을 주는 인간의 인식 기관에 대해 아무런 욕망도 없다. 그가 다른 감각의 통로를 차단할 수 있었다면 그것 또한 행했을 것이다. 자살은 그의 목적에 맞지 않는다. 그것은 진실로부터의 도피이며 자기 기만이기 때문이다. 오이디푸스는 진실을 직시해야 했고 아직 더 깊은 존재의 심연을 들여다보아야 하며, 그것은 육체적인 눈이 아니라 마음의 눈을 통해서다. 이제 암흑이 그의 눈을 덮었을 때 정신적 시각이 눈을 뜨게 되며 봉사의 어두움 속에서 자기 인식의 참된 시각이 시작된다. 보는 것과 보지 못하는 것 사이의 대립 속에서 과거에 보지 못한 눈이 미래에는 암흑 속에서이지만 보게 될 것이다. 오이디푸스는 테이레시아스와는 달리 신들의 선물로서가 아니라 인간적 경험과 고뇌에 찬 자기 발견과 탐색의 길을 통해서 내적 시각을 획득한다. 그리고 그는 늙은 예언자같이 미래를 알아내는 것이 아니라, 그의 과거의 의미와 현재 자기 존재의 실체를 인식하게 되는 것이다.

오이디푸스는 더 이상 인간 사회 속에 존재할 수 없음을 느끼며, 그는 살아 있는 자도 죽은 자도 대면할 수가 없다. 그의 의도가 아니었다 할지라도, 그에게 도의적인 책임이 없다 할지라도, 그의 양심은 자신을 용납할 수 없는 것이다. 자신에 대해 그가 발견한 지식이 그를 지상에서 가장 외로운 존재로 만들었을 때, 그는 키타이론 산, 삼거리, 그리고 아버지를 살해한 숨은 계곡을 향해서 말한다. 그의 결단의 순간에 그리고 절망의 순간에 그가 의지할 수 있는 것이라고는 아무것도 없으며 그의 곁에는 오직 변하지 않는 자연뿐이다. 그는 자신이 독특한 운명을 위해 일반 사람들과 분리되었다는 것을 감지한다. 왜냐하면 어떤 무서운 '악'을 위해서가 아니라면 결코 죽음으로부터 구해지지 않았을 것이기 때문이다. 그는 그의 삶이 내적인 요소와 외적인 요소의 상호 작용에 의해 형성된, 성취되어야만 하는 어떤 '유형'을 가진다는 것을 인식한다.

오이디푸스가 자신을 봉사로 만들었을 때 그것은 모르는 사이에 일어난 무의식적 행위가 아니라 의식적으로 행한 행위였다. 여기에 오이디푸스의 의지하지 않은 행위와 의지한 행위 사이에 뚜렷한 구별이 생긴다. 그가 아버지를 살해하고 어머니와 결혼했을 때 오이디푸스는 운명의 희생자였지만 그가 자신을 봉사로 만들 때 이것은 스스로 선택한 행위였으며 자유로운 행위였다.

코러스 아 무서운 일을 저질렀군요, 어떻게 감히 당신의 눈을 내리
　　치셨습니까? 어떤 신이 당신을 파멸시켰습니까?
오이디푸스 아폴론이오, 친구들이여, 나의 이 무서운 재앙을 성취시
　　킨 자가 아폴론이오. 그러나 일격을 가한 것은 그 어느 누구도
　　아닌 바로 나의 손이었소. 내가 왜 보아야 하나요? 바라볼 즐거
　　운 것이 아무것도 없는 자인 내가?

—「오이디푸스 왕」(1327–1333)

어떤 신적인 세력이 그로 하여금 스스로를 봉사로 만들도록 인도
했는가? 오이디푸스의 대답은 아폴론이었다. 그러나 그 행위를 행한
것은 바로 자신의 손이었다. 오이디푸스가 아폴론이 이 악들을 성취
시켰다고 말할 때, 그는 그의 운명을 상징하는 신탁을 포함해서 그
장면을 지배하는 시각적 고통을 포함한다. 오이디푸스는 자유 의지
로 행한 그 행위 뒤에 어떤 신비로운 세력을 느낀다. 아폴론. 이것은
참된 통찰력이다. 오이디푸스가 아폴론을 인식할 때 그는 그의 비극
의 더 큰 '유형'을 인식하며 이것은 저항할 수 없는 자기 인식을 가
져온다. 높은 지성과 우주적 통찰력을 가진 자가 드디어 그의 마음
속에서 진실을 보고 육체적 암흑 속에서 신의 손길을 느낀다.

소포클레스에게 있어서 운명은 어떤 상황에서도 예정과는 다르며
이것은 신적인 세력의 자발적인 전개였다. 그것은 운명이 예언되었
을 때조차 그리고 사건 속에 내재하는 요인들에 의해서 이 우주의
진로가 펼쳐질 때조차 그러하다. 델포이 신탁이 장차 오이디푸스는
아버지를 살해하고 어머니와 결혼하게 될 것이라고 예언했을 때, 이
것은 예정된 삶이 아니라 신이 그의 삶을 미리 예시하는 것을 의미
한다. 신들은 미래를 알 뿐, 그것을 지시하지는 않는다. 오이디푸스
의 과거 행위들의 어떤 것들은 운명지어졌다고 볼 수도 있지만, 그

가 무대에서 행하는 모든 행위는 처음부터 끝까지 자유로운 인간으로 행동한 것이다. 그러나 우리는 행위가 동시에 평행적인 높은 차원에서 움직이고 있다는 것을 느낀다. 배경 속에 있는 어떤 힘 혹은 어떤 설계자가 지속적인 극적인 아이러니로 제시되었다. 역병의 만연에서 감추어진 세력이 정확하게 진술되었다. 행위는 동시에 두 차원에서 진행된다. 그럼에도 불구하고 연극의 전 구조는 너무나 자연스럽고 그 속에서 자신의 권리로 행동하는 인간들의 모습을 볼 수 있다. 코러스는 오이디푸스의 운명이 신적인 세력의 발현이라고 말하지 않고 반대로 이것은 인간의 삶의 전형적인 모습이라고 말하고 있다.

오이디푸스가 자신의 비의도적인 죄뿐만 아니라 스스로를 봉사로 만든 고의적인 자유 의지의 행위 뒤에서조차 신적인 세력을 느낀다는 것은 무엇을 의미하는가? 그리고 왜 하필이면 아폴론인가? 아폴론은 예언의 신이기도 하지만 더 깊은 차원에서 인간의 자의식과 관련되어 있다. 그의 신전의 입구에는 소크라테스가 델포이를 방문했을 때 보고 크게 감명을 받아 자신의 철학의 기초로 삼은 것으로 유명한, '너 자신을 알라'라는 경구가 씌어 있다. 아폴론은 인간의 자기 인식과 관련된 신이다. 오이디푸스가 가장 무지했으며 그리고 가장 무서운 진실을 알게 되는 것이 바로 그 자신에 관해서다. 그가 그렇게 확신을 가졌던 지식이 얼마나 제한된 것이며 얼마나 거짓된 것이었는가를 알게 되는 것이 바로 자신에 관해서인 것이다. 모든 사실이 밝혀지고 스스로를 봉사로 만듦으로써 헛된 환상의 세계로부터 참된 진실의 세계로 옮아갈 때, 오이디푸스가 아폴론의 세력을 느끼는 것은 그의 깊은 통찰력에서 비롯된다.

크레온은 오이디푸스에게 궁궐 안으로 들어갈 것을 권한다. 불구가 된 그의 모습은 태양과 햇살에게는 모욕이며 단지 친지들에게만

적합한 광경이기 때문이다. 아폴론의 신탁, 테이레시아스의 무서운 예언, 오이디푸스 자신의 저주, 이 모든 것들은 오염된 자의 추방을 예시한다. 그리고 방랑자를 위해 마련된 장소조차 언급되어 있다. 키타이론. 먼저 아폴론의 신탁에 문의한 자가 크레온이었으므로 크레온은 신중하게 신의 확답을 얻은 후에 이것을 실행하고자 한다. 오이디푸스가 궁궐 안으로 들어가지만 그 뒤에는 스스로에게 내린 저주인 추방이 기다리고 있다. 마지막 장면은 화려하고 위엄 있고 당당하던 서막에서의 오이디푸스의 모습과 완전한 대조를 이룬다. 인간으로서 입에 담을 수 없는 죄를 범한 자, 봉사가 된 채 걸인이 되어 이곳저곳을 방랑할 미래의 추방자로서의 오이디푸스. 코러스는 노래한다.

> 오 조국 테바이 사람들이여,
> 보라! 이 이가 오이디푸스이시다.
> 그 유명한 스핑크스의 수수께끼를 풀고
> 최상의 자리에 오른 사람.
> 우리 시민들 중 그의 행운을 우러러보며
> 부러워하지 않은 자 누가 있었던가?
> 그러나 이제는 저토록 무서운 풍파 속에 파묻혀 버렸구나.
> 그러니 무릇 인간은 마지막 날 보기를 기다려야 한다.
> 아무 고통도 당하지 않고 생의 종말에 이르기 전까지는
> 그 어느 누구도 복되다고 생각지 마라.
>
> ——「오이디푸스 왕」(1524-1530)

스핑크스의 죽음의 수수께끼를 풀고 명예와 권세와 영화를 한 몸에 누리던 저 위대한 오이디푸스의 전락을 보고 과연 이 세상의 누

구를 복되다고 부를 수 있겠는가. 무릇 인간은 마지막 죽음의 순간을 지켜보기 전까지는 그 어느 누구도 행복하다고 부를 수 없을 것이다. 오이디푸스의 삶은 인간의 행복이 얼마나 덧없으며 인간이 얼마나 광활한 무지의 세계를 헤매고 있는지를 적나라하게 보여 주었다.

우리는 소포클레스의 「오이디푸스 왕」을 통해서 스스로의 자유로운 선택으로 몰락해 가는 한 인간에 대한 장관을 바라보게 된다. 오이디푸스는 자신의 가치관과 기준을 가지고 영웅적인 의지로 스스로가 파멸되는 지점까지 그것들을 고수했다. 오이디푸스 속에서 우리는 '진실'을 위해 모든 것을 바친 한 인간의 진수를 맛보게 된다. 오이디푸스는 재앙이 일어났을 때 그대로 내버려 둘 수도 있었다. 그러나 백성들을 염려하는 선한 왕으로서 그들의 고통에 대한 연민이 그로 하여금 델포이에 문의하게 만들었다. 아폴론의 신탁이 라이오스의 살해자를 찾으라고 했을 때, 그리고 테이레시아스가 말하기를 거부했을 때, 그는 그렇게까지 완강하게 미지의 범인을 추적하지 않을 수도 있었다. 그러나 그는 정의심에 불타오르는 열정으로 살해자를 추적한다. 이오카스테의 만류에 따라, 혹은 오이디푸스가 강요하면 무서운 말을 하지 않을 수 없다는 목동의 말로부터 모든 것을 직감하고 이 일을 포기할 수도 있었다. 오이디푸스가 테이레시아스의 설득에, 이오카스테의 만류에, 혹은 테바이 목동의 애원에 타협했다면 그는 지금의 왕위와 부와 권세와 세속적인 모든 것을 그대로 지닐 수 있었다. 그러나 그의 정열은 그가 그렇게 오랫동안 갖고 살아온 환상의 베일을 찢어 내고야 만다. 그는 헛된 부귀영화보다는 그것이 비록 비참한 것이라 하더라도 진실을 끌어안을 위대함을 지녔기 때문이다.

오이디푸스는 받아 마땅하지 않으면서 자신의 파멸을 초래한 자다.

오이디푸스의 파멸의 직접적인 원인은 '운명'이나 '신'이 아니며, 또한 그 원인이 그 자신의 나약함이나 어리석음에 있지도 않다. 그의 파멸을 야기하는 것은 그의 예리하게 지적이고 도덕적인 양심이며, 또한 그 자신의 힘과 용기, 테바이에 대한 충성심, 그리고 진실에 대한 열정이다. 만약 소포클레스가 도덕성이나 피할 수 없는 운명의 문제를 다루려 했다면 그는 삼거리의 장면이나 이오카스테와의 결혼을 극화시켰을 것이다. 그러나 이것들은 어디까지나 배경적인 이야기에 머문다. 그 대신 그는 살인자에 대한 탐색을 극화시켰으며 그 탐색이 왕 자신의 주위에 더욱더 불길하게 죄어 들 때조차 회피하지 않고 진실을 끌어내는 노력에 초점을 둔다. 극의 모든 부분은 불안과 두려움 속에서조차 자신의 어두운 부분의 가장 추한 부분까지 밝혀 내고자 하는 그의 의지에 이바지하고 있다. 이 모든 것에서 그는 스스로 선택하는 자유로운 존재였다. 어떤 자도 그의 의지를 꺾을 수 없으며 어떤 자도 그의 길을 가로막을 수 없다. 우리도 때때로 다른 자의 충고와 상황의 견딜 수 없는 반대에 직면하면서도 우리들의 의지를 주장할 수 있다. 그러나 영웅은 자신이 옳다고 믿는 바를 도전의 절대적인 끝점까지 밀고 나간다. 자신이 파멸될지라도 그리고 죽음이 기다리고 있다 할지라도. 이 우주 속에 있는 삶의 필연성 내에서 오이디푸스는 자유 의지를 가지고 행동했으며 그는 그가 원하는 대로 자신을 취급하기에 자유로웠다. 그의 운명이 어떠하든지 간에, 그는 다른 자가 될 수 없었으며 그는 감히 자신이고자 했다.

소포클레스는 오이디푸스 속에서 인간 지식의 불합리성과 악의 비합리성을 보았다. 오이디푸스는 현명함과 극도의 불행을 상징하는 인물이다. 그리스인들은 일반적으로 인간이 조심성 있고 신중하면 재앙을 피할 수 있다고 생각했지만, 그러나 현명한 오이디푸스조차 그러하지 못했다. 오이디푸스는 자신의 의지와는 달리 외적 상황과의 결합에 의해 악을 초래한 인간의 유형으로 남는다. 오이디푸스는 죄의 비의도적인 도구였으며, 그는 민첩한 지혜와 극도의 무지를 한 몸에 지니고 있다. 왕으로부터 오염된 자로, 볼 수 있는 자로부터 봉사로, 부귀영화를 누리는 자로부터 거부된 방랑자로 변화하는 오이디푸스는 가장 고귀한 자이며 동시에 가장 비천한 자로서 반대와 모순을 한 몸에 지닌 인간 세상의 부조리의 상징이다. 인간의 비극적 지식에 대한 원형으로서 무의식적 우연이 아니라 의식적이고 고뇌에 찬 투쟁 속에서 양극을 결합시킨다. 오이디푸스는 베일을 찢어 내고 스스로 선택한 암흑으로 인간들에게 시각을 부여한다. 이것은 더 이상 사적인 사건이 아니다. 오이디푸스는 테바이를 위해서 행했으며, 살인자에게 내린 저주는 영웅적 영혼이 견뎌 내는 자기 파멸의 저주였다.

「오이디푸스 왕」은 확실히 인간의 무지와 인간 행운의 덧없음을 보여 준다. 어떤 의미에서 모든 사람은 그 자신이 어떤 존재인지 모르는 채 오이디푸스가 찾듯이 어두움 속을 헤매야 하는지도 모른다. 우리 모두는 무서운 진실이 감추어진 현상 세계에 살고 있기 때문이다. 코러스의 노래 속에서 인간의 무(無), 인간 지혜의 어리석음, 인간 조건의 불안전성 등의 용어로 비극적 전락이 강조되었다. 그러나 오이디푸스에게 있어서는 그의 파멸이 곧 그의 위대함으로 이어진다. 이 극에서 부각되는 것은, 진실이 자신을 파멸시킨다 할지라도 그 진실을 밝혀 내고야 말겠다는 오이디푸스의 의지와 힘, 그리고 자신의 가치 척도와 기준을 가지고 그것을 공허한 행복보다 가치 있는 것으로 여기는 인간성의 위대함이다.

오이디푸스는 위대하다. 위대한 세속적 지위 때문이 아니라——왜냐하면 그의 세속적 지위는 꿈과 같이 사라질 하나의 환영이기 때문에——어떤 개인적 대가를 치르더라도 진실을 추구하는 힘, 그리고 발견되었을 때 그 진실을 받아들이고 견뎌 내는 그의 내적인 힘 때문이다. 우리들 대부분은 자신이 의식적으로 저지른 죄조차 숨기고 감추고 변명하려 든다. 어쩌다가 그렇게 되었다든가, 타인 때문에, 상황이 그러해서, 어쩔 수 없는 운명이었다고 말이다. 그러나 오이디푸스는 자신이 의식하지 못하고 저지른 일조차, 자기 방어 속에서 행해진 사건의 결과를 포함해서 자신의 모든 행위와 존재에 대한 책임을 받아들인다. 전적인 무지에서 비롯되었고 주관적으로는 결백한 모든 것에 대한 책임을 자신에게 전가하고 스스로에게 저주를 내리고 스스로를 봉사로 만들고 스스로 추방의 길을 떠나게 되는 오이디푸스의 뒷모습에서 인간으로서의 어떤 숭고함마저 엿볼 수 있다.

무대 위에 펼쳐지는 오이디푸스의 운명은 시간과 변화 앞에서 무(無)인 우리 자신들의 존재를 비춰 준다. 우리는 공연을 관람하면서 우리가 그토록 확신했던 것들이 얼마나 불확실할 수 있는지 그리고 우리의 지식이 얼마나 맹목적일 수 있는지를 깨닫게 된다. 우리는 삶의 확고한 기반으로부터 오이디푸스같이 일격을 맞은 듯 온몸이 뒤흔들림을 느낀다. 우리는 주인공의 고뇌 속으로 말려 들어가 자신의 신분, 지위, 친지 등으로 확정되는 안전한 정체성을 잃으며 오이디푸스같이 탄생과 행운과 지위의 가벼운 실체를 무존재의 공간 속에 날려 버리고 이름 없는 인간의 본질만이 남게 된다. 그러나 「오이디푸스 왕」으로부터 대두되는 것은 완전한 혼돈과 절망의 감각이 아니라 자기 인식의 힘 속에 들어 있는 영웅성의 특질이다. 비극적 영웅은 비범하고 예외적인 개인인 동시에 신비로운 보편적 인간성의 전형이다. 자신의 감추어진 근원과 어두운 자아를 찾고 밝혀 내는 오이디푸스는 어쩌면 진실된 자아를 발견할 때까지 자신에 대한 탐색을 멈추지 않는 지성의 상징이기도 하다.

오이디푸스의 전락을 바라보면서 우리는 그의 인격과 성실성에 반

해서 부당하다고까지 느껴지는 그의 파멸에 대해 연민을 느끼게 된
다. 자신의 의지와는 달리 어떤 우주적인 요소와의 마찰 속에서 빗
나가 버린 그의 '과녁'은 엄청난 결과를 초래하고 말았다. 그의 노력
과 선의는 뜻하지 않은 상황 속에서 안스럽게도 좌절당하고 만 것이
다. 우리는 이해할 수 없는 우주의 법칙에 대해 경외감을 느끼며, 오
이디푸스에게 일어난 것과 유사한 재앙이 자신에게도 일어날 수 있
다는 가능성이 가깝게 다가오면서 공포가 우리를 엄습함을 느낀다.
극이 완전히 막을 내릴 때 극도로 고조된 감정이 배출되면서 우리는
이러한 감정들의 카타르시스를 맛보게 되는 것이다.

　우리가 오이디푸스의 비극을 통해 경험하는 카타르시스는, 고통스
러운 이야기를 심오하고 감동적인 경험으로 변형시키는 궁극적인 조
명이다. 비극이 인생의 부인할 수 없는 한 양상임을 인식할 때 비극
은 인생의 깊은 심연을 들여다보게 해 주며 존재의 본질을 직시하게
만든다. 이것은 우리들의 일상생활의 경험에서 사소하고 보잘것없는
것들, 우리를 옹졸하고 맹목적이게 만드는 모든 것들로부터 우리를
해방시켜 준다. 이와 같이 비극은 궁극적으로 감성의 카타르시스뿐
만 아니라 영혼의 카타르시스를 불러일으킨다. 이것은 각 개인의 내
적인 존재의 본질에 와 닿는 경험이다. 이것은 현실 속의 비극을 이
해하고 포용하는 너그러움을 안겨 주며 우리를 정화함으로써 진리가
우리의 일부가 되게 만든다.

5 계몽의 빛을 던진 소피스트

지성인들을 교화한 소피스트

초기 그리스 사상가들 가운데 불변하고 영원한 절대적인 실체가 존재한다고 믿으면서 자연의 궁극적인 원리를 찾으려는 경향이 있었다. 파르메니데스[1]와 그의 추종자들은 극단적인 유일론을 주장하면서, 모든 감각적인 세계를 비실재적이고 헛된 것으로 부인했다. 변화하는 현실 세계의 뒤에 영원한 존재가 있다는 초기 철학자들의 이 근본적인 가정에 반해서, 소피스트들은 경험 세계의 모순적이고 기만적인 특징들을 실재의 지울 수 없는 양상으로 받아들였다. 또한 소피스트들은 그들의 관심을 외적인 대상으로부터 인간 자신과 그들이 살고 있는 사회로 전향시키고, 추상 관념으로부터 분리된 실제의 삶에 중요한 의미를 부여했다. 경험 세계의 변화하는 현상을 근본적인 진리로 받아들이면서, 그들은 인간의 삶과 인간 사회의 어떤 필수적인 문제들을 해결하려고 노력했던 것이다.

'소피스트'는 지혜를 의미하는 그리스어 '소피아'의 인칭 명사로

---

1) 기원전 6-5세기에 살았던 엘레아 출신의 철학자로 처음으로 '존재 Being'의 본질적인 의미에 대해 사색했다.

서 '지혜로운 자' 혹은 '현명한 자'를 뜻한다. 따라서 기원전 5세기 중엽까지는 이 단어가 현명하고 신중한 자들, 혹은 숙련된 기술공 그리고 시인들에게 적용되었다. 헤로도토스는 그리스의 일곱 현인들을 소피스트라고 불렀고 피타고라스에게도 이 명칭이 주어졌으며, 히포크라테스는 자연 철학자들을 이 이름으로 칭했다. 그러나 '전문적인 교육자'를 의미하는 이 단어의 특수한 사용은 프로타고라스와 고르기아스 그리고 많은 다른 자들의 활동이 두드러지게 된 기원전 5세기 말엽에 일어났다.[2] 소피스트들은 처음에 외국인으로서 그리스의 대도시로 들어왔으며 그들은 인간의 탁월한 자질을 의미하는 '아레테arete'를 가르칠 수 있다고 주장함으로써 당시 유망한 젊은이들을 끌어들였다. 소피스트들은 가르침의 대가로 사례금을 요구했지만, 자신들에게 고액을 지불할 생도들을 찾는 데 어려움을 갖지 않았으며, 그들의 연설을 듣기 위해 많은 청중들이 모여들었다. 특히 프로타고라스와 고르기아스 같은 유명한 소피스트들은 아테나이에서 아주 인기가 있었으며 많은 청년들을 매료시켰다.

소크라테스는 소피스트들이 가르쳐질 수 없는 아레테를 가르칠 수 있다고 주장하면서 이것에 대한 대가를 요구한다고 비난했다. 소피스트들에 대한 반발은 특히 플라톤과 아리스토텔레스에 의해 강하게 전개됐다. 플라톤은 그의 작품 「소피스트」에서 소피스트들은 젊은이와 부유한 자들을 추적하는 사냥꾼이라고 말하면서, 열심히 소피스트들의 명성을 파괴하고 그들의 이론에 먹칠을 했다. (「소피스트」231b) 그는 소피스트들을 진리에 대한 순수한 탐구자로 생각하지 않고 단지 돈과 논쟁에서 성공하는 데만 관심을 가진 자들로 보았다.

---

2) 기원전 5세기와 4세기 초엽에 존재했던 '전문적인 교육자'로 알려진 소피스트들은 일반적으로 'Older Sophists'로 알려져 있으며, 2세기의 'New Sophistic Movement'는 주요 관심이 수사학이었으므로 철학사에서는 그다지 중요하지 않다.

플라톤의 뒤를 이은 아리스토텔레스도 소피스트들의 기술은 지혜의 실재가 아니라 지혜의 현상이며, 소피스트들은 이 비실재적인 현상으로 돈을 번다고 비난했다.(「소피스트적 반증」 I. 165a) 이와 같이 플라톤과 아리스토텔레스의 권위로 인해 소피스트라는 이름이 ‘궤변론자’나 ‘사기꾼’ 같은 나쁜 의미를 띠게 되었다. 플라톤과 아리스토텔레스는 영원하고 불변하는 절대적인 진리가 존재한다는 가설 위에 그들의 철학을 수립했다. 절대적인 진리가 존재하느냐 하지 않느냐는 질문은 사실 입증될 수도 반증될 수도 없는 명제다. 플라톤과 아리스토텔레스는 이 오랜 논쟁에서의 그들의 입장에 의해 너무나 편견을 갖게 되어서 소피스트들을 정당하게 취급하지 못했다.

소크라테스는 아레테는 가르쳐질 수 없는 것이라고 생각했지만, 소피스트들은 이것이 교육을 통해서 획득될 수 있는 것이라고 보았다. 사회적 진보에 대한 사고는 소피스트들 이전에는 존재하지 않았으며, 가르침을 통해서 인간이 나아질 수 있다는 사고는 당시 혁명적인 것이었다. 조건이나 단서 없이 사용될 때 아레테는 인간을 그 사회의 지도자로 만드는 인간의 탁월한 특질을 일컬으며, 이것은 그때까지는 좋은 가문과 좋은 출생의 표시인 어떤 타고난 혹은 신으로부터 부여받은 재능에 의존한다고 생각되었다. 그러나 소피스트들은 배움과 훈련을 통해서 인간이 탁월하게 될 수 있다고 주장함으로써 좋은 가문이나 계급 전통의 특권을 위한 특수한 자리를 남겨 두지 않았다. 이들은 고등 교육의 형태로 원하는 자들에게 정신적인 훈련을 제공했으며, 사실 이 시기에 교양에 대한 일반적인 욕구가 있었다. 왜냐하면 인간들은 신탁이나 관습 그리고 단순한 읽기, 쓰기, 셈하기 정도의 전통적인 교육에 만족할 수 없었기 때문이다. 사람들은 그들의 사고와 언변에 교양을 갖추기를 원했으며 소피스트들의 역할은 이 요구를 충족시켜 주는 것이었다. 아마도 오늘날 어떤 현대인도 이러한 교육의 효과를 부인하지는 않을 것이다.

그렇다면 가르침에 대한 대가로 사례금을 받는 것이 비난받을 만한 일인가. 소크라테스가 소피스트들이 사례금을 받는 것을 비난한 근거는, 그들이 돈을 받음으로써 스스로 자유를 버렸다는 것이다. 그들은 요금을 지불할 수 있는 자들과만 담화하지만, 소크라테스 자신은 그가 선택한 어떤 자와도 교제를 즐길 수 있도록 자유롭다는 것이다. 소크라테스에게 지혜란 친구들과 사랑하는 자들이 자유롭게 나누어 가질 수 있는 것이었으며, 이것이 그때까지의 철학적 탐구의 방식이었다. 그러나 오늘날 우리는 가르치는 것이 생계를 위한 수입을 얻는 하나의 완전하게 존경스러운 방법이라는 사고에 꽤 익숙하다. 그리고 고대 그리스에서 자신의 기술을 실행하고 또한 다른 사람들을 가르치는 시인, 예술가, 의사의 경우에 그들의 기술로써 수입을 얻는 것에 관해서 아무런 반대 의견이 없었다.[3] 그러므로 소피스트들이 자신들에게 노력의 대가를 지불할 수 있는 자들, 일반적으로 부유한 자들을 가르치는 것은 사실 자연스러운 일이었다. 어쩌면 인간들은 요금을 지불하고 배울 때 더 열렬한 의욕을 느끼게 되는지도 모른다. 이와 같이 소피스트들은 그들에게 대가를 지불할 수 있는 자들에게 계급 전통에 대한 편견 없이 자신들의 능력을 발달시킬 수 있는 기회를 제공해 주었다.

소피스트들은 학교를 설립하지 않았다. 그들은 개인적으로 가르쳤으며 후원자의 가정에서 소그룹으로 교육을 제공하거나 아니면 큰 축제 때 대중적인 강연을 했다. 소피스트들이 올림피아의 축제에 그리고 다른 범그리스적 행사에 나타나는 것은 몇 가지 의의를 지닌다. 첫째, 이것은 그들이 자신들을 시인과 가객 rhapsodist의 전통을

---

3) W. K. C. Guthrie, *The Sophists*(Cambridge, 1971), 38쪽 참조.

잇는 자들로 생각하고 있음을 보여 준다. 시인들이나 가객들은 길고 헐거운 자줏빛의 특수한 예복을 착용했는데, 소피스트들도 이들과 같이 자줏빛 예복을 입고 축제에 나타났다. 둘째, 소피스트들은 시인들, 음악가들, 운동 선수들과 같이 경연 대회에서 그들의 웅변술을 발휘했다. 이들에게 있어서는 어떤 논쟁도 용감성과 기지를 필요로 하는 '말의 전쟁'이었으며 한 사람이 승리자라면 다른 자는 패배자였다. 셋째, 대규모의 범그리스 축제에는 모든 그리스 도시국가들이 함께 만나고 그들의 상이점을 잊는 특별한 경우였으며, 소피스트들의 출현은 다양한 도시들을 순회하면서 머무는 그들의 습관과 조화되는 범그리스적 태도의 상징이었다. 고르기아스의 올림픽 연설의 주제는 '화합'이었으며, 펠로폰네소스 전쟁에서 죽은 아테나이인들을 위한 「추도사」에서 그는 페르시아에 대한 그리스의 승리는 축하할 만한 일이지만, 그리스인에 대한 그리스인의 승리는 개탄할 일이라고 말하면서 그리스의 단합을 위해 호소했다. 더욱이 그의 제자 이소크라테스는 아테나이인들의 우수한 지성을 확신했으며, 그의 이상은 아테나이가 같은 문화와 문명을 누리는 하나의 단합된 그리스를 지도하는 역할을 해야 한다는 것이었다. 이 판헬레니즘을 실현할 자들이 바로 소피스트들의 가르침으로 교육받은 아테나이인들이라고 그는 주장했다.

소피스트들이 가르친 가장 중요한 과목은 수사학, 다시 말해서 웅변술과 설득술이었다. 웅변술은 당시 사회 지도자가 되기 위해 필수적이었다. 민주주의가 행해지던 기원전 5세기 아테나이에서는 탁월한 웅변술로 민회에 모인 민중들을 잘 설득할 수 있는 자가 지도자로 당선될 수 있었다. 웅변술은 형식과 문체에만 국한된 것이 아니었으며, 말하는 내용이 또한 중요했다. 이 시기에 말하기와 사고하기 훈련 사이에 큰 차이가 있었다고 생각해서는 안 된다. 오히려 기원전 5세기에는 효과적으로 말하는 방법을 배우는 것은 또한 사고하는 방법, 그리고 그 사고를 효과적으로 적응시키는 방법을 배우는 것이었다. 사실 말하는 능력은 사고하는 능력으로부터 완전히 분리될 수 없다. 어떤 자가 말을 할 때 그는 오랜 훈련에 의해 얻은 습관에 따라 무엇을 말하고 어떻게 말할 것인지를 생각하게 되어 있다. 거스리는 비판적 측면에서 설득은 강압보다 나으며 수사학은 정치적 형태이든 토론의 형태이든 절대 군주 아래에서는 번성할 수 없는 탁월한 민주주의적 기술이라고 말함으로써 수사학을 찬양한다.[4] 웅변술에 대한 연구는 또한 소피스트들로 하여금 어떤 이론적 학문 분야에 종사하게 만들었다. 이들에 이르러 언어와 문법에 대한 체계적인 연구와 함께 시가 처음으로 문학으로서 추상적으로 고려되기 시작했고, 문학 분석과 비평이 과학적 정신 속에 발달하기 시작했다. 소피스트들은 또한 훌륭한 정치가나 웅변가가 되기 위한 훈련의 한 부분으로 문학뿐만 아니라 논리학, 윤리학, 철학, 물리학, 의학, 기하학 등을 가르침으로써 대학이 없던 시대에 훌륭한 교육을 제공했다.

소피스트들의 한 특별한 특징은, 그들이 자연을 법에 대립되는 개념으로 보았다는 것이다. 자연과 관습 사이의 대립은 지식과 행위의 문제에 아주 중요했다. 법이 인위적으로 만들어진 것으로 본 세대는 도의와 전통도 같은 방식으로 만들어졌는지를 묻지 않을 수 없었다. 플라톤에게는 정의와 법이 그 자체의 권리로 존재했으며, 그는 자연이 이성적 계획의 산물로서 법과 질서의 최고의 구현이라고 생각했다. 그러나 소피스트들은 법이 인간들 사이의 합의 이상의 것이 아니며 국가에 따라 다르다는 것을 인식했다. 이러한 법과 자연에 대한 소피스트들의 대립적 관점은 그들로 하여금 이 세계에 대한 상대

---

4) 앞의 책, 179쪽 참조.

주의적 시각을 갖게 만들었다. 그들은 경험 세계에는 절대적인 판단의 규범이 없으며, 각각의 사안은 그 개별적인 경우의 특수성을 고려하여 상대적으로 판단될 수밖에 없다고 믿었다. 또한 이들은 주체가 판단을 위한 유일한 권위라고 생각했다는 점에서 주관적 성향을 강하게 띠고 있었다.

이 복합적인 소피스트 운동에는 부정적이고 회의적인 측면과 긍정적이고 인본주의적인 측면의 두 가지 큰 경향이 있었다. 소피스트들의 회의주의는 특히 파르메니데스의 극도의 이성주의에 대한 강한 반작용에 의해 나타났다. 과학은 모든 현상의 근저에 놓여 있는 어떤 근본적인 실체가 있다는 가정을 밀고 나아간다. 그러나 소피스트들이 보기에 자연 철학자들이 설명한 것은 이 세계가 아니라 단지 인간의 사고 속에 존재하는 세계였다. 어떤 근본적인 실체를 의심하면서, 소피스트들은 경험 세계의 변화하는 현상을 유일하게 참된 실재로 보려고 노력했다. 소피스트 운동의 다른 특징은 낙관적인 인본주의이다. 이 시대에는 회의주의와 함께 인간의 삶과 사회에 대한 밝은 낙관적 견해와 지속적인 진보에 대한 믿음이 일어났다. 적어도 이 반세기의 초기에는 인간의 지혜와 기술, 그리고 사회의 조화에 대한 낙관적인 정신이 압도적이었다.[5] 인간은 교육과 훈련을 통해서 향상될 수 있으며, 모든 사람은 배움을 통해서 훌륭한 인간 혹은 사회의 지도자로서의 자격을 갖출 수 있다고 보았던 것이다.

이와 같이 소피스트들은 사적인 가르침과 공적인 강의를 통해서 젊은 지성인들과 정치가들을 교화하고 진보와 계몽 사상을 심어 줌으로써 새 세대에 새로운 빛을 던진 자들이었다. 소피스트들의 이

---

5) 이 시대의 낙관적인 견해는 인간의 능력 특히 기술techne에 대한 신념과 함께 발달되었다. 이것은 더 이상 전통적인 기술이나 기능을 의미하지 않으며 '과학'과 동등한 것이 되었다. Edward Hussey, *The Presocratics*(Bristol, 1972) 참조.

운동은 18세기 계몽 시대와 비교되어 왔으며 그리고 결과적으로 인간들의 마음을 종교와 전통의 속박으로부터 자유롭게 한 것으로 간주되었다. 소피스트들은 태어난 가문과 타고난 재능을 중요시하던 전통적인 관점으로부터 인간을 해방시켰으며, 각 개인은 노력과 훈련을 통해서 스스로의 재능을 계발하고 발전시킬 수 있다는 믿음을 심어 주었던 것이다. 그러나 이 새로운 움직임을 좋아하지 않고 여전히 전통적인 관점을 고수하기를 원하는 자들에게는 소피스트들이 젊은이들을 타락시키고 그리스를 파멸시키는 자들로 보였는지 모른다. 그들이 이방인으로서 자신들의 가르침이 더 낫다고 주장하면서 아테나이의 가장 장래성 있는 젊은이들을 그들의 친지들과 친구들로부터 끌어내는 것은 많은 아테나이인들의 반감을 불러일으키기도 했다. 그리고 사실 말을 교묘하게 이용하여 논쟁에서 이기는 것에만 관심이 있는 나쁜 소피스트들도 있었다. 그러나 자신들의 확고한 사상적 기반에 근거하여 수사학을 올바르게 사용하는 자들이 소수의 나쁜 소피스트들 때문에 비난되어서는 안 될 것이다. 프로타고라스도 고르기아스도 정직한 사람이었으며 당대의 현인으로 존경받던 인물들로서 결코 그들의 가르침이 나쁜 용도로 사용되기를 원하지 않았다. 흥미롭게도 프로타고라스의 결론은 모든 것이 참되다는 그의 믿음으로부터, 그리고 고르기아스의 결론은 모든 것이 거짓이라는 그의 철학적 관점으로부터 유래되었다.

프로타고라스

프로타고라스는 최초의 그리고 가장 유명한 소피스트이다. 그는 기원전 490년경에 그리스 북쪽에 위치한 아브데라에서 태어나서 기원전 420년경에 죽은 것으로 전해진다. 그는 젊은이들의 교육자로 아레테를 가르칠 수 있다고 주장하면서 자신을 전문적인 소피스트라고 천명했다. 그는 외국인으로서 아테나이로 들어와서 서른 살에 아레테의 선생으로 직업적인 생애를 시작했으며 그리스의 이 도시 저 도시를 여행하면서 가르침을 베푼 성공적이고 존경받는 선생이었다. 그의 관심 범위는 넓었고, 그가 가르친 교과목들은 윤리학, 정치학, 신학, 교육, 문화사, 문학 비평, 언어학, 수사학 등 다양한 영역에 걸친다. 프로타고라스는 그의 생애 동안 높은 명성을 누린 것으로 보인다. 플라톤은 「메논」에서 프로타고라스가 그의 전문가로서의 생애 동안 그리고 그 이후에도 줄곧 높은 명성을 지속적으로 유지했다고 말한다. 플라톤의 목적이 그의 반대자를 반박하는 것이었지만 플라톤은 프로타고라스를 존경심을 가지고 묘사하는 것을 잊지 않았다. 그의 그러한 태도는 프로타고라스와의 깊은 사상적 불일치로 인해 더욱 인상적이다.

프로타고라스는 아테나이에서 이름이 잘 알려져 있었으며 위대한 정치가 페리클레스와도 친한 관계였다. 그는 페리클레스의 민주주의를 위한 이론적 근거를 제공했으며 기원전 443년에는 투리이의 새 파생 도시를 위한 헌법의 초안을 작성하도록 페리클레스로부터 요청받기도 했다. 우리는 프로타고라스가 40년 동안의 가르침으로 많은 돈을 모았다고 전해 듣는다. 플라톤은 「메논」에서 프로타고라스가 이 직업으로, 훌륭한 조각으로 그렇게 명성이 높은 페이디아스와 다른 열 명의 조각가들을 합친 것보다 더 많은 돈을 벌었다고 말하고 있다. 그가 가르침의 대가로 요구하는 사례는 꽤 비싼 것이었다. 그러나 생도가 그의 가르침이 그만한 값어치가 없다고 생각하면 그 돈을 지불하도록 강요받지 않았다. 그는 대신 사제 앞에서 맹세하고서 그가 합당하다고 생각하는 만큼의 돈을 지불했다. 이것은 프로타고라

에레크테이온(위)과 프로퓔라이아

페리클레스는 아테나이를 그리스의 정치, 문화의 중심지로 부흥시켰다. 특히 페르시아 전쟁으로 파괴된 신전을 재건하기 위해 아크로폴리스를 중심으로 한 대규모 건축 사업을 추진했다. 아크로폴리스에서 가장 아름다운 이오니아식 신전인 에레크테이온은 여상주(女像柱)가 받치고 있는 독특한 포치로 유명하다. 프로퓔라이아는 아크로폴리스로 들어가는 입구다.

스가 강압적으로 수업료를 부과하지 않았으며 그의 가르침에 합당한 만큼의 돈을 받았다는 것을 보여 준다. 한편 어떤 자들은, 신들에 대한 그의 관점이 불경죄 혐의를 불러일으켰으며, 이로 인해 그는 그의 생의 마지막 시기에 아테나이로부터 추방을 당했고 그의 책들도 아고라에서 불태워졌다고 전한다. (디오게네스, 「그리스 철학사」 IX. 50) 그의 죽음에 대해서는 추방 직후 난파당해 죽었다고도 하고 불경죄로 인해 사형에 처해졌다는 설도 있는데, 우리는 이것이 사실인지 꾸며진 이야기인지 알지 못한다. 그러나 이런 일이 실제로 일어났다면 그의 작품 속에 언급되었어야 마땅한데도, 플라톤은 프로타고라스의 추방에 대해 전혀 언급하지 않고 있다. 또한 인간은 신들과의 유사성 때문에 신들을 믿고 종교 의식을 행하는 유일한 존재가 되었다라는 그의 진술이 전해지고 있어서, 불경죄에 대한 이런 이야기의 진실성은 의심을 받고 있다.

프로타고라스는 제일 원리와 절대적인 실체를 추구하는 자연 철학자들과는 달리 자연 대신 인간에게로 전향하여, 유동 상태에 있고 항상 변화하는 경험 세계의 상대적인 상황 속에서 모든 것을 이해하려고 노력했다. 프로타고라스의 주 관심은 인간 자신과 그가 속한 사회였으며, 프로타고라스에게 있어서 실재란 인간 경험으로부터 분리된 어떤 다른 무엇이 아니라 그와 직접적으로 관련된 이 세계 자체였다. 그는 개별적 경험들을 통해서 인간의 삶과 인간 사회 속에 있는 중요한 의미를 포착하려고 노력했다. 유감스럽게도 우리는 프로타고라스의 원문을 가지고 있지 않으며 디오게네스, 에우세비오스, 섹스투스의 글들 속에 있는 단편들을 가지고 있을 뿐이다.[6] 아이

---

6) 디오게네스 라에르티오스는 3세기에 살았던 철학자로 탈레스로부터 에피쿠로스에 이르기까지 고대 철학자들의 삶과 그들의 철학적 이론에 대한 해설을 남겼다. 에우세비

러니컬하게도 우리는 또한 프로타고라스의 논적인 플라톤의 작품을 통해서 프로타고라스에 관한 얼마의 간접적인 정보를 얻을 수 있다. 사실 플라톤이 비판하는 것들 중에 어느 정도가 정말 프로타고라스의 이론이었는지 결정하는 것은 어려운 일이다. 왜냐하면 플라톤은 보고자가 아니라 그 자신의 이론과 목적을 가진 작가이기 때문이다. 그러나 그 당시 프로타고라스의 글을 읽은 많은 사람들이 있었으므로 플라톤이 프로타고라스의 이론을 완전히 다른 어떤 것으로 바꾸기란 아마도 불가능했을 것이다.

프로타고라스의 주 이론은 「진리」 혹은 「반론」이라는 작품 속에 들어 있는 다음 문장에 반영되어 있다.

인간은 만물의 척도다. 존재하는 것에 대해서는 존재하는 것으로, 존재하지 않는 것에 대해서는 존재하지 않는 것으로.[7]

이 문장은 일반적으로 각 개인의 인식은 그 순간 그에게 즉각적으로 참되며 같은 것에 관해서 어떤 인식이 옳은지 결정할 방법이 없다는 것을 의미하는 것으로 해석되었다. 그러나 오히려 프로타고라스는 이 진술로 모든 것은 참되다는 것을 천명하고 있다. 현상은 그것을 인식하는 자에게 그 순간에 존재하기 때문이다. 섹스투스는 프로타고라스가 '척도'로서 '판단의 기준'을 그리고 '만물'로서 '일', '사건' 혹은 '사물'을 의미한다고 해석했다. 그는 프로타고라스의 이

오스는 카이사레아 출신으로 3-4세기에 살았으며 알렉산드리아 기독교 학파의 전통 속에서 교육받았다. 섹스투스 엠피리쿠스는 2세기에 살았던 의사이며 회의주의 철학자이다.

7) 섹스투스, 「독단주의 비판」 VII. 60과 플라톤, 「테아이테토스」 151e 참조.

문장을 개인과 관련시켜 이해하며 그 개인에게 나타나는 모든 것, 혹은 그 개인에 의해 믿어진 모든 것은 그와 관련해서 그 순간에 진실되므로 진리는 상대적인 것이라고 해석한다. 한편 플라톤은 이 이론을 감각의 상대주의로 해석하고자 한다. 「테아이테토스」에서 플라톤은 프로타고라스의 문장을 지식과 인식을 논하기 시작하면서 말한다. 바람이 그것을 느끼는 나에게 차다면, 그리고 그것을 따뜻하게 느끼는 당신에게 따뜻하다면, 이것은 바람 자체가 따뜻한 동시에 차다는 것을 의미하는가 아니면 바람 자체는 따뜻하지도 차지도 않다는 것을 의미하는가. 섹스투스에 따르면 차가움과 따뜻함 둘 다 바람 속에 존재한다. 왜냐하면 그는 프로타고라스의 이론을 모든 현상에 대한 이유가 사물 자체에 내재한다고 해석하기 때문이다.[8] 반면 플라톤은 내가 한 가지를 인식하고 당신은 다른 것을 인식한다고 말함으로써 이 문장을 다르게 해석한다. 이것은 차가움과 따뜻함 같은 감각적 특징이 외부 물질 자체에 존재하지 않으며 인식하는 인식자에게 존재하게 된다는 것을 의미한다. 그러나 프로타고라스는 뜨거움과 차가움이 사물 자체에 존재하는지 혹은 둘 다가 그 속에 존재하지 않는지 하는 '사물 자체'를 다루지 않았다. 그는 오히려 각 사람과 관련된 사물에 관심을 가지고 있다. 다시 말해서 그의 관심은 '사물 자체'라기보다 '관련된 사물'이다. 이 모든 경우에 강조되고 있는 것은 그 사물이나 사건에 대한 우리들의 태도와의 관계이며 사물이나 사건이 그것 자체로 어떠한지가 아니다. 프로타고라스는 그에게 결정적으로 관련된 사물을 판단하는 살아 있는 인간으로서의 '인간'을 강조한다. 그의 주된 관심은 사물이 경험 세계에 살고 있는 우리에게 무엇인가이다. 그러므로 만물에 대한 척도인 '인간'은 개

---

8) 섹스투스, 「퓌론주의 개관」 I. 218(Diels A 14). 그의 해석은 사물은 그 자체 내에 다양성을 지니며 인간들은 그들의 다양한 상태에 따라 다른 것을 인식한다는 것이다.

인뿐만 아니라 그 사물이나 사건과 관련된 어떤 유기체일 수도 있다. 실재의 한계와 특성을 측정하고 결정하는 것은 우리 자신들의 감정과 신념이며, 실재는 그것들과 관련되어서만 존재하므로 우리 각자에게 다르다. 이것은 우리 각자가 우리 자신들의 느낌에 대한 심판자라는 극단적인 주관주의를 나타낸다. 나에게 나타나 보이는 것은 나에게 참되며, 어떤 자도 다른 자를 틀렸다고 말할 수 있는 위치에 있지 않다.

프로타고라스의 주관주의의 논리적인 결론은 도의적 그리고 정치적 무질서와 혼란 상태다. 그러나 이것은 그의 사고와는 동떨어진 것이었으며, 도의와 사회 질서가 이 시대의 전형적인 흥미로운 이론에 의해 구제된다. 인식의 주관성은 플라톤이 '비밀 이론'이라고 부르는 다른 이론으로 발전했다. 플라톤은 「테아이테토스」에서, 프로타고라스가 '더 나은' 것은 있지만 '더 참된' 것은 없다고 말한다고 기록하고 있다. (「테아이테토스」 167b) 각자가 인식하는 모든 것은 참되다. 이것이 프로타고라스의 근본적인 인식론적, 존재론적 철학이다. 외적 세계가 유동 상태에 있고 우리들의 경험들은 나이와 신체 조건에 따라 다르므로, 그는 진리에 대한 판단 기준을 포기하고 그것을 '더 낫거나' '더 못한' 다른 종류의 기준으로 대치하고자 한다. 진실과 거짓의 규범이 포기되고, 더 낫고 더 못하다는 실용주의적 기준이 이를 대치했다. 프로타고라스는 '더 나은 것'으로 정신과 신체의 건전하고 정상적인 상태를 의미하는 것으로 보인다. 신체의 경우 신체의 건강한 상태가 건강하지 못한 상태보다 낫다는 것을 알 수 있다. 그리고 그가 병의 정확한 이유는 알지 못한다 하더라도 그가 병을 앓으면 이것이 해롭다는 것을 안다. 여기서 한 상태가 다른 상태보다 낫다고 판단하게 하는 기준은 주어진 조건이 이로운가 아니면 해로운가이다. 우리는 이로운 것을 '더 나은' 것으로 해로운 것을 '더 못한' 것으로 받아들일 수 있을 것이다. 그러나 어떤 약이 다른 약보다 신체의 건강을 위해서 모든 자에게 절대적으로 낫다고 말할 수 있는 객관적인 기준은 없다. 그것은 각 개인에게 그 사람의 상태에 따라 상대적으로 판단되어야 하기 때문이다. 정신적인 건강과 행복을 위해서도 마찬가지이다. 우리가 어떤 것이 더 낫고 더 못하다고 판단할 수 있는 절대적인 기준은 존재하지 않는다. 오히려 더 나은 것과 더 못한 것은 상대적인 개념으로서 그것은 만물의 척도인 '인간'과 관련해서 판단되어야 할 것이다. 한 판단이 그 개인의 삶과 미래를 위해 그에게 이득을 준다면 이 판단은 그 개인과 관련해서 더 낫다고 말할 수 있다. 그러나 어떤 판단도 어떤 시기에 어떤 상황에서든지 모든 사람에게 더 낫다고 할 수는 없다. 이와 같이 프로타고라스는 가치의 상대성을 주장하며 모든 것은 그 특수한 경우의 주어진 상황 속에서 상대적으로 판단되어야 한다고 생각한다.

그러나 국가와 관련해서 프로타고라스는 어떤 관습이나 정책을 그 국가가 믿고 그것을 법률 속에 구현했든지 간에 그 국가가 그것이 옳다고 지지하는 한 그 국가의 법률은 옳다고 말한다. 한 국가를 위해 무엇이 적절한지에 대해서 의견들이 다를 수도 있다. 그러나 도의의 문제는 국가 자체가 권위이며 기준은 여론에서 찾아질 것이다. 그는 적법하고 사회적으로 이로운 것이 도의적으로 건전하다고 말하는 듯하다. 지금 도시에게 무엇이 이로운가를 결정하는 중재자는 각 개인이 아니라 대중의 여론이다. 이와 같이 감각-인식의 주관주의는, 주어진 사물 혹은 행위의 이로움과 해로움을 판단의 규범으로 적용하는 실용주의로 발전했다. 이 실용주의는 개인 자신을 위해서뿐만 아니라 전 사회의 복지를 위해서 이로운 것이어야 한다. 각 시민은 그 자신의 의견을 가질 수 있지만 법률에 의해 표현된 여론을 위배해서는 안 된다. 여기서 우리는 국가들이 있는 만큼 다른 종류

의 도의가 있다는 것을 인정해야 한다. 따라서 도의도 상대적일 수
밖에 없다.

플라톤에 의해 전해진 '프로타고라스 신화'에서 우리는 통일성 있
고 유쾌한 묘사 속에 표현된 그의 철학적 이론을 볼 수 있다. 이것은
모든 사람이 사회의 구성원으로 살고 있는 인간 사회의 역사와 연관
된 것이다. 문명의 역사는 두 기간으로 나누어진다. 첫 기간에 인간
은 기술의 선물을 훔친 프로메테우스로부터 불과 함께 지혜를 그리
고 아테나와 헤파이스토스로부터 불을 받았다. 두 번째 기간은 헤르
메스로 하여금 인간들에게 경의심과 정의를 부여하게 한 제우스의
개입으로 특징지어진다.

인간들은 처음에는 흩어진 그룹으로 살았고 아무 도시도 존재하지
않았으며, 그래서 그들은 야생 동물에게 희생되었다. 왜냐하면 그들
은 모든 면에서 약자였으며 그들의 기술은 먹고 살기에는 충분한 도
움이 되었지만 짐승에 대항하는 투쟁에는 유효하지 않았기 때문이다.
그래서 그들은 함께 모이고 요새화된 도시를 건설함으로써 자신들을
보호하고자 했다. 그러나 그들이 사회를 형성했을 때 그들은 정치적
기술의 결핍으로 서로가 서로에게 해를 가했으며 그래서 이들은 다시
흩어졌고 계속해서 동물들의 먹이가 되었다. 그러자 제우스는 우리
인류의 완전한 멸망을 두려워해서 인간들에게 타인에 대한 존경심과
정의를 나누어 주도록 헤르메스를 보냈다. 우리들의 도시에 질서를
가져오고 우정과 결속력을 강화하도록 하기 위함이었다. 헤르메스가
제우스에게 어떤 방식으로 이 선물을 인간들에게 나누어 줄 것인가를
물었다. "기술이 분배된 것같이 이것들을 분배할까요? 한 사람의 숙
련된 의사가 많은 사람들에게 충분한 것과 같이, 그리고 다른 전문가

의 경우에서와 같이, 정의와 그들의 동료에 대한 존경심을 이러한 방
식으로 분배할까요, 아니면 모든 자에게 똑같이 분배할까요?" "모든
자에게." 제우스가 말했다. "모든 자들로 하여금 그들의 몫을 갖게 하
라. 기술의 경우에서와 같이 단지 소수만이 덕을 나누어 가지면 결코
도시가 존속할 수 없을 것이다. 더욱이 어떤 자가 이 두 가지 덕에 대
한 그의 몫을 획득하는 데에 실패한다면 그는 도시에 대한 재앙으로
사형에 처해져야 한다는 것을 나의 법률로 규정해야 한다."

—플라톤, 「프로타고라스」(322A)

경의심과 정의는 사회의 존속을 위해 필수적인 요소라는 의미에서
'정치적 기술'이라고 일컬어지며, 제우스는 이 기술을 모든 사람들
에게 분배하도록 명했다고 한다. 이와 같이 경의심과 정의는 원래부
터 인간의 본성 속에 있지 않았으며, 편의를 위해 후에 제우스에 의
해 선물로 부여되었다. 이 신화로써 프로타고라스가 말하고자 하는
것은 이 정치적 기술은 가르침에 의해, 다시 말해서 도움과 충고를
제공하는 제 삼자의 개입에 의해 발달할 수 있다는 것이다. 콜은 제
우스는 변화를 가져온 자이므로 가장 적절하게 최초의 그리고 모범
적인 소피스트라고 말한다.[9] 법률과 질서는 처음부터 우리의 본성
속에 있지 않았으며, 그것들을 존재하게 만든 합의는 쓰라린 경험의
산물이었다. 사회 속에 살고 있는 모든 자들은 도의적이고 지적인
덕을 지녀야 하며, 이것을 적절하게 발달시키지 못한 자들은 사회를
오염시키는 자로 사형에 처함으로써 이 사회로부터 제거되어야 한다
고 프로타고라스는 주장한다. 경의심과 정의는 인간을 동물의 차원
이상으로 올려놓는 것이며 이것들에의 호소를 통해서 교육자들은 가

---

9) A. T. Cole, "The Relativism of Protagoras," *Yale Classical Studies* XXII (Cambridge,
  1972), 31쪽 참조.

르침을 베풀 수 있다는 것이다.

　경의심과 정의라는 '정치적 기술'에 대해서, 플라톤은 그것들이 영원하고 불변하다고 믿었지만 프로타고라스는 모든 국가는 상대적으로 그 자체의 숭배 의식과 정의를 가진다고 생각했다. 왜냐하면 국가마다 다른 관습과 법률을 가지고 있기 때문이다. 정치적 기술은 모든 사람이 순간적인 상황을 판단할 수 있는 보편적인 사고이며 이것은 인간의 본성 속에 있는 보편성에 근거한다. 모든 사람은 이 자질을 공유하고 있으며 이것을 공유하지 않는 자는 인간의 자격이 없다고 볼 수 있다. 다시 말해서 모든 사람은 어느 정도까지는 이 보편성과 관련해서 특수한 상황들을 판단할 수 있으며 도의는 모든 사람이 이 특질을 가진다는 사실을 근거로 해서 어느 정도까지는 객관적으로 평가될 수 있다. 이와 같이 '프로타고라스 신화' 내내 주된 관심은 다양한 사회들의 특수한 관습이 아니라 도의적 규범 속에 내재하는 보편적인 것이다. 정치적 기술의 보편성을 통해서 특수한 상황이 주어진 여건 속에서 상대적으로 판단될 수 있다는 것이다.

　프로타고라스가 가르칠 수 있다고 주장했던 아레테가 고대 그리스에서 무엇을 의미했는지 우리는 정확히 알 수 없다. 싱클레어는 아레테란 참된 인간을 만드는 특성들의 총체와 무엇을 정말 잘할 수 있는 능력을 의미한다고 말한다.[10] 귀족주의 전통은, 타고난 재능은 습득된 재능보다 우수하며 이것은 세습된다는 믿음에 근거한다. 반면 아테나이의 민주주의는 모든 시민들이 그들의 전문적인 기술 외에 시민으로서의 정치적 소양을 지니고 있다는 믿음에서 자라났다. 프로타고라스는 모든 인간은 이 정치적 자질을 소유하고 있으며 배

____

10) Sinclair, "Protagoras and Others," C. J. Classen, ed., *Sophistik*(Darmstadt, 1976), 70쪽 참조.

움을 통해서 향상될 수 있다고 믿음으로써 민주주의 편에 섰다. 그는 또 훈련 없는 기술이 있을 수 없으며, 기술 없는 훈련도 있을 수 없다고 말함으로써 기술과 훈련의 중요성을 강조했다. 좋은 훈련과 가르침은 분명히 타고난 재능을 더욱 발전시킬 수 있을 것이다. 프로타고라스는 또한 깊이 들어가지 않으면 영혼 속에 교육이 자라지 않는다고 말함으로써, 배우고 가르치는 자들의 진실되고 진지한 태도를 강조했다.

프로타고라스는 자신과 교제하는 자는 누구나 더 나은 사람이 되어 집으로 돌아가며 매일 향상된다고 말한다. 플라톤의 「프로타고라스」에서 프로타고라스는 자신이 가르치는 것이 무엇인가를 다음과 같이 말하고 있다.

> 내가 가르치는 것은 훌륭한 사고다. 그 자신의 일에 있어서 그가 자신의 가정을 잘 운영할 수 있도록, 그리고 국가의 일에 있어서 행위와 언변에서 가장 유능하게 만드는 것이다.
>
> ──「프로타고라스」(318d)

그는 전문적인 기술을 제공하지 않았으며 생도가 그의 일과 관련된 '훌륭한 사고'를 통해서 자신의 일을 잘 처리하고 사회의 구성원으로서 능력 있는 자가 되도록 인도했다. 이 '훌륭한 사고'는 주어진 상황에서 잘 판단할 수 있는 '측정의 기술'이다. 프로타고라스가 제공한 것은 개인으로 하여금 그 자신과 사회를 위한 훌륭한 판단을 내리도록 돕는 것이었다. 올바른 사고를 통해 판단하는 자는 그 판단이 그 상황에서 가장 좋은 판단이 되도록 판단의 결과를 고려해야 한다. 이와 같이 프로타고라스는 인간들에게 무엇이 정당한가를 가르친다고 주장하지 않았으며 각자가 처한 상황에서 잘 판단할 수 있는 '식별력'을 갖도록 가르친다고 말했다. 그는 아레테가 가르쳐질 수 있다고 주장했고 교육의 효과를 강하게 믿었다. 프로타고라스는 아레테(덕virtue)가 가르쳐질 수 없다고 생각하는 소크라테스에게 다음과 같은 반론을 편다.

> 나는 당신에게 아테나이인들이 덕arete이 선천적이거나 자발적이라고 생각하지 않고 가르침과 사고에 의해 획득되는 것으로 생각한다는 것을 입증하겠소. 자연과 우연에 기인하는 것으로 여겨지는 잘못에 대해 화를 내는 자는 없소. 그리고 사람들은 그러한 잘못을 저지른 자에게 고치려는 의도로 훈계를 하거나 가르치거나 벌하지 않으며 그들은 단지 그러한 자들에게 연민을 느낀다오. 소크라테스여, 잘못을 저지른 자에 대한 처벌의 기능을 생각해 보시오. 그것은 사람들이 선을 나누어 주는 것이 가능하다고 믿는다는 것을 당신에게 보여 주기에 충분하오. ……이성을 가지고 벌을 주려 하는 사람이라면 이미 저질러진 죄 때문에 징벌을 행하지는 않소. 결국 아무도 저질러진 것을 돌이킬 수는 없기 때문이지요. 그보다는 미래를 위해서 같은 사람 혹은 다른 사람이 그에 대한 처벌의 광경을 바라봄으로써 다시는 같은 잘못을 저지르는 것을 막기 위함이오. 아테나이인들은 확실히 잘못을 행한 자들에게 처벌을 내리고 수정을 요구하지요. 이것은 그들 또한 선을 나누어 주고 가르치는 것이 가능하다고 생각한다는 것을 보여 주고 있소.
>
> ——「프로타고라스」(323c)

우리는 처벌의 경우에 그 목적이 벌 자체가 아니라 미래에 다시 잘못을 저지르지 않도록 하는 것이라는 것을 안다. 이와 마찬가지로, 도움을 베풀고 충고를 제공함으로써 교육자는 제자를 개인적으로는 훌륭하고 좋은 인격을 형성하게 만들고 사회적으로는 국가의 복지를 위한 훌륭한 시민, 존경받고 유능한 인물로 만들 수 있는 것이다. 프로타고라스는 소피스트로서의 그의 역할을 의사의 역할에 비유함으로써 자신의 직업을 옹호한다. 의사가 음식이 환자에게 더 이상 쓰게 느껴지지 않도록 그의 상태를 변화시키듯이, 소피스트는 생도가 더 나은 현상과 더 나은 실재를 인식할 수 있도록 그의 마음을 변화시킨다. 따라서 프로타고라스는 소피스트의 임무를, 제자로 하여금 특수한 상황을 진단하고 주어진 조건 아래에서 행위의 최상의 길을 선택할 수 있는 건강한 정신 상태를 갖도록 인도하는 것이라고 보았다. 이와 같이 현명한 소피스트는 도시의 선의와 함께, 폭력이 아니라 토의를 통해서 시민들을 행복한 삶으로 인도한다.

프로타고라스가 가르친 다른 흥미로운 것은 한 질문의 양쪽을 논증하는 능력이었으며, 그렇게 함으로써 그는 생도로 하여금 같은 사람을 칭찬할 수도 비난할 수도 있게 만들었다. 디오게네스에 의하면, 프로타고라스는 모든 문제에는 서로 반대되는 두 개의 논증이 있다고 말한 첫 사람이었다. 그는 또한 한 질문의 양쪽이 논증될 수 있느냐는 질문 자체를 포함해서 모든 질문의 양쪽을 똑같이 잘 논증할 수 있다고 말했다. 사실 프로타고라스가 그러한 언급을 하는 것은 놀랍지 않다. 그에게는 모든 것은 참되며 모든 논증은, 그것이 논증으로서 논리적인 일관성을 갖기만 한다면 옳기 때문이다. 그는 약한 논증을 강한 논증으로 만드는 그러한 논쟁술을 지녔다고 전해진다. 아리스토텔레스는 그의 「수사학」에서 프로타고라스가 행한 것은 거짓이고 참되지 않으며 단지 현상적인 것이라고 비난했다. 프로타고라스가 잘못한 자로 하여금 그러한 논쟁술을 이용해서 자신을 옹호하게 만들었는가. 그러나 인간이 가능한 한 합리적인 논증으로 자신을 변론하는 것은 수치스러운 일이 아닐 것이다. 약한 논증을 강한 논증으로 만드는 것은 설득술이며, 일단 이것이 논증을 통해서 강하게 되면 더 이상 약한 진술이 아니다. 두 가지 모순된 진술의 각각이 똑같이 참되거나 거짓이라는 것을 어떻게 논증하는지에 관한 이론은 그의 「모순적인 논증」이라는 작품 속에서 볼 수 있다. 논증 속에서 우리는 우리의 경험 세계로부터 분리된 절대적이고 불변하는 실재가 존재한다는 것과 우리의 경험 세계로부터 분리된 절대적인 진리는 존재하지 않는다는 두 가지 진술을 똑같이 증명할 수도 있다. 그러나 프로타고라스는 우리가 실제로 경험하는 상대적이고 변화하는 세계를 참된 실재로 받아들였다.

신들에 관한 프로타고라스의 말이 디오게네스와 다른 작가들에 의해 인용되었다.

신들에 관해서 그들이 존재하는지 존재하지 않는지 그리고 그들이 어떠한 형태를 지니고 있는지에 대해서 나는 말할 수 없다. 왜냐하면 주제의 모호성과 인생의 짧음같이 앎을 방해하는 많은 요소들이 있기 때문이다.[11]

이 진술에서 프로타고라스가 무신론자라는 것을 나타내는 것은 아무것도 없다. 이 언급은 오히려 우리는 신들의 존재를 인식할 수 없거나 아니면 적어도 우리가 인식하지 않는다는 것을 암시한다. 신들의 존재와 비존재에 대한 질문은 우리의 감각 경험 밖의 영역에 있다. 그들의 외적 현현은 인간들에 의해 경험될 수 없거나 아니면 적어도 경험되지 않는다. 그러므로 신들은 믿음 속에 존재한다. 플라톤의 「테아이테토스」에서는 프로타고라스가 신들의 존재 혹은 비존

---

11) 디오게네스, 「그리스 철학사」 IX. 50(Diels A. I)와 에우세비오스, 「복음을 위한 준비」 XIV. 3. 7(Diels B. 4) 참조.

재를 논의하는 것을 거부하는 것으로 묘사되고 있다. 이것은 의견의 영역에 속하는 개인의 관점에 관한 문제이기 때문이다. 여하튼 어떤 자들은 신을 믿고 어떤 자들은 신을 믿지 않는다. 이것은 만물의 척도인 '인간' 각자에게 달려 있다.

이 진술 다음에 무엇이 따르는지, 그가 조상들의 전통에 따라 종교적 숭배와 의식을 지지했는지 안 했는지 우리는 알 수 없다. 고대 그리스에서 종교적 의식은 사회를 위한 일종의 노모스(법)였다. 수립된 관습과 법률이 사회에 가치가 있다면, 수립된 종교적 숭배를 받아들이는 것도 가치 있는 일일 수 있다. 버넷은, 위에 인용된 문장이 당시 그리스 사회의 관습에 따른 숭배를 권유하는 것에 대한 서언일 수도 있다고 말한다.[12] 사실 그러한 권유는 프로타고라스의 다른 견해들과 잘 조화된다. 당시 종교적 의식은 그리스 국가의 필수적인 요소였으므로, 그는 종교를 일종의 수립된 법으로 받아들이는 것이 가치 있는 일이라고 여겼을런지도 모른다.

「테아이테토스」와 「프로타고라스」에서 플라톤에 의해 상술된 그의 철학적 이론 사이에 일관성이 있는지의 문제가 제기되었다. 「테아이테토스」에 묘사된 감각-인식의 주관주의가 「프로타고라스」의 '비밀 이론'에서 사회의 이익을 위한 실용주의로 바뀌었기 때문이다. 베르세니이는 감각-인식에 대한 「테아이테토스」의 이론이 프로타고라스의 이론이 아니라고 말하며, 반면 콜은 「프로타고라스」에 담겨 있는 그의 변명은 순수하게 플라톤의 창작이라고 덧붙이면서 공리주의 개념이 비프로타고라스적이라고 주장한다.[13] 베르세니이와 콜은 감각-이론의 주관주의와 실용주의는 모순된다는 것을 근거로 이 두 이론

---

12) J. Burnet, *Greek Philosophy*(London, 1914), 117−118쪽 참조.

들 중의 하나만을 프로타고라스의 이론으로 받아들이고 있다. 그러나 이 두 이론들은 필연적으로 모순되는 것은 아니다. 왜냐하면 이두 이론은 다 상대주의적인 관점을 가지며, 감각-인식의 주관적 상대주의가 사회의 실용주의적 복지를 고려하는 다른 상대주의로 바뀌었을 뿐이며, 더욱이 두 상대주의는 '인간은 만물의 척도'라는 그의주장에 상응하기 때문이다. 모든 것은 참되다. 어떤 자가 무엇을 인식하든지 간에 판단에 대한 유일한 권위인 그 개인에게는 참되다. 다시 말해서 그 독특한 인식은 만물의 척도인 그 개인과 관련해서참되다. 그리고 다시 어떤 것은 그 개인이나 기관에 관련된 만물에대한 유일한 권위이고 척도인 그 사람 혹은 그 사회의 성공 내지 복지를 위해 더 낫다. 헤라클레이토스로부터 문제를 취해서 이 세계를유동의 상태로 본 그는 '더 낫다', '더 못하다'는 개념을 적용함으로써 실용주의적 합법성의 상대주의를 위해 감각-인식의 상대주의의주관성 문제를 해결하려고 노력했다. 그의 신화에서 우리가 보았듯이 프로타고라스는 그것을 위해서 제우스가 경의심과 정의를 허용한바 사회의 복지에 초점을 두고 있다. 이와 같이 프로타고라스는 더참된 것은 없으나 더 나은 것은 있다고 주장함으로써 인식의 주관성을 인류의 사회적 이득을 위한 더 높은 차원의 상대주의로 들어 올렸던 것이다.

프로타고라스가 그의 '인간-척도'의 진술에서 강조한 것은 인간과 만물 사이의 관계다. 그 사물 혹은 사건에 관련된 사람은 판단을위한 유일한 권위이며, 그는 우리가 살고 있는 세계 속에서 그것이우리를 위해 어떤 존재인가를 고려해야 한다. 또 주어진 일에 대한

---

13) Versenyi, "Protagoras' Man-Measure Fragment," C. J. Classen, ed., *Sophistik* (Darmstadt, 1976), 291쪽 참조. A. T. Cole, "The Apology of Protagoras," *Yale Classical Studies* XIX(New Haven and London, 1966), 115쪽 참조.

판단이 미래에 어떤 영향을 미치는지를 생각해야 한다. 인간은 만물의 척도가 되도록 운명지어져 있다. 그러나 그는 보편적인 덕인 '정치적 기술'을 공유하는 인간으로서 건전한 판단을 내려야 하며, 이 판단은 상대적으로 적용되어야 한다. 따라서 프로타고라스의 이론은 주관적 정당성을 지닌 실용주의적 상대주의라고 말해질 수 있다. 우리는 프로타고라스의 가르침이 그의 철학적 이론과 일관됨을 본다. 그는 절대적인 진리는 존재하지 않는다고 믿었기 때문에 정의가 아니라 '훌륭한 사고'를 가르친다고 주장했다. 인간은, 모든 것이 참되지만 더 나은 것이 판단될 수 있는 세계 속에 살고 있다. '훌륭한 사고'는 개인적으로 사회적으로 이로운 판단을 위해 우리가 꼭 필요로 하는 것이다. 생도가 자신을 위해 그리고 사회를 위해 올바른 결정을 내릴 수 있도록 인도하는 것이 바로 프로타고라스가 제공한 것이었다.

이와 같이 프로타고라스는 어떤 추상적인 이론을 구축하는 것을 거부하면서 우리가 일상생활에서 경험하는 상대적인 세계를 이해하려고 노력했다. 프로타고라스에게 있어서 삶을 구원하는 원리는 '현상의 힘'이 아니라 '척도의 기술'이며 이것은 '훌륭한 사고'로 만물을 판단하는 능력이다. 이 흥미로운 논쟁의 뿌리에는 자국의 덕에 대한 믿음과 타인의 의견에 대한 존경심이 있다. 이는 나만이 옳다는 독단주의에서 벗어나서 모든 자의 의견이 동등하게 옳은 경험 세계에서 공공의 이득을 위해 더 나은 것을 선택할 것을 요청한다. 프로타고라스는 인간이 '만물의 척도'임을 주장하면서, 인간은 종교와 전통적인 관습과 제도에 예속되어 있는 존재가 아니라 무릇 이 세계의 주인으로서 자유인임을 선언했다. 그는, 인간이 자신의 삶을 설계할 수 있고 무엇이 자신에게 가장 이롭고 가치 있는지를 결정할 수 있는 자유로운 주체임을 천명했던 것이다.

소피스트적인 기술의 대가로 불리는 고르기아스는 기원전 480년경에 시칠리아의 레온티니에서 태어나서 기원전 375년경에 죽은 것으로 전해지고 있다. 레온티니는 낙소스의 파생 도시이므로 그는 사실 이오니아인이다. 우리가 알고 있는 그의 생의 첫 번째 중요한 사건은 기원전 427년 시라쿠사이에 대항해서 그의 조국 레온티니를 위해 도움을 요청하기 위해 대표단을 이끌고 아테나이를 방문한 일이었다. 그는 그 임무의 지도자로 임명될 만큼 그의 고국에서 저명했다. 그리스에서의 그의 큰 명성은 이 일을 위한 사절로서의 성공으로부터 시작된다. 그의 웅변은 새로운 스타일로 아테나이의 민회를 놀라게 했으며 그의 성공은 단지 군중들뿐만 아니라 지적이고 정치적인 도시의 지도자들에게까지 영향을 주었다. 그는 남은 생애 동안 그리스의 많은 도시들을 순회하면서 공적인 혹은 사적인 가르침을 베풀었으며 여행과 직업적 활동의 긴 생애 뒤에 그는 음식을 먹지 않음으로써 약 105세의 나이에 죽었다. 그때까지 그는 노년의 어떤 신체적 장애도 없이 건강을 유지하면서 청년의 마음을 지니고 있었다고 한다. 전해지는 이야기에 의하면 그의 죽음은 평온했으며 현자의 죽음 바로 그것이었다. 그가 허약해져서 졸고 있을 때, 그의 친구가 와서 무엇을 하느냐고 물었다. 그의 대답은 잠이 이미 그의 형제(죽음)에게 자신을 넘겨 주기 시작한다는 것이었다.[14]

파우사니아스는 고르기아스가, 일반적으로 무시되어 왔고 사람들 사이에서 거의 잊혀졌던 '말'에 대한 관심을 불러일으킨 첫 사람이었다고 전한다.(「그리스 답사기」 VI. 17. 7ff) 위엄을 지닌 시적 단어

---

14) 아일리아노스, 「여러 가지 이야기」 II. 35(Diels. A. 15) 참조.

와 장식으로 그는 언어를 더 인상적이고 달콤하게 만들었다. 그의 언변의 고상한 문체는 크리티아스, 알키비아데스 그리고 투퀴디데스 같은 가장 유능한 아테나이인들의 관심을 끌었다.[15] 그는 가끔 시인들의 관습인 자줏빛 예복을 입고 그리스의 축제에 나타나서 감명을 주는 연설로 사람들의 시선을 끌었다. 그는 또한 즉흥적인 웅변을 행한 첫 사람이기도 했다. 그가 연극 공연장에서 아테나이인들에게 그의 재능을 발휘할 때, 고르기아스는 마치 자신이 모든 것을 알고 있고 어떤 주제에 관해서도 즉시 말할 수 있는 듯이 관객들에게 무슨 주제든지 제시하라고 말하기도 했다. 우리는 고르기아스에 관해서 조금밖에 알지 못하지만, 분명히 그는 언변에 있어서 천부적인 재능을 지녔으며, 그 당시 '지혜로운 자'로 불릴 만큼 여러 분야에 걸쳐 두루 박식했음이 틀림없다.

고르기아스가 소피스트로 규정될 수 있는지에 대해 많은 논란이 있었다. 플라톤의 「고르기아스」에서 그는 소피스트라기보다 수사학자로 묘사된다. 그리고 「메논」에서 고르기아스는 자신이 아레테의 선생이라고는 결코 주장하지 않는다.(「메논」 95c) 그러나 그의 가르침의 정확한 내용이 무엇이었든지 간에, 그는 분명히 소피스트의 범주에 속한다고 볼 수 있다. 그는 확실히 정치적 성공을 위한 수단으로 웅변술 혹은 설득술을 가르쳤기 때문이다. 고르기아스 또한, 플라톤과 아리스토텔레스에 의해, 프로타고라스같이 실재가 아니라 현상을 가르치는 자로 비판되었고 그의 수사학은 '아첨의 기술'로 비

---

15) 크리티아스는 플라톤의 어머니와 같은 아테나이 귀족 가문의 출신으로 30인 참주 중의 일인이며, 소크라테스와 소피스트들과 교제했고 자신도 작가로 활동했다. 알키비아데스는 아테나이의 정치가이며 장군이었던 클라이니아스의 아들로서 한때 소크라테스의 제자가 되었다. 정치가로서 군대 지도자로서 탁월한 능력을 지녔던 그는 지나친 개인적 야심과 무절제한 사생활로 아테나이인들의 반감을 사기도 했다. 투퀴디데스는 역사가 투퀴디데스의 삼촌으로 정치가이며 페리클레스의 정적이기도 했다.

난받았다. 아테나이오스는 고르기아스가 자신의 이름을 지닌 플라톤
의 대화록을 읽었을 때, 동료들에게 플라톤이 얼마나 잘 비판할 줄
아는가라고 말했다고 전한다.[16] 사실 소피스트의 적대자인 플라톤이
그의 대화록에서 인간 고르기아스를 풍자했을 수도 있다. 우리는 다
른 사람의 말에 귀를 기울이기 전에, 고르기아스 자신의 참된 모습
과 그의 철학적 사고를 이해하려고 노력해야 할 것이다.

　고르기아스의 도의적 인품과 천재성은 분명히 그의 많은 제자들
사이에 깊은 애정을 불러일으켰다. 그의 명성은 후세대에 두 조각상
에 의해 알려졌는데, 하나는 그 자신이 델포이에 헌납한 금으로 된
상이며 다른 하나는 그로부터 받은 교육과 사랑에 대한 보답으로 그
의 조카 에우몰포스에 의해 올림피아에 세워진 상이다. 에우몰포스
는 이 상에 다음과 같은 글을 새겨 넣었다.

　인간들 중의 어느 누구도 아레테를 위해 영혼을 훈련시키는 데에
있어서 고르기아스보다 더 나은 기술을 발견하지 못했네. 그의 상이
또한 아폴론 계곡에 서 있으니 부에 대한 과시가 아니라 그의 인격의
경건함을 보여 주네.[17]

에우몰포스에 의해 새겨진 이 비문은 고르기아스가 그의 친지나
찬미가들에 의해 그가 진정 아레테의 계발을 위해 인간들의 마음을
훈련시키는 데에 종사했다고 생각되었음을 보여 준다. 이 언급은 플
라톤의 작품 속에 있는 메논의 말과는 모순되는 듯이 보인다. 그러

---

16) 아테나이오스, 「현자들의 만찬」 XI. 505D(Diels. A. 154) 참조. 200년경에 활동한
　아테나이오스는 심포지엄 형식을 취한 작품 「현자들의 만찬 Deipnosophistai」에서 800
　여 명에 이르는 고대 작가들의 작품을 상당량 인용하고 있으며 고대인들의 삶에 대한
　정보를 제공한다.
17) *Epigrammata Graeca* 875A(Diels. A. 8) 참조.

나 아마도 메논은 고르기아스가 아레테에 대한 어떤 이론적인 설명을 제시하기를 원하지 않았다는 것을 의미했는지 모른다. 사실 고르기아스는 아레테에 대한 추상적인 이론을 수립하지 않고, 그의 생도들로 하여금 실제의 삶에 실용적인 구체적 아레테를 계발하도록 만들었다.

불행히도 우리는 고르기아스의 논문 「비존재에 관하여」 혹은 「자연에 관하여」 원문을 가지고 있지 않다. 그러나 우리는 두 의역을 가지고 있으며, 하나는 섹스투스에 의한 것이고 다른 하나는 아리스토텔레스에 기인되는 소책자 「멜리소스, 크세노파네스, 고르기아스」 속에 있는 것이다. 이 두 의역들은 상당 부분 일치하지 않으며 아리스토텔레스 원고의 원형이 많은 부분 손상된 것으로 보인다. 그러나 먼저 이 논문이 정말 진지하게 씌어졌는지에 대해 의문을 제기하는 학자들이 있다. 그들의 주장은, 한편 이 논문이 보이는 역설적이고 비상식적인 면에, 다른 한편 고르기아스가 말과 설득의 대가, 수사학자였다는 사실에 근거하고 있다. 그러나 이 논문이 단순히 패러디나 수사학적 연습으로 씌어졌다고 볼 수는 없다. 문인일 뿐만 아니라 사상가인, 회의적이고 비판적인 눈을 가진 자의 작품으로서, 이 논문 속에는 어떤 중요한 의미와 심각한 목적이 담겨 있음이 틀림없다.[18] 이 논문은 섹스투스가 말하듯이 세 부분으로 나뉘어 있다.

「비존재에 대하여」 혹은 「자연에 대하여」라는 책 속에서 고르기아스는 세 가지 연속적인 주제를 제시하고 있다. 첫째, 아무것도 존재

---

18) 이 논문이 패러디같이 보인다면, 우리는 아리스토텔레스가 그의 「수사학」 III. 18. 1419. 63에서 동의한 논증술에 관한 고르기아스의 말을 되새겨 볼 필요가 있다. "상대편의 진지함은 웃음으로, 웃음은 진지함으로 물리쳐야 한다."

하지 않는다. 둘째, 만약 이것이 존재한다 할지라도 이것은 인간에게 이해될 수 없다. 셋째, 설사 이것이 이해된다 할지라도 다음 사람에게 전달될 수도 없고 설명될 수도 없다.

——「독단주의 비판」(VII. 65)

첫째로 고르기아스는 아무것도 존재하지 않는다는 것을 증명한다. '비존재'는 존재하지 않는다. 비존재가 존재한다면 이것은 동시에 '존재'와 '비존재'가 되기 때문이다. 이것은 모순된다. 왜냐하면 '존재'와 '비존재'는 서로서로 반대이기 때문이다. 따라서 '비존재'는 존재하지 않는다. 더욱이, '존재'가 존재하지 않는다는 것은 참되지 않다. 그러므로 이 모순을 피하기 위하여 '비존재'는 존재하지 않는다. 여기서 고르기아스는 '비존재'가 존재한다는 비합리성을 피하기 위하여 '존재'의 존재를 일반적으로 가정된 원리로 받아들이고 있다. 그러나 그는 곧 '존재'의 모든 가능한 속성들을 부인하며, 이것은 외적이지도 않고 생성되지도 않았으며 단수도 아니고 복수도 아니라고 말한다. 고르기아스는 이어서 '존재'가 존재하지 않는다는 것을 증명해 나간다. '존재'가 존재하기 위해서는 영원해야 한다. 이것이 영원하다면 이것은 한계가 없다. 이것이 한계가 없다면 이것은 아무 곳에도 존재하지 않는다. 이와 같이 그는 옛 철학적 원리의 시간적 무한을 공간적 무한으로 대치함으로써 '존재'의 부재를 증명한다. 자신이 조금 전에 가정한 '존재는 존재한다'라는 명제를 부인함으로써 그가 정말 뜻하는 바는 무엇인가. 그는 '존재'가 존재하든지 '비존재'가 존재하든지 간에 각 경우에 불합리성이 따른다는 것을 보여 준다. '존재'는 모순 혹은 비합리성 없이 어떤 것에 부여될 수 없으므로 고르기아스는 현상적 대상에 대해 그것들이 존재한다거나 존재하지 않는다고 말할 수 없다고 생각한다. 이 첫 부분에서 고르기아스는 '존재'와 '비존재'에 관련하여 존재의 반대를 증명하는 것은 존재 자체를 증명하는 것만큼 쉽다는 것을 보여 주고 있다. 사실 고르기아스는 일반인이 존재를 이해하는 의미에서 모든 것의 존재를 부인하기를 원하지 않는다. 그의 목적은 파르메니데스가 사용한 종류의 논증으로 '존재'의 반대를 '존재' 자체와 똑같이 증명할 수 있음을 보여 주는 것이다.[19) 이와 같이 고르기아스는 어떤 것이 존재한다는 명제는 문제가 있으며, 우리는 비합리성 없이 어떤 것에 관해서 '그것이 존재한다' 혹은 '그것이 존재하지 않는다'라고 말할 수 없다고 주장함으로써 절대적인 존재로서의 파르메니데스의 '존재'의 실재를 반박한다.

　그러나 그 다음 두 부분에서 고르기아스는 '존재'와 '비존재'의 존재 혹은 비존재에 관심이 없고 지식의 대상의 지위를 고려하고 있다는 것이 명백하다. 두 번째 부문은 설령 그것이 존재한다 할지라도 '존재'는 인식될 수 없다는 것을 증명한다. 마음속에 사고된 사물이 존재하지 않는다면 존재는 사고될 수 없다. 고르기아스는 반대되는 속성들은 필연적으로 반대되는 주체에 적용되어야 한다는 논리를 적용한다. 그러나 실제로 존재하지 않은 많은 것들, 예를 들어 바다 위를 달리는 마차 혹은 날개가 달린 인간 같은 것들이 사고될 수 있다. 그러나 날개 달린 인간이나 바다 위를 달리는 마차가 실제로 존재하다고 믿는 것은 어리석다. 이것은 '비존재'가 사고될 수 있다는 것을 의미한다. 그렇다면 '존재'는 사고될 수 없다. 논리적으로 '존재'와 '비존재'는 반대이기 때문이다. 그러므로 '존재'는 사고의 대

---

19) 파르메니데스는 그의 논증을 is(esti)의 한 가지 의미, 즉 존재론적 의미로만 입증한다. 그러나 to be(einai)의 불완전한 용법은 그 반대도 똑같이 합당하게 만들었다. 파르메니데스는 존재를 입증하기 위해, 고르기아스는 그 반대를 증명하기 위해 이것을 사용했다.

상이 될 수 없고 사고에 의해 이해될 수 없다고 고르기아스는 논증한다. 따라서 그는 순수한 지성 혹은 이성의 정당성에 의문을 던지고 있다. 우리는 무슨 근거로 감각 기능은 완전히 그릇되며 이성적 사유의 기능은 정확하다고 믿을 수 있는가. 고르기아스가 증명하고자 하는 비인식성은 감각 인식에 의한 것과 이성적 사유에 의한 것 둘 다를 포함한 인간 경험의 총체에 관련된다. 이와 같이 고르기아스는 인간 지식에 대해 극도로 부정적이다. 인간은 아무것도 알 수 없다. 그러므로 어떤 것도 참되다고 말해질 수 없다. 모든 철학적 이론들이 부정적인 고르기아스의 손에 의해 파괴되었다.

세 번째 부문에서 고르기아스는 그의 부정적인 태도를 한 단계 더 밀고 나간다. 어떤 것이 존재한다 할지라도 그리고 알 수 있다 할지라도, 이것은 다른 자들에게 전달될 수 없다. 전달 수단은 로고스(언어)이며, 로고스는 실체 혹은 존재하는 사물이 아니므로 언어를 통해서 실재를 전달하는 것은 불가능하다. 우리는 존재하는 사물이 아니라 오히려 존재하는 사물에 대한 상징인 단어들로 의사 소통을 한다. 눈으로 볼 수 있는 사물을 귀로 들을 수 없듯이, 외적인 실체는 로고스가 될 수 없다. 로고스와 실체의 이질성 때문에 극도로 회의적인 고르기아스는 의사 소통의 가능성을 부인한다. 그리고 다시 보이는 사물은 한 기관에 의해서 그리고 로고스는 다른 기관에 의해 이해된다. 그러므로 로고스는 사물이나 사건의 다양성을 나타내지 못한다. 이와 같이 고르기아스는 로고스를 실재에 대한 유일한 가이드로 믿는 이성주의자들의 가장 비타협적인 무기를 공격한다. 고르기아스의 날카로운 통찰력은 이성적 증명이 실재와 동일시될 수 있다고 생각하는 자들을 비판하고 있다. 사실 실재와 로고스 사이에는 건널 수 없는 크나큰 거리가 있다.

「헬레네를 위한 찬사」는 신화상의 유명한 여인 헬레네[20]를 일반적으로 그녀에게 주어진 비난들로부터 해방시키기 위한 연설문이다. 고르기아스는 스파르타의 왕비 헬레네가 트로이아의 왕자 파리스를 따라가게 된 것은 네 가지 이유들 중의 하나 때문이라고 분석한다. 그녀는 신적인 필연성에 의해서, 아니면 강요에 의해서, 아니면 말의 힘에 의해서, 아니면 사랑에 의해서 트로이아로 가게 되었다는 것이다. 여기서 우리의 주요 관심은 언어의 힘이다. 즉 어떻게 고르기아스가 로고스를 분석하며, 로고스는 어떤 특징들을 지니고 있는가의 문제다. 한편 고르기아스는 로고스가 그 자체 속에 힘, 필연성, 사랑이라는 다른 세 가지 이유들을 내포하고 있다고 주장한다. 왜냐하면 로고스는 필연성에 의해 설득하고 기만하는 강력한 군주인 동시에 사랑을 불어넣는 마술사이기 때문이다. 고르기아스는 그녀의 마음을 설득하고 기만한 것이 로고스라면, 그 비난을 반박하는 것은 절대로 어렵지 않다고 말한다. 영혼을 설득하는 로고스는 말해진 것을 믿도록 그리고 행해진 것을 찬양하도록 강요하기 때문이다. 설득하는 자는 강요를 사용하기 때문에 잘못한 자이며 말에 의해 설득된 자는 강요당하는 자이므로 그녀를 비난하는 것은 헛되다고 주장하면서 그는 헬레네를 옹호한다.

---

20) 펠레우스와 테티스의 결혼식날 초대받지 못한 불화의 여신 에리스가 "가장 아름다운 여신에게"라고 적힌 사과를 결혼식장 안으로 굴려 넣었다. 그곳에 모인 모든 여신들은 이 사과가 자기의 것이라고 주장했으나 결국 헤라, 아테나, 아프로디테 세 여신만 남고 모두 물러나게 된다. 제우스는 이다 산에서 목동으로 지내고 있는 트로이아의 왕자 파리스를 심판관으로 정하고 헤르메스로 하여금 여신들을 그에게로 인도하게 했다. 헤라는 이 지구의 반을 다스릴 수 있는 '권력'을, 아테나는 어떤 전쟁에서도 승리할 수 있는 '지혜'를, 아프로디테는 '이 세상에서 가장 아름다운 여인'을 부인으로 맞이하게 해 주겠다고 약속하며 그 사과를 자신에게 줄 것을 호소했다. 파리스는 그 사과를 아프로디테 여신에게 주었고 그 결과 여신의 도움으로 당대의 가장 아름다운 여인인 스파르타의 왕비 헬레네를 납치해서 트로이아로 데려가게 되며, 이것이 전설로 전해 오는 트로이아 전쟁의 발단 원인이다.

고르기아스는 로고스의 특징을 다음과 같이 규정한다.

로고스는 그 힘에 있어서 강력하다. 로고스의 실체는 작고 보이지 않지만 그것이 행하는 행위는 신적이다. 이것은 공포를 끝맺게 하고 고통을 제거하며 기쁨을 가져오고 연민을 증진시킨다.
——「헬레네를 위한 찬사」에서

로고스는, 그가 말하듯이 가장 미세한 존재로서 가장 비범한 일을 성취시키는 강력한 군주다. 로고스는 공포를 몰아내고, 슬픔을 경감시키고, 기쁨을 창조하고, 연민을 양육하며 또한 영혼을 설득한다. 그러나 설득은 '논리적인 숙고'에 의해 특수한 상황의 의미를 분석하지 않고는 달성될 수 없다. 로고스는 단순한 언어뿐만 아니라 언어 속에 담겨 있는 말의 내용을 포함하기 때문이다. '논리적인 숙고'가 의미하는 것은 이성주의자의 추상적인 사유가 아니라 그 사건의 개별적 성격에 대한 이해와 함께 구체적인 상황에 대한 분석이다. 따라서 말하는 자는 감성에 호소함은 물론, 지성도 만족시켜야 한다. 모든 것을 폭력이 아니라 기꺼운 굴복에 의해 순종하게 만드는 설득술은 다른 모든 것을 능가하며 가장 훌륭한 기술이라고 고르기아스는 천명한다.

한편 고르기아스는 '기만'을 시적인 현상의 필수적이고 유용하기조차 한 요소로 취급했다.

모든 시를 나는 운율을 지닌 로고스라고 생각한다. 그것은 듣는 자에게 공포의 전율, 눈물 섞인 연민 그리고 애도에 대한 갈망을 불러일으킨다. 말을 통해서 영혼은 다른 자의 행복과 불행에 그 자신의 슬픔을 느끼게 된다. 영감을 받은 노래가 기쁨을 가져오고 고통을 없

228

애는 것은 언어를 통해서이며, 노래의 힘은 영혼의 판단과 함께 마치
마술에 의한 것처럼 설득하고 감동을 준다. 이 마술의 힘은 두 가지
요소에 근거한다——영혼의 착각과 마음의 기만.

—「헬레네를 위한 찬사」에서

그는 모든 시를 운율을 지닌 로고스로 규정하며, 산문과 운문의
차이는 후자가 운율을 가졌다는 점에서 다를 뿐이라고 말한다. 따라
서 비극과 관련된 감정들이 연설문에 의해서도 야기될 수 있다. 그
것은 '기만'을 통해서 듣는 자에게 전율하는 공포, 눈물 섞인 연민,
그리고 슬픔에 대한 갈망을 불러일으킨다. 로고스를 통해서 영혼은
다른 자의 불행에 슬픔을 느끼게 되며 또한 다른 자들의 경험을 대
면하면서 그것들로부터 보편적인 특성을 얻는다. 이와 같이 로고스
는 보편적인 감정을 야기하는 힘을 지녔으며, 그것은 각 영혼의 독
특한 감정을 통해서 경험된다.
  고르기아스는 로고스를 약과 비교함으로써 다시 한번 언어의 힘을
강조한다. 그는 영혼의 조건에 대한 로고스의 효과를 신체의 특성에
대한 약의 힘에 비유한다.

  로고스의 힘은 영혼에, 의약이 신체에 대한 것과 같다. 다른 약들
이 신체로부터 다른 체액을 끌어내며 때로는 질병에 그리고 때로는
생에 종말을 가져오듯이, 말 또한 그러하다. 어떤 것들은 슬픔을 어
떤 것들은 기쁨을 또 어떤 것들은 고통을 가져다 주며, 다른 것들은
다시 인간을 용감하게 만든다. 반면 혹자들은 악한 설득으로 영혼을
마비시키고 마법을 건다.

—「헬레네를 위한 찬사」에서

　피타고라스는 약이란 수단에 의한 신체의 정화와 음악이란 수단에 의한 영혼의 정화 사이에 유명한 비유를 가르친 첫 사람이었다. 고르기아스는 이 피타고라스적인 관점을 그의 로고스에 적용했으며 언어에 의해 영혼이 정화될 수 있음을 믿었다. 수사학의 방법을 설명하기 위한 고르기아스의 약에의 호소는 사실 적절하다. 아리스토텔레스가 말하듯이, 약은 적절한 양의 측정과 사용을 위한 활동의 가장 실질적이고 일반적인 분야로 고려되기 때문이다. 특수한 경우에 적절한 약이 신체적 성향을 극복하고 그것의 목표를 달성하듯이 시간, 장소 그리고 상황에 적합한 로고스는 인간들의 영혼을 설득함으로써 영혼을 자유롭게 만든다. 이와 같이 로고스를 진리에 대한 유일한 가이드로 보는 자들에 반해서, 고르기아스는 소피스트적인 재치로 로고스는 마음을 설득하고 기만하는 힘을 가진 것으로 규정한다. 기만. 사실 그에게는 이 세상에 참된 것은 아무것도 없기 때문이다.

　우리는 또한 「비존재에 관하여」라는 논문 속에 있는 로고스와 「헬레네를 위한 찬사」에 나타난 로고스 사이에 어떤 관련이 있는지를 묻지 않을 수 없다. 「비존재에 관하여」에서는 고르기아스는 로고스의 기능에 대해 회의적이었으며 로고스를 통한 의사 소통의 가능성을 부인했다. 로고스는 존재하는 사물이나 실체가 아니며 그것과는 상이한 무엇이기 때문이다. 이것은 또한 로고스가 진리에 이르는 직접적인 수단이 될 수 없다는 것을 암시한다. 따라서 「비존재에 관하여」에서는 고르기아스는 로고스의 실재와 이질성을 분석함으로써 로고스의 기능에 대해 부정적이었다. 그러나 「헬레네를 위한 찬사」에서는 고르기아스는 로고스의 다른 긍정적인 기능을 발견한다. 로고스는 설득하고 기만하는 수단이다. 비록 로고스가 우리를 어떤 참된 실재로 인도할 수는 없을지라도 로고스는 청중들을 감정적인 호소와 논리적인 숙고를 통해서 설득할 수 있다. 여기 「헬레네를 위한 찬사」

에서 고르기아스는 로고스를 위한 다른 중요한 역할을 정립하고 있으며 로고스를 영혼을 감동시키고 자유롭게 만드는 강력한 군주로 천명한다. 따라서 우리는 「비존재에 관하여」에 있는 부정적인 로고스가 「헬레네를 위한 찬사」에서 인간들의 마음을 감동시키고 설득하는 수단이 되는 긍정적인 로고스로 변했다고 말할 수 있을 것이다. 그리고 이 두 개념은 모순되는 것이 아니라 오히려 서로 보완적이다.

고르기아스는 자연 철학을 가르쳤으며 엠페도클레스의 제자였다고 한다. 이소크라테스 무덤의 기념비는 고르기아스가 천체를 관찰하고 있고 이소크라테스 자신이 옆에 서 있는 모습을 묘사함으로써 고르기아스를 무엇보다도 자연 과학의 선생으로 불멸화했다.[21] 자연 과학을 공부한 그의 많은 다른 제자들이 있었으며 소파테르는 고르기아스가 태양을 붉게 달아오른 돌이라 말했다고 전한다.[22] 플라톤의 「메논」 또한 고르기아스가 그의 노년에조차 자연 과학의 토론에 참여하고 있는 것을 보여 준다.(「메논」 76a) 그러나 그의 가르침의 가장 중요한 분야는 수사학, 즉 웅변술과 설득술이었으며, 이것은 그 자신의 철학적 사고의 자연적인 귀결이었다. 한편으로 또한 수사학의 가르침에 대한 사회적인 요청이 있었다. 정치적 상황이 변화해서 페르시아 전쟁 이후 민주주의가 발달되고 있는 곳에서 웅변술의 중요성이 급격히 증가했기 때문이다.

고르기아스는 특히 '찬사의 웅변'에 관심이 있었다. 그의 웅변은 고양되고 당당하고 화려하고 다채로웠으며 조화된 어조와 이미지의 대담성으로 전율하는 감각을 흥분시켰다.[23] 그는 생도들에게 암기하도록 모델이 되는 연설문을 제공했으며 그중에서 「헬레네를 위한 찬

---

21) 플루타르코스, 「열 명의 웅변가들의 삶」 838(Diels. A. 6) 참조.
22) *Commentary on Hermogenes*, Rh. Gr. VIII. 23 walz(Diels. B. 31) 참조.

사」와 「팔라메데스를 위한 변론」은 현존하는 예들이다. 그의 법칙은 '장엄한 주제를 위한 장엄한 문체'이었다. 이것은 주제에 적절한 표현으로 장식된 시적 어휘와 많은 수사학적 상징들을 지닌 문체를 의미한다. 고르기아스는 확실히 가장 최면적이고 마음을 매혹시키는 수사학적 상징을 선호했다. 우리들은 「추도사」 혹은 「헬레네를 위한 찬사」를 읽으면서 고르기아스의 연설이 얼마나 아름다우며 다채로운가를 알게 된다. 고르기아스에게 있어서 수사학적 형식은 조화로운 소리를 통해서 청중의 마음을 매료시킴으로써 그들을 설득하기 위한 것이었다. 사실 고르기아스는 논리적인 사유와 사색보다 감정과 상상력에 호소하려고 애쓰며 「헬레네를 위한 찬사」와 「추도사」에서 사고의 형식보다 말과 소리의 형식이 더 두드러지게 사용된 것을 볼 수 있다. 전시를 위한 웅변이라기보다 실용적인 논문의 모델인 「팔라메데스」에서는 이것이 덜 현저하지만, 그러나 여전히 거기에서조차 소리가 의미보다 더 중요하다. 그러나 수사학적 형식이 전적으로 감정적 호소와 운율로 마음을 사로잡기 위한 것은 아니다. 수사학은 청중으로 하여금 고르기아스의 사고의 형식 중에서 가장 중요한 '대조법'에 의해 표현된 반대 사고를 통해서 숙고하도록 만든다. 그리고 이것은 추상적인 이론적 사유를 통해서가 아니라 일상 경험의 예와 설명에 의한 구체적인 개념을 통해서 그 사건을 청중에게 명백하게 드러내 보인다. 절대적인 진리가 존재하지 않는다고 믿은 고르기아스가 다채로운 수사학적 형식을 가르치고 사용한 것은 오히려 당연했다. 「헬레네를 위한 찬사」와 「비존재에 관하여」에서 우리가 보았듯이 로고스는 진리에 대한 직접적인 가이드가 아니라 설득과 기만

---

23) 달변에는 두 가지 유형이 있는데 한 가지는 고르기아스가 재능을 발휘한 '찬사의 웅변panegyric oratory'이며 다른 한 가지는 프로타고라스가 발달시킨 것으로 날카롭고 차가우며 감정보다 이성에 호소하는 '법정의 웅변forensic oratory'이다.

의 수단이기 때문이다. 그리고 수사학적 형식의 사용은 사고를 리드미컬한 소리로 강화함으로써 인간들의 마음을 설득시키는 데에 효과적으로 기여한다. 곰페르즈는 고르기아스의 재능을 찬양하면서, 반짝이는 기지, 풍부하고 강한 상상력은 자연이 고르기아스의 요람에 부여한 재능이었으며, 그의 입으로부터 우리가 여전히 들을 수 있는 탁월한 문구들은 그의 재능에 대한 우리들의 감탄을 정당화한다고 말한다.[24] 고르기아스는 단순한 말장난꾼이라는 일반적인 견해보다 곰페르즈의 말이 진실에 더 가깝게 느껴진다.

고르기아스는 아레테의 개념을 단순화하지 않았으며 주제와 상황에 따른 개별적인 아레테들을 제시함으로써 아레테의 다양성을 보여주었다. 플라톤의 「메논」은 고르기아스가 어떻게 아레테를 논의했는지를 묘사하고 있다. 고르기아스로부터 직접 들었음이 틀림없는 메논은 남자와 여자의 경우에 있어서 독특한 아레테의 예들을 제시하며 노인과 청년, 자유민과 노예에게 각각 적합한 많은 다른 아레테들이 있다고 덧붙인다. 다른 활동에 종사하는 우리 각자에게 그리고 삶의 다른 시기에 각 행위와 관련해서 적절한 아레테가 있기 때문이다. 고르기아스는 추상적이고 보편적인 개념의 경직성을 극복하면서 독특한 상황에 맞는 고유한 아레테를 분석하려고 노력했다. 사실 모든 시기에 그리고 모든 경우에 적용될 수 있는 유일하게 불변하는 아레테는 있을 수 없다. 따라서 도의에서도 일반적인 표준이나 원칙에 대한 호소는 불가능하며 유일한 법칙은 그 순간에 가장 적절하게 보이는 대로 행동하는 것이다.

우리는 「추도사」에서 고르기아스의 윤리적인 관점을 가장 명백하

---

24) T. Gomperz, *Greek Thinkers*(London, 1949), 1권 477쪽 참조.

게 볼 수 있다. 또한 「추도사」는 수사학적 습작의 예로서 번역으로
표현될 수 없는 리듬과 소리의 반복 없이도 그의 탁월한 수사학적
기교의 일면을 엿볼 수 있게 해 준다.

　인간들이 지녀야 할 것들 중 무엇을 이들이 결여했는가? 부재했어
야 할 것들 중 무엇이 그들에게 존재했는가? 신들의 분노를 모면하고
인간들의 질투를 피하면서 내가 원하는 바를 표현할 수 있기를, 내가
당연히 소망해야 하는 것을 바랄 수 있기를 나는 기원한다. 여러 차
례 그들은 공격적인 정의보다 온화한 공정을 선호했고, 여러 차례 엄
격한 합법성보다 올바른 판단을 원했다. 그리고 그들은 이것을 가장
신성하고 보편적인 법률로 생각했다. 적절한 때에 적절하게 말하거나
침묵하는 것 그리고 적절한 때에 적절하게 행동하거나 행동하지 않는
것. 무엇보다도 이들은 두 가지 필요 불가결한 것들——판단과 용기
——을 실행했다. 숙고에 있어서는 전자를, 행위에 있어서는 후자를.
그들이 부당하게 부유하게 된 자들을 벌할 때, 그들은 불행을 받아
마땅하지 않은 자들을 보호했다. 필요한 때에 용감하고 알맞은 때에
분노하면서 그들은 마음의 지성으로 그들의 힘의 무모함을 제지했다.
오만한 자들에게는 오만하게, 온건한 자들에게는 온건하게, 무서움을
모르는 자들 앞에서는 무서움을 두려워하지 않고, 위험 속에서 위험
을 무릅쓰면서. 이것에 대한 증인으로 그들은 자신들의 제물로 그들
의 적들 위에는 트로피를, 제우스에게는 조상을 세웠다. 자연적인 전
투와 합법적인 사랑 그리고 무장한 투쟁과 평화의 아름다움에 대한
경험 없이가 아니라, 신들 앞에서는 그들의 정의로움을 자랑스럽게
여기며, 부모에 대한 공경심에 경건하며, 동료들과의 평등함에 있어
서 공정하며, 친구들에 대한 성실함에 헌신적이면서. 그들은 죽었지
만 그들에 대한 우리들의 갈망은 영원히 지속될 것이다. 우리들의 육

체는 죽을 수밖에 없는 운명이지만.

──「추도사」에서

여기서 그는 신성하고 보편적인 법칙은 '필요한 순간에 필요한 것을 행하는 것'이라고 주장한다. 적절한 순간에 적절한 것을 행하는 것이 '카이로스(적합)의 법칙'이다. 행위를 위한 결정은 엄격한 논리적인 법칙으로부터 올 수 없으며 즉각적인 순간에 적용되어야 하는 로고스의 설득력으로부터 온다. 고르기아스는 정의에 대해서도 상황과 사람에 따라 상대적이고 개별적인 요소를 강조한다. 신들에게는 경의심에 근거하여 경건해야 하며, 부모에게는 배려를 갖고 공경해야 하며, 동료 시민에게는 동등함에 의거해서 정의로워야 하며, 친구들에게는 신의를 바탕으로 성실해야 한다고 말함으로써 고르기아스는 각 대상에 고유한 아레테를 열거한다. 부모와 친구는 우리와 다른 관계를 가지므로 똑같이 대우해서는 안 되며 각 행위는 그 상황에 적절하게 행해져야 한다는 것이다. 이와 같이 독특하고 개별적인 경우들에 있어서 '정의'의 절대적인 개념은 사라지고 '적절함'의 다양성에 의해 대치된다. 삶의 능동적인 조류 속에서 인간은 무엇이 가장 적절하고 무엇이 가장 바람직한가 하는 로고스의 비이성적 과정을 통해 자신의 길을 선택하고 결정해야만 한다. 이것이 모든 활동들을 포괄하는 절대적인 행위의 기준이 없는 곳에서 각 행위를 위한 유일한 지침이 되는 것이다.

고르기아스는 아무것도 존재하지 않으며 따라서 모든 것은 거짓이라고 천명한 독창적인 사상가였다. 유일하고 불변하는 '존재'에 회의적인 눈길을 던지면서 그는 영원하고 절대적인 진리는 존재하지 않는다고 주장했다. 그러나 고르기아스의 소위 허무주의는 모든 존재와 모든 지식의 근거를 전복하는 것을 목표로 한 것은 아니다. 사실 고르기아스가 반증하는 파르메니데스의 '존재'는 현실 속에 있는 존재가 아니다. 고르기아스에게 있어서 '존재'는 아직 그것의 경험적 근원의 모든 흔적을 잃지 않았으며, 여전히 공간 속에 연장된 것으로 사고된다. 이 세상으로부터 '존재'를 제거한 후, 그는 현상을 설득력을 통해 나타난 일종의 현실로 받아들였다. 각 개인은 무엇이든지 그가 믿도록 설득된 것 그리고 그에게 가장 호소력을 지닌 것을 믿게 되어 있다. 이것은 인간의 삶에 있어서 하나의 비극적 요소다. 판단을 위한 더 높은 규범이 없기 때문에 모든 사람은 그 자신의 길을 선택하도록 운명지어져 있는 것이다. 고르기아스의 날카로운 통찰력은 인간의 삶의 비합리성과 이성이 진정한 가이드가 될 수 없는 이 세상의 부조리를 인식했다. 그럼에도 불구하고 모든 것을 부인한 후에 그는 설득술을 통해서 잃어버린 실재를 다시 수립했다. 고르기아스는 로고스를 진리에 이르는 필요 불가결한 방법이라기보다 설득력과 기만적인 특징을 지닌 것으로 규정하면서 수사학이 현상을 실재로 회복시키는 유일한 수단이라고 보았다. 그의 회의주의는 오히려 인간 이성의 기능을 향해 던져졌던 것이다. 로고스 자체가 존재하는 사물이나 실체와 다른 무엇이라면, 어떻게 우리는 이성을 진리에 이르는 정확한 수단이라고 믿을 수 있는가. 고르기아스의 비판적 통찰력이 모든 것의 존재, 그것의 인식 가능성 그리고 이것을 다른 자에게 전달하는 능력을 파괴했지만, 그는 이 완전하게 회의적인 무(無)로 만족하지 않았다. 그는 고유한 본능으로 여전히 인간 경험 속에 존재하는 것으로서 일종의 실재를 재수립하기를 원했다. 이것이 사색가와 문인으로서의 고르기아스의 독창성이었다. 그는 잃어버린 실재를 설득의 기술로 회복시키려고 노력했으며 설득의 힘을 실재에 대한 창조자의 능력으로 받아들였다.

　이와 같이 고르기아스는 다시 한번 오히려 역설적인 방법으로 프로타고라스의 상대성을 확인했다. 고르기아스는 또한 변화하는 현상을 궁극적인 실재로 받아들이면서 경험 세계의 상대성을 보편적인 진리로 받아들였다. 객관적인 진리란 존재하지 않으며 각 개인이 무엇을 믿도록 설득되든지 간에 그것은 그 자신에게 패러다임이 된다. 그러므로 인간은 그가 무엇을 선택하든지 그리고 무엇을 믿기로 결정하든지 간에 그 자신의 주관성을 피할 수 없는 것이다. 인간은 헬레네와 팔라메데스의 경우에서와 같이, 그 속에서 각 개인이 하나의 길을 선택해야만 하는 여러 가지 방법들을 직면하게 된다. 고르기아스는 무엇보다도 감정적인 호소뿐만 아니라 내적인 숙고를 통한 판단과 결정의 개별성을 강조했다. 이 세계는 너무나 복합적이고 하나의 특수한 경우 속에 많은 다른 요소들이 내포되어 있기 때문에, 각자는 그 구체적인 일 속에 내포된 모든 조건들을 고려하면서 무엇이 가장 적절하고 가장 바람직한가를 판단해야 한다. 고르기아스에 의해 회복된 실재는 그 개별적인 경우의 특수성을 고려하는 '논리적인 숙고'를 통해서 어떻게 인간이 판단하고 무엇을 그가 선택하는가에 의존되는 주관적인 실재다. 따라서 설득은 완전히 수동적이지 않으며 무엇을 그가 자신의 결정 혹은 패러다임으로 받아들일 준비가 되어 있는가 하는 능동적인 요소를 포함한다. 각 개인의 목표를 결정하는 것은 어쩌면 그 개인의 가치, 욕망, 자존심, 명예 그리고 그의 독특한 주관성일 것이다. 우리 경험으로부터 분리된 어떤 절대적인 진리가 존재하지 않는다고 믿는 자들에게 그러한 능동적인 주관성과 이 세계의 비합리성이 보편적인 진리로 다가온다. 그러므로 고르기아스의 부정적 허무주의는 그럼에도 불구하고 각 개인에게 자신의 삶을 창조할 수 있는 무한한 기회와 자유를 주었다.

6 에피쿠로스주의

에피쿠로스

에피쿠로스는 도의적, 정신적으로 혼란의 시기에 살았다. 이 혼란은 주로 기원전 4세기 그리스의 정치적 혼란에 기인한다. 마케도니아의 정복으로 그리스 도시국가들은 독립성을 잃게 되었고 시민들은 이제 거대한 왕국 속에 놓이게 되었다. 더욱이 국가와 긴밀한 관계를 가졌던 전통적인 종교는 그들을 더 이상 만족시키지 못했다. 또한 알렉산드로스의 죽음은 그의 계승자들의 권력 투쟁으로 이어졌으며, 자신이 정복한 지역을 하나의 국가로 통일하려 했던 알렉산드로스의 꿈은 깨지고 결국 그리스 본토, 이집트, 페르시아라는 세 개의 크고 강력한 왕국의 대두로 끝을 맺게 된다. 에피쿠로스는 이 혼란스러운 시기에 권력 투쟁 속에 내재하는 정치의 부정적 양상을 직시하게 되었다. 군주의 권력은 그의 정적들의 파멸을 의미했으며, 승자가 아니면 패자가 되는 정치의 위험성은 명백했다. 알렉산드로스의 생애와 그의 죽음으로 야기된 격동의 시기에 시민들은 개인에 대해 관심을 갖게 되었으며, 개인의 심리적인 문제, 그리고 개인의 중요성에 대한 인식이 증가하면서, 이것은 문학, 예술, 종교뿐만 아니라 철학에서도 새로운 사조를 불러일으키게 되었다. 사적인 삶에 대한 매력 혹은 필요성이 강하게 일어났던 것이다.

에피쿠로스는 기원전 341년 사모스에서 태어난 아테나이 시민이었다. 아버지는 학교 선생이었으며, 어머니는 한때 여사제였다고 한다. 그는 세 형제가 있었는데 이들은 후에 모두 에피쿠로스에게 헌신했다. 에피쿠로스가 열두 살쯤부터 철학에 관심을 가졌다는 것을 제외하고는 그의 어린 시절에 관해 알려진 것이 별로 없다. 그는 팜필로스[1]로부터 많은 것을 배웠고, 플라톤 작품의 중요성을 인식한 것 같다. 그러나 그는 플라톤의 철학에 큰 반박의 여지가 있다고 생각하였으며 그의 기본적인 교육론조차 단호하게 거부했다. 에피쿠로스가 모든 교육을 저버리라고 동료 친구에게 말한 것은 플라톤의 수학적, 변증법적 훈련에 대한 공격이라고 볼 수 있다.

에피쿠로스는 기원전 323년 국가적 임무를 수행하기 위해 아테나이에 도착했다. 그는 그의 군사적 의무에도 불구하고 당시 중요한 철학자들의 말을 들을 기회를 가졌다. 당시 아테나이에서 가장 유명한 사상가는 아리스토텔레스였으며, 그는 이미 아테나이의 지성인들에게 상당한 영향력을 미치고 있었다. 에피쿠로스주의를 자세히 검토해 보면, 에피쿠로스가 플라톤과 아리스토텔레스의 사상에 공격을 가하고 있긴 하지만, 이들의 영향을 크게 입었다는 것을 알 수 있다. 그 후 10년간 에피쿠로스는 공식적인 철학적 훈련을 받게 되는데, 이 시기에 그는 테오스의 나우시파네스[2]의 제자였으며, 후에 그의 스승을 비방하게 되지만 사실, 그로부터 많은 것을 얻게 된다. 이렇게 에

---

1) 기원전 4세기에 살았던 화가. 그는 수학과 지리학에 능했으며, 미술을 학교 교과목으로 도입시켰다.
2) 원자론자로서 데모크리토스의 추종자였으며, 데모크리토스의 물리학과 인식론이 에피쿠로스에게 전해지는 다리 역할을 했다.

피쿠로스가 스승들로부터 많은 것들을 배웠지만, 자신의 철학 체계는 스스로 수립한 것이라는 그의 주장에는 비판의 여지가 없다. 에피쿠로스주의의 중심 사상이 되는 쾌락, 자유, 윤리관, 신들에 대한 견해 그리고 영혼의 문제는 자신의 산물이며, 단지 그의 사상의 자료가 되는 것들만이 나우시파네스 같은 실제 스승들과 데모크리토스나 레우키포스 같은 정신적 조상에 의존하기 때문이다.[3] 배움과 사색에 10년을 보낸 후 에피쿠로스는 기원전 311년 뮈틸레네에서 선생이 되었다. 그러나 그는 가르치는 것을 금지당하게 되어 곧 그곳을 떠나야 했으며, 람프사코스에 가서 한동안 머물게 된다. 기원전 310년경에 이미 에피쿠로스주의의 주된 입장의 대부분이 형성된 것 같다. 그는 이때 벌써, 후에 아테나이에서 그의 학교의 핵심 멤버가 되는 추종자들에 의해 둘러싸여 있었다.

기원전 306년 에피쿠로스는 아테나이로 왔다. 그는 아테나이 시민이었으며, 아테나이가 철학적 세계의 중심이었기 때문이다. 람프사코스로의 짧은 방문을 제외하고는 기원전 271년 그가 죽을 때까지 그는 계속 아테나이에 머물렀다. 에피쿠로스는 아테나이 근교에 집과 부엌이 딸린 거대한 정원을 샀다. 강의는 정원에서 행해졌으며, 이 집이 에피쿠로스 사회의 중심이었고 그와 가까운 친구들이 사는 장소였다. ('정원'이라는 뜻의 '호케포스'라는 이름으로 알려졌다.) 정원에서의 삶은 아주 평온하고 유쾌했다. 에피쿠로스주의의 구체적인 실천이었던 것이다. 그는 아테나이의 정신적, 사회적 활동으로부터 물러나 고요한 정원에서 친구들과 함께 채식을 하며 소박한 삶을 살았다. 그는 그의 가르침대로 남들의 눈에 드러나지 않는 삶을 택했으며, 그의 삶은 실제로는 엄격하고 내핍하고 검소했다. 그 사회에서 재산이 공동

---

3) 레우키포스는 기원전 5세기에 살았던 원자론의 창시자이며 데모크리토스는 그의 제자였다.

으로 소유된 것은 아니다. 그러나 부유한 친구들은 동료들을 위해 재정적으로 도움을 주어야 했다. 에피쿠로스는 자신의 '거룩한 신체'를 위해 이도메네우스에게 경제적 도움을 요구하기도 했다. 정원에서의 분위기는 다정함과 친절함이었다. 그는 친구들과의 우정을 중요시했으며 우정이 행복한 삶에 대한 기쁨을 일깨워 준다고 믿었다. 이들은 서로서로에게 친절과 감사를 표했으며 공부를 하거나 글을 쓰거나 대화를 하거나 명상에 잠기는 비세속적인 추구로 시간을 보냈다.

에피쿠로스가 오랜 세월에 걸쳐 수립한 기관은 계급 제도로 운영되었다. 에피쿠로스 자신은 지도자로 불리었으며, '현명한 자' 라는 칭호를 얻었다. 다른 자들은 지혜에 대한 탐구자로서 준지도자, 보조자, 그리고 생도 같은 다양한 범주로 나뉘었다. 아테나이 밖의 다른 에피쿠로스 사회도 같은 구조로 이루어졌다고 볼 수 있다. 에피쿠로스는 편지로 이들과 연락을 취했으며, 이들은 중심 조직에 일종의 회비를 낸 것으로 추정된다. 여성들도 처음부터 학교의 멤버였다. 그들은 퀴지코스의 헤다이아와 같이 대부분 정부였지만, 또한 레온테우스의 부인 테미스타와 같이 상류 계급의 여성들도 있었다. 유명한 정부 레온티온은 시사 논평을 쓰면서 적극적으로 활동했다. 테오프라스토스[4]에 반대하는 그녀의 논문은 문체의 우수함으로 후일 키케로의 찬사를 받기도 했다. 학교 내의 여성과 남성 멤버 사이의 관계가 완전히 플라토닉한 것이었다고 가정할 필요는 없다. 현명한 사람들이라면 정열을 피할 것이지만, 에피쿠로스는 단지 그것이 위법일 때에만 성적 접촉을 금했다. 에피쿠로스는 결혼을 하지 않았으며 그는 성관계가 어느 누구에게도 이롭지 않다고 말했다. 이것은 아마도 성적 쾌락이 일시적이고 한정적이라는 것을 의미한다고 볼

---

4) 아리스토텔레스의 제자로서 소요학파(페리파토스)에 속했다. 한편 키케로는 그가 사색하는 철학자라기보다는 과학자였다고 전한다.

수 있다. 열정으로부터 자유로워졌을 때 성은 자연스럽지만 필요 불가결한 것은 아니다. 그러나 에피쿠로스는 분명히 성을 즐긴 것으로 보인다. 그가 폴리아네우스의 정부 헤다이아와 메트로도로스의 정부 레온티온과 관계를 가졌었다는 것은 널리 알려진 사실이었으며 이러한 관계는 에피쿠로스주의 사회의 도덕관에 미루어 크게 중요하지 않았다. 테미스타와 같은 존경받는 부인보다 정부인 레온티온에게 더 높은 지위가 주어졌다는 것은 학교 밖의 대중들에게는 비난의 소지가 되었다. 그러나 에피쿠로스에게는 철학적 능력이 그 사회 안에서 주어지는 지위의 근거였다.

자유민 여성 외에 이 학교는 또한 남자, 여자 노예를 받아들였으며, 그 안에서 새로운 종류의 사회가 형성되었다. 에피쿠로스의 학교는 사실 그 자체의 규칙과 기준을 가진 하나의 종파였다. 에피쿠로스의 추종자들은 외부인들에게는 일종의 파벌로 보였으며, 멤버들이 서로서로에게 부여하는 찬사, 특히 '신과 같은' 에피쿠로스에 대한 것은 관념론적인 적들에게는 역겨운 것이었다. 그러나 에피쿠로스의 추종자들이 그에게 보인 찬사는 위선적인 것이 아니라 진심에서 우러나온 태도였다. 그들은 에피쿠로스가 자신들을 이 세계와 신들에 대한 잘못된 관점으로부터 해방시킴으로써 자유를 누리게 해주었고 동시에 참된 삶의 길을 제시해 주었다고 믿었기 때문에 그에게 높은 경의를 표했던 것이다. 이러한 찬사는 오랫동안 만성적인 병에 시달려 오고 있던 에피쿠로스에게 싫지 않은 위안으로 작용했을 것이다. 에피쿠로스는 기원전 271년 고통스러운 생을 마감했다. 그는 헤르마르코스가 자신을 계승하도록 지시했으며, 죽기 직전 이도메네우스에게 마지막 편지를 남겼다. 이 편지는 그의 도덕적 삶에 대한 증거이기도 하다. 그는 자신의 마지막 날이 될 이 행복한 날에 그에게 편지를 쓴다고 말하고 있다. 오랫동안 시달려 온 장염과 방광염으로 인한 고통이 더 이상 심해지지 않을 것이므로. 그리고 이 도메네우스와 나눈 즐거운 대화를 회상할 때 영혼의 즐거움이 육체의 고통과 나란히 하고 있다고 말함으로써 그의 위대한 정신력을 입증하고 있다. 빛나는 지성과 탁월한 지도력 그리고 정중함, 친절함, 진실성으로 가득한 인품을 지닌 그는 다른 사람들로 하여금 단순히 그를 존경하고 찬양하게 만든 것이 아니라 그를 사랑하고 숭배하게 만들었다. 그는 많은 저술을 하지도 않았고, 대중적인 강연도 하지 않았으며 거의 아테나이를 떠나지 않았지만 일곱 세기 동안 번성한 철학 사조를 창설했으며, 이 사상은 그리스뿐만 아니라 이탈리아, 소아시아, 고올(지금의 프랑스) 그리고 유대같이 멀리 떨어진 지역에서도 수많은 추종자를 낳았다. 에피쿠로스는 말한다.

젊은이들로 하여금 철학을 공부하는 데 지체하지 말도록 하라. 또한 노인들로 하여금 철학을 공부하는 데 싫증을 느끼게 하지 마라. 왜냐하면 아무도 영혼의 건강을 추구하는 데에 있어서 너무 이르거나 너무 늦을 수 없기 때문이다. 철학을 위한 시간이 아직 오지 않았다거나 이미 지나가 버렸다고 말하는 자는 행복을 위한 시간이 아직 오지 않았다거나 이미 지나가 버렸다고 말하는 사람과도 같다. 철학은 늙은이와 젊은이에게 똑같이 손짓하며 부른다. 청년은 그가 나이를 먹으면서 과거에 대한 즐거운 추억 속에서 젊음의 행복을 여전히 간직하도록, 그리고 노인은 노년이 그에게 다가왔지만 아직 오지 않은 일들을 두려워하지 않음으로써 젊음을 유지할 수 있도록 하기 위함이다. 그러므로 우리는 행복을 얻는 방법을 탐구해야만 한다. 우리가 그것을 가진다면 우리는 모든 것을 가진 것과 같으며, 우리가 그것을 갖지 못할 때 우리는 그것을 얻기 위해 모든 것을 행해야 하기 때문이다.
　　　　　　　　　　　　　　　　　—「메노이케오스에게 보내는 편지」에서

쾌락에 대하여

에피쿠로스주의의 목적은 인간들에게 새로운 자유를 부여하는 것이다. 이것은 정치적인 자유가 아니라 개인적인 자유이며, 이로써 그는 암울하고 적대적인 세계 속에서 행복을 추구하는 방법을 제시해 주었다. 그는 인간들을 공포와 불안으로부터 해방시키고, 자기 충족적이게 만듦으로써 마음의 평정을 얻을 수 있도록 했다. 에피쿠로스가 근본적으로 윤리학자였고, 철학에 대한 정의를 '토의와 사색을 통해서 행복한 삶을 얻는 활동'으로 보고 있긴 하지만 그는 우주에 대한 과학적 탐구를 필요 불가결한 것으로 믿었다. 사실 에피쿠로스에게 있어서 체계는 중요하지 않았으며 어떤 학문도 그것 자체로 중요하지 않았다. 물리학에 대한 그의 관심 또한 변증론자의 그것이 아니었다. 지식은 우리 자신과 우리들이 살고 있는 이 세계에 대한 이해를 돕는다는 점에서 중요했다. 에피쿠로스의 목표는 추상적인 세계를 수립하는 것이 아니라 행복한 삶을 구현하는 수단을 제공하는 것이었기 때문이다. 방해가 되는 것은 인간의 무지였다. 그는 인간이 이 우주의 본질과 신들의 특성, 그리고 인간 영혼의 본성과 인간의 사고와 감정의 내적 세계에 대해 더 잘 이해할수록, 행복의 본질인 마음의 평화에 더 가까이 다가갈 수 있다고 믿었다.

에피쿠로스는 레우키포스에 의해 발명되고 데모크리토스에 의해 체계화된 원자론을 받아들였다. 그러나 에피쿠로스는 데모크리토스의 이론에 중요한 수정을 가했으며, 물리학을 윤리학에 종속시킴으로써 그와 다소 다른 견해를 보였다. 데모크리토스의 원자론에 의하면 우주는 물질과 진공으로 구성되어 있으며, 이것만이 유일한 실재다. 물질은 무수한 수의 견고하고 분해되지 않으며 변화하지 않는 미립자의 형태로 존재하며, 이 미립자를 원자라 부른다. 원자는 감지할 수 없을 정도로 작기 때문에 유추를 통해 연구되어야 한다. 그것들은 실체에 있어서 동질이지만 형태, 크기, 무게가 다르며, 이 상이점과 원자들의 운동, 위치, 혼합의 상이점이 이 우주의 다양한 사물을 설명해 준다. 모든 원자는 항상 운동 상태에 있다. 데모크리토스는 원자들이 진공 속에서 모든 방향으로 움직이며 이 운동은 자연 법칙 혹은 필연성에 의하여 지배된다고 믿었다. 한편 에피쿠로스는 원자들이 무게에 의해 아래로 떨어진다고 생각했으며, 진공을 통해 떨어질 때 예측할 수 없는 시기와 장소에서 약간 그들의 진로로부터 벗어난다고 보았다. 데모크리토스는 결정론자인 반면 에피쿠로스는 개인은 자신의 행위에 대해 도의적 책임을 지니는 자유로운 존재라고 믿었던 것이다. 그는 모든 원자들이 항상 고정된 자연 법칙에 따라 기계적으로 움직인다는 데모크리토스의 이론을 받아들일 수 없었으며, 원자들이 때로는 예측할 수 없게 그리고 자발적으로 움직인다고 봄으로써 인간의 자유 의지를 가능하게 만들었다.

이 세상의 모든 사물은 일시적인 원자들의 혼합체다. 이것은 생성되고 자라고 성숙하고 쇠퇴하여 궁극적으로 그것의 구성 요소인 원자들로 분해된다. 우주의 생성과 생명의 탄생, 문명의 진보, 기술의 발명, 이 모든 것들이 신들의 도움 없이 자연적으로 일어났다. 마음과 영혼도 원자들로 구성되어 있으며 따라서 소멸되는 존재다. 마음과 영혼은 육체와 함께 태어나고 육체와 함께 죽는다. 이 둘은 같은 종류의 아주 섬세하고 작고 둥글고 유동하는 미립자로 구성되어 있다. 정신과 영혼이 물질적이고 소멸되는 존재라는 믿음은 마음의 평정을 방해하는 죽음에 대한 공포를 제거하는 데에 중요하게 작용한다. 분해된 것은 아무 느낌도 가지지 않고 느낌이 없는 것은 우리에게 아무것도 아니기 때문에 죽음은 우리에게 아무것도 아니라고 에피쿠로스는 말한다.

죽음이 우리에게 아무것도 아니라는 사고에 익숙해지도록 하라. 왜
냐하면 모든 선과 악이 감각에 놓여 있고 감각은 죽음과 함께 끝이
나기 때문이다. 그러므로 죽음이 우리에게 아무것도 아니라는 참된
믿음은 인간의 삶을 행복하게 만든다. 우리의 생명에 무한한 시간을
덧붙이지 않고 동시에 불멸성에 대한 욕망을 제거함으로써. 죽음 속
에 두려워할 것이 아무것도 없다는 것을 완전히 확신하는 자가 삶 속
에서 두려워해야 할 어떤 것을 발견할 이유는 없다. 따라서 죽음이
다가올 때 그 죽음이 고통스럽기 때문이 아니라 그것에 대한 기대가
고통스럽기 때문에 죽음을 두려워한다고 말하는 자 또한 어리석다.
왜냐하면 그것이 존재할 때 어떤 짐도 되지 않는 것은 기대될 때 아
무 고통도 주지 않기 때문이다. 따라서 악 중에서 가장 무서운 것으
로 생각되는 죽음은 우리의 근심의 대상이 아니다. 우리가 살아 있는
동안 죽음은 존재하지 않으며 죽음이 존재할 때 우리는 더 이상 살아
있지 않기 때문이다. 그러므로 죽음은 살아 있는 자나 죽은 자에게
아무것도 아니다. 왜냐하면 이것은 살아 있는 자에게는 존재하지 않
으며 그리고 죽은 자는 더 이상 살아 있지 않기 때문이다.

— 「메노이케오스에게 보내는 편지」에서

영혼과 육체는 상호 의존 관계다. 죽음이 모든 감각의 정지 이상
이 아닌 것으로 올바르게 이해된다면 그것은 추구되지도 피해지지도
않아야 하며 자연적인 종말로 받아들여져야 할 것이다. 따라서 모든
악 중에서 가장 무서운 것인 죽음은 전혀 두려움의 대상이 되지 못
한다. 그러나 인간들은 때때로 죽음을 가장 큰 악으로 생각하며 죽
음을 회피하려고 발버둥치고 때로는 삶의 고통으로부터 해방을 갈구
하며 죽음을 갈망한다. 그러나 현명한 자는 삶을 포기하지도 않으며
그것의 종말을 두려워하지도 않는다. 왜냐하면 생이 그에게 무례함

을 범하지 않으며, 또한 그는 죽음이 악이라고 생각하지도 않기 때문이다. 우리가 음식을, 양이 많은 것을 선택하지 않고 가장 큰 기쁨을 주는 것을 선택하듯이 현명한 자는 긴 삶이 아니라 행복한 삶의 쾌락을 추구한다.

쾌락이 행복한 삶의 시작과 끝이라고 에피쿠로스는 그의 철학의 기본 원리를 천명한다.

당신은 욕망들 중에서 어떤 것들은 자연스럽고 어떤 것들은 헛되며 그리고 자연스러운 것들 중에서 어떤 것들은 필수적이고 어떤 것들은 단지 자연스러울 뿐이라는 것을 생각해야 한다. 필수적인 욕망들 중에서 어떤 것들은 행복을 위해서 어떤 것들은 신체의 편안을 위해서 어떤 것들은 삶 자체를 위해서 필요하다. 이것에 대한 완전한 지식을 가진 자는 신체의 건강과 마음의 평화를 획득하는 것에 기여하는 모든 선택과 거부를 어떻게 결정하는지 알 것이다. 왜냐하면 이것이 축복받은 삶의 최종 목표이기 때문이다. 이 목표, 즉 고통과 공포로부터의 자유를 획득하기 위하여 우리는 모든 것을 행한다. 한번 이 상태에 도달하기만 하면 영혼의 모든 폭풍은 고요해진다. 결핍된 어떤 것을 추구하기 위해 어떤 행위도 필요치 않으며 또한 영혼과 신체의 행복을 완성하기 위해 어떤 다른 것을 추구할 필요가 없기 때문이다. 우리는 단지 그것의 부재로부터 우리가 고통당할 때 기쁨의 결핍을 느낄 뿐이다. 그러나 우리가 고통을 당하지 않을 때 우리는 더 이상의 쾌락이 필요하지 않다. 이 이유로 인해서 우리는 쾌락이 축복받은 삶의 시작과 마지막이라고 말한다. 우리는 쾌락을 첫 번째의 그리고 자연스러운 선으로 인식하며, 쾌락으로부터 시작해서 어떤 것을 수용하거나 거부한다. 그리고 우리는 쾌락에 대한 감각이 우리들의 지침이라고 믿으면서 우리가 무엇이 좋은가를 판단할 때 이 기준으로 되돌아온다.

──「메노이케오스에게 보내는 편지」에서

에피쿠로스는 쾌락을 최상의 선으로 만듦으로써 현실 세계의 경험을 중요시했다. 쾌락을 추구하고 고통을 피하고자 하는 것이 모든 살아 있는 생명체의 첫 번째 본능이기 때문이다. 그러나 모든 쾌락이 선하기 때문에 모든 쾌락이 동등하다는 것은 아니다. 어떤 것은 다른 것보다 더 큰 만족을 제공한다. 그리고 쾌락이 자연스럽고 기본적인 선이라 할지라도 우리는 모든 쾌락을 선택하지는 않는다. 때로는 그 쾌락으로 인하여 더 큰 고통이 따를 우려가 있을 때 우리는 그 쾌락을 지나쳐 버리며, 또한 오랜 고통을 견뎌 냄으로써 더 큰 기쁨을 갖게 될 때 우리는 쾌락보다는 고통을 선호하게 된다. 따라서 우리는 각각의 경우에 이익과 불이익을 신중히 고려하면서 판단해야 한다. 우리는 어떤 것이 결과적으로 가장 많은 기쁨과 가장 적은 고통을 가져다 주는지를 조심스럽게 숙고해야 하는 것이다.

쾌락이 최상의 선이라는 이론은 에피쿠로스 철학의 중심 용어인 '쾌락'의 모호함 때문에 많은 오해를 불러일으켰다. 에피쿠로스는 에피쿠로스 학파에 대한 고대 혹은 현대의 비판자들에 의해 관능주의자 혹은 감각주의자로 오해되었다. 역사의 모든 시기에 있어서 '쾌락'이라는 단어는 도덕가나 범인들에게 좋지 않은 용어로 여겨졌기 때문이다. 그러나 에피쿠로스는 말한다.

우리가 쾌락이 목표라고 말할 때 우리는 방탕자의 쾌락이나 육체적 향락에 의존하는 쾌락을 의미하지 않는다. 우리들의 가르침을 이해하지 못하거나 동의하지 않는 자들 혹은 그것을 나쁘게 해석하는 자들이 생각하듯이. 그러나 우리가 말하는 '쾌락'은 육체가 고통으로부터 자유로우며 마음이 불안으로부터 자유로운 상태를 의미한다. 지속적으로 술을 마시거나 춤을 추는 것, 성적인 관계 그리고 산해진미나 사치스러운 식탁을 즐기는 것이 쾌락적인 삶을 가져오지는 않는다. 오히려 쾌락은 절제하는 이성, 즉 모든 선택과 거부에 대한 동기를 검토하고 흥분이 마음을 사로잡는 모든 그러한 의견을 몰아내는 이성에 의해 제공된다.

—「메노이케오스에게 보내는 편지」에서

에피쿠로스가 의미하는 쾌락은 향연이나 환락이나 성적인 흥분이 아니며 사치스러운 식탁의 진미를 즐기는 것도 아니다. 더욱이 방탕이나 난봉꾼의 쾌락이 아니다. 사실 엄밀한 의미의 에피쿠로스주의자는 가르침이나 실행에 있어서 오히려 금욕적이며 청교도적이기까지 했다. 에피쿠로스는 '쾌락'을 '고통'에 대한 논리적인 반대로 생각했다. 다시 말해서 쾌락은 고통이 없는 상태로서 육체적인 편안함과 마음의 평화를 의미했다. 이와 같이 쾌락은 관능적이고 나약하고 자기 탐닉적인 것과는 달리 절제하고 자제하는 것이다. 한편 에피쿠로스는 육체적인 쾌락도 쾌락이라는 것을 부인하지 않았고 부인할 수도 없었다. 미각, 시각, 청각, 성적 쾌감이 인간의 가장 기본적인 즐거움이라고 그는 말한다. 그러나 육체적인 즐거움은 욕망이 충족되고 결핍의 고통이 제거될 때 쉽게 도달할 수 있다고 보았다. 검소한 식사는 결핍의 고통을 충족시킬 때 값비싼 음식만큼 기쁨을 주며, 빵과 물이 배고픈 입술에 건네질 때 가장 큰 즐거움을 제공한다. 이와 같이 인간의 육체적 필요성은 쉽게 충족되며 만족은 오히려 단순하고 소박한 삶으로부터 온다. 호화스러운 궁전에서 벌이는 사치스러운 향연보다 시냇물 옆 나뭇가지 아래 누워 기분을 전환하는 것이 얼마나 더 큰 마음의 평화를 가져다 주는가.

에피쿠로스는 쾌락을 정적인 쾌락과 동적인 쾌락으로 나눈다. 에피쿠로스 이전에 아리스티포스에 의해 창설된 퀴레네 철학[5]이 쾌락이 최상의 선이라고 주장했다. 그러나 퀴레네 학파는 동적인 쾌락을 유일하게 참된 쾌락으로 생각했으며 정적인 쾌락은 전혀 쾌락으로 인정하지 않았다. 그러나 에피쿠로스는 동적인 쾌락은 물론 정적인 쾌락도 쾌락으로 인정했을 뿐만 아니라 사실 정적인 쾌락을 동적인 쾌락보다 더 우월한 것으로 생각했다. 정적인 쾌락은 지속적이고 고통을 내포하지 않는 반면 동적인 쾌락은 지속적이지 않으며 필연적으로 고통을 내포한다. 왜냐하면 동적인 쾌락은 욕망을 충족시키고 결핍의 고통을 제거하는 과정으로부터 일어나기 때문이다. 사실 에피쿠로스는 고통이 없는 상태를 정적인 쾌락으로 보았고 이것을 육체적 즐거움의 최상의 형태로 생각했다. 한편 동적인 쾌락을 정당화시켜 주는 것은 특수한 욕망의 결핍이 충족될 때 제공되는 유쾌한 경험이라기보다는 특수한 욕망의 결핍이 더 이상 느껴지지 않을 때 도달되는 정적인 쾌락을 가능하게 하는 그 역할이다. 따라서 에피쿠로스에게 동적인 쾌락은 궁극적인 쾌락인 정적인 쾌락을 위한 수단이다.

또한 만족되지 않는 욕망이 고통을 야기하기 때문에 만족될 수 있는 욕망과 만족될 수 없는 욕망이 구별되어야 한다. 에피쿠로스는 인간의 욕망을 세 가지, 즉 자연적이며 필연적인 것, 자연적이지만 필연적이지 않은 것, 그리고 자연적이지도 필연적이지도 않은 것으로 나눈다.[6] 첫 번째 부류인 자연적이며 필연적인 욕망은 배고픔, 목마름, 추위에 대한 것으로 필연적인 음식, 음료수, 옷에 대한 욕망은

____

5) 즉각적인 쾌락이 유일한 목표이며 현재의 순간만이 유일한 실재라고 주장한 학파다.
6) 「주요 학설」 29 참조. 다작을 했다는 에피쿠로스의 저술 중에서 마흔 개의 짧은 경구로 구성된 「주요 학설 Kyriai Doxai」과 세 통의 편지(헤로도토스, 피토클레스, 메노이케오스에게 보낸 편지), 「자연에 관하여 Peri Physeōs」 일부가 남아 있다.

쉽고 값싸게 충족될 수 있다. 두 번째 부류인 자연적이지만 필연적이지 않은 욕망으로는 성적인 욕망을 대표적인 예로 들 수 있으며 이것은 절제 속에 만족되어야 한다. 세 번째 부류인 자연적이지도 필연적이지도 않은 욕망은 삶을 위해 절대적으로 필수적이지 않은 모든 종류의 사치에 대한 욕망을 의미하며 이것들은 제거되어야 한다. 왜냐하면 이러한 욕망들은 한이 없으므로 결코 만족될 수 없기 때문이다. 에피쿠로스는 욕망에 대해 다음과 같이 말한다.

자연의 부는 한정되어 있고 쉽게 얻어질 수 있는 반면 공허한 관습의 부는 무한하다.

—「주요 학설」(15)

충족되지 않으면 육체적인 고통으로 인도되지 않는 모든 욕망들은 불필요하며, 그 욕망들은 해를 수반하는 것으로 나타날 때 혹은 욕망의 대상이 얻기 어려울 때 쉽게 해소되는 갈망을 내포한다.

—「주요 학설」(26)

충족되지 않을 때 육체적 고통으로 인도되지 않는 자연적인 욕망에 대한 관심이 강하면 그러한 욕망들은 무의미한 일시적인 기분에 의해 야기되며, 그 욕망들이 일소되지 않는 것은 욕망 자체의 본질 때문이 아니라 그 사람의 지각 없는 변덕 때문이다.

—「주요 학설」(30)

에피쿠로스주의가 요구하는 것은 순간적인 즐거움을 초래하는 즉각적인 욕망의 임의적인 만족이 아니라 참된 쾌락에 대한 사려 깊은 성찰에 근거한 쾌락의 조심스러운 선택이다. 일상생활에 대한 함축은 명백하다. 어떤 행위는 비교적 삼가야 하며 어떤 행위는 완전히 피해야 하며 어떤 것들은 선호된다. 먹는 것, 마시는 것, 성적인 관계는 절제하며 즐겨야 한다. 반면 안전하고 편안한 삶을 제공하는 우정과 명상은 장려되어야 한다. 에피쿠로스 학파에서 추구하는 것은 세상 사람들이 흔히 좋은 삶으로 여기는 것들인 감각적 즐거움, 흥분, 경쟁, 사회적 지위 그리고 물질적 성공 같은 것들이 아니다. 에피쿠로스주의자들을 위한 좋은 삶은 욕망의 단련, 즉 건전한 삶을 위해 필요한 최소한도로 욕망과 필요성을 줄이는 것을 의미한다. 세속적인 가치와 목표에 대해 초연한 자세를 가지고 적극적인 사회 참여로부터 물러나 뜻을 같이하는 자들과 함께 소박하고 검소한 삶을 살면서 사색과 명상에 잠기는 것이다. 이와 같이 에피쿠로스주의에서는 쾌락의 개념이 완전히 소극적이다. 쾌락은 인간을 따라다니면서 끊임없이 괴롭히는 크고 작은 삶의 모든 고통과 공포로부터 해방되어 내적인 마음의 평화를 증대시키는 것이며, 이것은 고통으로부터의 자유, 불안으로부터의 자유를 통해 마음의 평정을 이루는 것이다.

이와 같이 에피쿠로스주의는 인간을 공포와 불안으로부터 자유롭게 할 뿐만 아니라 욕망으로부터도 자유롭게 한다. 욕망은 탐욕스러우며 그로부터 증오, 불화, 내란, 전쟁이 일어난다. 에피쿠로스 학파는 욕망을, 혹은 적어도 지나친 욕망을 마음의 병으로 보았다. 편안한 삶을 즐기기에 필요한 것 이상으로 소유하려는 욕망보다 더 인간의 행복에 파괴적인 것은 없다. 명예, 지위, 권력에 대한 욕망도 유사하게 인간의 행복과 안전에 파괴적이다. 그것은 투쟁을 요하며, 필연적으로 마음의 고통을 내포하기 때문이다. 야망은 질투와 시기를 낳고 위험과 고통을 가져온다. 야망의 높은 길을 따라 투쟁할 때 그들은 헛되이 생명의 피를 흘린다. 세상을 지배하고 왕국을 다스리는 것을 갈망하는 것보다 평화 속에서 순응하는 것이 더 낫다고 에피쿠로스는 말한다. 이러한 욕망들은 비한정적이고 만족을 모르며 고통을 수반하므로 제거되어야 한다. 삶의 자연적인 목적에 비추어 보면 가난은 큰 부이며 절제를 모르는 부는 오히려 큰 가난이다. 그래서 에피쿠로스는 젊은 제자에 관해서 이도메네우스에게 충고하면서, 네가 피토클레스를 부유하게 만들려면 그의 소유를 증가시키지 말고 그의 욕망을 감소시키라고 말한다.(우제너 Usener 135) 이와 같이 에피쿠로스는 쾌락은 검소하게 살고 자신의 욕망을 제한함으로써 도달될 수 있다고 믿었으며, 마음의 기쁨이 육체적 즐거움보다 더 중요하다고 생각했다. 마음은 육체의 즐거운 감각을 공유할 뿐만 아니라 지나간 즐거운 추억으로부터 그리고 다가올 미래의 즐거움에 대한 기대로부터 큰 기쁨을 느끼기 때문이다.

덕에 대한 에피쿠로스의 태도는 공리주의적이라고 볼 수 있다. 덕은 그것 자체로 목적이 아니며 단지 목적에 대한 수단이다. 다시 말해서 쾌락에 대해 생산적일 때 덕이 되는 것이다. 그러나 덕스러운 삶을 살지 않고 즐거운 생을 사는 것이 불가능하며 즐거운 삶을 살지 않고 덕스러운 삶을 사는 것이 불가능하기 때문에 덕은 행해져야 한다고 에피쿠로스는 말한다.

신중함과 실질적인 지혜가 우리의 가이드가 되어야 한다. 이 모든 것들 중에 시작이며 가장 중요한 선은 신중함이다. 이 이유 때문에 신중함은 철학 자체보다 더 소중하며, 모든 다른 덕들이 이것으로부터 나온다. 이것은 동시에 신중하고 고귀하고 정의롭게 살지 않고는 쾌락적으로 사는 것이 가능하지 않으며 또한 쾌락적으로 살지 않으면서 신중하고 고귀하고 정의롭게 사는 것이 불가능하다는 것을 가르쳐 준다. 왜냐하면 덕은 쾌락적인 삶과의 긴밀한 유대 속에서 자라나며,

쾌락적인 삶이 덕과 분리될 수 없기 때문이다.
　　　　　　　　　──「메노이케이스에게 보내는 편지」에서

　그는 육체적이든 정신적이든 도의적인 선은 쾌락과 같으며, 도의적인 악은 고통과 같다고 보았다. 도덕적인 행위는 구체적인 쾌락과 고통에 대한 신중한 선택을 내포한다. 모든 것이 고려된 후에 결과적으로 그것이 행위자에게 고통에 대한 잉여의 기쁨을 산출할 때 그 행위는 도의적이며 그렇지 않으면 부도덕한 것이다. 이 개념은 모든 선택과 거부에 적용되는 기본적인 원리이기도 하다. 에피쿠로스주의에서 어떤 행위가 도의적이냐 비도의적이냐 하는 것은, 그 행위 자체에 의해서나 이성에 의해서가 아니라 그것이 산출하는 경험에 의해서, 특히 그 행위로부터 초래되는 기쁨과 고통의 감정에 의해 판단된다. 왜냐하면 에피쿠로스는 이 감정들이 경험적인 윤리를 위해 유일하게 참되고 자연스러운 근거라고 믿었기 때문이다. 쾌락주의의 윤리는 상대적이며 다소 모호하다. 한 행위의 가치는 그 행위의 특성에 의해서가 아니라 심리적 결과에 의존하며, 이것은 사람에 따라, 시대에 따라 다를 수가 있기 때문이다. 사실 선이 그 자체로 바람직하다고 설득하기는 어렵다. 그러나 덕이 기쁨과 마음의 평화를 가져온다는 것은 참되며 쉽게 이해될 수 있다. 쾌락을 사랑하는 자는 선과 정의를 사랑하는 자다. 선과 정의는 마음에 기쁨을 가져다 주기 때문이다. 따라서 선 자체를 위해 선한 행위를 권유하는 것보다 선한 행동은 마음의 기쁨을 가져다 준다는 에피쿠로스의 도덕론은 더 많은 자들을 선으로 인도할 수 있을 것이다.

　우리 모두는 쾌락과 행복을 얻고자 하는 개인적인 욕망에 의해 끊임없이 자극되며 항상 고통보다는 더 많은 기쁨을 얻을 수 있는 방

식으로 행동한다. 이것은 인간의 행동과 동기에 대한 보편적인 진리
이며 인간 본성에 대한 통찰과 경험적 사실에 의거한다. 윤리란 인
간이 어떻게 행동하는 것이 이상적인지를 말하는 것이다. 따라서 에
피쿠로스주의 윤리관에서는 인생의 목표가 행복이라면 인간은 행복
을 위해 행동해야 한다고 말한다. 여기서 사실은 당위로 변형된다.
인간이 가장 바라는 것이 행복이라면 개인의 행복이 도의적 목표가
되어야 한다는 것이다. 어떻게 행동하고 무엇을 선택하는 것이 자신
에게 최대의 행복을 가져다 주는가. 이것은 사람마다 다를 수가 있
다. 쾌락주의자들은 무엇보다 날카로운 비판 의식으로 고통에 대한
쾌락의 양을 측정하고 가치를 평가할 수 있는 올바른 이성을 필요로
한다. 훌륭한 삶, 행복한 삶은 단순히 자연적이거나 감성에만 의존
하는 것이 아니다. 감성은 이성과 올바른 판단에 의해 보완되어야
하기 때문이다. 플라톤이 인간의 본성과 사실적 경험을 희생시켜 가
면서까지 이상을 추구했기 때문에, 에피쿠로스는 반플라톤주의자로
서 인간의 본성과 경험을 중요시했다.

에피쿠로스는 인간의 정신적인 병이 그들이 추구하는 돈, 권력,
지위 같은 비자연적인 가치들과 자연이 제시하는 삶의 목표—마음
과 육체의 고통으로부터 해방된 소박한 삶—에 대한 무지에서 야기
된다고 생각했다. 인간의 불안과 공포는 모든 시대와 장소에 보편적
이기 때문에 에피쿠로스는 이것을 치유를 요하는 정신적 질병의 징
후로 보았다. 올바른 이성은 인간을 이 세상에 대한 동물적 무지로
부터 벗어나게 하며 초자연적인 것과 무서운 내세에 대한 유치한 공
포로부터 해방시킨다. 또한 이것은 참된 행복은 쾌락과 고통의 구조
에 의존한다는 사실을 인식하게 만듦으로써 비이성적인 욕망들을 제
거하는 데 도움을 준다. 이와 같이 에피쿠로스주의는 단순한 철학
이론이 아니라 인간의 정신을 치유하는 종교적 의의를 지닌 것이었

다. 헛된 욕망과 공포로 끊임없이 괴로워하는 인간들에게 무엇이 참
된 행복인가를 보임으로써 병든 영혼을 순화시키는 역할을 했기 때
문이다. 에피쿠로스와 에피쿠로스 추종자들은 단지 자신들의 행복만
을 추구한 이기적인 도피주의자들이 아니었으며, 그들은 진리에 무
지한 세상 사람들을 계몽하기 위해 그들의 최선을 다했다. 에피쿠로
스는 말한다.

> 인간의 고통을 치유하지 못하는 철학자의 말은 공허하다. 왜냐하면
> 약이 육체의 병을 제거하지 못한다면 아무 소용이 없듯이, 철학 또한
> 마음의 고통을 제거하지 못한다면 아무 소용이 없기 때문이다.
>
> ── 우제너(221)

마치 의사가 각 환자에게 처방을 내리듯이 에피쿠로스 철학자들은
도의적으로 병든 동료들에게 개인적인 관심을 보이면서 사적인 접촉
과 친교를 통해 이들을 개종시킨다. 에피쿠로스는 개종자들에게 마
음의 정화를 통한 행복의 길을 제시하는 정신적인 치유자였다.

우정에 대하여

에피쿠로스주의는 행복한 삶을 창조하는 모든 수단들 중에서 우정
이 가장 중요하고 가장 풍요로운 결실을 가져온다고 생각했다.

> 건전한 사람의 행복을 위해 지혜가 제공하는 모든 것들 중에서 가
> 장 중요한 것은 우정의 획득이다.
>
> ──「주요 학설」(27)

따라서 에피쿠로스는 그의 학교를 친구들로 구성된 사회로 만들었다. 우리들 주위에 친구들을 갖는 것은 축복이다. 우리는 친구들과의 현재의 교제를 즐기고 미래에 그들의 우정을 기대하며 지나간 날들의 즐거웠던 교제를 되돌아본다. 에피쿠로스는 정열은, 즐거움은 물론 그에 따르는 고통을 수반하며 현명한 자의 목표인 고요하고 교란되지 않는 상태인 마음의 평정을 위협하지만, 우정은 평화로운 삶의 기회를 증진시키고 마음의 안정을 도모한다고 보았다.

우정은 우리에게 육체적으로나 정신적으로나 즐거운 삶을 제공한다. 우정은 먼저 육체적인 보호인 안전성을 부여해 주며, 또한 동료 인간들의 질투와 악으로부터 우리를 보호한다.

어떤 두려운 것도 오래 지속되지 않으며 영원하지 않다고 우리로 하여금 확신하게 하는 것, 그리고 우리의 짧은 생의 기간 동안 개인적 안전이 우정에 의해 가장 완전하게 된다고 보게 하는 것은 같은 판단에서 나온다.

—「주요 학설」(28)

인간이 친구를 갖지 못한다면 그의 삶은 황무지의 삶과 같을 것이다. 각자는 자기 자신을 보호하기 위해 투쟁해야 하며 그의 생은 안전하지 못하고 끊임없는 위험 속에 노출된다. 에피쿠로스는 알렉산드로스의 죽음 이후 권력을 둘러싼 암투를 목격하면서 정치와 경쟁적인 삶 속에 내포된 위험을 직시했다. 정치 생활 같은 공적인 삶은 인간에게 적의 적개심으로 인해 야기되는 위험에 직면하게 할 뿐만 아니라 친구를 잃게 만들기도 한다. 어떤 자들은 권력을 장악하고 높은 지위를 획득하는 것으로 자신의 안전을 도모하고자 한다. 그러나 이와는 반대로 권력과 높은 지위에는 안전함 대신 시기, 질투, 모함, 배신이라는 불안전성이 도사리고 있다. 권력의 세계에서는 어제의 동료가 오늘의 적이 되기 때문이다. 경쟁적인 삶 또한 친구를 잃게 만들며 마음의 평화를 해친다. 에피쿠로스는 타인으로부터 보호를 받는 가장 단순한 방법은 군중들로부터 떨어져 소수의 친구들과 교제하는 고요한 고독 속의 안전함이라고 말한다. 우리가 우정으로부터 얻는 육체적 안전함보다 더 중요한 것은 그것이 제공하는 심적인 편안함이다. 사랑을 받고 애정의 대상이 되는 것은 즐거운 일이다. 그것은 삶을 더 안전하게 만들며 풍요로운 즐거움을 증진시키기 때문이다. 자신의 진실을 이해해 주고 마음의 고통을 공감해 주는 친구를 가졌다면 그것보다 더 큰 축복은 없을 것이다.

정통적인 에피쿠로스주의자들은 우정을 정의와 같은 어떤 것으로 이해했다. 정의와 우정은 둘 다 일종의 계약으로 정의가 타인에게 해를 끼치지 않는 것이라면 우정은 상대편에게 도움을 제공하는 것(친구들이라는 제한된 수의 사람을 도와주는 것이기는 하지만)이라고 보았다. 에피쿠로스는 정의를 다음과 같이 규정한다.

자연의 목표를 추구하는 정의는 서로에게 해를 가하지 아니하고 해를 당하지 않기 위한 인간들의 공리주의적 맹약이다.
——「주요 학설」(31)

정의는 결코 그것 자체로 하나의 실체가 아니다. 이것은 어떤 규모의 사회 속에서 어느 시기에든지 해를 가하지 아니하고 해를 당하지 않기 위해 인간들이 만든 일종의 합의다.
——「주요 학설」(33)

이와 같이 에피쿠로스는 '정의'를 그것 자체로 존재하는 무엇으로 보지 않고 사회의 존속을 위해서 인간들이 만든 공리주의적 약속으로 보았다. 그는 또한 우정은 친구들과 자신을 동등하게 여기고 사랑하고자 하는 마음의 약속이라고 생각했다. 따라서 우정은 일종의 결단이며, 우리는 우리에게 기쁨을 줄 수 있고 또한 우리가 도움을 베풀 수 있는 친구들을 주의 깊게 선택하게 된다. 그러나 우리가 그들 곁에 서 있을 준비가 되어 있지 않다면 그들은 우리의 친구가 아니며 우정으로부터의 기쁨도 사라질 것이다.

우정이 그것을 즐기는 자에게 이득을 가져오기 때문에 우리는 그것이 가져다 주는 이득 때문에 우정을 추구한다고 에피쿠로스는 말한다. 그러나 이것은 어느 한편이 솔선하여 먼저 상대편에게 도움을 베풀 때에만 일어날 수 있다. 이 도움이 친절로 되돌려지면 마음과 육체의 평화를 가져다 주는 최상의 즐거움인 우정이 시작된다. 우정이 이익을 위해서 취해진다면 이것을 순수한 우정이라고 볼 수 있는가. 자신의 이득에 해가 될 때 친구가 상대편을 배신할 수 있지 않은가. 이 문제는 키케로의 「최고 선악론」(I. 65-70) 속에서 잘 논의되고 있다. 여기서 토르쿠아투스는 에피쿠로스 학파의 입장을 설명하면서 쾌락의 모든 수단들 중에서 우정보다 더 효과적인 것은 없다는 에피쿠로스주의의 기본 주제로부터 시작한다. 토르쿠아투스는 사실 에피쿠로스의 말을 그대로 되풀이하고 있으며 에피쿠로스 자신의 삶이 이에 대한 참된 증거가 된다. 토르쿠아투스에 의하면 전통적인 에피쿠로스주의의 관점에서는 기쁨이 우정과 분리될 수 없으며, 이때 우정이란 순수한 우정을 의미한다는 것이다. 따라서 한쪽이 상대편을 배신할 준비가 되어 있는 가짜 우정은 순수한 우정이 아니며 기쁨을 줄 수 없다. 우리는 우리의 친구들을 우리 자신을 사랑하는 정도로 사랑하지 않는 한 확고하고 지속적인 즐거움을 얻을 수 없을 것이다. 따라서 현명한 자는 친구의 슬픔에 대해 자신의 슬픔과 같이 슬퍼하며 친구의 기쁨에 같은 기쁨을 느끼게 된다. 무엇보다 친구는 신뢰의 근원이 되며 우리가 친구를 가진다면 우리는 다가올 기쁨에 대한 희망을 갖게 될 것이다. 우리에게 기쁨을 주는 것은 친구의 도움 자체라기보다 친구에게 의지할 수 있다는 믿음이다. 반면 우리가 친구에 의해 상처를 입는다면 그 결과로 생겨나는 불신 때문에 우리는 당혹감을 느끼고 우리의 생은 혼란스러워질 것이다. 그러므로 우리 친구들의 선의에 의존하는 미래에 대한 확신이 행복한 삶을 위한 필수적인 요소다.

에피쿠로스가 우정이 곧 기쁨으로 인도된다고 생각한 이유들 중의 하나는 이것이 자비심을 위한 기회를 제공하기 때문이다. 에피쿠로스에게는 이득을 받는 것보다 이득을 주는 것이 더 즐거우며, 또한 현명한 자는 자기 충족적이므로 그는 다른 자들로부터 도움을 받기보다는 도움을 더 잘 베풀 수 있다. 그러나 우정은 어디까지나 상호의존의 관계이며 서로 도움을 주는 관계다. 따라서 신의는 우정의 중요한 요소이며 신의가 배반될 때 엄청난 결과가 초래된다. 우정이 기쁨의 위대한 촉진제이긴 하지만 이것은 그의 미래의 행복에 대한 위협적인 요소를 내포하기 때문에 조심스럽게 형성되어야만 한다. 친구를 만드는 데 있어서 우리는 우리 자신의 즐거움을 기대한다. 그러나 끊임없이 자기만족을 위해 친구를 바라보는 자나 지나친 것을 요구하는 자는 전혀 친구일 수가 없다. 우정이 이득을 제공한다고 해서 거기로 서둘러 가서는 안 될 것이다. 배신의 위험성이 너무나 크기 때문이다. 너무 열렬히 친구가 되고자 하는 자는 친구가 되기를 꺼려하는 자와 똑같이 불만족스럽다.

에피쿠로스주의 사회에서 우정은 단순히 이득만을 요구하는 것이 아니며 우정과 관련된 의무 또한 강조되고 있다. 이들은 우정이 때로는 친구에게 고통을 가져올 수 있다는 점을 인정한다. 그러한 의무의 필요성은 에피쿠로스적 의미에서 마음의 기쁨이 육체적 기쁨보다 크기 때문이다. 현명한 자는 그의 친구를 위해 큰 고통을 감수하며 친구를 위해 죽는 경우도 있다는 것이 에피쿠로스주의의 우정관이다. 우정이 지속되려면 우정에 충심loyalty이 따라야 한다. 충심은 현명한 자의 중요한 특징으로서, 현명한 자는 운명을 직면할지라도 친구를 저버리지 않는다고 에피쿠로스는 말한다.

친구들과 함께 나누는 우정은 즐거운 삶을 위한 초석이 되며 그들 중의 하나가 죽을 때 그들은 그의 이른 죽음을 애도하지 않는다. 왜냐하면 그들은 그가 동정을 필요로 하지 않는다는 것을 알기 때문이다.

그들 주위에 있는 군중들로부터 안전함을 얻은 자들은 함께 편안한 삶을 즐긴다. 그들은 우정에 대한 확고한 확신을 가지므로. 그들은 서로의 우정을 충분히 즐긴 후에 죽은 친구의 이른 사망을 마치 이것이 측은한 일인 것같이 슬퍼하지 않는다.

——「주요 학설」(40)

죽은 친구에 대한 추억은 즐거움의 근원이며, 통곡과 애도는 부적절하다. 그것은 그가 자신의 생을 마치고 다시 자연으로 돌아가는 이 우주의 본질에 대한 우리들의 무지를 드러내기 때문이다. 우리는 애도가 아니라 그에 대한 관심과 그와 함께 나누었던 우정에 대한 추억으로 그를 회상해야 할 것이다. 어떤 의미로 우정은 죽음이 앗아간 그 육체적 생명에 대한 불멸성을 제공한다. 그에 대한 즐거운 추억이 친구들의 가슴속에 살아 있기 때문이다.

　에피쿠로스의 친구들에 대한 감사와 친구들이 그에게 보인 감사는 일치한다. 에피쿠로스 학파의 우정은 친구들이 서로 편안하게 느끼도록 고안된 일종의 상호 감탄으로 특징지어진다. 고대 비평가들은 에피쿠로스주의자들이 서로서로에게 보내는 지나친 감사와 과장의 표현을 아첨으로 비난했지만, 편안하면서도 자연스럽게 나오는 감사의 표시는 진심에서 우러나온 것이라고 볼 수 있다. 기만적인 감상주의에 빠지지 않고 이 우주 속에 존재하는 인간의 지위에 대한 올바른 판단에 근거한다면 이 편안함은 충분히 가질 만한 가치가 있는 것이다. 에피쿠로스는 친구들에 대한 우정의 샘으로 그의 의무는 물론 그의 권리도 주장한다. 각 달의 20일은 그 자신과 동료 메트로도로스를 경배하며 지속적으로 축하되어야 한다는 에피쿠로스의 유언은 이러한 빛 속에서 이해되어야 할 것이다. 에피쿠로스는 동료들이 그를 경배하며 석상을 세우는 것에는 관심이 없었지만 그의 친구들이 자신을 기억해 주기를 원했다. 화관과 조각은 허영적인 인기의 위험을 수반하지만, 뜻을 같이하는 친구들의 사적인 추모라면 오히려 따뜻한 환대를 제공할 것이다. 그는 친구들 사이에서 진정한 명예를 기대했으며 그리고 이것을 겸허하게 받아들였다. 세속적인 명성은 그가 추구한 바가 아니었기에. 사실 그의 진실을 이해하는 소수의 찬사가 사회적 과시와 명예욕에 따르는 허영적인 숭배보다 그에게는 훨씬 더 가치가 있었다.

　에피쿠로스주의의 인생의 목표인 행복은 참된 우정에 의해 더욱 확고하게 다져질 것이다. 행복한 삶을 사는 것은 폭풍도 치지 않고 파도도 일지 않는 고요하고 평온한 바다 위를 항해하는 것과도 같다. 따사로운 햇살과 순풍이 잔잔한 물결을 가로지르는 배에 활력을 불어넣어 줄 것이다. 우정은 이와 같이 우리의 삶에 활력과 풍요로움을 주며 삶에 대한 확신감을 심어 준다. 에피쿠로스주의의 우정이 신뢰와 믿음에 바탕을 두기는 하지만, 그것은 친구들을 그들 자신들을 위해서 사랑하는 순수하게 이타적인 사랑은 아니다. 친구와의 교제를 통해 마음의 기쁨이 일어나지 않는다면 어떻게 친구를 사랑할 수 있겠는가. 이것은 선이 그것 자체로 좋다기보다 선을 행하면 마음의 기쁨을 가져오므로 선이 바람직하다는 공리주의적 도덕관과 일치한다. 우정이 그것 자체로 바람직하다기보다 우정이 우리들의 삶을 풍요롭게 만들며 기쁨을 일깨워 주기에 소유할 만한 가치가 있는 것이다.

종교에 대하여

에피쿠로스는 전통적인 종교와 인간 영혼의 본성에 대한 무지가 에피쿠로스주의의 궁극적인 목표인 마음의 평정을 깨뜨리는 요인으로 작용한다고 생각했다. 그는 헤로도토스에게 보낸 편지 속에서 신들과 우주에 대한 올바른 이해가 인간의 마음을 공포로부터 해방시키며 마음의 평화를 가져온다고 말한다.

인간의 마음을 교란시키는 주된 요인들이 세 가지 있다. 첫째, 그들은 하늘의 존재들이 복되고 영원하지만 신성과 일치하지 않는 충동, 행위, 목적을 갖는다고 가정한다. 그 다음, 그들은 신화 속에 묘사된 영원한 고통을 기대하고 예견하며, 마치 이것이 그들에게 관심의 대상인 양, 죽음과 함께 오는 의식의 결핍을 두려워하기조차 한다. 마지막으로, 그들은 이성적 사고의 결과로서가 아니라 어떤 비합리적 상상을 통해 이 모든 것들로부터 고통당한다. 그리고 상상 속에서 그들이 고통에 어떤 한계도 두지 않기 때문에, 그들은 마치 그들의 두려움에 합리적 근거가 있는 듯이 불안에 떨고 있다. 그러나 이 모든 것들로부터 자유롭게 되고 믿음의 전 체계의 근본적인 원리들을 끊임없이 되새기는 것이 마음의 평화를 가져올 것이다. 그러므로 우리는 우리들의 마음을 즉각적인 감정과 감각으로[7]——일반적인 관심의 문제에 있어서는 인류의 보편적인 감정과 감각에, 개인적인 일에 있어서는 우리 자신의 감정과 감각에——그리고 판단의 각 방법으로부터 즉각적인 증거로 전향해야 한다. 우리가 하늘의 현상과 다른 우발적인 일들의 원인을 알게 될 때 우리는 다른 사람들이 가장 두려워하는 것들로부터 해방될 것이다.

——「헤로도토스에게 보내는 편지」에서

신들에 대한 그릇된 믿음과 내세에 대한 공포가 인간들을 끊임없이 불안하게 만들며 행복한 삶을 방해한다. 그러나 이성이 우주의 참된 본질을 이해하기 시작할 때 우주의 실체가 명료하게 드러나 보이며 미신적인 믿음으로 인한 헛된 공포가 사라지게 될 것이다. 에피쿠로스 이전의 원자론자들이 물리적 탐구와 원자론을 신들에 대한 두려움과 필연성의 지배로부터 인간을 해방시킨다는 목적에 기여하지 않고 그것들을 순수한 탐구의 주제로 다루었기 때문에 에피쿠로스는 이들에 대해 강한 반감을 느꼈다. 에피쿠로스에 의하면 이 세상에는 신의 섭리나 목적론적 질서 같은 것은 없으며 모든 행위는 단지 원자들의 혼합과 움직임의 결과일 뿐이다. 따라서 자연 법칙을 신에게 돌리는 것은 불경스러운 짓이며 그러한 실수를 저지르는 종교는 비이성적 공포로 인간들을 혼란스럽게 만든다.

---

7) 우리들의 감각이 사물 자체에 대한 지식으로 우리를 인도하며 우리들의 감정은, 주로 쾌락과 고통의 관점에서, 우리에게 무엇을 추구해야 하며 무엇을 피해야 하는지, 무엇이 선이며 무엇이 악인지를 말해 준다.

에피쿠로스는 당시의 전통적인 종교에 대해 회의적인 태도를 보였지만 신들이 존재한다는 사실을 부인하지는 않았다. 많은 다른 일반적인 개념과는 달리 신들에 대한 개념은 감각에 의해서가 아니라 이성에 의해 포착되며 우리는 신들을 마음속으로 보고 그들의 축복과 불멸성을 인식하기 때문이다. 한편 에피쿠로스는 신인동형론의 입장을 취하고 있다. 인간의 형상이 우리가 아는 가장 아름다운 형상이므로 신들은 더 거대하고 불멸하지만 유사한 모습을 지니며, 또한 모든 생명체 가운데 인간만이 이성을 지니므로 이성을 소유한 신들은 인간의 형상을 지녀야 한다는 것이다. 그러나 신들의 신체는 인간과는 다른 아주 섬세하고 순결한 원자들로 형성되어 있으며 그들의 신체는 끊임없이 재생되므로 신선함을 지닌다.

에피쿠로스는 신들은 축복받고 불멸한 존재이므로 그들 자신이 혼란스러워하지도 않으며 다른 자들에게 혼란을 야기하지도 않는다고 말함으로써 신들이 인간사에 관여하지 않는다는 사실을 강조한다. 많은 자들이 자신의 잘못에 대해 신으로부터 벌을 받지 않을까 하는 불안으로 괴로워하고 있다. 그러나 신은 두려움의 대상이 아니다. 신은 인간 세상과는 무관하기 때문이다. 이 세상에 대한 감독은 신들의 완전한 자유와 축복된 상태를 불가능하게 만들 것이며, 따라서 그들의 참된 본성에 위배된다.

내가 가르친 것들이 훌륭한 삶을 위해 가장 주요한 원리들임을 확신하면서 이것들을 끊임없이 행하고 공부하라. 대중의 의견에 의해 묘사된 대로 신이 불멸하고 복되다는 것을 받아들인 후에, 불멸성과 축복에 이질적인 어떤 것도 신의 속성으로 덧붙이지 마라. 오히려 신의 축복받은 불멸성을 지지할 수 있는 것은 무엇이든지 믿어라. 신들은 진실로 존재한다. 왜냐하면 그들에 대한 우리들의 인식이 명백하기 때문이다. 그러나 신들은 군중이 그러하다고 상상하는 대로가 아니다. 대부분의 사람들은 그들이 맨 처음 받아들인 신들에 대한 상을 그대로 간직하지 않기 때문이다. 신들에 대한 대중의 믿음을 파괴하는 자가 아니라, 오히려 다수에 의해 받아들여지는 용어로 신들을 묘사하는 자가 불경건한 자이니라. 신들에 대한 다수의 의견들은 인식이 아니라 헛된 상상이기 때문이다. 대중들의 사고에 의하면 신들은 항상 그들 자신의 덕에 근거하여 자신들과 유사한 자들을 긍정하며 그들 자신들과 다른 모든 것들을 이질적인 것으로 치부하므로 신들은 악한 자들에게 큰 재앙을 내리며 정의로운 자들에게 축복을 내린다.
—「메노이케오스에게 보내는 편지」에서

그러나 일반인들이 생각하듯이 신들은 화를 내거나 호의를 보이지 않는다. 그들은 선한 자에게 보상을 주지도 않고 악한 자를 벌하지도 않는다. 신들이 어떻게 인간들이 행동하는지 그리고 그들이 정의로운지 그렇지 않은지 하는 문제로 고심한다면 그들은 교란되지 않는 고요한 평정을 즐길 수 없을 것이다. 그러나 신들이 행복하고 축복받은 존재라는 것은 거의 보편적인 믿음이며, 신들이 그러하지 않다면 신에 대한 개념은 아무런 의미가 없다. 이 우주는 신들에 의해 만들어지지 않았으며 인간의 행위는 신들에 의해 판단되지 않는다. 신들은 어떠한 의무와 책임도 갖지 않으며 완전히 자족하고 자유로운 존재이기 때문이다.

기도를 하고 신에게 재물을 바치는 의식은 당시 일반 시민들의 일상적인 활동의 한 부분이었다. 그러나 신에게 자신의 잘못을 빌고 신이 자신을 벌하지 않도록 간청하는 행위는 인간의 위엄을 상실하게 하며, 그를 신 앞에 위축되고 죄인 같은 존재로 전락하게 만든다. 신에 대해 느끼는 이러한 공포는 부당하며 신에게 소망을 기원하는 것도 잘못이라고 지적하면서 에피쿠로스는 전통적이고 관습적인 일반 평민들의 종교적 태도를 강력하게 비판했다. 이것은 신들의 세력이 인간 행위의 세부적 항목까지 감시한다고 믿는 미신적 종교의 폭정에 대한 항거였다. 사실 당시 일반 평민들뿐만 아니라 올림포스 신들의 실체에 대해 회의를 품었던 지식인들조차 이 우주가 어떤 신적인 섭리에 의해 지배된다는 믿음에 나름대로 설득되어 있었다. (오늘날도 그러한 믿음에 사로잡혀 있는 자들이 적지 않다.)

기도가 도움을 위한 단순한 요청이라면 기도하는 것은 아무 소용이 없다. 신들은 인간사와 무관하며 행복은 인간 스스로가 이룰 수 있는 것이므로 이것을 위해 기도하는 것은 무의미하기 때문이다. 신들이 인간들의 기도에 귀를 기울인다면 인간의 종족은 오래전에 소멸되었을 것이라고 에피쿠로스 학자들은 논증한다. 왜냐하면 인간들은 서로서로에게 끊임없이 재앙이 내리기를 바라기 때문이다. 사실 우리는 신들에게 요청함으로써 우리들의 소망을 성취할 수도 없고 신들에게 제물을 바침으로써 그들에게 어떤 영향을 미칠 수도 없다. 그러나 기도가 적절하게 행해진다면 그 도시의 전통적인 종교적 삶에 참여하는 것과 같이 권장될 수 있을 것이다. 에피쿠로스 자신이 디오뉘소스 축제인 안테스테리아와 데메테르를 섬기는 엘레우시스의 신비 의식에 참여했으며,[8] 사회의 전통적인 의식과 관례에 규칙적인 참여를 권장했다. 왜냐하면 관습적인 잘못된 믿음을 의식적으로 거부하고 신의 참된 본성을 올바르게 이해한다면, 신들에 대한 사색은 기쁨의 근원이 될 수 있기 때문이다. 우리가 신들로부터 흘러나오는 영상에 우리의 의식을 집중시키고 신들의 축복받은 본성을 감지할 때

---

8) 안테스테리아는 피토이 pithoi를 열고 새 포도주를 마시는 것을 경축하는 축제로서 포도주 마시기 경연대회가 열린다. 엘레우시스의 신비 의식에서는 곡물의 여신 데메테르와 그녀의 딸 페르세포네를 섬기며 영생과 부활을 믿었다.

우리의 마음은 기쁨으로 충만한다. 이것은 사실 신들을 올바르게 이해함으로써 보상과 처벌의 공포로부터 자유롭게 될 때 얻게 되는 '고통으로부터의 자유'보다 더 중요하다. 이것은 불멸한 존재들의 탁월함과 그들이 누리는 축복을 경탄하는 마음의 기쁨이기에. 따라서 신들은 두려움과 의심의 대상이 아니라 감탄과 경이의 대상인 것이다.

신들은 선한 자들을 돕기 위해 노력하지 않는다. 단지 선한 자만이 신들의 실체를 인지할 수 있고 그들로부터 은혜를 입을 수 있다. 신들은 현명한 자들을 인식하며 현명한 자는 신들에 대해 사색하는 것으로부터 기쁨을 얻는다. 또한 현명한 자의 이 사색은 사색의 대상과의 유사함을 성취하도록 도와준다. 선한 자들은 신들과 유사하며 가까이 있고 악한 자들은 신들과 이질적이며 멀리 떨어져 있으므로 그들의 이질성으로 인해 악한 자들은 신들의 본성을 오해하며 그들로부터 소외당한다. 에피쿠로스가 말하는 것은 인간들은 신들의 특성을 자신들의 덕 혹은 덕의 결핍에 따라 판단한다는 것이다. 훌륭한 자들은 신들이 자신들과 같이 선하고 행복하며 복잡한 세상사와는 무관하다는 것을 알지만, 반면 나쁜 자들은 신들이 자신들과 같이 난폭하고 인간의 활동과 잘못에 화가 나서 영원히 벌로써 위협한다고 상상한다. 신에 대한 잘못된 사고를 마음으로부터 떨쳐 버리지 않는 한 인간에 의해 손상된 신의 거룩한 세력이 오히려 본인에게 해를 가하게 될 것이다. 에피쿠로스주의자에게 있어서 신들이 존재한다는 것은 중요한 사실이며 경건함은 중요한 덕목이다. 신들은 영속적인 행복을 즐기며 인간에게 절대적인 행복의 모델이 되기 때문이다. 신들이 두려움의 대상이 되어서는 안 되지만, 그리고 예언이 무익한 활동이긴 하지만, 그럼에도 불구하고 올바른 믿음과 적절한 종교적 의식은 우리들의 현재의 즐거움을 증진시키고 그러한 행복이 지속될 수 있다는 희망을 갖게 해 줄 것이다.

현명한 자는 신들의 본성과 특성에 경이로워하며 그것에 다가가려고 노력한다. 마치 사랑하는 사람을 만지고 가까이 있기를 갈망하듯이. 그러한 자들은 현명한 자를 신의 친구로, 신을 현명한 자의 친구로 부를 것이다. 자신의 마음속에 가장 훌륭하고 가장 축복받은 존재들, 다시 말해서 신들의 형상을 지니는 자들은 에피쿠로스주의 사회의 향연에 참여할 수 있다고 필로데모스[9]는 말한다. 모든 현명한 자는 신들에 대해 순수하고 거룩한 견해를 가지며, 자연이 위대하고 거룩하다는 것을 이해한다. 이것은 특히 축제 때에 그러하다. 신을 경배하는 의식을 통해 더 생생한 체험을 하게 되며 신과의 심적인 교류를 통해 그들의 불멸성을 감지하기 때문이다. 경건함은 의무적으로 의식에 참여하는 것이 아니라 신들에 대한 올바른 이해에서 비롯된다. 공포의 대상이 아니라 경이로움과 감탄의 대상으로서 올바르게 믿는다면 인간의 마음속에 신성함이 생긴다. 그리고 그러한 이해 자체가 축복받은 것이며 신성한 경험은 존중되어야 할 것이다. 이와 같이 신들에 대한 사색은 즐거움의 근원이며 그것 자체로 가치 있는 것이다. 사실 현명한 자는 행복을 위해 신들과 경쟁하는 자다. 신과의 유사함은 그것을 누리는 자에게는 즐거운 현실이며 신참자에게는 성취되어야 할 바 야심의 대상이다. 에피쿠로스 자신이 에피쿠로스주의자들에 의해 신과 같은 존재로 칭송되었으며, 그는 또한 메노이케오스에게 다음과 같이 말한다.

이것들(에피쿠로스의 가르침)과 그리고 유사한 가르침들을 낮이나

---

9) 기원전 1세기에 로마에서 활동했던 철학자. 그는 시를 쓰기도 했지만 주된 활동은 그가 체계적으로 다룬 그리스 철학을 로마의 젊은이들에게 가르치는 것이었으며, 에피쿠로스주의에 관한 글을 썼다.

밤이나 혼자서 혹은 뜻을 같이하는 친구들과 함께 사색하라. 그러면 깨어 있을 때에나 자고 있을 때에나 결코 당신은 당황하지 않을 것이며 인간들 사이에서 신과 같이 살 것이다. 불멸의 축복 속의 삶은 결코 범인의 삶과는 같지 않기 때문이니라.

——「메노이케오스에게 보내는 편지」에서

에피쿠로스주의가 염원하는 행복을 구현한 인간은 인간들 사이에서 신과 같이 살고 있다. 에피쿠로스 학파의 신들은 에피쿠로스주의의 원리들로 가르침을 받은 인간 자신들이 열망하는 바로 그 축복받은 존재들이다. 에피쿠로스의 신들은 너무나 고요하고 고양되어 우리들에게는 얼굴이 없는 추상적인 존재, 형태와 실체가 없는 단순한 관념으로 보일 수도 있다. 어쩌면 모든 훌륭한 에피쿠로스주의자들이 자신이 되고자 원하는 이상에 대한 심리적 투사인지도.

루크레티우스

에피쿠로스주의는 로마에서도 상당히 인기를 누린 철학 사조다. 특히 로마 공화정 말엽에는 수많은 추종자들을 가졌으며 키케로는 그의 작품 속에서 많은 로마의 에피쿠로스 학파의 이름들을 언급한다. 이 학파의 영향은 단순히 그 집단에 한정되지 않았다. 그들은 민중의 마음을 사로잡았으며 전 이탈리아를 얻었다고 키케로는 말한다.(「최고 선악론」 II. 44) 에피쿠로스주의자가 로마에서 성공적이었던 이유는 먼저 이들의 철학은 접근하기 쉬웠고, 쾌락이 유일한 선이라는 이론은 매력적이었으며, 당시 개인의 필요성을 충족시켜 주었기 때문이다. 어떤 로마인이 에피쿠로스가 감각적 즐거움의 주창

자라고 믿는다면 그는 스승의 가르침에 대해 극도로 피상적인 지식을 가졌다고 볼 수 있다. 에피쿠로스의 쾌락에 관한 철학은 엄격하고 금욕주의적이었다는 것을 에피쿠로스의 신봉자들은 충분히 잘 알고 있었다. 한편 로마에서의 인기는 부분적으로 로마 공화정 말엽의 정치적 혼란에 기인한다고 볼 수 있다. 폼페이우스와 카이사르의 내전, 폼페이우스의 죽음과 카이사르의 암살에 잇따라 안토니우스와 옥타비아누스의 반목으로 이어지는 격동의 시기에 에피쿠로스의 가르침은 고요한 마음의 평화를 제공해 주었다. 에피쿠로스주의는 그 당시 사회가 제공할 수 없는 무엇을 제공했던 것이다. 공화정의 마지막 시기에 권력 투쟁과 불안정 속에서 자신을 찾기 위해 사람들은 '정원'의 평화로운 분위기로 모여들었다. 소박하고 야심 없이 사는 친구들의 사회는 내란과 들떠 있는 분위기에 반해서 특수한 매력을 지녔다. 고요하고 정적인 철학 사조가 원기 왕성하고 정치적 취향을 지닌 로마인들에게 호소력을 지녔다는 것이 이상하게 느껴질 수도 있다. 그러나 그 이질성이 오히려 매력으로 작용할 수 있었던 것이다. 로마의 에피쿠로스주의자 중에는 키케로의 백만장자 친구인 아티쿠스가 있었으며 이 사상은 키케로와 호라티우스에게도 많은 영향을 끼쳤다. 그러나 로마 시대의 가장 열렬한 숭배자는 에피쿠로스 철학을 찬양하는 서사시 「우주의 본질에 관하여」를 저술한 루크레티우스일 것이다.

루크레티우스는 자신이 독창적인 사상가라고 주장하지 않는다. 그의 목표는 에피쿠로스의 철학을 그가 할 수 있는 한 충실하게 묘사하는 것이다. 그러나 그는 단순히 에피쿠로스의 가르침을 요약하지는 않았다. 그는 시를 쓰고 있었으며 시는 그 주제의 감정적 요소를 강화시키기 때문이다. 그의 시는 예술적일 뿐만 아니라 정열과 열정으로 가득 차 있다. 시인은 자신의 사명에 의해 깊은 감각으로 고무되었고 자신의 지적인 힘은 물론 그의 가슴과 영혼도 시작(詩作)에 쏟았으며, 생명력과 흥분으로 전율하고 있는 그 작품은 읽는 독자들의 가슴에 강한 감동을 불러일으킨다. 그가 에피쿠로스주의자가 아니었다면 이러한 영감을 갖지 못했을는지도 모른다. 루크레티우스는 에피쿠로스주의 속에서 정신적 해방과 자유를 체험했으며, 이것은 곧 그의 시적인 탁월함에 풍부한 소재가 되었던 것이다. 루크레티우스에게 있어서 에피쿠로스는 암흑 속에서 밝은 빛을 비추는 정신적 구원자였다. 루크레티우스는 외친다.

　　오, 그렇게 광활한 암흑 속에서 맨 먼저 밝은 빛을 높이 들어 올리고 삶의 축복을 밝게 비춘 당신(에피쿠로스), 당신을 나는 따르오. 오, 그리스 민족의 영광이여. 지금 나는 당신이 남긴 흔적에 나의 발자취를 얹고 있소. 당신의 경쟁자가 되기 위해서가 아니라 당신에 대한 사랑으로 나는 당신을 모방하기를 염원하오. 왜 제비가 백조와 경쟁해야 하나요? 떨리는 사지를 지닌 새끼 염소가 달리기 경주에서 강인한 말의 활력과 경쟁하기 위해 무엇을 할 수 있겠습니까? 당신은 우리들의 아버지며 진리의 발견자요. 당신은 우리에게 스승의 가르침을 베풀어 주었소. 위대한 자, 당신의 글들로부터, 마치 꿀벌들이 꽃이 만발한 오솔길에서 달콤한 꿀을 빨아먹듯이, 우리도 영원한 삶을 위해 가치 있는 당신의 황금 언어들을 먹으며 삽니다.
　　　　　　　　　　　　　　　—「우주의 본질에 관하여」(Ⅲ. 1-13)

　　누가 위대한 마음으로 자연의 장엄함과 이 발견에 가치 있는 노래를 지을 수 있겠는가? 아니면 누가 뛰어난 언변으로, 자신의 지성으로 획득한 소중한 보물을 우리에게 물려준 자(에피쿠로스), 그의 공적에 적합한 찬사를 지을 수 있겠는가? 인간들의 자식들 중에는 아무도 없다고 나는 감히 말하노라. 자연의 바로 그 장엄함이 요구하는 대로 우리가 말해야 한다면, 그는 신이었다. 고귀한 멤미우스여, 지혜로운 삶의 새로운 양식을 발견하는 자, 그의 기술로 삶을 사나운 폭풍과 깊은 암흑으로부터 들어내어 그렇게 고요하고 명료한 빛 속에 정착시킨 자, 그는 신이었노라.

신으로 일컬어지는 자들에 의해 만들어진 고대 발견들과 비교해 보라. 케레스(데메테르의 로마 명칭)는 곡물을 인간들에게 주었고, 리베르(디오뉘소스의 로마 명칭)는 포도나무의 즙을 주었지. 그러나 이것들 없이도 인간들은 여전히 살아남을 수 있지 않은가. 하지만 훌륭한 삶은 정화된 마음 없이는 불가능하니, 이것이 그가 우리에게 충분히 신으로 보이게 만드는 이유다. 지금조차 그에 대한 경이는 위대한 국가들을 통해 널리 퍼지면서 삶에 대한 달콤한 위안을 우리에게 안겨 주고 있다네.

——「우주의 본질에 관하여」(V. 1-21)

루크레티우스의 에피쿠로스에 대한 찬사는 기쁨에 넘치고 당당하며 때로는 신비로움으로 가득하다. 이 찬사들은 그가 에피쿠로스를 어떤 철학적 사상의 창시자로 여기는 것이 아니라 인류의 정신적 구원자로 생각하고 있다는 것을 보여 준다. 에피쿠로스는 아버지이고 스승이며 신이었다. 그는 이 우주의 비밀을 드러내 보였으며, 미신에 대항하여 승리함으로써 인류를 하늘로 들어 올렸다. 그는 암흑을 밝게 비추고 정신의 폭풍을 고요하게 잠재웠으며 의심할 여지 없는 말들로 진리를, 전 진리를 밝혀 냈다. 그는 자신의 찬사가 에피쿠로스의 그 위대한 발견에 못 미친다고 생각한다. 자신의 어떤 말로도 그에 대한 감동과 감사를 표현할 수 없으며, 자신은 단지 위대한 영혼의 스승을 따를 뿐이다. 도의적, 정신적 지도자로서 에피쿠로스에 대한 루크레티우스의 완전한 신념은 왜 그가 에피쿠로스주의를 자신의 시의 주제로 삼지 않을 수 없었는가를 말한다. 여기에 루크레티우스의 예술적 비범함에 걸맞은 사상적 주제가 있었던 것이다. 루크레티우스의 「우주의 본질에 관하여」는 주제와 예술적 영감이 어우러진 인류의 가장 위대한 작품들 중의 하나로 손꼽힌다.

문학적 장르로 교훈시에 속하는 이 작품은 관례상 가르침을 받는 한 특정 인물을 요하기 때문에, 시인의 귀족 후원자인 멤미우스를 향해 씌어졌다. 그러나 동시에 루크레티우스는 그의 메시지가 그 자신의 시대나 다가올 시대에 가능한 한 많은 사람들을 교화할 수 있기를 원했다. 이 시의 상대인 멤미우스는 당시 로마 사회에 잘 알려진 정치가이며 시인이며 문학 후원자인 가이우스 멤미우스다. 키케로는 그에 관해 라틴 문학에 대해서는 경멸적이었지만 그리스 문학에는 상당히 숙달했으며, 재능은 있지만 자신의 천부적 능력을 잘 활용하지 못한 연설가였다고 말한다. 그는 사적인 그리고 공적인 삶에서 세인들의 가십의 대상이 되기도 했다. 그의 사생활은 스캔들을 낳았고, 기원전 54년 집정관직을 얻기 위해서 뇌물을 사용한 것으로 기소되었다. 한편 아테나이로 추방되어 있는 동안 그는 에피쿠로스의 옛터를 사들여 그 집을 허물고 새 건물을 짓겠다는 의도를 보임으로써 에피쿠로스주의자들의 분노를 사기도 했다.

루크레티우스의 멤미우스는 분명히 귀족 가문의 저명한 정치가다. 이 시에 나타난 야망, 탐욕, 성적인 탐닉에 대한 강한 공격은, 루크레티우스가 멤미우스를 통해 일반 독자들에게 말하고 있기는 하지만, 우선 이 무절제하고 야심적이고 방종하며 지적으로 게으른 자를 교화하고자 하는 의도를 보여 준다. 추방 생활 동안 에피쿠로스주의에 대해 보인 그의 적개심은, 그에게 명예에 대한 맹목적인 욕망이 결국은 실망과 재앙과 불명예를 낳는다고 경고한 루크레티우스에 대한 심리적 불편함에 기인한 것이라고 볼 수도 있다. 루크레티우스는 그의 작품을 멤미우스에게 헌정한 것이 아니라 멤미우스를 위해 썼다. 에피쿠로스주의에 대해 호감을 가지고 있지 않은 멤미우스를 에피쿠로스주의로 개종시키기 위해서다. 공적인 삶에서 그의 높은 지위와 불완전한 인품은 그의 개종이 어렵다는 것을 암시한다. 그러나 루크레티우스가 그를 설득할 수 있다면 그것은 정말 대단한 성과이며, 또한 누구라도 설득할 수 있다는 확신을 갖게 할 것이다.

한편 멤미우스는 문학에 조예가 깊은 교양 있는 지성인이었다. 그를 개종시킬 필요성이 루크레티우스에게 분명히 그가 열망했던 에피쿠로스주의 시를 쓸 기회를 제공해 주었다. 루크레티우스는 멤미우스에게 자신의 철학은 그것을 맛보지 않은 자들에게는 너무나 쓰게 느껴지기 때문에 그리고 군중들이 그것을 피하려 하기 때문에 뮤즈의 달콤한 언어로 에피쿠로스주의의 체계를 설명하고자 한다고 말한다. 병을 치유하는 약이 쓰듯이 마음의 병을 치유하는 에피쿠로스주의 철학이 세인들에게는 감미롭지 못하다는 것을 루크레티우스는 잘 알고 있다. 그러나 쓰지만 이로운 약을 복용하도록 어린이를 달랠 때 꿀을 섞어 먹이듯이, 그는 뮤즈의 달콤한 언어로 에피쿠로스주의를 묘사함으로써 멤미우스와 세인들의 관심을 끌고자 한다. 루크레티우스는 솔직하게 자신의 시적인 기교는 하나의 유혹물에 불과하다는 것을 인정한다. 에피쿠로스주의의 이론을 시로 읊음으로써 그는 자신의 탁월한 예술적 재능을 발휘할 기회를 가질 수 있었을 뿐만 아니라, 멤미우스와 다른 교양 있는 로마인들의 취향에 맞는 형식을 사용하여 그들이 우주의 본질을 이해하고 참된 삶의 길을 발견하도록 인도하고자 했다.

루크레티우스는 그의 스승을 충실하게 따르지만 맹종하지는 않는

다. 그는 시인이었고 탁월하게 독창적이고 통찰력 있는 마음을 가졌
기 때문에 그는 스승의 가르침을 새로운 방식으로 묘사했다. 더욱이
그는 에피쿠로스와는 다른 시대, 다른 나라에 살았으며, 에피쿠로스
주의가 죽은 철학이 아니라 살아 숨쉬는 생동하는 철학이기에, 동시
대의 필요성에 부응하도록 때로는 강조점이 변하기도 하며 로마의
분위기에 맞게 제시되는 것이 불가피했다. 이 시의 압도적인 관심은
분명히 물리학에 있으며, 이 우주의 유일한 성분인 원자와 진공의
가설과 함께 심리학과 신학까지도 일종의 물리학으로 환원된다. 이
우주의 다양한 현상에 대한 루크레티우스의 호기심이 과학적 개념과
논증으로 묘사되었지만 물리학이 물론 시의 주된 목표는 아니다. 루
크레티우스의 첫 번째 임무는 신에 대한 두려움과 죽음에 대한 공포
로부터 인간을 해방시키는 것이었다. 그는 이 세계와 그 안에 존재
하는 모든 것이 절대적으로 계획이 없는 원자들의 우연적인 연쇄 작
용으로 일어나며 신들은 인간들에게 절대적으로 무관심하다는 에피쿠
로스의 이론을 입증한다. 따라서 인간은 독재자 신들이나 죽음 후에
그들에게 찾아올 운명 앞에 움츠리거나 공포로 떨 필요가 없다. 인간
은 변덕스러운 외부 세력에 대해 두려워할 필요가 없으며, 최상의 선
인 쾌락을 위해 그의 삶을 살 수 있는 자유로운 존재이기 때문이다.
　루크레티우스는 에피쿠로스의 과학적 사고를 접하면서 자신의 마
음을 교란하는 불필요한 근심과 공포로부터 해방됨을 느낀다. 그는
이 세상 만물이 무수한 원자들의 혼합체라는 대자연의 본질을 이해
하자마자 신화의 안개로 덮여 있던 우주의 전 체계가 자신의 눈앞에
너무나 또렷하고 명료하게 나타남을 본다.

　　당신의 이성이 신적인 마음에 의해 계시된 우주의 본질을 천명하기
　시작하자마자 마음의 공포는 사라지고 이 세상의 벽들은 열리며, 나는

전 진공을 통해 행위가 진행되는 것을 본다오. 나의 앞에 위엄 있는 신들과 그들의 평화로운 거처가 나타나며 그것은 어떤 바람도 흔들 수 없고, 어떤 구름도 비도 흩뿌릴 수 없느니라. 구름 한 점 없는 대기가 그들을 에워싸며 널리 번지는 빛으로 미소 짓누나. 더욱이 거기는 어떤 수고도 노력도 필요치 않으니, 그 어떤 것도 그들의 마음의 평화를 해칠 수 없다네. 그리고 어떤 곳에도 아케론[10]의 영역이 보이지 않네. 그럼에도 불구하고 대지는 분명히 보이는 모든 것에 의해 방해받지 않는구나. 진공을 통해 우리 발아래 무엇이 진행되든지 간에. 그리하여 이 모든 것으로부터 일종의 신성한 기쁨이 나를 사로잡는다. 그리고 하나의 전율이. 그것은 전 자연이 당신의 힘에 의해 그렇게 활짝 열리고 모든 부분이 명료하게 드러나 보이게 되었기 때문이오.

—「우주의 본질에 관하여」(III. 14-30)

루크레티우스는 어떻게 감히 그리스인이 처음으로 그의 눈을 들어올리고 종교에 대항해서 일어섰으며, 개선장군같이 한계 없는 전 세계를 가로지르며 자연의 진리에 대한 지식으로 의기양양하게 돌아왔는지를 말한다. 그러나 에피쿠로스가 승리를 거두긴 했지만 그 작업은 여전히 행해져야만 한다. 인간들은 여전히 사물들의 원인에 무지하며 초자연적인 설명에 의지하려 하기 때문이다. 그들의 정신적 암흑은 태양의 빛에 의해서가 아니라 자연에 대한 지식에 의해 일소되어야 하는 것이다.

루크레티우스가 의도하는 것은 단순히 대중적인 종교에 대한 공격이 아니다. 그가 쇠퇴해 가는 믿음과 옛 미신을 언급한다면, 이것은 더 영속적인 오해에 대한 상징으로서다. 그의 표적은, 이 세계를 신

---

10) 지하 세계에 위치한 강의 이름. 따라서 지하 세계가 상징하는 죽음을 의미한다.

학적 관점으로 바라보며 이 세계의 움직임과 신비를 고차원적 세력의 작용에 대한 증거로 설명하는 전 체계다. 루크레티우스의 생각에 종교는 세속적인 믿음의 근원이 아니었다. 이것은 더 심각하고 사려 깊은 마음을 기만할 수 있다. 루크레티우스가 신학적 사고 방식을 굴욕적인 것이라고 생각했던 것은 이것이 인간을 노예로 만들었다는 점 때문이다. 경이감을 고무해야 할 우주가 제멋대로이고 불가해한 것이 되었으며 인간들은 자신의 상상의 희생양으로 고통당했다. 루크레티우스에게 에피쿠로스의 과학적 물질주의는 해방의 교리였으며, 이것은 이 세계를 있는 그대로 보는 것을, 단순히 표면적인 현상뿐만 아니라 내부 작용까지 이해하는 것을 가능하게 만들었다. 그는 에피쿠로스의 물리적 이론에서 자신의 상상력을 사로잡고 이성을 만족시킨 한 체계를 발견했던 것이다. 그의 시가 시도한 것은 바로 이 진리를 드러내 보이는 것이었다.

루크레티우스는 물리적 세계에 대한 올바른 이해가 인간을 속박하는 미신적인 믿음을 떨치게 할 뿐만 아니라 인간의 헛된 욕망으로부터 벗어나게 해 준다고 믿었다. 그는 동시대의 정치적 투쟁과 야망으로부터 물러나 에피쿠로스주의 사회의 고요한 정원 속에서 참된 행복을 발견했다. 권력과 명예에 대한 욕망은 마음의 평정을 깨뜨리며 위대한 자들이 꿈꾸는 야망과 질투는 위험과 고통을 수반한다. 인간들은 권력의 정상에 오르기 위해 밤낮으로 분투하며 그것을 위해 때로는 법의 한계를 넘어서고 때로는 범죄를 저지르기도 한다. 탐욕과 지위에 대한 맹목적인 욕망은 삶의 달콤한 평안과는 너무나 거리가 멀다. 내란의 유혈로 부를 축적하고 살인 위에 살인을 쌓으며 부를 증식시킨다. 잔인하게 그들은 형제들의 애통한 죽음을 즐기며 서로를 증오한다. 바로 자신의 눈앞에서 어떤 자가 대중의 박수갈채를 받고 연설을 하며 권력을 휘두르는 것을 보고 질투로 불타오른다. 그는 도시의 선망의 대상이 되고 자신은 어두움과 수렁 속에서 허우적거린다고 한탄한다. 어떤 자들은 석상과 명성을 위해 인생을 낭비한다. 그리하여 자신의 욕망이 충족되지 않을 때 빛을 증오하고 스스로 목숨을 끊으려 하며 모든 자연스러운 감정들을 전복한다. 그러나 이 모든 것들이 인간의 헛된 욕망이라는 것을 왜 알지 못하는가. 루크레티우스는 외친다.

> 정화되지 않은 마음으로, 어떤 투쟁과 위험 속에서 우리의 길을 가고 있는가. 탐욕이 혼란스러운 인간을 찢는 고통은 얼마나 날카로우며 근심은 얼마나 큰가! 오 자존심이여, 탐욕이여, 성급함이여, 그들로 인한 황폐함은 또한 얼마나 큰가! 사치와 나태는 어떠한가? 그러므로 이 모든 것을 극복하고 칼이 아니라 말로써 마음에서 그것들을 물리친 자, 그가 과연 신들의 무리 속에 속할 자격이 있지 않은가?
> ──「우주의 본질에 관하여」(V. 43-51)

루크레티우스에게 에피쿠로스주의는 구원의 진리요, 해방의 교리였다. 에피쿠로스주의의 가르침으로 잘 요새화된 고요하고 높은 성소에 거하는 것보다 더 즐거운 것은 없을 것이다. 루크레티우스는 그곳으로부터 무지한 자들이 방황하며 삶의 길을 모색하는 것을 내려다본다. 광활한 바다 위에 바람이 물결을 일으킬 때 해안에서 다른 자의 큰 시련을 바라보는 것은 즐거운 일이다. 어떤 자의 재난이 유쾌한 기쁨이기 때문이 아니라 어떤 재앙으로부터 나 자신이 자유로운가를 감지하는 것은 즐겁기 때문이다. 마찬가지로 에피쿠로스의 가르침을 따르는 자는 세속적인 허영과 욕망 속에서 허덕이고 있는 인간들을 바라보면서 자신이 어떤 재난과 불화로부터 자유로운가를 음미한다.

　기지의 투쟁, 상석을 위한 싸움, 부의 절정에 오르기 위하여 그리고
권력을 장악하기 위하여 엄청난 수고로 밤낮으로 애쓰는 모든 자들. 오
불쌍한 인간들의 마음이여, 오 맹목적인 지성이여! 어떤 삶의 암흑 속에
서 얼마나 큰 모험 속에서 당신의 생의 짧은 기간을 헛되이 보내고 있는
가! 자연이 외치고 있는 것이 바로 이것이라는 것을 알지 못하고——고
통이 없는 육체 그리고 근심과 공포로부터 해방된 마음이 쾌락을 즐긴다
는 것을!

——「우주의 본질에 관하여」(II. 11-19)

　인생이 추구하는 행복은 고통으로부터의 자유, 근심과 불안으로부
터의 자유를 통한 마음의 평정 ataraksia에 있다는 이 단순하고 명료
한 진실을 무지한 인간들은 알지 못한다. 헛되이 그들은 자신들의
욕망을 채우기 위해 세속적인 가치를 추구하며 이리저리 헤매고 다
닌다. 루크레티우스는 뮤즈의 달콤한 꿀로 채색된 에피쿠로스주의의
철학이 멤미우스와 도의적으로 병든 로마 사회가 필요로 하는 것이
라는 확신에 차 있다. 동시대의 많은 자들은 에피쿠로스가 쾌락이
최상의 선이라고 가르쳤다는 것을 피상적으로 알 뿐, 어떻게 이 쾌
락이 추구되어야 하는지에 대해서는 잘 모르고 있는 것 같다. 그래
서 루크레티우스는, 쾌락은 불안과 공포로부터 자유롭고 탐욕으로부
터 해방된 소박한 삶을 삶으로써 성취될 수 있으며, 동시에 인간의
윤리적 목표는 이성을 통해 이 우주의 본질을 올바로 이해함으로써
도달될 수 있다는 것을 보여 주려 한 것이다.
　역사 속에는 수많은 에피쿠로스주의자들이 있었다. 한편에는 에피
쿠로스의 가르침을 따르면서 세상과는 다소 초연한 삶을 사는 엄격
한 에피쿠로스주의자들이 있었으며, 다른 한편에는 세상적인 쾌락을
추구하는 세속적인 에피쿠로스주의자들이 있었다. 흥분과 환락의 적

극적인 쾌락을 추구하는 자들은 사실 타락한 에피쿠로스주의자들이다. 이들은 고통과 불안으로부터 해방된, 고요하고 정적인 마음의 기쁨을 추구하는 것이 아니라 자기 탐닉적이고 기만적인 쾌락을 추구하기 때문이다. 이 세상에는 참된 에피쿠로스주의자들에 반해, 몇천만 배의 가짜 에피쿠로스주의자들이 있었다. 이들에 의해 '에피큐어epicure'는 어느새 식도락, 미식가라는 뜻으로 변질되었다. 에피쿠로스의 진실이 미식과 사치스러운 향락을 즐기는 속인들에 의해 더럽혀진 것이다. 그러나 영롱한 진주는 흙탕물 속에서도 제 빛을 발하며 그 진가를 아는 자들에게는 가치가 있다.

에피쿠로스주의적 삶은 물론 모든 사람들을 위한 것은 아닐 것이다. 이것은 일종의 결단의 문제이며 실존적으로 받아들일 수 있는 삶의 양식이다. 에피쿠로스는 인간을 위해 좋은 삶의 한 방법을 우리에게 제시하고 있다. 그리스의 헬레니즘 시대에 그리고 로마 공화정의 마지막 시기에 특히 많은 사람들이 그의 가르침을 받아들였으며, 이것은 오늘을 사는 현대인들에게도 충분히 호소력을 지니는 삶의 양식이다. 에피쿠로스주의는 사회에 대한 적극적인 관심과 책임으로부터 물러나서 개인적인 행복을 추구하는 소극적이고 도피주의적 경향을 지닌 철학 사조였지만, 그럼에도 불구하고 헛된 욕망과 공포로 끊임없이 고통당하는 인간들에게 마음의 정화를 통한 행복과 자유의 길을 제시함으로써 사회를 계몽시키는 역할을 다했다.

7 그리스적 에로스

성적 행위의 규범은 문화에 따라 다양하며, 그것에 대한 긍정, 규제, 금지는 각 사회의 도의적, 문화적 태도에 따라 다른 양상으로 나타난다. 한 문화권에서 수용될 수 있는 행위가 다른 문화권에서는 받아들여질 수 없을 수도 있다. 따라서 한 사회의 성문화를 다른 사회의 기준으로 판단하는 것은 위험할 뿐만 아니라 부적절하다. 현대 사회에서는 이성애를 정상적이고 자연스러운 것으로, 동성애를 그 반대로 보는 경향이 있다. 그러나 고대 그리스인들은 동성애는 물론 이성애에 있어서도 고귀한 사랑과 비천한 사랑, 혹은 사랑인 것과 사랑이 아닌 것을 구별했다. 그들은 상대편이 서로에 대한 존경심을 가지고 적절히 행동하기만 하면 동성애적 관계를 개인이나 사회에 해로운 것으로 생각하지 않았다. 그들은 이성애의 대상과 동성애의 대상을 '정상'이나 '비정상'이라는 용어로 구별하지 않았으며 오히려 아름답고 매력적인 것은 무엇이든지 소중히 여기고 사랑하는 것을 자연스러운 인간의 본능이라 생각했다. 따라서 고대 그리스인들은 동성에 대해 느끼는 충동을 순수하고 자연스러운 감정으로 받아들였다. 그리스 종교는 현대 종교와는 달리 동성애에 대한 편견을 갖지 않았으며, 동성애를 다룬 연극들이 신들을 찬양하는 축제 때 자유롭게 공연되었다. 더욱이 그리스 신들과 영웅들 자신들이 동성 애적 성향을 지닌 것으로 묘사되었다. 그렇다면 분명히 그리스적인 유형의 이 사랑을 그 사회가 장려했다고 볼 수 있다.

드브뢰는 그리스인들은 영속적인 동성애자들이 아니라 궁극적으로 는 이성애적heterosexual 성인들이 되었다는 점에서 그리스 동성애 를 '유사 동성애pseudo-homosexuality'라고 규정한다.[1] 사실 그리 스 사회는 청년기의 동성애를 완전한 남성으로 발달해 가는 과정의 한 단계로 보았다. 인류학적 연구는 많은 문화권에서 동성애적 행위 가 소년이 완전한 성인으로 성장하기 위해서 사회에 의해 장려되었 다는 것을 보여 주고 있다. 예를 들어 인류학자 길버트 헤르트가 연 구한 파푸아 뉴기니아 족의 문화권에서는 소년들은 동성애적 관계를 통해서만이 성숙한 남성으로 자랄 수 있다고 믿었다. 한편 드브뢰는 동성애가 그리스 문화의 주류에 속하고 아주 중요한 역할을 했다는 사실은 부인한다. 그러나 그와는 반대로 동성애는 그리스 사회에 의해 고무되었을 뿐만 아니라 많은 지역에서 제도화되었음을 볼 수 있다.

슬레이터는 그리스 동성애의 원인을 정신 분열증 환자에 대한 현 대 심리학적 용어로 설명하고 있다.[2] 그는 고대 그리스인들과 정신 분열증 환자들 사이에 어떤 유사성을 발견했다. 슬레이터에 의하면 남편과 충족적인 성관계를 갖지 못한 그리스 어머니들이 자신의 아 들로부터 성적인 만족을 얻기를 원한다는 것이다. 어머니의 성적 욕 구 앞에서 무능하고 갈등을 느낀 아들은 일종의 정신 분열증 현상을 보이며, 여자들, 특히 성숙한 여자들에 대한 병적인 공포를 느낀다

---

1) G. Devereux, "Greek Pseudo-homosexuality and the Greek Miracle," *Symbolae Osloenses* 42(1967), 69~92쪽 참조.
2) P. E. Slater, *The Glory of Hera*(Boston, 1968) 참조.

고 그는 보고 있다. 그리스 동성애를 현대 병리학의 용어로 설명하려는 슬레이터의 시도는 신빙성이 없다. 먼저 그리스인들은 영속적인 동성애자들이 아니며, 그들의 삶의 어떤 단계에서 동성애적 에로스를 즐긴 이성애자들이다. 더욱이 슬레이터의 관점은 그리스 동성애의 일반적인 특성——젊은이들의 성장을 위해 문화적으로 확립된 유형——에 대해 어떠한 설명도 제공하지 못한다. 따라서 그리스 동성애가 어머니와 아들 사이의 병리 현상을 완화시키기 위한 것이라는 슬레이터의 관점은 설득력이 없다.

굴드너는 그리스 동성애를 그리스인들이 그들의 동료들에 대해 느끼는 모호한 감정과 관련해서 이해하려 한다.[3] 그는 그리스인들이 '경쟁 제도' 속에서 결국 그의 경쟁자인 친구들에 대해 적절한 감정을 느낄 수 없다고 생각한다. 이것을 그는 '친밀감의 위기'라고 명명한다. 굴드너는 그리스 동성애가 이 '친밀감의 위기'에 의해 강화되었다고 본다. 동성애적 관계를 통해서 그리스인들은 경쟁 제도 속에서 일어나는 동료들 간의 긴장감을 완화시켰을 수도 있다. 그리스인들이 그들의 동료에게 부러움, 질투, 불신을 느끼는 만큼 그들이 경쟁자가 아닌 다른 남성으로부터 자신에 대한 지지와 인정을 필요로 했을 것이다. 그들은 친밀한 관계를 갖는 어린 소년으로부터 안전과 신뢰의 감정을 얻을 수 있었다. 따라서 그리스 동성애는, 일시적이기는 하지만 그리스인들이 친구들로부터 느끼는 감정적 갈등을 해소하게 하는 한 방편을 제공했는지 모른다. 그러나 친구들에 대한 모호한 감정이 그리스 동성애의 직접적인 원인이 될 수는 없다.

도버는 최근 『그리스 동성애』에서 고대 그리스 사회에 존재한 동성애적 감정과 행위의 현상을 탐구하고 있다.[4] 그의 저서는 기원전 8세

---

3) A. Gouldner, *The Hellenic World*(New York, 1969) 참조.
4) K. J. Dover, *Greek Homosexuality*(Cambridge, 1978) 참조.

기에서 2세기 사이의 문학 작품과 예술 작품에 나타난 그리스 동성애에 대한 가장 완전한 증거를 제시한다. 그의 목적은 고대 그리스 사회에서 실제로 일어난 사실을 그대로 묘사하는 것이었다. 그는 그리스인들로 하여금 동성애적 관계에 몰두하게 했던 원인이나 그 동기에 대해 사색하지도 않고 또한 그리스 동성애가 고대 그리스 문화와 문명의 발달을 위해 했던 기능들도 탐색하지 않고 있다. 사실 위의 모든 학자들은 그리스 동성애의 아주 중요한 면—그리스 사회에서 동성애의 역할과 기능—을 경시했다. 그러나 그리스 동성애는 사회적, 문화적 성취를 위한 하나의 큰 자산이었을 뿐만 아니라 그 사회에 의해 제도적으로 장려된 관행이었다. 따라서 우리는 그리스 동성애의 특징과 그리스 동성애가 그리스 사회와 문화 발전에 기여한 바를 고찰해 볼 필요가 있을 것이다.(그리스 사회를 이끈 자들이 남성들이었으므로 여기서는 남성들 사이의 동성애를 고찰하고자 한다. 여성들 사이의 동성애 관계는 8장에서 다루겠다.)

그리스 소년애

고대 그리스인들은 동성애를 명예로운 인간관계의 한 형태로 소중히 여겼다. 그들은 같은 성 sex을 지닌 인간들 사이의 애정 관계 속에서 매력과 가치를 발견했다. 그들은 사랑하는 사람들 사이의 정신적 관계에 초점을 두고 있는 동성애적 관계가 이성 간의 사랑보다 더 보람 있고 즐거운 것으로 생각하기까지 했다. 따라서 남성 작가들은 그들 사이의 친밀한 관계를 아주 상세하게 묘사하면서 동성애적 에로스를 칭송했다. 항아리에 동성애적 주제를 자유롭게 그려 넣은 것을 보면 이러한 유형의 사랑이 그 사회 속에 얼마나 침투되어

동성애 주제를 다룬 그리스 항아리

고대 그리스인들에게 동성애는 명예로운 인간관계의 한 형태였다. 그들은 정신적 관계에
초점을 두는 동성애가 이성 간의 사랑보다 더 보람 있고 즐거운 것으로 생각하기도 했다.
그리스 도자기에도 동성애 주제가 자유롭게 취급된 것을 보면 그리스 사회에 동성애가
얼마나 깊이 침투되어 있는가를 알 수 있다.

있는가를 알 수 있다. 더욱이 남자들 사이의 애정 관계는 전 그리스 사회에 깔려 있는 도의적인 규범을 유지하고 지탱하는 원동력이 되었다. 따라서 그리스 동성애에 대한 지식 없이 우리는 고대 그리스 사회와 문화를 충분히 이해할 수 없다.

고대 그리스인들은 아름다운 청년의 외모와 행위에 강한 매력을 느꼈다. 연장자는 젊음의 특징을 보유하고 있는 연소자와의 관계를 통해 감각적인 즐거움을 추구했다. 성인은 소년과 팔을 끼며 걷고, 그의 몸을 애무하며 함께 누워 대화를 즐기면서 시간을 보냈다. 고대 그리스에서는 소년에 대한 이러한 감정에 어떤 수치심도 부여되지 않았다. 그리스인들은 오히려 이러한 유형의 사랑을 아주 좋은 그리고 너무나도 자연스러운 인간의 감정으로 받아들였다. 크세노폰의 「히에론」에서 시라쿠사이의 군주 히에론은 다일로코스에 대한 그의 사랑을 이렇게 읊고 있다.

나는 다일로코스로부터 인간의 본성이 아름다운 것으로부터 얻고자 열망하는 그러한 것을 얻기 원한다네. 그러나 내가 갈망하는 것을 나는 그의 사랑과 동의로 얻기를 바랄 뿐이지. 나는 그를 강제로 취하는 것보다 오히려 나 자신에게 해를 가하기를 더 원할 것이라네.

——「히에론」(I. 33)

히에론은 아름다운 것을 열망하고 사랑하는 것은 자연스러운 인간의 본능이라고 생각한다. 그러나 그는 사랑의 대상을 강제로가 아니라 소년의 동의로 얻고자 한다. 히에론은 사랑하는 소년의 나이가 훨씬 어리고 사회적 지위도 더 열등하지만, 이러한 유형의 사랑은 소년에 대한 존경심을 필요로 한다고 믿고 있다. 아이스키네스 또한 소년에 대한 사랑을 다음과 같이 묘사한다.

아름답고 건전한 마음의 소유자를 사랑하는 것은 인자하고 지각 있는 영혼이 느끼는 애정이며, 어떤 자가 돈으로 고용해서 방탕하게 행동하는 것은 부정하고 교육받지 못한 사람의 행위라고 나는 규정한다.
——「티마르코스에 대한 반론」(137)

아이스키네스는 아름답고 신중한 소년과 사랑에 빠지는 것은 훌륭한 심성의 인간이 갖는 감정적 경험이라고 증언하고 있다. 그는 동성애적 관계가 그 자체로 악한 것은 아니며, 이러한 관계의 좋은 유형과 나쁜 유형이 구별되어야 한다고 생각하고 있다. 이와 같이 그리스인들은 동성애를 인간의 생활 속에 일어나는 자연스러운 현상이라고 보았다. 그들은 성인 남자가 잘생기고 찬양받을 만한 소년에게 매력을 느끼는 것, 그리고 가끔 강한 에로스의 감정이 이성의 대상이 아니라 동성의 대상을 향해 일어나는 것을 당연히 여겼다.

언제부터 소년에 대한 사랑이 그리스인들의 삶에 그렇게 깊숙이 스며들었는지 우리는 알 수 없다. 그러나 동성애적 관계가 기원전 6세기 초엽까지는 잘 알려진 것으로 보인다. 아테나이의 입법가이며 청렴한 도덕가로서 기원전 594년에 아르콘을 지낸 솔론은 동성애적 성향을 지닌 짧은 시를 읊었다.

사랑스러운 젊음의 꽃이 만발하는 동안, 그는 넓적다리와
달콤한 입술을 갈망하며 소년을 사랑하네.
——솔론(fr. 25)

철학자 플라톤 또한 동성애를 노래했다.

아가톤, 그대와 입 맞출 때

나는 나의 입술에 그대의 영혼을 느낀다오.

마치 그대의 영혼이 떨리는 갈망으로

나의 가슴속을 파고드는 것 같구려.[5]

존경받았던 정치가 솔론과 위대한 철학자 플라톤이 동성애적 관계를 호의적으로 묘사하고 있는 것은 이러한 유형의 사랑이 그리스 사회에 얼마나 확고히 뿌리 내리고 있었는가를 보여 준다. 그리스인들은 사실 동성애적 구애를, 명예와 존경으로 간직해 온 그들 고유의 전통으로 여겼다. 그들은 다른 국가들이 동성애를 그리스인들로부터 배웠다고 생각하기조차 했다.[6] 이 동성애가 그리스 전역에 얼마나 널리 퍼져 있었는지 우리는 모른다. 그러나 고전 시대의 아테나이에서는 모든 시민들이 소년을 따라다닐 자유를 가졌지만, 이것은 원래 귀족적 사랑이었고, 아르카익 시대에는 귀족들 사이에 유행한 것으로 보인다.[7] 구애를 위한 조건들——여러 날 동안 인내심을 가지고 자신이 매력을 느끼는 소년을 쫓아다닐 여유, 예술과 인생에 대한 대화, 또한 많은 귀중한 선물들——은 사실 여가 시간이 많은 상류 사회에 속했다. 더욱이 이러한 유형의 애정 관계는 고귀한 심성과 높은 인격을 요했다.

성인의 사랑의 대상이 되는 소년을 '에로메노스 eromenos'라고 부르며, 그는 일반적으로 사춘기에 도달한 열두 살세에서 스무 살 사

---

5) PLG, fr. 14 : cf. Apuleius, *De magina*, 10.

6) 헤로도토스는 그의 「역사」(I. 135)에서 페르시아아인들이 동성애를 그리스인들로부터 배웠다고 기록하고 있다.

7) 고전 시대 Classical Age는 제2차 페르시아 전쟁이 일어난 기원전 480년부터 알렉산드로스 대왕이 사망한 기원전 323년까지의 기간을 의미한다. 아르카익 시대 Archaic Age는 최초의 올림픽 경기가 행해진 기원전 776년(그리스인들은 이 해를 유사 시대 역사의 시작으로 본다.)부터 제2차 페르시아 전쟁이 일어난 기원전 480년까지의 기간을 의미한다.

이의 소년이었다. 소년의 턱에 수염이 자라기 시작하자마자 그는 에로메노스의 위치에서 벗어나게 된다. 그리스인들은 아직 완전한 성인으로 성장하지 않은, 그러나 정신적으로 육체적으로 완전한 성숙을 향해 나아가고 있는 소년을 사랑했던 것이다. 성인은 그의 사랑의 대상 속에서 소녀나 노예와 구별되는 소년의 특징을 사랑했다. 따라서 남성의 동성애적 에로스에서는, 우리가 후기 아르카익 시대나 초기 고전 시대의 항아리에 묘사된 그림들에서 볼 수 있듯이, 항상 남성성이 강조되었다.[8] 그러나 후기 헬레니즘 시대[9]에서는 소년을 유약한 젊은이로 묘사하는 경향이 있었다. 이것은 주로 그리스인들의 생활 양식이 호전적인 민족에서 문명화된 인간들의 삶으로 변화한 데에 기인한다. 그리고 그들이 소년을 가냘픈 어린 묘목같이 여성적으로 묘사했다면, 우리는 그들이 완전한 성인으로 성숙한 상대편에 비교해서 그러하다는 것을 항상 기억해야 한다. 성인의 눈에는 오히려 수줍고 겸손한 소년의 미성숙 상태가 매력적이었다. 그리스 성인이 사랑한 것이 바로 에로메노스 속에 내재된 이 젊음의 특징이다. 이것이 바로 그리스인들이 그의 에로메노스가 성숙할 때, 다시 말해서 턱수염이 자라기 시작할 때, 그를 쉽게 포기할 수 있는 이유이기도 하다. 반면 소년을 사랑하는 성인을 '에라스테스 erastes'라고 부르며, 주로 마흔 살 이하로서 아직 결혼 생활로 정착하지 않은 자다. 고대 그리스에서는 소년과의 동성애적 사랑은 아직 가정에 예속되지 않고 성적 추구를 자유로이 할 수 있는 결혼 전의 성인의 특권이었다. 그러므로 그리스 동성애의 관계는 영속적인 것이 아니었고, 소년이 성인의 단계로 이르는 삶의 한 과정이었다. 그리스 사

---

8) K. J. Dover, 앞의 책, 70쪽 참조.
9) 알렉산드로스 대왕이 사망한 기원전 323년에서, 그리스의 마지막 영토 이집트가 로마에 의해 정복당한 악티움 해전이 일어난 기원전 31년까지의 기간을 의미한다.

회는 남자들이 완전한 남성, 결혼, 그리고 아버지에 이르는 삶의 여정에서 동성애적 단계를 통과해야 한다고 생각했다.[10] 그들이 부드러운 소년이었을 때에는 연장자에 의해 사랑의 대상으로 추적당했고, 그 기간이 지나면 성인으로서 그들 자신들이 사랑하는 소년을 추적하게 된다. 그 후 결혼과 함께 그들은 남편이자 아버지로 정착했다. 이와 같이 이성애적 성인으로 성숙하는 단계는, 드브뢰가 말하듯이 '에로메노스', '에라스테스' 그리고 '남편'의 역할 속에 문화적으로 정착되었다.[11] 그리스인들은 성인 남자와 소년 사이의 영속적인 동성애의 관계를 형성하지 않았다.[12] 소년은 그가 성장함에 따라 에로메노스의 단계를 벗어나서 에라스테스로서의 새로운 역할을 행하게 되어 있었고, 그리고 결혼 후에는 그리스 성인은 남편으로서 주로 이성애적인 인간이 되었다. 그렇다고 해서 동성애적 사랑으로부터 완전히 벗어나는 것은 아니다. 남성의 아름다움과 이상에 대한 이끌림은 그의 전 생애를 통해 일어날 수 있기 때문이다. 그러나 결혼 후의 동성애적 즐거움은 이따금 일어날 수 있는 주변적인 사치였다.

남성들 사이의 애정이 일어나는 곳은 주로 귐나시온(체육관)에서였다. 이곳에서 청년들은 육체를 완전히 드러낸 채 펜타틀론, 복싱, 판크라티온 같은 운동을 통해서 체력을 향상시켰다.[13] 수많은 항아리에 그려진 그림들이 남성의 완전한 나체를 보여 주는 체육관 장면을

---

10) J. Henderson, *The Maculate Muse: Obscene Language in Attic Comedy*(New Haven and London, 1975), 206쪽 참조.

11) G. Devereux, "Greek Pseudo-homosexuality and the Greek Miracle," 72쪽, K. J. Dover, "Eros and Nomos," *BLCS* 11(1964), 31쪽 참조.

12) 스파르타의 동성애는 이 일반적인 특성과는 다소 다른 양상을 띠고 있다. 스파르타에서는 성인은 그의 에로메노스에게 일생 동안 영향력을 발휘할 수 있다.

13) 펜타틀론은 원반던지기, 넓이뛰기, 창던지기, 200미터 달리기, 그리고 위의 네 종목에서 가장 성적이 좋은 두 선수가 겨루는 레슬링으로 구성된 5종 경기다. 판크라티온은 레슬링과 권투가 혼합된 결투 형식이다.

아기 디오뉘소스를 안고 있는 헤르메스(프락시텔레스)

귐나시온에는 많은 예술 작품, 특히 헤르메스, 에로스, 헤라클레스의 조각들이 있었으며 동성애로 유명한 아폴론 상도 발견할 수 있었다. 이러한 예술 작품들이 남성미를 더욱 강화했고, 여기서 성인 남자들은 예술과 철학과 인생과 사랑에 대한 토론을 벌였다.

묘사하고 있으며, 이것에 대해 어떠한 수치도 느끼지 않았다. 이 운동은 육체적 힘과 용맹성을 위해서만이 아니라 신체의 균형과 아름다움을 위해서이기도 했다. 이렇게 원래는 전쟁이나 신체적 단련을 위해 젊은이들을 훈련시키고자 설립된 귐나시온이 성인들로 하여금 소년들을 만나고 그들의 아름다운 육체를 바라볼 수 있는 기회를 제공했다. 그리스인들은 청년의 육체를 이상적인 인간 형상으로 보았다. 초기 그리스 예술에서 우리는 청년의 육체가 여성의 육체보다 얼마나 더 찬양되었는지를 볼 수 있다.[14] 남성미의 찬양자들, 철학자들, 수사학자들, 그리고 시인들은 습관적으로 귐나시온으로 모여들었다. 이 공간에는 많은 예술 작품, 특히 헤르메스, 에로스, 헤라클레스의 조각들이 있었으며, 또한 동성애로 유명한 아폴론의 상도 발견할 수 있었다. 이러한 예술 작품들이 남성미를 더욱 강화했고, 여기서 성인 남자들은 예술과 철학과 인생과 사랑에 대한 토론을 벌였다. 그리고 에로스에 관한 그들의 대화는 개인의 집에서 열리는 향연에서 계속되었으며, 그곳에서 그들은 플라톤의 「향연」에서와 같이 사랑에 대한 찬사를 읊었다. 이와 같이 성인과 소년 사이의 동성애적 관계는 그리스인들의 일상생활 속에 공공연히 확립된 사실이었다.

에로스는 사랑하는 자가 그의 연인에 대해 느끼는 정열적인 욕망을 의미한다. 초기 시인들은 에로스를 이 세상이 생성되도록 만든 어떤 우주적인 힘이라고 생각했으며, 후에는 누군가를 사랑에 빠지게 만드는 아프로디테의 아들 혹은 그녀의 수행원으로 묘사했다. 아프로디테는 일반적으로 성적인 쾌락의 여신으로 나타나며, '아프로

---

14) 그 이유는 예술가들의 대부분이 자신의 성 sex의 미에 관심이 있는 남성들이었다. 여성 예술가들이 많이 존재했다면 그 양상은 다소 달랐을 것이다. 의심할 여지 없이 여성과 남성은 각각 독특한 미를 지녔다.

디시아aphrodisia'는 성관계를 의미한다. 그리스인들에게는 동성애적 사랑과 이성애적 사랑 사이의 구별이 없었으며, 단지 '사랑'만이 있을 뿐이었다. 이와 같이 에로스는 동성이나 이성에 대한 '욕망'을 의미하며, 아프로디테는 동성의 연인들이나 이성의 연인들 사이의 성행위를 지배한다. 한편 '필리아philia'는 네 가지로 분류될 수 있다. 혈연의 정, 환대, 우정, 사랑.(플루타르코스, 「아마토리우스」 758D) 따라서 필리아는 인간관계에서 일어나는 사랑의 거의 모든 영역을 포함하며, 형용사 '필로스philos'는 가족, 친척, 손님, 사랑의 대상 등 어떤 소중한 사람에게도 적용될 수 있다. '소년을 사랑하는 자'를 의미하는 '파이데라스테스paiderastes'와 동사형 '파이데라스테인paiderastein'이 엘러지(비가)의 운율에 맞지 않기 때문에, 동성애의 사랑을 노래하는 시들이 자주 '파이도필레스paidophiles'와 '파이도필레인paidophilein'을 사용하며, 흔히 '필리아'가 에로스를 대치한다. 그러나 엄격히 말하자면, 에로스와 필리아 사이에는 약간의 차이가 있다. 에로스는 에라스테스가 그의 사랑의 대상에 대해 느끼는 '욕망'이며 한편 필리아는 사랑하는 자와 사랑을 받는 자 양자의 가슴에 느껴지는 '사랑'을 의미한다. 소년이 성인에게 '필리아 philia'를 느끼는 것은 주로 에라스테스의 덕과 가치에 대한 존경 때문이다. 에라스테스는 소년이 보답적인 사랑을 할 수 있도록 에로메노스로부터 '필리아philia'를 얻을 수 있어야 한다. 또한 에라스테스의 편에서는 이 '필리아'를 통해서 그의 나이 어린 상대를 훌륭한 성인이 되도록 인도하고 가르치게 된다. 이와 같이 '필리아'는 서로가 상대편을 향해 느끼는 애정이며 친밀한 관계로 발전하게 만드는 다리 역할을 한다. 따라서 바람직한 동성애의 관계는 서로가 상호적인 애정을 가지고 자발적인 관계를 유지할 수 있도록 이 '필리아'를 요구한다.

에라스테스와 에로메노스의 애정 관계는 에로메노스가 향유하는
젊음의 기간이 짧기 때문에 단명하다. 매력적인 소년의 모습을 포착
한 에라스테스는 그의 사랑의 대상을 추적하는 데 있어서 아주 맹렬
하다. 그는 그 소년이 소유하고 있는 매력이 단지 짧은 기간 동안만
존재한다는 것을 알기 때문이다. 에라스테스가 즐기는 만큼의 감각
적 쾌감을 가질 수 없는 소년의 사랑을 얻는다는 것은 사실 힘든 일
이었다.[15] 에라스테스는 자주 보답되지 않는 사랑을 애석해하며, 그
의 사랑을 거부하는 소년에 대해 원망을 표현한다. 테오그니스는 한
엘러지에서 보답되지 않는 사랑을 다음과 같이 노래하고 있다.

> 오! 소년이여, 언제까지 나를 피해 달아나려 하느냐?
> 너를 뒤쫓으며 내가 너를 얼마나 열망하는지 아느냐?
> 너의 분노에 종말이 오기를!
> 너는 솔개의 잔인한 습성을 지닌 채,
> 탐욕스럽고 거만한 가슴을 안고 달아나고 있다.
> 멈추어라, 그리고 나에게 호의를 베풀어 다오.
> 너 또한 제비꽃 화관을 머리에 쓴 퀴프로스에서 태어난 여신의
> 선물을 오래도록 간직하지는 못하리라.
>
> ——테오그니스(1299~1304)

테오그니스는 그의 사랑에 대해 어떤 호의적인 반응도 보이지 않
는 소년의 거만함을 원망하고 있다. 그의 가슴을 뒤흔드는 사랑에
무관심한 소년은 그에게 잔인하게까지 느껴진다. 소년의 외모는 사

---

15) 에로메노스는 에라스테스가 그에게 느끼는 에로스를 느끼지 않기 때문에 에라스테스
가 갖는 만큼의 감각적 즐거움을 가질 수 없다. 그가 에로스를 느낀다면 이것은 그가
여성의 역할을 행했다는 것을 의미한다.

랑스럽지만 그의 태도는 증오스럽다. 그럼에도 불구하고 테오그니스는 소년의 젊음의 단명함을 상기시키면서 그의 사랑을 얻고자 애쓴다. 그는 자신의 사랑을 거부하고 있는 소년이 언젠가는 에라스테스가 되어 그 자신이 소년의 호의를 얻기 위해 추적하리라는 것을 잘 알고 있다. 에라스테스가 그의 사랑의 대상으로부터 원하는 것은 그의 인격과 사랑의 농도에 따라서 다양하다. 어떤 자들은 자신이 매력을 느끼는 소년과 함께 있으면서 대화를 즐기는 것으로 만족한다. 어떤 자들은 소년의 신체를 포옹하고 애무하기를 원한다. 아주 강한 열정에 사로잡힌 자들은 그들의 성적 욕망을 충족시키기를 원한다. 어느 경우에든지 에라스테스는 그가 사랑하는 소년을 독점하고 다른 자가 자신이 사랑하는 소년과 더 긴밀한 관계를 갖지 않기를 바란다.

플라톤의 「향연」에서 파우사니아스는, 아테나이에서는 사랑을 하고 성인의 사랑을 받는 에로메노스가 되는 것을 아주 좋은 일로 생각한다고 말하고 있다.

> 이곳의 법률이 말하듯이, 신들과 인간들은 사랑하는 자에게 모든 권한을 부여했소. 여기 이 도시에서는 사랑을 하는 것과 에라스테스의 사랑을 받는 자가 되는 것을 아주 좋은 일로 여긴다고 나는 믿고 있소.
>
> ──「향연」(183C)

아테나이인들은 동성애를 높이 평가했던 것 같다. 소년의 아름다움과 가치를 소중히 여기는 성인이 그 소년에 대해 애정을 느끼는 것과 덕이 있고 존경스러운 성인의 에로메노스가 되기를 원하는 것을 긍정적으로 보았다. 그러나 우리는 파우사니아스가 묘사하고 있는 사회가 그 자신이 속하는 아테나이의 상류 사회임을 잊지 말아야 한다. 한편 파우사이나스는 훌륭한 동성애 관계와 비천한 동성애 관계를 구별하려 한다. 한 동성애의 관계를 판단할 수 있는 엄격한 기준은 없지만, 어떤 종류의 관계가 더 바람직한가는 알 수 있다. 쉽게 굴복당하지 않고 많은 열성과 노력으로 얻어지는 에로메노스가 더 가치 있었다. 상대방의 진실을 시험해 보기 위해 그리고 그들의 관계가 참된 사랑에 의한 것인지를 알기 위해서는 시간의 경과를 필요로 한다. 가치 있고 값진 것들은 대부분의 경우 얻기가 힘들며 많은 노력과 인내를 요하기 때문이다. 성인이 부유하고 정치적 권력을 가졌기 때문에 그를 자신의 에라스테스로 받아들이는 소년은 수치스러운 짓을 한 것으로 여겨졌다. 사실 어떤 동성애의 관계가 고귀한 사랑인지 비천한 사랑인지를 제삼자가 판단하기는 어렵다. 왜냐하면 같은 애정 관계가 다른 사람에게 각각 다르게 보일 수 있기 때문이다. 좋고 나쁜 동성애의 관계는 그 행위의 존재와 부재에 의해서가 아니라, 육체적 행위가 행해지는 전 상황에 의해 판단되어야 할 것이다. 파우사니아스는 소년이 단지 성인으로부터 지혜와 탁월함에 있어서 어떤 이득을 얻을 수 있을 때에만 그의 에라스테스에게 호의를 베풀어야 한다고 주장한다.(「향연」 184-185) 이 관점에는 좀 이상한 점이 있다. 파우사니아스의 입장은 소년이 성인으로부터 지도와 가르침을 받는 대가로 그의 몸을 제공해야 한다는 것이다. 그러나 사랑은 어떤 이익을 얻기 위한 수단일 수 없으며, 소년의 성숙은 두 사람의 명예로운 관계에서 초래되어야 한다. 사실 더 나은 인물이 되기 위해서 호의를 베푸는 것과 사랑을 통해 더 훌륭하고 나은 사람이 되는 것 사이에는 큰 차이가 있다. 성인으로부터 지식을 얻을 수 있는 경우라도, 소년은 분명히 그가 싫어하는 성인을 거부할 권리를 가진다. 사실 시민의 지위에 있는 거의 모든 성인은 소년을 인도하고 가르칠 수 있다. 그러므로 성인은 어린 소년의 감정과 취향

을 존중해야 하며, 참된 사랑에 근거하지 않는 어떤 동성애적 관계
도 비천하고 불명예스러운 것이라고 볼 수 있다.

사회 제도

그리스 동성애가 고대 그리스 사회에 얼마나 뿌리 박혀 있었으며,
어떻게 사회적으로 제도적으로 장려되었는가를 살펴보도록 하자. 먼
저 아테나이에서는 동성애적 관계의 합법적인 지위와 양상을 법률로
정하고 있다. 아이스키네스는 동성애에 관한 아테나이의 법률을 다
음과 같이 묘사하고 있다.

> 다시 같은 법률가가 말했다. "노예가 자유민 소년을 사랑해서도 안
> 되며 뒤쫓아 다녀서도 안 된다. 그렇지 않으면 대중 앞에서 쉰 대의
> 채찍질을 당하게 될 것이다."
>
> ──「티마르코스에 대한 반론」(139)

노예는 자유민 소년을 사랑하거나 그의 뒤를 따라다녀서도 안 된
다고 법은 기술하고 있다. 이것은 아테나이에서는 동성애가 입법가
들에 의해 인정되었고 어느 정도 규제되었음을 의미한다. 이 법률에
대한 일반적인 해석은 아테나이 법률은 동성애의 행위를 노예들에게
는 금지했고 자유민들 사이에만 장려했다는 것이다. 그러나 우리는
이 진술에서 한 중요한 요소를 놓쳐서는 안 된다. 법률이 말하는 것
은 노예가 자유민 신분의 소년의 에라스테스가 되어서는 안 된다는
것이다. 여기서 법률은 사회의 두 계층을 구별하고 있다. 다시 말해
서 비천한 지위의 성인 노예가 시민의 신분을 가진 소년의 에라스테

스가 되기에는 부적합하다는 것이다. 이와 같이 아테나이의 법률은 사랑하는 자들 사이의 신분을 엄격히 규명한다. 우리는 노예들이 그들 사이의 동성애를 즐길 수 없도록 사실 법률로 금지되었는지는 알 수 없다.[16] 그러나 노예가 자유민 소년을 위한 에라스테스의 역할에 합당하지 않다는 것은 명백하다. 아이스키네스는 계속해서 자유민 소년을 유혹과 폭행으로부터 보호하기 위한 법률을 서술하고 있다.

소년이 자신의 주인이 되지 못하고, 진실로 좋은 의도를 지닌 자와 그렇지 못한 자를 판단할 수 없는 동안, 법률가는 사랑하는 자에게 자제를 요구하고 소년이 지각을 가지고 더 나이가 들 때까지 사랑의 말을 지연할 것을 요구했다. 그러나 소년을 따라다니며 그를 지켜보는 것은 순결을 위한 가장 훌륭한 보호와 감시라고 그는 생각했다.
——「티마르코스에 대한 반론」(139)

자유민 소년을 성적 폭행과 악용으로부터 보호하기 위해 아테나이 법률은 소년이 자신의 행위에 대한 결정과 판단을 할 수 있는 나이가 될 때까지 성인이 인내심으로 자제할 것을 요구한다. 이 법은 에라스테스는 에로메노스의 권리와 의무를 존중해야 하며 그들의 동의 없이는 어떤 행위도 행해서는 안 된다는 것을 내포한다. 소년은 진실로 자신에게 가치가 있고 자신의 에라스테스의 자격이 있는 올바른 성인을 선택하는 것이 중요하다. 성인은 소년이 아직 순진하고 이 일에 무지할 때 유혹물과 달콤한 말들로 소년을 유혹해서는 안 된다. 이와 같이 아테나이 법률은 순진한 소년이 부적합한 성인에

---

16) 노예들 사이의 어떤 특수한 관계를 금지하는 법률이 존재한 것 같지는 않다. 그러나 고귀한 귀족 정신을 요하는 이러한 유형의 애정 관계에 노예들이 심취한 것 같지는 않다.

의해 해를 입지 않도록 동성애에 관한 어떤 도덕률을 제시하고 있다.

스파르타에서 행해진 동성애 관계는 아테나이의 동성애와 다소 다른 특징을 지닌다. 스파르타에서는 성인이 자신의 에로메노스를 갖고 그를 훌륭한 군인이 되도록 인도하고 가르치는 것이 의무로서 제도화되었다. 그들의 관계는 사적인 애정 관계라기보다 사회의 번영을 위해 공적인 의무로 확립되었다. 따라서 에라스테스는 소년이 자신의 에로메노스를 가질 수 있는 성인이 되더라도 그에게 일생 동안 영향력을 발휘할 수 있다.[17] 더욱이 스파르타에서는 성인은 자신의 에로메노스의 행위에 도의적으로 책임이 있는 것으로 법률은 명시하고 있다. 소년이 어떤 수치스러운 행위를 했다면, 처벌을 받는 자는 소년이 아니라 그의 에라스테스였다. 이와 같이 소년의 에라스테스는 그의 에로메노스와 함께 명예와 영광뿐만 아니라 수치심도 함께 나누었다. 플루타르코스는 그의 「뤼쿠르고스」에서, 소년이 전투에서 고통스러운 울부짖음을 터뜨렸을 때, 어떻게 그의 에라스테스가 후에 처벌을 받았는가를 묘사하고 있다.(「뤼쿠르고스」XVIII. 4) 자신이 사랑하는 소년을 고귀하고 훌륭한 인품의 소유자로 만드는 것이 에라스테스의 의무였다. 사적 즐거움을 위해서가 아니라 사회의 이익을 위해 동성애를 장려한 스파르타에서, 소년애가 다른 지역에서보다 훨씬 더 이상화되었다는 것은 당연하다. 크세노폰은 뤼쿠르고스에 의해 제도화된 관습을 다음과 같이 묘사한다.

뤼쿠르고스는 이 모든 것과 상반되는 관습을 제시했다. 그 자신이 정직한 누군가가 소년의 영혼을 찬양하고 그를 결함 없는 에로메노스

---

17) 에라스테스가 일생 동안 그의 에로메노스에게 조언을 줄 수는 있지만, 대부분의 경우 소년이 성장해서 자신의 에로메노스를 갖게 된 후에는 사랑의 관계는 지속되지 않은 것 같다.

로 만들어서 그와 교제하고자 한다면, 뤼쿠르고스는 이것을 시인했고
이것을 최상의 교육이라고 생각했다. 그러나 누군가가 소년의 육체를
갈망하는 것이 확실하면 그는 이것을 수치스러운 행위로 여기고, 그
는 스파르타에서, 마치 부모들과 그들의 자식들 간의, 형제와 형제들
간의 성행위를 금하듯이, 에라스테스와 소년들 간의 성적인 접촉을
금지했다.

──「스파르타인들의 법제」(II. 13)

어떤 자가 그가 사랑하는 소년을 훌륭한 정신의 소유자로 만들기
위해 애를 쓴다면, 뤼쿠르고스는 이것을 가장 훌륭한 교육이라 생각
했다. 그러나 스파르타의 법률가는 외적인 용모에 이끌리는 것을 찬
성하지 않았으며 성인은, 부모가 자식들로부터 형제자매가 서로로부
터 그러하듯이, 소년과의 육체적 접촉을 삼가도록 훈시한다. 이와
같이 스파르타의 법률가는 동성애의 기능을 교육으로 보았고, 사랑
하는 자들 사이의 순결한 정신적 관계를 주장했다. 그러나 이상과
현실은 다르다. 크세노폰 자신도 스파르타의 이상적인 동성애 관계
의 묘사에 대해 회의적이다. (「스파르타인들의 법제」 II. 14)
크레테에서도 동성애의 풍습은 국가적으로 인정된 제도였다. 에키
메네스는 그의 「크레테 역사」에서 가뉘메데스를 납치한 것은 미노스
였다고 말한다. (아테나이오스, XIII. 601e) 반면 일반적으로 받아들여
지는 다른 전통에서는 제우스가 가뉘메데스를 사랑하여 자신의 술잔
의 시중을 들도록 하늘로 데려갔다고 한다. 크레테 사람들은 가뉘메
데스의 납치를 자신들의 고대 왕 미노스에게 돌림으로서, 소년에 대
한 사랑을 오래전에 확립된 그들 고유의 전통으로 여긴다. 에포로스
는 크레테에서 행해진 의식화된 소년의 '납치 풍습'에 대해서 가장
완전한 묘사를 제공한다. (스트라본 X. 483f) 성인은 자신이 사랑하는

그리스적 에로스 301

가뉘메데스를 납치하는 제우스

가뉘메데스는 트로이 왕 트로스의 아들이라고 전해지는 가장 아름다운 인간 소년이었다. 제우스가 가뉘메데스를 사랑하여 그를 하늘로 데리고 가서 술시중을 들도록 했다고 한다. 제우스는 아들을 잃고 상심한 가뉘메데스의 아버지에게는 헤르메스를 보내 죽지 않는 말 또는 황금 포도나무를 주어 보상했다. 한편 미노스 왕이 가뉘메데스를 납치했다고도 전해지는데, 이는 크레테 섬에서 소년에 대한 동성애 전통 및 '납치 풍습'과 관련이 있다.

소년의 가족에게 '납치'할 의사를 밝히며, 그들의 동의를 얻어 자신의 계획을 실행에 옮겼다. 그 에라스테스가 소년에게 부적합하다고 생각되지 않는 한, 그들은 기꺼이 그가 원하는 바를 행하게 내버려 두었다. 이것을 금지하거나 소년을 숨기는 것은 소년이 그러한 성인의 에로메노스가 될 자격이 없다는 것을 의미했다. 외적 아름다움으로 유명한 소년은 사실 용맹스러움과 훌륭한 인격으로 소문 난 소년보다 덜 바람직했다. 이와 같이 가족들은 그 성인이 지위와 인품에 있어서 소년과 동등하거나 우월한지를 주의 깊게 관찰했다. 그러나 그 성인이 소년에게 가치가 없다고 생각되면 그들은 강제로 이 애정 관계를 금지했다. 소년의 가족의 묵인 속에서 성인은 일종의 '밀월 여행'을 위해 시골의 별장으로 그를 데려갔다. 두 달 후 그들은 도시로 돌아왔으며, 소년은 에라스테스로부터 갑옷과 술잔 그리고 황소 같은 귀중한 선물을 받았다. 소년은 이 황소를 신에게 제물로 바치고 그의 친구들에게 식사를 제공하기로 되어 있었다. 이 의식을 통해 소년은 남성의 클럽andreion에 가입하게 되며, 합창단과 사회에서 특별한 자리를 차지하는 명예를 얻게 된다. 소년은 이제 '유명한 자kleinos'로 불리게 되고 성인은 '사랑하는 자philetor'라고 불리었다. 크레테에서의 이 의례화된 '납치'는 귀족들의 사교 클럽을 위한 입회 의식으로서, 남성 세계로의 가입을 의미한다. 고귀한 가문의 미남 소년이 자신을 사랑하는 성인을 갖지 못한다면, 그것은 수치였다. 스트라본이 이들의 높은 사회적 신분을 강조하고, 긴 밀월 여행을 위해 시골 별장을 가지고 있는 것을 가정하는 것은, 크레테에서도 동성애는 귀족들이 속하는 상류 사회의 현상이었음을 시사한다. 성인은 이 의식 후에 소년과의 긴밀한 관계를 유지하면서 소년을 훌륭한 시민과 용맹스러운 군인으로 만들 의무를 지니게 된다.

티마이오스에 의하면 크레테인들이 동성애의 행위를 그리스로 처음 유입했다고 한다.(아테나이오스, XIII. 602f) 그러나 다른 자들은 테바이의 고대 왕 라이오스가 이 행위를 처음 시도했다고 본다. 라이오스가 펠롭스의 집에 머물렀을 때, 그는 크뤼시포스를 납치해 가서 그의 에로메노스로 만들었다. 이와 같이 테바이 사람들은 동성애 관계를 그들의 고대 왕의 발명으로 생각하며, 자신들의 전통적인 풍습으로 받아들였다. 테바이에서도 또한 소년이 입대할 나이에 이르면 에라스테스가 그의 에로메노스에게 한 벌의 훌륭한 갑옷과 무구를 제공하는 것이 일반적인 관행이었다. 더욱이 테바이에는 사랑의 맹세로 결속된 동성애자들의 쌍으로 구성된 '성스러운 부대'가 있었다. 중장보병들의 전선의 순서를 바꾼 자가 팜메네스였다.(플루타르코스, 「아마토리우스」 761B) 팜메네스는 사랑이 유일하게 정복될 수 없는 장군이라고 믿으면서, 사랑하는 자들을 나란히 세우는 것을 부대 조직의 원칙으로 삼았다. 한번 사랑의 신 에로스가 사랑하는 자들의 영혼 속으로 들어오면 그들의 관계는 분리될 수 없고 해체될 수 없다고 생각했던 것이다. 그들은 위험 속에서 열정을 발휘하고 그리고 불필요할 때조차 목숨을 걸고 전투에 임하게 된다. 테바이의 '성스러운 부대'는 그리스 동성애의 고귀한 도덕률의 가장 좋은 본보기를 제공했으며(「아마토리우스」 761D), 이 부대는 에파미논다스가 쓰러진 만티네아 전투에서 가장 훌륭하게 그 능력을 입증했다. 에파미논다스는 두 에로메노스(아소피코스와 카피소도로스)를 가졌는데, 카피소도로스는 만티네아에서 에파미논다스와 함께 죽어서 그의 옆에 묻혔으며, 반면 아소피코스는 가장 훌륭한 전사가 되었다고 한다. 이 부대의 힘과 용맹스러움은 그리스의 자유가 끝이 난 카이로네아에서의 패배 때까지 불패로 남아 있었다. 승리자인 마케도니아의 필리포스 2세가 교전 후에 전투장을 시찰했을 때, 그는 쓰러진 테바이 군인들의 모습에 감탄했다. 모두 상처를 가슴에 지니고 있었고 자신들의 무기를 보유한 채 연인과 함께 나란히 누워 있었다. 그 장관은 필리포스 2세가 그들의 영웅 정신을 칭송하며 눈물을 흘릴 정도였다.

그리스 동성애의 동기와 사회적 역할

남성들 사이의, 더 엄밀히 말해서 성인과 소년 사이의 정열적인 사랑의 원인에 대해 많은 이유들이 제시되었다. 그러나 어떤 유일한 요인도 이것에 대한 포괄적인 설명을 제공하지는 못한다. 왜냐하면 모든 인간 현상은 개인적 동기, 사회적 환경, 그리고 그 시대의 도의적 가치에 의해 복합성을 지니기 때문이다. 그리스 동성애는 그리스 사회의 생활 양식과 문화 그리고 그리스인들의 이상과 밀접한 관련이 있다. 따라서 이 현상을 올바로 이해하기 위해서는, 고대 그리스에서 동성애를 강화하고 명예로운 인간관계로 만든 가장 중요한 요소들을 분석해 보는 것이 좋을 것이다.

어떤 학자들은 그리스 사회에 동성애가 널리 보급된 것을 여성에 대한 혐오감[18]과 성의 분리 현상에 기인한다고 보고 있다. 고대 그리스 사회에서 여성들은 경시당했으며 필요악으로 여겨졌고 또한 두려움의 대상이 되기도 했다. 남성들은 여성들에게 그들 세계의 어떤 몫도 허용하지 않았고, 그들의 관심사나 활동들을 여성들과 의논하려 하지 않았다. 그러나 여성에 대한 경시가 남성들 사이의 동성애

---

18) 여성 혐오감misogyny은 고대 그리스 사회에 널리 퍼져 있었다. 고대는 인간들이 자신들의 안전을 위해서 다른 나라와 잦은 전쟁을 치러야 했고 또 농작물을 기르기 위해서 자연과도 투쟁을 해야 하는 시기였기 때문에, 육체적 힘의 중요성이 강조되었던 시대이다. 따라서 남성들은 자신의 위대함arete을 전투장에서의 용맹성으로 입증했다. 그런 상황에서는 전투장이나 농경지에서의 여성들의 무능함이, 남성들이 여성을 경시한 한 이유가 되었을 수도 있다.

보급에 대한 직접적인 원인이 되지는 못한다. 왜냐하면 우리는 여성을 혐오하는 다른 문화권에서 그리스 문화에서 볼 수 있는 유형의 그리고 같은 정도의 동성애를 발견할 수 없기 때문이다. 한편 성의 분리 이론도 합당하지 않다. 고대 그리스에서는 남성과 여성은 완전히 다른 삶을 살았고 따라서 일상생활에서 남성의 세계와 여성의 세계는 별개였다. 특히 상류층 여인들은 남성들의 사회와 거의 완전히 단절되었다. 그러나 창녀들이나 노예 여자들같이 남성들의 성적 욕망을 충족시켜 줄 수 있는 여자들은 얼마든지 있었다. 그렇다면 우리는 남성들이 소년을 추적하는 것이 단순한 성적 만족을 위한 것이 아니었다고 말할 수 있을 것이다.

그리스 사회는 참된 의미에서 남성의 사회였으며 남자들만이 사회 생활에 참여할 수 있었다. 그들은 자신들의 공동 관심사들——전쟁, 사냥, 육체적 훈련, 정치 그리고 인생과 세계——에 대해 함께 토론하며 시간을 보냈다. 현대 사회에서는 여성들이 남성들이 종사하는 어떤 분야에도 참여할 수 있지만, 고대 그리스에서는 남성들의 분야와 여성들의 분야가 엄격히 나뉘어 있었다. 그래서 남성들은 자기들끼리만 그들의 삶의 이상에 관한 참된 이해를 나눌 수 있었고, 또한 그들만의 만남을 통해 서로 긴밀한 친숙감을 느낄 수 있었다. 이러한 분위기 속에서 남성이 자신의 성에 흥미를 느끼는 것은 아주 자연스러운 일이었다. 성인 남자는 소년을 여자의 대용물로 사랑한 것이 아니라 그가 소년이었기 때문에 사랑한 것이다. 그리고 소년도 성인 남자를 여성의 대용물로서가 아니라 그의 남성성을 사랑했다. 그리스 남성들 사이의 에로스는 분명히 남성에 대한 강조와 그 특징을 최대한으로 발전시키고자 하는 원인이 내재하고 있다. 이와 같이 그리스 남성들의 동성애는 남성성에 대한 남성의 이상에 그 근원을 두고 있다. 사회에서 지지되는 남성의 가치가 동성애를 강화시켰을 수도 있다. 그러나 남성에 대한 가치와 강조의 정도가 반드시 같은 정도의 동성애를 산출하지는 않는다. 중요한 것은 동성애의 관계가 존재했다는 사실이 아니라──왜냐하면 이것은 많은 다른 문화권에서도 일어나고 있었으므로──그리스 사회가 공공연히 동성애를 장려했다는 점이다.

그리스 동성애에 대한 보다 나은 이해를 위해서 그리스인들로 하여금 남성들 사이의 사랑에 몰두하게 한 적극적인 동기와 기능들을 살펴보기로 하자. 성인이 소년을 사랑하는 것은 소년애에서 어떤 매력과 장점을 발견했기 때문이다. 성인은 주로 젊음의 이상적인 아름다움을 구현하고 있는 소년에게 매력을 느꼈다. 핀다로스는 그가 사랑하는 테오크세노스의 청춘을 찬양하는 시를 읊었다.

> 신선한 사지를 지닌 소년의 젊음을 바라볼 때,
> 나는 거룩한 벌들의 밀랍이 태양열 아래서 녹아 내리듯이
> 소멸되어 가네. 테네도스에서조차 설득의 여신과
> 우아의 여신이 하게실라스의 아들의 영혼 속에 거했노라.
>
> ──핀다로스(fr. 123, Schroeder)

핀다로스는 다른 그리스인들과 같이, 젊음의 꽃으로 피어 오르는 소년에게서 인간의 육체의 가장 아름다운 형상을 보았다. 소년이 소유하고 있는 매력과 아름다움은 그것을 바라보는 자로 하여금 사랑의 욕망을 불러일으킨다. 왜냐하면 인간들은 모든 사랑의 기본적인 단계에서 감각적인 즐거움을 원하기 때문이다. 그리스인들은 육체적인 아름다움에 민감했으며 눈의 쾌감을 구하는 것을 기본적인 성적 본능으로 생각했다. 소년의 찬양할 만한 인품이 시각적 아름다움의 자극에 의해 야기된 성적 욕망을 더욱 강화시켰다. 청년에 대한 혹은 청년의 특징에 대한 사랑은 그리스인들이 그의 전 생애를 통해

간직하고 싶어 하는 것이었다. 남자들은 젊음을 가능한 한 오래도록 소유하고 청년기를 성인기까지 연장하기를 원했으며, 이 현상을 '청년 문화'라고 칭한다. 고대 그리스는, 사실 '청년 문화'의 많은 특징을 지니고 있다. 성인이 특권을 지닌 가치 있는 청년의 세계와 접촉할 수 있는 것은 주로 청년의 에라스테스가 됨으로써이다.[19] 소년에 대한 사랑을 통해 그리스 성인들은 청년의 특성을 어느 정도 공유하고 즐길 수 있었다. 그리스인들은 그리스 신화 속에서 이상화되고 그들의 신들 속에 구현된 영원한 젊음을 소년들과의 밀접한 관계를 통해 간접적으로 소유하기를 원했다. 이와 같이 그리스 동성애는 자기애적인 요소를 가졌다. 성인은 그 자신이 한때 소유했고, 그리고 여전히 자신 속에 간직하기를 원하는 소년의 젊음을 사랑했고, 한편 소년은 사랑하는 성인 속에서 자신의 미래상을 보았다. 소년이 성인의 모습과 이상을 동경하며 그와 필적하려 하는 것은 자신에 대한 사랑으로부터 비롯된 것이다. 소년은 자신을 더 나은 인격으로 발전시키고, 이상적인 영웅상같이 보이는 그의 에라스테스처럼 성숙하기를 원했다. 동성애에 반영된 자기애는 이기적인 것이 아니었고, 정신적으로 고양된 자기 사랑이었다. 이것은 '이상적인 자아', '완성된 자아'에 대한 사랑이다.

그리스 동성애는 또한 그들의 특유한 정신, 다시 말해서 인생에 있어서의 '경쟁 의식'과 관련이 깊다. 이 경쟁 의식은 호메로스의 「일리아스」에 나타나듯이, 그들의 역사의 아주 이른 초기부터 그리스인들의 의식 속에 뿌리 박혀 있었다. 자신이 속한 부대에서 제일인자가 되는 것이 그리스인들의 열망이었다. 그들은 쉽고 안이한 삶을 받아들이지 않고 오히려 모험적이고 위험스러운, 그러면서도 끊

---

19) G. Devereux, "Greek Pseudo-homosexuality and the Greek Miracle," 앞의 책, 76–77쪽.

임없는 경쟁을 필요로 하는 삶을 보람 있는 것으로 선택했다. 영웅의 생애에서 가장 행복한 순간은 그가 자신의 최대의 능력aristeia을 발휘하고 그의 적들로부터 승리를 얻었을 때였다. 항상 남보다 뛰어나고 으뜸이 되라.[20] 이것이 아킬레우스가 어릴 적부터 그의 마음속에 지녀 온 인생의 목표였다. 그리고 그리스인들은 이것이 그들의 열망과 동경의 지표가 되어야 한다고 믿었고, 이러한 삶의 양식을 모범적인 영웅률로 받아들였다. 이 경쟁 의식은 전투장에서뿐만 아니라 인간의 노력을 필요로 하는 거의 모든 분야에 스며들었다. 고대 그리스에서는 운동 경기, 음악, 시 낭송, 연극 공연 등 모든 것이 일종의 경쟁이었다. 이와 같이 그리스인들은 자신이 자신의 분야에서 최고가 되고 남보다 우월함을 입증할 때 가장 행복한 순간을 맛보았다.

경쟁 의식은 또한 그들의 사랑, 소년애에도 반영되었다. 소년의 사랑을 얻기 위해 성인은 훌륭하고 감탄할 만한 인품을 지녀야 하며, 진실로 소년을 위한 모범이 될 수 있어야 했다. 이와 같이 동성애는 에라스테스로 하여금 경쟁 분위기 속에서 남성의 탁월함에 있어서 그의 동료들을 능가하도록 고무했다. 자신의 경쟁자들보다 탁월함을 입증해 보이기를 원하는 연적들 사이의 필연적인 경쟁을 강조할 필요는 없을 것이다. 그러나 이 경쟁적 양식의 사랑은 성인과 소년 사이의 동성애에 나타나는 가장 두드러진 특징이라고 볼 수 있다. 그리스 동성애는 동등한 자들의 상호적인 사랑에 근거를 두지 않는다. 그들의 관계는 추적하는 에라스테스와 추적당하는 에로메노스 사이의 관계다. 성인은 나이에 있어서 연장자일 뿐만 아니라 지위와 능력에 있어서도 우월하며 자신보다 어린 상대편을 압도하고

---

20) 호메로스, 「일리아스」 XI. 784. "aien aristeuein kai hypeirochon emmenai allon."

지배하려 한다. 성인은 소년을 자신의 위대함과 진실성으로 감동시
킴으로써만이 소년으로 하여금 자신을 그의 인도자와 본보기로 받아
들이게 만들 수 있다. 소년을 감동시키기란 쉬운 일이 아니었으며,
이 어려움이 그의 열정을 강화했고 경쟁적인 취향을 만족시켰다. 이
것이 정확히 그리스인들이 소년애에 매력을 느끼는 이유다. 성인이
자신이 쫓아다니던 소년의 사랑을 얻으면, 마치 그가 치열한 경쟁에
서 승리를 획득한 것처럼 자신의 성공을 자랑하는 것이 당시 일반적
인 양상이었다. 소년이 한번 압도되기만 하면, 실제 경쟁은 끝이 나
며 새로운 관계, 즉 존경과 사랑에 근거한 상호 간의 애정이 형성된
다. 그러나 이 새로운 관계도 여전히 지배적인 연장자와 종속적인
연소자와의 관계라고 볼 수 있다. 따라서 소년은 완전한 패배자가
되지 않도록, 다시 말해서 매춘부의 역할로 전락하지 않도록 주의해
야 한다.

　이 사랑 게임은 자주 사냥에 비유되며 에로메노스는 사냥하는 에
라스테스의 먹이가 된다. 플라톤의 「향연」에서 파우사니아스는 성인
과 소년 사이의 사랑의 경쟁적 특징을 다음과 같이 묘사하고 있다.

　　우리 법률은 어떤 자에게 호의를 베풀고 어떤 자로부터 달아나야
　하는지를 잘 시험해 보기 위해 훌륭하게 충고하고 있소. 에라스테스
　와 에로메노스가 각각 어떤 유형에 속하는지를 시험하고 판단하기 위
　해서 에라스테스에게는 추적하도록 하며 에로메노스에게는 달아나도
　록 권고하오.

——「향연」(183e – 184a)

　파우사니아스의 입장은 바람직한 동성애 관계를 위해서는 에라스
테스와 에로메노스 사이의 경쟁이 필수적이라는 것이다. 왜냐하면

이 경쟁을 통해서 성인과 소년은 서로가 가치 있는 상대인지 그리고
진실로 서로의 사랑을 받을 자격이 있는지를 시험해 볼 수 있기 때
문이다. 이와 같이 에라스테스의 끈질긴 추적과 에로메노스의 맹렬
한 도주가 참된 사랑philia에 근거한 상호 관계가 확립될 수 있는 선
행 조건이라고 볼 수 있다. 그러나 이 상호 관계에서도 에라스테스
가 그의 어린 상대에게 지배적인 역할을 행하려고 하기 때문에 가끔
에로메노스는 나이 많은 에라스테스의 탐욕과 이기심의 희생물이 된
다. 그러므로 참된 동성애 관계는 지배적인 에라스테스와 종속적인
에로메노스 사이에 '균형'을 유지할 수 있도록 상대편에 대한 존경
심과 높은 심성을 요구한다.

우리는 기원전 6세기 서정시인 이뷔코스의 시에서 또한 사랑의 경
쟁적 양상을 엿볼 수 있다. 그는 한 시에서 에로스를 경쟁의 영역으
로 언급한다.

> 또다시 사랑이 검은 눈썹 아래 부드러운 눈으로
> 응시하면서, 온갖 마력으로 나를 사랑의 여신의
> 끝없는 그물 속으로 던진다네.
> 그가 가까이 다가올 때 진실로 나는 전율하네.
> 마치 승리의 상을 획득하는 멍에 맨 말이 늙어서도
> 마지못해 그의 날랜 마차를 몰고 경주로 나아가듯이.
>
> ——이뷔코스(fr. 2)

이뷔코스는 자신을 마지못해 경주를 하러 가는 늙은 말에 비유하
고 있다.[21] 사랑의 힘이 그를 소년에 대한 피할 수 없는 욕망으로 매

---

21) 우리는 이뷔코스가 이 시에서 자신의 사적인 경험을 노래하는지 아니면 다른 사람의
사랑을 노래하는지를 알 수 없다. 이뷔코스는 사모스의 참주 폴리크라테스의 궁전에

료시켰기 때문에, 마치 마차몰이에 의해 끌려가는 말이 선택의 여지
가 없듯이 그는 사랑의 전투장에서 싸워야만 한다. 그는 지금 자신
의 노년 때문에 경쟁에서 질까 봐 두려워 떨고 있다. 그러나 '승리의
상을 획득하는' 말에 비유함으로써 여전히 희망이 있음을 나타내 보
인다. 말의 목적이 경주에서 승리를 얻는 것이듯이, 사랑하는 자의
목표 또한 맹렬한 경쟁 속에서 그의 사랑의 대상을 얻는 것이다. 늙
었지만 지금 다시 그는 사랑을 위한 경쟁에서 능동적이고 쟁취적이
고 정열적이어야 한다. 이 경쟁적 양상은 그리스인들의 삶의 주된
특징인 동시에 그리스 동성애에 있어 필요 불가결한 요소라고 볼 수
있다.

경쟁적 특성을 지닌 동성애는 의심할 여지 없이 훌륭한 업적을 위
한 용기에의 자극제가 되었으며, 이 동성 간의 애정 관계는 사실 고
귀한 경쟁을 위해 선택된 장이었다. 사랑하는 소년을 위한 모범으로
서 남을 능가하고 빛을 발휘하려는 성인의 욕망은 그의 용기를 한층
더 강화했고, 소년의 경우에도 자신이 사랑하고 존경하는 성인의 가
르침을 따르고자 하는 열정이 그의 용기를 북돋워 주었다. 플루타르
코스는 에로스의 힘을 다음과 같이 묘사하고 있다.

사랑Eros으로 가득 찬 자는 적군과 싸우기 위해서
전쟁의 신 아레스를 필요로 하지 않는다네.
그러나 항상 그와 함께하는 자신의 신을 가지며
불과 바다와 하늘의 공기까지 가로질러 갈 준비가 되어 있지.

서 일하고 있었기 때문에 폴리크라테스를 위해 많은 시들을 지었다. 따라서 이 시도
폴리크라테스를 위해 지은 것인지도 모른다. 그러나 이 시에 나타나는 1인칭이 이뷔
코스 자신을 의미하는지 다른 자를 의미하는지는 남성들 사이에서 일어난 동성애의
경쟁적인 면을 고찰하려는 우리의 의도에 중요하지 않다.

사랑하는 이를 위해서 그가 어디로 명령하든지 간에.

——「아마토리우스」(760D)

이와 같이 에로스가 아레스보다 우월하다는 것이 전투장에서조차 입증되었다. 에로스는 고귀한 행위를 위한 용기와 야망을 고무하며, 비굴한 행위에 대해서는 수치심을 불러일으킨다. 사실 사랑하는 자들은 서로의 앞에서 불명예를 당하는 것에 가장 민감하게 반응한다. 성인은 자신이 수치스러운 행위를 하는 것을 사랑하는 소년이 보게 되는 것보다 차라리 죽기를 원할 것이다. 그러므로 에로스에 의해 결합된 연인들은 고통의 감내는 물론 목숨을 걸 수도 있는 고귀한 일에 자신들을 바친다. 에로스와 함께, 에라스테스와 에로메노스는 공동의 모험으로 최대의 영웅심을 발휘하게 되는 것이다.

동성애의 에로스에 의해 고무된 용기와 용맹성은 전투장에서뿐만 아니라 정치 분야에서도 작용했다. 독재자의 제거 같은 영웅적 행위들이 정열적인 동성애에 의해 이루어졌다. 동성애에 의해 야기된 영웅적 행위의 가장 주요한 예는 하르모디오스와 아리스토게이톤이 아테나이의 참주 히파르코스를 살해한 일이며, 이들은 시인들과 예술가들에 의해 자유의 투사로 찬양되었다. 투퀴디데스는 하르모디오스와 아리스토게이톤의 사랑이 어떻게 그렇게 엄청난 정치적 문제로 발전하게 되었는가를 전하고 있다. (「펠로폰네소스 전쟁」 VI. 54—59) 아테나이의 참주 히파르코스가 아리스토게이톤이 사랑하는 소년 하르모디오스를 유혹하려는 시도가 싸움의 원인이었다. 모욕을 느끼고 자존심이 상한 아리스토게이톤과 하르모디오스는 약간의 공모자들과 함께 히파르코스에 대항하는 음모를 꾸몄다. 페이시스트라토스의 아들이며 참주 히피아스의 형인 히파르코스는 기원전 514년 이 두 연인들에 의해 살해당했으며, 이들은 아테나이를 독재자로부터 해방시켰다는 명예를 얻게 되었다.(참주 히피아스는 사실 기원전 510년까지 제거되지 않았다.) 그러나 계획은 완전히 성공적으로 이루어지지는 못했으며, 하르모디오스와 아리스토게이톤은 이 사건으로 죽음을 당했다. 그렇지만 시인들과 미술가, 조각가들이 영웅적 행위의 장본인들로 이들의 명성을 불멸하게 만들었고, 하르모디오스와 아리스토게이톤의 행위는 후세대의 젊은이들에게 감탄과 존경의 대상이 되었다. 사실 정치적 자유에 대한 열망만으로 그렇게 대담한 행위를 해내지는 못했을 것이다.

그리스 동성애는 또한 다른 인간관계에서 충족될 수 없는 사회적 필요를 만족시키는 데 큰 역할을 했다. 그것은 바로 젊은이들을 위한 교육이었다. 특히 아르카익 시대와 초기 고전 시대에는 동성애가 청년들의 지적 성장을 위해 큰 기여를 한 것으로 보인다. 성인이 나이 어린 소년에게 사랑을 느낄 때, 그는 자신이 소중히 여기고 가치 있게 생각하는 것은 무엇이든지 소년의 마음속에 심어 주고 싶은 충동을 느끼게 된다. 에라스테스는 열정과 성의를 가지고 소년을 자신의 이상을 따르는 훌륭한 인물로 만들려고 노력했다. 이와 같이 성인과 소년 사이의 정열적인 애정 관계를 통해서 교육이 이루어졌다. 사랑하는 자들의 친밀하고 사적인 결합을 통해서 그 시대의 이상과 가치관이 젊은 세대에 전수된 것이다. 테오그니스는 그의 한 시에서 다음과 같이 노래하고 있다.

좋은 의도로 나는 너에게 충고한다. 퀴르노스여,
나 자신이 소년이었을 때 훌륭한 자들로부터
배운 것들을.
마음을 가다듬고, 명예와 덕과 부를

수치스럽거나 옳지 못한 행위로 획득하지 마라.
이것 또한 명심하라. 나쁜 자들과 어울리지 말고
항상 선한 자들을 열망하라.
그리고 그들과 함께 먹고 마시며, 그들과 같은 식탁에
앉아서 그들을 즐겁게 하라.
그들에게 위대한 힘이 있으므로.
왜냐하면 너는 고귀한 자들로부터 고귀한 것을
배우게 되기 때문이다. 그러나 네가 나쁜 자들과 어울리게 되면,
이미 가지고 있는 지혜까지도 잃게 될 것이다.
이것을 명심하고 훌륭한 자들과 교제하도록 하라.
그러면 언젠가 너는 내가 사랑하는 자들에게
올바르게 충고했다고 말하게 될 것이다.

──테오그니스(27-38)

테오그니스는 자신이 사랑하는 소년 퀴르노스에게 그 자신이 소년일 때에 훌륭한 성인들로부터 배운 것들을 열심히 가르치고자 한다. 그는 소년이 항상 선하고 정의로운 것을 열망하는 높은 이상을 지닌 인간이 되기를 바란다. 따라서 테오그니스는 소년에게 훌륭한 자들과 교제하면서 그들의 방식을 모방하고 그들로부터 가치 있는 교훈을 얻어야 한다고 충고하고 있다. 사실 에라스테스는 자신의 위대함으로 소년을 감탄시키고 그의 관심과 마음을 끌 수 있어야 했다. 그는 영웅들의 삶과 업적에 관해서 많은 경이로운 이야기들을 들려주고 훌륭하고 설득력 있는 조언을 해 주는 지도자가 될 수 있어야 했던 것이다.

전설적인 이야기에서도 에라스테스는 에로메로스의 인격 발전에 이바지했다고 전해진다. 테오크리토스는 그의 한 전원시에서 헤라클

레스가 자신이 사랑하는 미소년 휠라스에게 어떻게 행했는가를 노래
하고 있다.

> 야생 사자를 물리친 청동 가슴의 암피트뤼온의 아들
> 헤라클레스 또한 소년을 사랑했다네.
> 곱슬머리 타래를 지닌 아름다운 휠라스를.
> 그는 자신이 배워서 훌륭하고 유명하게 된
> 그 모든 것을 소년에게 가르쳤지.
> 마치 아버지가 사랑하는 아들에게 하듯이
> 그리고 그는 결코 소년의 곁을 떠나지 않았네.
> 태양이 정오에 다다를지라도, 흰 말을 모는
> 새벽의 여신이 재빠르게 제우스의 궁전으로 달려갈 때에도
> 어미 닭이 날개를 퍼득일 때, 닭들이
> 울음소리를 내며 연기 자욱한 횃대 위의
> 잠자리로 서둘러 들어갈 때조차도,
> 헤라클레스는 자신과 같이 소년도 그의 의지에 따라 성장하도록
> 그리고 처음부터 잘 이끌어 진실된 인간이 되도록 인도했다네.
> ──「휠라스」(5-15)

　헤라클레스는 소년을 훌륭한 성인으로 만들기 위해서 그가 알고
있는 것은 무엇이든지 가르쳤다. 그는 소년을 자신의 뒤를 잇는 후
계자로서 자신의 이상에 맞는 훌륭한 영웅으로 성장하도록 인도했
다. 성인이 진실로 소년을 사랑할 때만이 성인은 그 소년의 도의적,
지적 성장에 이바지할 수 있는 것이다. 동성애의 에로스가 원래 귀
족적 사랑을 의미하듯이, 이 유형의 교육은 귀족들의 유산과 밀접한
관련을 가지고 있다. 소년이 자신이 존경하고 애정을 느끼는 성인으

로부터 배우는 것은 주로 귀족들의 전통적인 가치관이었다. 이와 같이 귀족들의 이상이 정열적인 사랑을 통해 한 세대에서 다음 세대로 전수되었다. 이 교육적인 면은 주로 나이 어린 소년에게 관련되지만, 자신의 위대함으로 소년을 감탄시킴으로써만 그의 애정을 구할 수 있는 에라스테스에게도 발전적인 효과를 지닌다. 소년에게 감동을 주고자 하는 에라스테스의 열망과 사랑하는 성인에게 가치 있게 보이려는 소년의 상호적인 열망은 결과적으로 서로의 인격 발전을 위한 촉매가 되었다. 그러므로 그리스 동성애는 고대 그리스 사회와 문화에 깔려 있는 도의적 기반을 유지하고 귀족적 이상을 지탱하는 원동력이 되었다고 볼 수 있다.

더욱이 소크라테스와 플라톤에게 있어서 동성애는 철학적 사색을 위한 시발점이 되었다. 소크라테스에게는 아름답고 찬양할 만한 소년과의 긴밀한 관계를 원하는 것은 덕스럽고 물리칠 수 없는 유혹이었다. 또한 소년이라는 구체적인 형상 속에 구현된 미를 통해서, 성인은 절대적인 미, 영원한 존재의 세계에 도달할 수 있다고 그는 생각했다. 소크라테스의 제자 플라톤 역시 동성애를 형이상학적 이론을 발전시키기 위한 기초로 보았다. 특히 「향연」과 「파이드로스」에서 플라톤은 사랑하는 이들을 존재Being의 세계로 인도하는 길로서 동성애적 에로스의 중요성을 탐색하고 있다. 한편 에로스를 영원한 형상의 정신적 세계로 나아가기 위한 수단으로 생각하는 소크라테스는 동성애적 결합을 부정하고 에라스테스와 에로메노스 사이의 순수한 정신적 사랑을 강조했다. 이것이 바로 '플라토닉 사랑'이 의미하는 것이다.

　많은 학자들은 호메로스의 「일리아스」에 내포된 에로스적인 면을 부인하고 있다. 그러나 호메로스가 그들의 관계를 에로스로 명백하게 지칭하지는 않지만 「일리아스」에 묘사된 아킬레우스와 파트로클로스 사이의 긴밀한 관계는 단순한 우정이 아니라 사랑이라고 볼 수 있다. 호메로스는 그들의 관계에 명칭을 부여할 필요성을 느끼지 않았고, 오히려 청중이 그들의 애정의 참된 의미를 포착할 수 있도록 미묘하게 드러내 보이고 있다. 우리가 「일리아스」의 몇 문장을 자세히 음미해 본다면, 그들 관계의 에로스적인 면을 놓칠 수 없다. 9권에서 호메로스는 어떻게 아킬레우스와 파트로클로스가 함께 여가 시간을 즐기는가를 묘사하고 있다.(「일리아스」 IX. 185ff) 아킬레우스가 전투장으로 되돌아올 것을 설득하기 위해 그리스 부대에서 사절단이 왔을 때 아킬레우스는 리라의 반주에 맞추어 영웅들의 업적을 노래하고 있었고, 한편 파트로클로스는 그의 맞은편에 앉아서 조용히 그의 음악을 감상하고 있었다. 아킬레우스는 전투장에서 물러난 지금, 그들이 함께 추구하는 참된 영웅상을 지나간 영웅들의 삶을 통해 사색하고 있다. 과연 무엇이 목숨을 바칠 만한 값어치가 있는 것인지, 그리고 자신의 어떤 모습이 후세대에 전해지기를 바라는지를. 그들은 아름다운 음악의 선율 속에서 함께 자신들의 이상과 인생관과 영웅관을 숙고하고 있는 것이다. 11권에서 파트로클로스가 그리스 진영을 방문했을 때, 네스토르는 아킬레우스와 파트로클로스가 집을 떠날 때 그들의 아버지가 일러 주신 말씀을 상기시킨다.(「일리아스」 XI. 782ff) 아킬레우스의 아버지 펠레우스는 아들에게 항상 선봉 중에 나가 싸워 다른 장군들보다 우위를 차지하도록 명했고, 그리고 파트로클로스의 아버지 메노이티오스는 아들에게 아킬레우스가 더 고귀한 피를 타고 태어났고 힘에 있어서 더 강하지만, 연장자로서 항상 그의 옆에 서서 훌륭한 조언을 해 줄 것을 명했다. 아직 성숙한 성인이 되지 못한 아킬레우스가 행여나 실수를 하지 않도록 그의 옆에서 조언과 사랑으로 올바른 길로 인도하는 것이 에라스테스로서의 파트로클로스의 역할이었다. 18권에 나타나는 파트로클로스의 죽음에 대한 아킬레우스의 엄청난 슬픔은(「일리아스」 XVIII. 22ff) 아킬레우스가 단순한 친구의 죽음이 아니라 사랑하는 자의 죽음을 슬퍼하고 있음을 보여 준다. 그는 먼지를 머리에 뒤집어 쓰고, 몸을 땅바닥에 죽 뻗은 채 손으로 머리카락을 쥐어뜯고 있다. 아킬레우스는 파트로클로스를 그에게 가장 소중한 사람, 그의 생명과 같은 자로 생각하고 있다. (「일리아스」 XVIII. 82) 사랑하는 자가 죽어 가고 있을 때, 자신이 그의 곁에 있지도 못하고 그를 보호하려고 노력조차 할 수 없었다는 생각이 아킬레우스의 영혼을 괴롭힌다. 그는 자신의 에라스테스가 위험에 처했을 때 에로메노스의 적절한 역할을 행하지 못했음을 수치스럽게 여기고 있는 것이다. 아킬레우스는 그 자신의 죽음이 헥토르의 죽음을 뒤따른다는 것을 알면서도, 파트로클로스의 살해자 헥토르에게 복수함으로써 수치심을 떨쳐 버리고자 한다. 그들이 함께 살아서 고향으로 돌아갈 수 없게 된 지금, 그의 결심은 트로이아 땅에 함께 묻히고 그리고 불멸의 명예를 얻는 것이다. 그는 파트로클로스에 대한 욕망 때문에 음식이나 술에 대한 욕구가 없다. (「일리아스」 XIX. 321) 욕망pothos이라는 단어를 통해서 우리는 그들의 관계에 내포된 감각적 요소를 엿볼 수 있다. 파트로클로스를 잃는 것은 다른 어떤 것보다도, 그 자신의 아버지나 아들의 죽음보다 더한 슬픔을 준다는 아킬레우스의 고백은 그가 우정이 아니라 사랑에 대해서 말하고 있음을 증명한다. (「일리아스」 XIX. 315ff) 그들의 에로스적인 관계에 대한 가장 확실한 증거는 23권에서 볼 수 있다. (「일리아스」 XXIII. 65ff) 헥토르에게 복수한 후에 아킬레우스가 해변가에서 잠이 들었을 때 파트로클로스의 유령이 나타나서 자신의 뼈를 아킬레우스의 뼈와 함께 같은 항아리 속에 묻어 줄 것을 당부한다. 그들이 살아생전에 함께 사랑을 즐겼듯이 죽어서도 자신이 사랑하던 아킬레우스와 함께 묻히는 것이 파트로클로스의 마지막 소망이다.[22] 사랑하는 자들은 죽어서조차 헤어지기를 원치 않으며 같은 무덤 속에서 서로 뒤섞여 하나가 되기를 원하기 때문이다. 파트로클로스의 명을 행하리라 약속하면서, 아킬레우스는 그에게 마지막 포옹을 시도하지만, 유령은 사라지고 만다. 꿈속에서나마 사랑하는 자를 한번 더 부둥켜안고 싶은 아킬레우스의 바람은 이렇게 수포로 돌아갔다. 「일리아스」에 나타난 위의 모든 묘사들은 아킬레우스와 파트로클로스의 관계가 에로스적이라는 것을 입증한다고 볼 수 있다. 자신의 목숨을 바쳐서까지 사랑하는 자의 죽음을 복수하고자 하는 아킬레우스의 영웅심은 젊은이들의 귀감이 되었다. 아킬레우스와 파트로클로스 사이의 이 사랑은 후대 작가들에 의해 반복되어 묘사되었으며, 후세들에 의해 영웅들의 이상적인 동성애로 찬양되었다.

크세노폰의 「향연」에서 소크라테스는 아킬레우스와 파트로클로스의 관계를 동성애를 나눈 전설상의 다른 영웅들 오레스테스와 필라데스 혹은 테세우스와 페리토오스와 같이 순수한 정신적 사랑으로 받아들인다.

그러나 진실로, 니케라토스여, 호메로스는 아킬레우스와 파트로클로스에 대해 사랑의 대상으로서가 아니라 친구로서 그의 죽음을 탁월

---

22) 아킬레우스는 지금 꿈을 꾸고 있고 꿈속에 나타난 파트로클로스의 말은 사실 아킬레우스의 소망이 투사된 것이라고 볼 수 있다. 죽어서조차 함께 있고 싶어하는 아킬레우스의 열망은 그가 파트로클로스를 얼마나 사랑했는지를 말해 준다.

하게 복수한 것으로 묘사했소. 오레스테스와 필라데스, 테세우스와
페리토오스, 그리고 다른 많은 훌륭한 영웅들이 함께 잠자리를 나누
었기 때문이 아니라 서로를 존경하며 위대하고 훌륭한 업적을 함께
이루어 내었기 때문에 시인들에 의해 노래되고 있는 것이오.

──「향연」(VIII. 31)

이 문장에 관련해서 도버는 "소크라테스는 호메로스가 아킬레우스
와 파트로클로스에 관한 그의 묘사에서 어떤 에로스적인 요소를 의
도했다는 것을 부인하고 있다."고 말한다.[23] 그러나 도버는 소크라테
스의 말의 전체적인 상황을 완전히 무시함으로써 이 문장을 잘못 이
해하고 있다. 소크라테스는 그의 말을 사랑Eros의 주제를 가지고 시
작했으며, 정신적 사랑이 육체적 사랑보다 훨씬 낫다는 것을 입증하
고자 하는 의도를 명시하고 있다.

그를 더욱 즐겁게 해 주기 위해서, 나는 그에게 영혼의 사랑이 육
체에 대한 사랑보다 훨씬 더 위대하다는 것을 입증해 보이고자 하오.

──「향연」(VIII. 12)

그러므로 소크라테스가 의미하는 바는 아킬레우스와 파트로클로스
의 관계가 에로스적이 아니라는 것이 아니라, 그들의 관계가 영웅적
업적을 성취할 수 있는 고차원적인 정신적 사랑으로 승화되었다는
것이다. 동성애 관계에서 육체적 요소를 부인하는 소크라테스가 그
들의 관계의 정신적인 측면을 강조하고자 한 것은 이상할 것이 없
다. 그러나 소크라테스가 아킬레우스와 파트로클로스의 관계를 단순

---

23) K. J. Dover, 앞의 책, 189쪽 참조.

한 우정이 아니라 사랑(에로스Eros 혹은 필리아Philia)으로 여기는 것
은 명백하다. 이와 같이 고대 그리스인들은, 그들의 관계를 순수한
정신적 사랑으로 보든지 육체적 즐거움이 수반된 것으로 보든지 간
에 에로스로 받아들였으며, 그들의 사랑은 후세대에 고귀한 동성애
의 모델로 제시되었다.

아리스토파네스에서는 서정시인들, 산문 작가들, 철학자들에 의해
묘사된 호의적인 관점과는 완전히 다른 모습의 동성애를 볼 수 있
다. 구희극 작가들은 동성애를 상스럽고 비천한 육체적 관계로 전락
시킬 뿐만 아니라, 이 관계의 정신적인 면의 적극적인 동기와 사회
에 미치는 영향을 완전히 무시하고 있다. 그러나 아리스토파네스는
동성애적 감정 그 자체가 비방이나 조롱거리가 되는 어떤 악하고 비
정상적인 것으로 생각하지는 않는다. 아름다운 소년에게 이끌리는 감
정은 성인이 그의 삶의 과정에서 누릴 수 있는 많은 즐거움들 중의 하
나라고 「구름」에서 사론Adikos Logos은 말하고 있다.

> 오, 젊은이, 절조란 무엇인지 잘 보게.
> 모든 즐거움을 빼앗기고 말 테니까.
> 소년, 여자, 콧타보스,[24] 산해진미, 술, 웃음
> 이런 것들이 없이 사는 보람이 있겠는가?
>
> ——「구름」(1071-1074)

이와 같이 사론은 소년에 대한 사랑을 다른 즐거움과 구별하지 않
는다. 어떤 남자도 여자는 물론 소년에 대한 욕망에 사로잡힐 수 있

---

24) 그리스 술집에서 행해진 놀이다.

기 때문에 동성애는 이성애와 동등한 지위를 갖는 것으로 생각하고 있다. 사실 예의 바른 소년과 즐거움을 나누도록 격려되는 장소에서 살 수 있는 것이 「새」에서 페이스테타이로스의 유토피아에 대한 꿈이다. 에폽스가 페이스테타이로스에게 어떤 도시에서 살기를 원하느냐고 묻자 페이스테타이로스는 이렇게 대답한다.

> 잘생긴 소년의 아버지가 마치 무슨 모욕이라도 당한 듯이,
> 나에게 와서 이렇게 나무라는 곳이면 좋겠지요.
> "오 스틸보니데스여, 자네는 목욕을 마치고 돌아오는
> 내 아들을 만나고도 그에게 키스도 포옹도 하지 않고
> 말도 건네지 않았으며, 그곳을 애무해 주지도 않았다지.
> 나는 자네 아버지와 오랜 친구인데 정말 그럴 수가 있는가."
> ──「새」(137-142)

이에 대해 에폽스가 대꾸한다.

> 오 불쌍한 친구, 자네는 정말 말썽거리만 좋아하는군.
> 그러나 자네가 말하는 그런 복된 도시가 홍해 근처에 있긴 해.
> ──「새」(143-145)

이 대화가 내포하는 것은 한편으로 소년애는 복된 세계에서 누구나 즐길 수 있는 좋은 것이라는 것과, 다른 한편으로는 페이스테타이로스와 에폽스가 살고 있는 실제 사회에서는 많은 문제를 야기한다는 것이다. 아리스토파네스 시대에는 어떤 자들은 이러한 종류의 사랑을 오히려 타락한 것으로 바라보았는지 모른다. 기원전 5세기 아테나이에서는 소년에 대한 사랑이 일종의 '유행'이 되었으며, 많

은 경우에 우리가 이미 살펴본 바와 같은 소년애의 참된 본질이 귀족 세계의 소멸과 함께 경시되었기 때문이다. 민주주의의 도래와 함께 모든 시민들이 평등한 권리를 가지게 되고 '영웅 숭배' 사상은 서서히 사라져 갔다. 그 외에도 소피스트들이 정치와 법정에서 성공할 수 있도록 웅변술과 수사학을 가르치는 데에 큰 역할을 했다. 그러므로 젊은이들의 관심이 자신들의 영웅적인 모델에 대한 숭배 대신 이 실질적인 기술로 전향하게 되었다. 남성의 귀족적 이상을 추구하고자 하는 정신의 결핍이, 참된 의미에서 귀족적 사랑인 동성애가 타락하고 육체적 관계로 전락하게 만들었을 수도 있다. 더욱이 귀족들의 후손이 아닌 아테나이 시민들은 그것의 참된 본성을 이해하지 못하고 단순히 그들의 욕망을 충족하기 위해 동성애를 남용했을 가능성이 높다. 아마도 아리스토파네스는 그 시대에 그러한 타락한 동성애 관계를 많이 보았는지 모른다.

아리스토파네스는 동성애적 만족을 추구하는 능동적인 파트너를 그것 자체로 조롱하지는 않지만, 이러한 욕망에 사로잡혀 소년을 유혹하기 위해 체육관 주위를 배회하는 자들에 대해서는 냉소적이다. 그러나 아리스토파네스의 주요 공격은 수동적인 역할을 행하는 자들에 대해서다. 아리스토파네스는 비열하고 신중하지 못한 소년들에 대해서 아주 비판적이다. 「구름」에서 정론 Dikaios Logos은 성인들에게 겸손하고 칭찬받을 만한 옛 시대의 소년들의 태도와 비교해서 당시 소년들의 타락한 모습을 애석해한다.(「구름」 961ff) 그때에는 소년들은 예의 바르게 행동했고 성인들을 유혹하려고 이상한 행동을 하거나 여자의 목소리를 흉내 내지도 않았다고 정론은 덧붙인다. 이것은 기원전 5세기 아테나이에서는 많은 점잖지 못한 소년들이 동성애의 기회를 어떤 개인적인 이익을 위한 수단으로 이용하려고 했으며, 따라서 그들의 호의에 대한 대가로 그들이 원하는 것을 제공할 수 있는 성인을 유혹하려고 했다는 것을 보여 준다. 또한 아리스토파네스는 모든 에로메노스들이 같은 유형에 속한다고 생각하고 있다. 그는 동성애 관계에서 에로메노스 편에서 갖는 어떤 적극적인 동기도 인정하려고 하지 않는다. 더욱이 사랑에 근거한 동성애적 관계의 완전한 부정은 또한 그로 하여금 봉사에 대한 대가로서의 선물과 사랑의 표시로서의 선물을 구별하지 않게 만든다. 아리스토파네스에서는 어떤 물질적인 이득을 위해 호의를 베푸는 것과 사랑을 위해 호의를 베푸는 것 사이의 구별이 ― 다른 작가들과 본인들에게는 그렇게 중요한 차이점인 ― 완전히 부인된다. 그러나 우리는 두 파트너의 가슴에 느껴지는 애정으로부터 일어난, 그리고 바람직한 동성애 관계에서 볼 수 있는 적극적인 장점을 지닌 동성애 관계가 존재했음을 인정해야 할 것이다. 참된 의미의 소년애가 기원전 5세기 아테나이에서 완전히 소멸되지는 않았으리라고 본다.

이와 같이 아리스토파네스는 동성애에 대해 어떤 적극적인 동기나 장점을 묘사하지 않는다. 이것은 기껏해야 감각적 즐거움이며 나쁘게 말하면 변태 성욕이다. 구희극에 반영된 이러한 관점은 주로 문학 장르의 특성에 기인한다. 구희극은 후에 로마 문학의 풍자시 장르에서 발견할 수 있는 풍자적인 작품의 기능을 행했다. 철학적인 작품은 동성애의 이상적인 면을 묘사하지만, 구희극은 과장이나 익살로 그 현상의 나쁜 면과 타락한 형태를 풍자하는 데에 관심이 있다. 구희극 작가들은 마음만 먹으면 사회의 어떤 현상이나 인물도 우스꽝스럽게 만들 수 있다. 어떤 구희극 작가들은 누군가에게 원망을 품고 있는 자들로부터 부탁을 받고 그 인물을 풍자한다는 것이 「말벌」에 암시되어 있다. 그러나 아리스토파네스는 자신이 풍자하는 것은 부탁이나 청탁에 의한 것이 아니라 자신의 의사에 의한 것이라고 자랑한다. 자신의 진실성에 대한 아리스토파네스의 자랑은 그가 거짓 묘사를 하지 않는다는 것이 아니라, 그가 풍자하는 것은 무엇이든지 자신의 믿음과 결정에 의한 것이라는 것이다. 그에게 중요한 것은 참된 모습을 묘사하는 것이 아니라 목표물을 공격하는 것이다. 그는 어떤 수단이든지 거짓 묘사조차 사용할 수 있다. 예를 들어「구름」에서 아리스토파네스는 소피스트들의 어떤 특성, 다시 말해서 사례를 받고 수사학을 가르치는 것을 소크라테스에게 부여함으로써(이것은 확실이 거짓이다.) 소크라테스를 조롱한다. 우리는 또한 같은 사건이 두 사람의 다른 작가에 의해서 완전히 다르게 묘사된 것을 볼 수 있다. 칼리아스의 에로메노스인 아우톨뤼코스는 크세노폰의「향연」에서는 겸손하고 수줍은 미소년으로 묘사되었지만, 에우폴리스의 희극「아우톨뤼코스」에서 그는 칼리아스에게 매춘을 행한 것으로 조롱의 대상이 된다. 이와 같이 장르마다 역할이 다르고 작가마다 관점이 다르기 때문에 같은 현상에 대해서도 완전히 반대되는 묘사가 나올 수 있다. 기원전 5세기 아테나이에서는 많은 타락한 동성애 관계가 존재했음이 사실일는지 모른다. 그러나 모든 동성애 관계가 아리스토파네스에 의해 묘사된 것과 같은 유형이며 다른 문학 작품에서 볼 수 있는 묘사들은 단순히 동성애의 이상화된 형태에 불과하다고 생각하는 것은 잘못이다. 훌륭하고 바람직한 동성애 관계가 어떤 부류의 사람들 사이에서는 성행했는지 모른다. 1, 2세기에 살았던 플루타르코스가 동성애에 대해 호의적인 묘사를 제공하고 있다는 사실은 그때까지조차도 귀족적 사랑으로서의 동성애가 적어도 어떤 열성가들에 의해 소중히 여겨졌음을 입증한다.

아리스토파네스에 의해 묘사된 동성애의 다른 관점과 특성은 우리가 그것들을 플라톤의 작품과 비교해 볼 때 가장 두드러지게 나타난다. 플라톤에 있어서 동성애의 에로스는 이성애의 에로스보다 더 강렬하고 가치 있으며 따라서 훨씬 더 우월한 것으로 여겨진다. 반면 아리스토파네스에서는 동성애적 에로스는 이따금 희열을 목표로 하며, 기껏해야 주변적인 사치로 취급되고 있다. 이것은 플라톤과 아리스토파네스의 작품의 문학 장르로서의 상이점 외에 다른 관점에서 설명될 수 있다. 즉 상이한 등장인물들. 플라톤 작품의 주요 인물들은 상류 사회에 속하는 부유한 젊은이들이며, 여전히 귀족적 가치관을 고수하기를 원하는 자들이다. 반면 아리스토파네스에서는 주요 등장인물들이 시민으로서 평등권을 얻은 중류층의 중년들이며, 이들은 옛 귀족 계급에 대해 좋지 않은 시각을 가지고 있다. 참된 의미에서 그리스 남성들의 동성애는 남성의 이상을 전수하기 위한 귀족적 사랑이기 때문에 이것은 주로 지성인들과 귀족 사회의 가치 체계를 여전히 소중히 여기는 자들의 흥미를 끌었다. 남성의 가치관이나 이상에 대한 열망과 정신적인 교류에 대한 관심 없이는, 동성애는 비천한 육체적 영역으로 타락하기 쉽다. 아리스토파네스의 등장인물들은 그러한 높은 인품을 지니고 있지 않을 뿐만 아니라 동성애의 참된 본질을 이해하지 못하고 단순히 즐거움을 위해 옛 귀족 사회의 현상을 모방하는 자들이다. 그러므로 플라톤에서는 동성애 관계가 감정적으로 만족을 줄 뿐만 아니라 정신적으로도 보람 있는 일이지만, 아리스토파네스에서 동성애의 에로스는 단지 순간적인 감각적 만족을 원하는 성인의 욕망일 뿐이다. 따라서 우리는 민주주의의 도래와 함께 모든 시민들이 소년을 따라다닐 자유와 여가 시간을 가지게 되었지만, 그리스 동성애는 참된 의미에서 여전히 귀족적 가치관을 간직하고자 하는 높은 심성의 소유자와 지성인들에 의해 향유되었다고 보아야 할 것이다.

우리가 살펴보았듯이 그리스 동성애는 아직 성숙하지 않은 그리고 완전한 성장을 위해 지도와 가르침을 필요로 하는 소년에 대한 사랑이었다. 소년이 자신의 에라스테스로 택한 성인은 분명히 사적인 '스승'의 역할을 했다. 그리스인들은 사랑이 젊은이들을 위해 최상의 교육을 실행할 수 있는 매개체라고 보았던 것이다. 이와 같이 그리스 동성애는 참된 의미에서 감각적인 영역에 머무르지 않고 항상 사랑하는 이들 사이의 정신적인 관계를 수반했다. 이것은 자신의 성의 이상을 한 세대에서 다음 세대로 전수하는 데 기여한 귀족적 사랑이었다. 그리스 동성애는 사실 결혼 전의 현상이며 젊은이들의 특권이었다. 따라서 이것은 결혼에 적대적이지 않았으며, 이성적 heterosexual 성인으로 성숙해 나가는 과정 속의 한 단계로서 사회의 중요한 요구를 충족시켜 주었다. 더욱이 그리스 사회에서는 소년이 성인의 사랑의 대상이 되는 영광을 얻지 못하거나 성인이 사랑하는 소년을 갖지 못하는 것은 일종의 수치였다. 찬양받을 만한 소년이라면 많은 성인들의 추적의 대상이 되고 또한 존경스러운 성인에게는 자연히 소년들이 따르기 마련이기 때문이다. 더 나은 시민과 후계자를 산출하는 데 이바지한 이 교육적 동성애는 의심할 여지 없이 그리스 사회에 의해 장려되었다.

자신들의 모습에 따라 신들을 창조한 그리스인들이 그들이 즐긴 사랑을 신들에게 투사한 것은 놀랍지 않다. 신들에게 묘사된 동성애의 연애담은 그리스인들이 이성애뿐만 아니라 동성애도 인간 본성의 순수하고 자연스러운 감정으로 받아들였다는 것을, 그리고 이것이 그리스인들의 삶에 얼마나 뿌리 박혀 있었는가를 다시 한번 보여 준다. 제우스는 가뉘메데스를, 포세이돈은 펠롭스를, 디오뉘소스는 암펠로스를, 헤르메스는 케르세오스를, 그리고 헤라클레스는 휠라스를 사랑했다. 그러나 동성애로 더 자주 언급되는 것은 아폴론과 소년들의 연애담이다. 아폴론의 연인으로 무려 스무 명에 달하는 소년들의 이름이 거론되는데 그중에서도 휘아킨토스와의 비극적인 사랑 이야기는 너무나 유명하다.

　아폴론은 아름다운 미소년 휘아킨토스를 사랑했다. 담화를 나누고 운동을 즐기면서 그와 함께 보내는 시간은 더할 나위 없이 행복했다. 어느 날 아폴론은 사랑하는 소년과 함께 원반 던지기 놀이를 하고 있었다. 그러나 아폴론이 던진 원반이 우연히 그의 사랑하는 소년의 머리에 맞아 소년은 피를 흘리며 죽어 갔다. 이 뜻하지 않은 재난에 아폴론은 비통해하며 울부짖었다. 슬퍼하는 아폴론의 가슴을 위로하기 위해 소년이 흘린 피로부터 한 송이 아름다운 꽃이 피어났으니, 이 꽃이 바로 휘아킨토스(히아신스)다. 해마다 이 꽃은 다시 피어나 그들의 사랑을 상기시킨다. 일설에 의하면 제퓌로스(서풍)가 또한 휘아킨토스를 사랑하고 있었으며, 자신을 멀리하고 항상 아폴론과만 함께 있는 휘아킨토스에게 질투를 느끼고 아폴론이 던진 원반을 휘아킨토스의 머리에 명중시켜 죽게 했다고 한다.[25]

너무나 일찍 죽은 아폴론의 연인 휘아킨토스의 죽음을 기리며 스파르타에서는 휘아킨티아라는 축제가 열렸다. 육체적 아름다움과 정신적 아름다움의 조화의 상징이며 많은 남성들의 연인이기도 했던 아폴론은 남성 동성애의 이상형이자 수호신으로 숭배되었다.

　그리스인들은 지구상의 어느 민족보다도 아름다움을 숭상한 민족이었다. 그들은 육체를 경시하지 않았으며 자신의 신체를 자유롭게 활용할 권리를 즐겼다. 이들은 또한 사랑이나 성애에 대해 경배하는 마음을 가졌으며 인격화된 신으로 숭배하기까지 했다. 인간의 육체를 찬양하는 그들의 관능성은 숭고한 정신적 가치와 결합되어 찬란

---

25) 오비디우스, 「변신 이야기」 X. 174-219 참조.

한 그리스 문화를 이룩하는 원동력이 되었다. 그리스인들은 인간의 내면에 살아 숨쉬고 있는 자연적인 충동과 욕망의 다양성을 인식했고 동성에 대한 열정까지도 자연스럽고 순수한 사랑의 한 유형으로 받아들였던 것이다. 더욱이 소년에 대한 사랑은 더 높은 차원으로 승화되어 죽음을 감내하는 용기와 위대한 힘을 발휘하게 했으며 그들의 가슴에 정화된 기쁨을 안겨 주었다. 그리스인들의 삶은 바로 사랑의 기쁨에 대한 찬가이며 그리스 문화의 근저에는 이 사랑의 정열이 생동하고 있다. 그들은 발가벗은 본성을 드러내고 이 사랑을 향유했으며, 편파적인 도덕성이나 편견에 의해 지배받지 않았다. 예술가들, 조각가들은 동성애를 소재로 한 많은 그림, 조형 예술품 그리고 도자기을 남겼으며, 시인들 또한 자유롭게 소년애의 고귀한 아름다움을 노래했다. 거기에는 물론 어떠한 반감이나 비난은 주어지지 않았다. 소크라테스, 플라톤, 아리스토텔레스, 솔론, 소포클레스 같은 당대의 위대한 사상가, 정치가, 문인들도 소년에 대한 사랑을 인간의 정당한 권리로 공공연하게 찬양했다. 이들에게는 동성간의 사랑은 인간이 누릴 수 있는 신성한 권리인 동시에 진리를 나누어 가지는 지혜로움의 상징이었다. 아름다운 것은 무엇이든지 추구할 수 있는 자유가 있었기에 그리스인들의 삶은 그만큼 더 풍요롭고 충만했는지 모른다. 그리스인들의 자유로운 사고는 소년애에 아름다움과 가치를 부여했고 양성애가 자리할 수 있는 자유로운 삶의 문화를 창조해 내었던 것이다.

8 사포

사포의 생애

사포는 기원전 620년경에 레스보스 섬의 에레소스에서 태어나서 생의 대부분을 뮈틸레네에서 보냈다. 사포는 그녀가 어렸을 때 전사한 아버지 스카만드리오스와 어머니 클레이스 사이에서 태어났으며 그녀에게는 에리기오스, 라리코스, 카락소스 세 형제가 있었다. 사포는 그녀의 시 속에서 향연 때 뮈틸레네의 의회 회의실에서 포도주를 따르는 역할을 맡은 라리코스에 대해 자랑스럽게 이야기하고 있다. 그러나 사포의 형제들이 모두 그녀에게 자랑스러운 존재들은 아니었다. 헤로도토스에 의하면 카락소스는 무역에 종사했으며 레스보스의 포도주를 싣고 이집트의 나일 강 삼각주에 위치한 무역 도시 나우크라티스로 항해해 갔으며 그곳에서 미모의 창녀, 도리카에게 매혹되어 많은 돈을 탕진했다.[1] 사포는 한 시에서 카락소스의 귀향을 환영하며 그를 안전하게 집으로 데려오도록 퀴프리스(아프로디테)와 네레이드(바다 요정)들에게 호소한다. 그는 이전의 잘못들을 포기

---

1) 사포(Strab. XVII. 1. 33)는 도리카라고 불렀으나, 헤로도토스의 「역사」 II. 135에는 로도피스라는 이름으로 나온다.

해야 하며 명예로운 지위로, 그리고 귀족적인 삶의 윤리로 되돌아와
야 한다고 말한다.

사포는 피부가 검은 편이고 키는 작았지만 교양 있고 매력적인 여
성이었다. 뮤즈의 축복을 받은 사포는 소녀들은 물론 많은 남성들의
흠모의 대상이었다. 그중에서도 레스보스의 서정시인 알카이오스는
사포를 "제비꽃 같은 머리 타래를 지닌 달콤한 미소를 짓는 순수한
사포"라고 부르며 그녀를 사모했다고 한다.[2] 사포와 알카이오스가
생기에 넘치는 대화를 나누고 있는 모습이 그려진 항아리가 있다.
이것은 일반적으로 '거부당한 구혼자'의 주제를 담고 있는 것으로
여겨진다. 또한 사포가 어떤 젊은 구혼자를 거부하는 시(fr. 121)가
전해 내려오고 있다.

> 나의 친구인 그대여
> 젊은 여성의 침대를 취하세요.
> 연상의 여인으로
> 그대와 함께 사는 것은 견딜 수 없군요.

알카이오스는 사포보다 조금 나이가 어린 동시대인이었다. 따라서
이 시가 알카이오스의 청혼을 거부하는 시일 가능성도 있다. 사포는
남녀 관계에서 우정 관계와 애정 관계를 뚜렷이 구별하고 있다. 그
녀는 같은 시인이면서 친구인 알카이오스를 정신적인 친구 관계로
지속하고 싶어 했다. 사포는 무역을 하는 안드로스 출신의 케르퀼라
스와 결혼해서 한 딸을 낳았다. (「수다」 사포 107) 사포는 어머니를 너
무나 사랑했기 때문에 딸의 이름을 어머니의 이름을 따서 클레이스

---

2) 아테나이오스, XIII. 598bc, 599cd. 인용문은 알카이오스, fr. 384 참조.

라고 붙였다. 이 딸에 대한 사포의 애정은 대단했으며 사포는 딸을
위해 다음과 같은 시를 읊었다. (fr. 132)

황금 꽃 같은 형상을 지닌
아름다운 딸을 나는 갖고 있습니다.
사랑스러운 클레이스.
이 세상 무엇과도 비교할 수 없는 나의 보배.
뤼디아 전부를 준다 할지라도
사랑하는 애인과도
나는 결코 그녀와 바꿀 수 없답니다.

한 시(fr. 98)에서 사포는 어머니가 그녀에게 자줏빛 머리띠가 소
녀의 머리 타래를 위해 훌륭한 장식이 된다고 말한 것을 기억하며,
어린 딸 클레이스에게 그녀가 장식된 머리띠는 구할 수 없지만 노란
머리카락을 지닌 소녀에게는 꽃으로 만든 화환이 충분하다고 말하면
서 투정하는 어린 딸을 달래고 있다.

한편 사포는 뮈틸레네의 당시 정치적 상황에 의해 영향을 받았으
며 한때 뮈틸레네로부터 추방을 당해 시칠리아 섬에 머물렀다. 아마
도 그녀의 가족 혹은 남편의 가족이 정치에 종사했는지 모른다. 그
녀는 자신의 시 속에서 뮈틸레네의 참주인 피타코스가 결혼한 펜틸
로스 가문에 대해 분명한 적개심을 가지고 말하고 있다. 사포는 삼
십대 초에 남편과 사별하고 딸과 함께 다시 뮈틸레네로 돌아와서 자
신이 탁월한 재능을 발휘하는 기술을 가르치기 위해 그녀 주위에 한
무리의 소녀들을 모았다. 사포는 그녀의 장소를 특히 '뮤즈에게 이
바지하는 자들의 집'이라고 칭했다. 뮤즈의 영역은 시, 음악, 춤뿐만
아니라 문학, 역사, 과학 등 모든 학문을 포함했다. 그러나 이 시기

에 소녀들이 훈련을 받은 주요 분야는 노래하고 춤추고 시를 짓는 것이었던 것 같다. 그들은 또한 축제 때 공연하기 위해 코러스를 준비했다. 사포의 서클은 고대의 대부분의 문화적 단체들과 같이 소녀들의 몸과 마음을 교화하기 위한 일종의 교육 기관으로서, 뮤즈에게 공적으로 바쳐진 단체를 의미하는 일종의 티아소스thiasos였다. 그들이 숭배한 신들은 사포의 시 속에서 반복되어 일컬어지는 뮤즈들, 우아의 여신들, 그리고 사랑의 여신, 아프로디테였다.

사포 밑에서 배우기 위해 어린 소녀들이 그리스와 이오니아의 다양한 지역들로부터 모여들었다. 어떤 부모들이 그들의 어린 딸들을 바다 건너 레스보스 섬으로 보냈다는 사실은 사포의 서클이 소녀들을 교육하는 데 높은 명성을 누렸음을 보여 준다. 사포가 특히 사랑했던 제자들로는 아나크토리아, 아티스, 귀린나, 텔레시파, 메가라가 있었으며 사포와 유사한 서클을 운영한 경쟁자로는 안드로메다와 고르고가 있었다. 당시 어린 소녀들의 정신적, 육체적 특성을 계발하기 위한 그러한 단체들이 많이 있었을 것이다. 그러나 당대 최대의 서정시인이었던 사포는 이들보다 더 큰 명성을 지녔음이 틀림없다. 사포는 그녀의 많은 시 속에서 그녀와 함께 생활했던 아름답고 발랄한 소녀들에 대한 사랑을 노래하고 있다. 따라서 그녀는 후세대에 위대한 시인으로서뿐만 아니라 '여성을 사랑한 여자'로도 유명하다. 그녀의 이름과 섬은 이와 같이 여성 동성애자를 지칭하는 '사피스트' 혹은 '레스비언'이라는 특수한 용어를 낳았다. 그녀의 시대에 어떤 자도 이러한 결과를 예측하지는 못했을 것이다. 왜냐하면 동성애는 레스보스 섬에 국한된 것도 아니었으며 이것이 '특별한' 행위로 생각되지도 않았기 때문이다. 고대 그리스인들은 사랑의 대상이 이성이냐 동성이냐를 구별하지 않았으며, 아름다운 것은 무엇이든지 사랑스럽다고 느꼈고 아름다운 것을 사랑하는 것은 인간의 자연스러

운 본능으로 여겼다. 그리고 사실 사포는 동성애자가 아니라 양성애자
였다. 사포는 소녀들만 사랑한 것이 아니었으며 그녀는 결혼을 했었
고 또한 이성에 대한 사랑도 노래했다. (fr. 102)

> 오, 사랑하는 어머니.
> 이젠 더 이상 베를 짤 수가 없군요.
> 한 젊은 청년을
> 열렬히 사모하도록
> 우아한 아프로디테에 의해
> 매혹되었답니다.

　호라티우스의 시 속에서 사포에게 언급된 '남성적인mascula'이라
는 단어가 자주 남자들 사이에서 그녀의 인격을 격하시키는 해석을
불러일으키지만, 이것은 그녀의 개성이 남성적이라거나 그녀가 여성
을 사랑하기 때문에 남성적이라는 것을 의미하지 않으며, 오히려 그
시의 문맥이 보여 주듯이 시에 있어서의 그녀의 능력이 남자의 능력
과 대등하다는 것을 뜻한다. 호라티우스는 문학적 문체에서 사포를
유명한 풍자시인 아르킬로코스와 비교하면서 이렇게 말한다. "남성
적인 사포는 아르킬로코스의 운율로 뮤즈를 다스린다."[3] 사포는 사
실 여성의 매력과 이상을 소중하게 여기는 아주 여성적인 인물이었
다. 사포의 모든 시들은 여성적인 아름다움과 사랑으로 젖어 있다.
그녀는 어떤 종류의 감성이든지 꽃에 대한 비범한 사랑조차도 그녀
의 존재의 본질로 드러나는 아주 정열적인 여성이었으며, 어떤 인간
적인 본능에도 민감한 감수성이 예민하고 생동감이 넘치는 여자였

---

3) 「서간집」 I. 19. 18. "Temperat Archilochi Musam pede mascula Sappho."

다. 그러므로 사포를 사회의 규범을 깨뜨리고 남성의 세계에 도전하려 한 반항적인 여성으로 생각하는 것은 잘못이다. 사포는 그녀 자신의 여성의 영역에 머물러 있었고 그녀의 삶을 자신의 여성성을 발달시키는 데에 바쳤다. 사실 사포는 자신의 삶과 이상을 추구하기 위해 사회를 거부할 필요가 없었다. 왜냐하면 인생과 사랑을 대하는 그녀의 방식은 그 사회 속에 인간의 삶의 자연스러운 현상으로 융합되었기 때문이다. 여성에 대한 그녀의 열정까지도.

찬란하고 아름다웠던 젊은 시절을 뒤로하고 노년에 접어들 때, 사포는 젊은 날의 향수에 젖어 늙음으로부터 달아나고 싶어 한다. 사포는 그녀의 시 속에서 돌이킬 수 없는 청춘을 그리워하며 한껏 멋지게 춤추고 노래하던 시절을 회상하고 있다. 피부는 늙어 주름지고 검던 머리카락이 희게 변하였건만 젊음과 아름다움을 사랑하는 그녀의 마음만은 변함이 없다. 그녀의 가슴은 여전히 태양처럼 밝게 빛나는 아름다움을 사랑하고 있었기 때문이다. 사포는 오십대 중반에 파온이라는 젊은 청년을 사랑했으나 그로부터 애정을 얻지 못하자 이룰 수 없는 사랑에 좌절하여 결국 레우카스 절벽에서 바다로 투신했다고 전해진다. 이 전설에 대한 가장 오래된 암시는 기원전 4세기의 희극 작가 메난드로스의 「레우카디아」 속에서 발견된다. 거기서 그는 이것이 이미 전통적인 이야기라는 것을 나타내는 방식으로 이야기를 전개한다. 메난드로스는 사포가 거만한 파온의 사랑을 얻으려 했으며, 결국 절벽의 낭떠러지 아래로 몸을 던진 것으로 묘사하고 있다. 그가 언급하는 레우카스 언덕에는 아폴론의 신전이 있다. 전설에 의하면 파온은 신화적인 인물로서 그리스 본토와 레스보스 사이를 왕래하는 나룻배 사공이었으며 그는 아프로디테의 호의를 얻었다. 아일리아노스에 의하면 아프로디테가 파온을 사랑해서 그를 양상추 속에 숨겼다는 이야기가 있다. (「여러가지 이야기」 XII. 18.) 여기에서 우리는 아도니스와 아주 유사한 아프로디테와 관련된 식물령 vegetation-spirit을 볼 수 있다. 사포 또한 아도니스와 파온에 대한 시를 읊었다. 이것이 미남 청년에 대한 그녀의 사랑에 관한 전설이 일어나게 했을 수도 있다. 레우카스 언덕은 죽음의 개념과 관련된 전설적인 장소로 그곳으로부터 뛰어내림은 무(無)와 망각 속으로 가라앉는 것과 유사하다고 하겠다. 아나크레온[4]은 이곳에서 사랑의 열광 속에서 흰 거품이 이는 바다로 몸을 던지기를 갈망하는 시를 읊었다.

> 레우카스 절벽에서
> 나의 온몸은 또다시 전율하네.
> 사랑에 흠뻑 젖어
> 잿빛 심연 속으로 가라앉네.

사포 또한 그녀의 시 속에서 이와 유사한 표현을 노래했는지 모른다. 사포의 죽음에 관한 전설이 단지 로맨틱하게 꾸며진 가상적인 이야기로 보는 학자들도 많이 있지만, 그녀의 정열적인 삶, 청춘을 예찬하며 늙음을 비관하는 시, 사랑이 그녀의 삶의 본질이었다는 점에서 충분히 가능성이 있는 일로 느껴진다. 사포의 유골은 레스보스 섬에 묻혔고 많은 사람들이 그녀의 죽음을 애도했다. 사포가 몸을 던진 이 절벽은 여전히 '사포의 절벽'이라고 불린다.

사포의 이름은 생존시 이미 그리스 본토뿐만 아니라 이집트, 소아시아, 시칠리아 그리고 그리스의 많은 파생 도시들에 이르기까지 널리 알려져 있었다. 그녀의 명성은 사후에도 지속되었으며 테미스티

---

4) 기원전 6세기 그리스의 위대한 서정시인. 그의 정서와 문체가 널리 모방되었다.

파피루스 위에 쓴 사포의 시

우스에 의하면 사포의 시가 4세기에도 여전히 학교에서 읽혔다고 한
다. 뮈틸레네인들은 위대한 서정시인 사포를 기리며 사포의 얼굴이
새겨진 주화를 만들었으며 사포가 한때 머물렀던 시칠리아 섬에서는
이것을 기념하기 위하여 사포의 동상을 세웠다. 사포 자신도 그녀의
재능을 확신했고 이것을 뮤즈로부터 받은 선물로 여겼으며, 그녀의
삶과 목적은 뮤즈에게 이바지하는 것이었다. 그녀 또한 자신의 이름
이 세인들의 입에 오르내릴 것을 예측했고 죽음조차 자신의 명성을
소멸시키지 못할 것이라고 예언했다. 동시대에 살았던 아테나이의
입법가이자 정치가이며 시인이기도 한 솔론은 노년에 들어서조차 사
포의 시를 암송하며 그녀의 최근 시를 열렬히 배우기를 원했다. 이
시에 대해 왜 그렇게 열성인지를 묻는 친구에게 그는 "내가 이것을
배우고 죽기를 원한다."고 대답했다고 한다.(스토바이오스, 「선집」
III. 29. 58) 철학자 플라톤 또한 사포를 찬양하는 짧은 시를 읊었다.

어떤 자들은 아홉 뮤즈들이 있다고 말하네.
그들은 얼마나 무지한가!
보라, 열 번째 뮤즈 레스보스의 사포가 있지 않은가.
——「팔라티네 앤솔러지」(IX. 506)

플라톤은 사포를 열 번째 뮤즈, 이 세상에 육신으로 현존했던 뮤
즈라고 칭하며 그녀의 시적 재능을 극찬했다. 그리스 문화를 숭배했
던 로마인들도 사포의 시에 심취했으며 카툴루스, 호라티우스, 오비
디우스와 같은 많은 로마 시인들이 사포의 시를 모방한 시를 읊었
다. 특히 카툴루스는 한때 자신과 사랑을 나누었던 사교계의 여인
레스비아(본명은 클로디아)로부터 버림을 받았을 때 그 쓰라린 절망
감을 사포의 시 「질투」를 라틴어로 번안한 「카르멘 51」을 통해 표현

하고 있다. 그녀의 시는 또한 테니슨, 바이런, 파운드, 릴케 등 많은
근대 시인들을 매료시켰으며, 고대에서 현대에 이르기까지 그녀의 시
를 읽는 수많은 독자들의 가슴에 감동의 물결을 불러일으키고 있다.

여성들 사이의 에로스

고대 그리스에서 여성들 사이의 에로스에 대한 증거가 아주 희박
하다. 그것은 한편으로는 여성 작가가 드물기 때문에 그리고 다른
한편으로는 여성의 사적인 영역에 대한 정보가 결여되었기 때문이
다. 동성애적 감정이 그리스인들에 의해 인간 본성의 한 양상으로
받아들여졌으므로 여성들의 동성애적 관계가 남성의 경우보다 훨씬
덜 퍼져 있었다고 볼 수는 없다. 남성들은 그들 자신의 동성애적 관
계를 문학과 철학적인 작품, 시각적 예술에 아주 자주 묘사했다. 여
성 동성애에 대한 남성들의 침묵은 동성애 관계가 남성들의 특권이
었다는 것을 의미하지 않으며, 여성의 동성애 관계는 다른 영역에,
즉 남성들의 관심을 끌지 않는 여성들의 사적인 세계에 속한다는 것
을 시사한다. 이와 같이 각 성sex의 동성애적 애정 관계는 여성과
남성의 역할이 고대에 삶의 상호 배타적인 영역에서 행해졌듯이, 각
각 두 개의 완전히 다른 세계에 속했다.

고대 그리스 여성의 동성애적 관계뿐만 아니라 여성들의 삶과 세
계 또한 현대인들에게는 신비 속에 가려져 있다. 이것은 주로 고대
그리스에서 여성들에 대한 남성들의 적대감 때문이다.[5] 남성 작가들
은 여성의 유일한 목적을 남편에게 합법적인 상속자를 낳아 주고 가

______

5) 그리스 남성들의 여성에 대한 적대감은 헤시오도스와 시모니데스의 작품 속에 잘 나
   타나 있다.

사를 돌보는 것으로 묘사하면서 여성을 하나의 필요악으로 그리고 종속적인 존재로 묘사했다. 그리스 남성들의 여성에 대한 혐오감이 여성들의 삶이란 주제를 어두운 망각의 세계로 던졌다. 그러나 일반적으로 남성의 삶은 대중적이고 정치적인 것인 반면, 여성의 삶은 사적이고 가정적인 영역에 있었다고 볼 수 있다.

여성들이 남성의 사회, 즉 정치, 전쟁 그리고 다른 대중적인 경연 대회에 참여하지 않았다는 것은 사실이다. 그러나 여성들은 그것 자체로 소중하고 사회 복지를 위해 남성들의 그것만큼 중요한 그들 자신들의 삶과 세계를 가졌다. 전 가사 일이 부인에 의해 운영되었다면 그녀는 자신의 역할을 적절하게 행하기 위해 많은 지식과 기술을 가져야 했다. 고대 그리스에서 가사 일은 요리와 바느질에 국한되지 않았으며 결혼식과 장례식을 주관하고 노예들을 관리하고 아이들을 양육하고 또 가정의 경제와 간단한 의학적인 치료 등 다양한 종류를 포괄하는 어느 정도의 교육을 포함했다.[6] 고대 그리스에서 가정은 사실 소규모의 사회로서 실제의 사회를 위한 기본적인 활동의 중심이었다.

이와 같이 가정의 관리와, (소녀들의 경우라면) 그것에 관해 배우는 것 외에도 여성들은 다양한 축제와 종교 의식에 참여했다. 고대 그리스에서는 공식적인 대규모 축제만 해도 한 해에 예순 개에 달하며, 그 외에도 각 지방 고유의 많은 소규모의 축제가 있었다. 물론 여성들도 이 축제에 자유롭게 참여할 수 있었으며, 엘레우시스의 신비 의식 같은 종교에서는 남자와 여자들이 뒤섞여 함께 그들의 신을 숭배했다. 그러나 여성들은 테스모포리아와 아도니아같이 남성들이 완전히 배제된 여성들만의 종교 의식도 가졌다.[7] 이 의식에서는 사

---

6) 크세노폰은 「오이코노미코스」에서 여성들에게 요구되는 다양한 업무들을 묘사하고 있다.

제로부터 숭배자에 이르기까지 모두 여성이었다. 어린 소녀들은 그들의 여신들을 경배하기 위해 종교 의식과 축제에서 공연할 노래와 춤을 배워야 했다. 어머니가 어린 딸에게 모든 것—읽고 쓰고 노래하고 춤추고 시 짓고 악기 연주하는 것 등—을 가르칠 수는 없었다. 그래서 어떤 사회에서든지 어린 소녀들이 함께 모여 재능 있는 여성으로부터 배울 수 있는 기회를 갖게 마련이었다. 아테나이에서는 그리스의 다른 지역에서보다 여성들이 비교적 덜 자유로웠다고 한다. 시민의 자격을 지닌 여성은 그들의 가족을 제외한 다른 남성들에게 얼굴을 보여서는 아니 되었다. 여성이 지닐 수 있는 가장 큰 명성은 좋은 것이든 나쁜 것이든 남성들 사이에 언급되지 않는 것이라는, 여성의 이상적인 상에 대한 페리클레스의 묘사는 그 사회에서 여성에 대한 남성들의 태도를 반영한다.(투퀴디데스, 「펠로폰네소스 전쟁」 II. 46) 그녀의 가정을 위해 자신의 역할을 충실하게 행하는 침묵하는 여자가 가장 훌륭한 여성이라는 것은 단지 남성의 관점에서 본 것이다. 명백히 재능 있고 아름다운 여성은, 유명한 아들이나 남편을 가진 여자보다 훨씬 더 그녀의 동료들에 의해 찬양되고 흠모의 대상이 되었다.[8] 그들이 다양한 종교 의식에서 헤라, 데메테르, 아프로디테, 아테나, 아르테미스 같은 많은 여신들을 숭배하듯이, 그들의 이상적인 여신을 닮은 어떤 여성도 존경의 대상이 되었음이 틀림없다.

이와 같이 여성들은 남성들의 것과는 완전히 다른 그들의 공통 관심사를 추구하기 위해 함께 모일 기회를 가졌다. 또한 여성들은 여

---

7) 테스모포리아는 데메테르를 섬기는 종교로서 다산과 풍작을 기원했다. 아도니아는 아프로디테의 연인이었던 아도니스의 죽음과 부활을 기리는 종교 의식이다.
8) 아리스토파네스의 「테스모포리아 축제의 여인들 *Thesmophoriazusae*」에서 우리는 유명한 아들과 남편을 가진 여자가 얼마나 다른 여성들의 부러움을 샀는지를 알 수 있다.

기서 서로 가까운 친밀감을 느끼며 다른 여성과 애정 관계를 나눌
수 있었다. 이 여성들 사이의 에로스에 대한 강한 증거가 사포의 시
에 반영되어 있다. 우리는 또한 스파르타의 알크만의 「파르테네이
온」에서 이 현상을 얼핏 엿볼 수 있다. 레스보스와 스파르타에서는
아테나이에서보다 여성들이 더 많은 행동의 자유를 누렸다.[9] 그들은
남성들과 공공 장소에서 함께 어울릴 수 있었으며 특히 스파르타에
서는 소년들과 소녀들이 함께 운동 경기를 벌이기도 했다. 그러나
우리는 여기서 여성 동성애에 대한 가장 강한 증거를 발견한다. 이
것은 여성의 동성애 관계가 남녀의 분리에 의해 일어난 현상이 아니
며, 그것 자체의 적극적인 동기와 장점을 가졌다는 것을 말한다.

기원전 7세기 말엽에 지어진 알크만의 「파르테네이온」의 시구로부
터 우리는, 사포의 것과 꼭 같지는 않았지만 스파르타에서도 유사한
여성들의 교제가 있었다는 것을 알 수 있다. 이 시에서 소녀들의 코
러스가 헤게시코라와 태양에 비유되는 아기도를 찬양한다. 그리고
코러스는 계속 노래한다.

> 아이네심브로타의 집으로 가서 말하지 마라.
> "아스타피스를 나에게로 오게 해 주세요.
> 피릴라로 하여금 나를 바라보게 하세요.
> 다마레타 그리고 사랑스러운 비안테미스를 내놓으세요."
> 그러나 하게시코라가 나의 마음을 아프게 하네.
>
> ——「파르테네이온」(73-77)

아이네심브로타는 코러스 소녀들 중의 하나가 아니며 코러스를 위

---

9) 스파르타의 여성들의 삶에 관해서는 "Spartan Wives: Liberation or Licence?" *CQ*
31(1981), 84-105쪽 참조.

해 소녀들을 훈련시키는 자다. 왜냐하면 그녀의 집은 누군가가 아스타피스, 피릴라, 다마레타, 비안테미스 혹은 하게시코라, 다시 말해서 코러스 소녀들 중의 하나를 발견하기를 원한다면 그가 가야 할 장소이기 때문이다. 이와 같이 아이네심브로타는 축제를 위해 어린 소녀들을 훈련시키는 종교적인 단체를 운영하는 여성이었다. 우리는 그녀의 집에서, 사포의 집에서와 같이 어린 소녀들이 또한 시를 짓는 법을 배웠는지는 알 수 없다. 그러나 이것은 확실히 소녀들이 공동의 관심사를 위해 함께 모이고 그리고 그 속에서 서로 애정 관계를 가질 수 있는 스파르타에 있는 여성들의 서클을 엿볼 수 있게 해준다. "하게시코라가 나의 마음을 아프게 하네." 이 문장은 확실히 에로틱한 함축을 가진다. 그녀의 미모가 그렇게 찬양되는 소녀가 그녀의 미모를 찬양하는 바로 그 여자의 마음을 아프게 하는 것은 '사랑' 이외에는 다른 이유가 있을 수 없기 때문이다. 아리스토파네스는 「구름」에서 같은 에로틱한 의미로 '잔인한apenes'이라는 단어를 사용하고 있다.(「구름」 974) 에로스 자신이 전통적으로 잔인하고 무자비한 세력이듯이, 소년의 신체의 어떤 부분을 바라보는 것은 그의 연인들에게는 고통스럽다는 것을 의미한다. 이와 같이 「파르테네이온」에서도 여성들 사이의 동성애적 애정 관계의 분위기를 직관할 수 있다. 플루타르코스는 영웅전 「뤼쿠르고스」에서 스파르타에서는 훌륭하고 품위 있는 여성들이 소녀들과의 사랑에 빠지며 이러한 종류의 사랑은 스파르타인들 사이에 인정되고 있다고 기록하고 있다.(「뤼쿠르고스」 XIII. 4) '훌륭하고 품위 있는 여성'에 대한 강조는 여성들 사이의 동성애적 관계가 스파르타 사회에서 저속하거나 비천한 것으로 여겨지지 않고 오히려 존경 속에서 행해졌다는 사실을 반영한다.

사포는 귀족 가문에 속했으며[10] 사포가 운영한 서클 또한 상류 계

급에 속했음이 틀림없다. 바다를 건너 사포에게 올 수 있었던 소녀
들은 여행 경비와 생활비를 제공할 수 있고 딸들이 가정을 위해 일
할 필요가 없는, 많은 여자 노예들을 거느리고 있는 부유한 가정의
딸들이었다. 사포가 노래하는 동성애의 시들은, 그녀의 서클에서 함
께 생활하며 사포가 노래와 춤과 시를 가르친 제자들과의 사이에서
일어난 사랑에 대한 것이다. 따라서 여성들 사이의 에로스도, 남성
들의 경우와 마찬가지로, 상류 계층의 귀족 가문의 여성들 사이에서
일어난 현상이었다고 볼 수 있다.

사포는 그녀 주위에 있는 소녀들을 '나의 친구들'이라고 부른다.
(fr. 160)

    나는 지금 나의 친구들을 즐겁게 하기 위해
    이 노래들을 아름답게 부르겠노라.

친구들을 의미하는 그리스어 '헤타이라hetaira'가 후기에는 남성
들의 첩, 정부 혹은 창녀를 지칭하는 다른 의미를 가졌지만, 이 시기
에는 이 단어가 그러한 의미를 지니지 않았으며, 단지 '아주 친밀한
친구' 혹은 '친한 벗'을 의미했다. 어린 소녀들과 사포의 관계는 스
승과 제자 사이처럼 권위적이지 않았으며, 오히려 연상의 여인과 그
녀의 어린 친구들 사이에 이루어지는 다정한 관계였다. 헤타이라라
는 단어는 또한 '사랑하는 자' 혹은 '연인'에게도 적용된다.(fr. 126)

    네가 너의 부드러운 연인(헤타이라)의 가슴에 기대어 자기를.

---

10) 아테나이오스(X. 425a)에 따르면 사포의 남동생 라리코스가 시청에서 행한 포도주를
    따르는 직책은 고귀한 신분과 미모의 소년에게 허용되었다고 한다.

이 상황에서 '헤타이라'는 단순한 친구가 아니라 사랑하는 사람을 의미한다. 여성 동성애적 관계의 묘사에서 우리는 남성들 사이에서 사랑하는 자를 의미하는 '에라스테스erastes'와 사랑받는 자를 의미하는 '에로메노스eromenos'에 동등한 어떤 용어도 발견할 수 없다. 양쪽 파트너는 같은 단어, 즉 '헤타이라'로 불린다. 여기에는 사랑하는 자와 사랑을 받는 자 사이의 구별이 없으며, 오히려 같은 사람이 동시에 사랑하는 주체이며 사랑을 받는 대상이 된다.

더욱이 연장자인 에라스테스가 연소자인 에로메노스를 부를 때 사용한 어린아이를 의미하는 '파이스pais'라는 단어는 여성 동성애의 나이 어린 파트너에 적용되지 않는다. 사포는 한 시에서 미성숙한 어린아이를 '파이스'라고 부른다. (fr. 49)

나는 너를 사랑하고 있었지. 아티스, 오래전부터.
그때 너는 나에게 자그마하고 우아함이 결여된
어린아이로 보였었지.

여기서 '파이스'(어린아이)는 사포가 사랑한 소녀들 중의 하나인 아티스에게 적용되었다. 그러나 '파이스'라는 단어는 그때 그녀가 사포의 연인이었다는 것을 의미하지 않으며, 그때는 너무나 어리고 미성숙해서 여성적인 우아함을 지닐 수 없는 단계에 있었다는 것을 의미한다. 이 시기에 아티스는 사포의 사랑을 이해할 수도 사포에게 사랑으로 보답할 수도 없었다. 아티스가 사포의 애정을 충분히 이해할 수 있을 정도로 성숙했을 때, 그녀는 더 이상 '파이스'라고 불리지 않고 '헤타이라'들 중의 하나로 불린다. 이와 같이 여성의 동성애 관계는 지배적인 연상의 파트너와 어리고 순종하는 '파이스' 사이의 관계가 아니라, 오히려 상호 동등한 애정을 나눌 수 있는 친구들 사

이에 이루어졌다

사포는 자신의 이름을 그녀의 시 속에 포함시키고 있으며, 이것은 그녀가 가상적인 상황이 아니라 어린 소녀들과 나눈 그녀 자신의 사랑을 노래하고 있다는 것을 말해 준다. 사포의 소녀들에 대한 사랑의 시는 그녀의 가장 깊은 가슴의 심연으로부터의 고백들이며 다른 여성을 사랑하고 있는 한 여성이 경험하는 환희와 슬픔을 드러내 보이고 있다. 어린 소녀들과의 사포의 사랑은 항상 달콤하고 행복하지만은 않았으며 거기에는 슬픔과 고통이 수반되었다. 그녀가 한 시에서 사랑을 달콤하면서 쓴 저항할 수 없는 존재라고 부르듯이. (fr. 132)

　　또다시 사지를 나른하게 하는 에로스가
　　나의 온몸을 전율케 하는구나.
　　달콤하면서도 쓴 저항할 수 없는 존재여.

사랑은 그 자체 속에 모순되는 감정들을 내포하는 아이러니컬한 실체다. 이 사랑은 사포를 축복받는 불멸의 신의 세계로 들어 올리기도 하고 사랑을 얻지 못한 좌절감으로 그녀를 비탄에 잠기게도 한다. 사포가 특히 사랑했던 아티스는 그녀를 떠났으며 사포의 경쟁자이며 유사한 소녀들의 서클을 운영하는 안드로메다에게로 전향했다. fr. 131에서 사포는 사랑하는 소녀를 잃은 실망과 슬픔을 울부짖는다.

　　아티스, 이제는 나에 대한 생각이
　　너에게 증오스러워졌구나.
　　그래서 너는 안드로메다에게로 날아가 버리는구나.

우리가 fr. 49에서 이미 보았듯이, 사포는 이 아티스를 그녀가 사포의 사랑을 인식하기 오래전부터 사랑했었다. 그녀가 그토록 사랑하는 아티스를 다른 여성에게 빼앗기는 것은, 그녀의 정열이 강했던만큼, 아주 고통스럽고 견딜 수 없는 사건이었을 것이다. 사포는 때때로 사랑의 힘에 의해 전율한다.(fr. 47)

> 사랑이 나의 가슴을 뒤흔들어 놓았구나.
> 마치 산 위의 참나무를 뒤흔드는 바람같이.

때로는 그녀의 가슴은 욕망으로 불타오른다.(fr. 48)

> 너는 왔고 나는 너를 갈구했었지.
> 그리고 너는 욕망으로 불타오르는 나의 가슴을 식혀 주었지.

사포는 시 속에서 그녀의 감정의 본질과 그것의 강도를 숨길 의도가 전혀 없으며 북받쳐 오르는 자신의 감정을 진술하고 생생하게 쏟아 붓고 있다. 한 여성이 다른 여성을 얼마나 사랑할 수 있는지를 보는 것은 정말 놀랍고 감탄할 만하다. 동성을 향한 사포의 사랑은 단순한 부드러운 애정이 아니라 가슴 찢는 고뇌로 점철된 아주 강렬한 정열이었다. 그녀의 쓰라린 울부짖음은 많은 고대인들을 감동시켰을 뿐만 아니라 여전히 그녀의 시를 읽는 자들의 가슴을 뭉클하게 한다.

사포와 그녀의 소녀들은 우아의 여신들, 카리테스Charites 속에 구현된 여성적인 아름다움을 추구했다. 젊음은 또한 이상적인 미를 위한 필수적인 요소였다. 그리고 꽃과 장신구로 장식하는 것은 여성의 아름다움과 우아함을 상승시키는 것으로 생각되었다. 꽃과 화환은 사포의 삶의 일부분이었으며, 그녀는 사실 어떤 형태의 아름다움이든, 자연의 미묘한 현상에까지 민감했다. 사포는 그녀가 가르치는 소녀들이 고상한 자태와 우아한 용모를 지니기를 원했다. 재능 있고 지적인 여성이 훌륭할 수도 있다. 그러나 그녀가 우아함을 지니지 못한다면, 그녀는 이상적인 여성 상이 될 수 없었다. 소녀들은 음악, 춤, 시를 통해 몸과 마음을 교화함으로써 자신들 속에 우아한 미를 심으려고 노력했다. 그들은 이 공동의 추구 속에서 온화하고 부드러운 여성적 삶의 방식을 가꾸어 나갔으며, 바로 이 여성적 상황 속에서 여성들 사이의 동성애적 감정이 일어나고 강화될 수 있었다. 도버는 그의 저서 『그리스 동성애』에서, 여성 코러스의 참여자들 사이의, 혹은 음악과 시에서 스승과 제자들 사이의 관계는, 남성 사회로부터의 여성의 분리와 단혼제로 인해 남자들로부터 그들에게 부인된 것을 그들 자신의 성으로부터 받는, 하나의 명백한 '하위-문화' 혹은 '반대-문화'를 형성하게 만들었다고 말한다.[11] 그러나 소녀들이 연상의 여성으로부터 배운 것은 그들이 남성의 집단에 허용되었다면 남성들로부터 얻을 수 있는 것이 아니었다. 반대로 소녀들은 소년들의 것과는 완전히 다른 그들 자신의 추구를 위해 함께 모였다. 사포의 서클이 성의 분리로부터 유래되었다는 것은 오해로서, 이 서클은 여성이 그녀의 지식을 같은 성을 지닌 젊은 세대에게 전수하기 위해 형성된 것이었다. 다른 여성에 대한 한 여성의 사랑은, 여성의 이상적인 상을 소유하고 있는 어떤 여성을 찬양하고 사랑함으로써 자신 속에 여성적 이상을 상승시키려는 열의를 반영한다. 지적이고 우아한 여성이 어린 소녀들로부터 애정을 불러일으키고 그리고 연상의 여인이 소녀의 젊음과 아름다움을 사랑하고 소중하게 여기는 것은 아주 자연스러운 일이었다. 더욱이 연상의 여인은 이상적인 여성적 아름다움을 열망하고 양육하려고 애쓰는 나이 어린 소녀에게 인도자

---

11) K. J. Dover, 앞의 책, 181쪽 참조.

가 되고 모델이 될 수 있었다. 이와 같이 여성들 사이의 에로스는 여성들이 그들 자신의 성에 대한 관심으로부터 그리고 그들 자신의 특성과 이상을 최고의 수준으로 발달시키려는 동기로부터 일어났다고 볼 수 있다.

사포의 동성애 시

기원전 1세기 당시 지성의 중심지였으며 그리스 영토였던 이집트의 알렉산드리아에 위치한 학문을 연구하는 기관, 무세이온Museion에서 학자들이 전해 내려오는 사포의 시들을 운율에 따라 아홉 권의 시집으로 만들었다. 그녀의 시들은 자신이 가르친 소녀들에 대한 애정과 추억을 그린 시, 이성에 대한 사랑을 읊은 시, 결혼 축가, 가족들에 대한 시, 청춘을 찬양하며 늙음을 비관하는 시, 죽음을 생각하는 시, 인생에 대한 사색을 담은 시 등 다양한 주제로 이루어졌다. 그러나 사포의 모든 작품을 알고 있는 당대의 작가들은 그녀 시의 대부분이 사랑을 노래한 것이라고 말한다. 사실 사랑은 그녀의 삶의 본질인 동시에 그녀의 시에서 가장 중요한 주제였으며, 사포는 대부분의 자신의 시를 아프로디테와 에로스에게 바쳤다. 특히 사포에게 있어서 이 세상에서 가장 아름다운 것은 청순하면서도 우아한 아름다움을 지닌 소녀의 모습이었으며, 이 '소녀에 대한 사랑'이 그녀의 시의 핵심이었다고 해도 과언이 아니다. 아홉 권의 시집에 들어 있던 것들 중 유일하게 완전하게 보존된 시가 한 수 전해지고 있다. 롱기노스의 작품 「숭고미에 대하여」에 인용되어 보존된 「아프로디테에게 드리는 기도」(fr. 1)가 바로 그것이다.

아프로디테에게 드리는 기도

화려한 왕좌에 앉은 불멸의 아프로디테,
계략을 짜는 제우스의 따님이시여,
내가 그대에게 간청하오. 여신이시여,
고통과 번민으로 내 가슴을 짓누르지 마소서.

이리로 오소서. 과거에 언젠가
당신께서 멀리서 내 목소리를 들으시고
마차에 멍에를 메고
아버지의 황금 궁전을 떠나 왔듯이.

아름답고 날쌘 참새들이
재빠르게 날개를 저으며
창공을 통해 하늘로부터
검은 대지로 당신을 데려왔지요.

오, 축복받은 자시여. 당신은
당신의 불멸의 얼굴에 미소를 지으며 물었지요.
이번엔 또다시 무슨 일이 일어났느냐고.
그리고 왜 또다시 당신을 부르느냐고.

그리고 나의 미친 가슴속에서
내가 가장 갈망하고 있는 것이 무엇인지를.
"너를 네가 사랑하는 자에게로 인도하기 위해
이번에는 또다시 누구를 설득할까?

오 사포여, 누가 너에게 잘못하고 있느냐?

지금은 그녀가 달아난다 할지라도
곧 너를 뒤쫓게 되리라.
그녀가 선물을 받지 않을지라도
곧 너에게 선물을 주게 되리라.
그녀가 사랑하지 않는다 할지라도
곧 너를 사랑하게 되리라.
그녀의 의지에 반해서조차."

이제 다시 나에게 오시어
짓누르는 고뇌로부터 나를 구원해 주소서.
나의 가슴이 이루기를 갈구하는 모든 것을
성취시키소서. 그리고 당신 자신이
나의 동료-투사가 되소서.

사포는 자신이 사랑하고 있는 소녀로부터 애정을 얻지 못하자 그녀의 수호신이며 사랑의 여신인 아프로디테에게 이루어지지 않는 사랑의 고뇌와 번민으로부터 자신을 구원해 줄 것을 호소한다. 사포는 이 시에서 신에게 기원하는 것으로 시작해서 신에게 제공된 봉사 혹은 이전의 경우에 신이 숭배자에게 제공한 봉사를 상기시키며, 마지막으로 현재 상황에 대한 도움을 요청하는 것으로 끝맺는 기도의 전통적인 형식을 사용한다.[12]

사포는 이전에 어떻게 아프로디테가 참새들이 이끄는 마차를 타고

---

12) 이러한 기도 형식은 호메로스의 「일리아스」에 나오는 디오메데스의 기도(V. 115-117: X. 284ff)에서도 볼 수 있다.

내려와서 자기를 도와주었는지를 기억하고 있다. 그리고 사포는 어떻게 아프로디테가 그녀에게 무슨 문제가 생겼는지를 물었고, 그리고 어떻게 여신이 사포가 갈망하는 것을 성취시켜 주겠다고 약속했는지를 기억한다. '또다시'를 여러 번 반복하는 것은 사포가 이전에 꽤 여러 번 같은 상황에 있었으며, 각 경우에 도움을 바라는 그녀의 기도가 성취되었다는 것을 의미한다. 사포가 도움을 여러 번 요청했었는데도, 아프로디테는 전혀 귀찮게 여기거나 화를 내지 않았으며, 불멸의 얼굴에 미소까지 지으며 '또다시'를 세 번이나 반복할 정도로 관대했다. 아프로디테는 미소 짓는다. 이 여신이 '웃음을 사랑하는'이라는 형용어구가 붙어 있는 호메로스의 아프로디테이기 때문이 아니라, 사포가 요청할 때마다 도움을 제공할 준비가 되어 있을 정도로 사포를 좋아하고 있기 때문이다. 이와 같이 숭배자 사포와 여신 아프로디테 사이에는 사적인 관계가 형성되어 있다. 그리고 사포는 아프로디테가 현재 상황에서 또다시 조력자가 될 것이라는 것을 확신한다.

사포는 아프로디테의 특성을 '화려한 왕좌에 앉은', '불멸의', '계략을 짜는'이라는 형용사들로 묘사한다. 그녀는 아프로디테의 권능에 무지하지 않다. 아프로디테가 앉아 있는 눈부시게 화려한 왕좌는 인간들을 꿈과 환희로 그리고 이 세상을 넘어선 영역, 즉 불멸의 경험으로 인도할 수 있는 아프로디테의 눈부신 광휘를 내포한다. 아프로디테의 불멸성은 단지 여신으로서의 그녀의 권능을 확인시킬 뿐만 아니라, 여신의 숭배자를 사랑을 통해 한순간만이라도 불멸하게 만들 수 있는 그녀의 능력을 시사한다. 사포는 이것이 아프로디테의 '속임수'에 의해 행해질 수 있다는 것을 너무나 잘 알고 있다. 아프로디테의 능력은, 그녀가 숭배자를 행복하게도 비참하게도 만들 수 있다는 의미에서 역설적이다. 사랑은 사랑하는 자에게 축복과 환희를 부여할 뿐만 아니라 그녀를 고통과 고뇌의 심연으로 이끌 수 있으며, 그 숭배자를 파멸시키기까지 한다. 그러나 사포는 그녀의 상황에 대해 혹은 그녀의 수호신을 향해 부정적이지 않다. 왜냐하면 그녀는 매 경우에 여신의 미소로 인해 아프로디테의 기꺼운 의지에 대한 확신을 갖기 때문이다.

22-28행에 서술된 사포에 대한 아프로디테의 이전의 약속은 여성 동성애의 특성을 이해하기 위해 중요한 의의를 갖는다. 이 약속—"지금은 그녀가 달아날지라도 곧 너를 뒤쫓게 되리라. 그녀가 선물을 받지 않을지라도 곧 선물을 주게 되리라. 그녀가 사랑하지 않는다 할지라도 곧 너를 사랑하게 되리라. 그녀의 의지에 반해서조차."—은 사실 사포가 갈망하는 것이다. 왜냐하면 아프로디테는 사포의 마음을 읽고 이 답변을 주었기 때문이다. 그녀의 미친 가슴속에서 가장 갈망하는 것을 이루게 해 주겠다고. 달아나고 추적하고 선물을 주는 것은 어떤 종류의 애정 관계에서도 볼 수 있는 일반적인 요소들이다. 사포는 아프로디테에게 그녀가 추적에서 성공하고 다른 파트너를 압도하도록 도와 달라고 요청하는 것이 아니라, 그녀가 지금은 원하지 않더라도 결국에는 자발적으로 사포에게 다가오도록 해 달라고 간청한다. 남성 동성애의 경우에서는 마치 사냥꾼이 먹이를 생포하듯이, 지배적인 연장자가 다른 파트너를 압도하고 정복할 때까지 젊은 에로메노스를 열렬히 추적한다. 그러나 여성 동성애의 관계에서는 지배적인 파트너와 종속적인 파트너 사이의 구별이 없어진다. 나이 어린 파트너도 상호 관계를 수립하기 위해 자발적으로 추적하고 선물을 줄 것이기 때문이다. 이와 같이 사포는 그녀의 애정 관계에서 오로지 지배적인 역할을 행하기를 원하지 않으며 그녀가 사랑하는 소녀로부터 보답적인 사랑을 원한다. 여성은 다른 소녀를 단지 취함으로써만 만족을 얻을 수 없으며 다른 파트너가 자발적으

로 올 때에만 기쁨을 느낄 수 있기 때문이다. 나이 많은 여성이 그렇게 열성적이지 않을 경우, 나이 어린 여성이 어떤 사랑의 징표를 제공함으로써 관계를 먼저 시도할 수 있다. 남성 동성애에서는 비난되는 요소, 즉 나이 어린 파트너가 연상의 파트너의 관심을 끌기 위해 먼저 시도하는 것은 여성들의 관계에서는 상당히 자연스럽다.

한편 어떤 학자들은 '동료-투사'라는 단어에 대해 너무나 많은 중요성을 부여함으로써, 그리고 사포의 시 속에 들어 있는 호메로스적인 언급들을 지적함으로써, 사포가 그녀 자신을 '용사'라고 생각하며 그녀의 애정 관계를 일종의 '전쟁'으로 생각하고 있다고 주장한다.[13] 사포가 많은 이미지와 어휘를 「일리아스」로부터 빌려 오기는 하지만 사포는 사실 완전히 다른 상황을 묘사하고 있다. 그리고 그녀는 자신의 사랑이 호메로스에 의해 묘사된 실제 전쟁과는 아주 다르다는 것을 안다. 신이나 여신을 '동료-투사'로 호소하는 것은 문학 작품 속에서 상당히 일반적이다. 이것은 어떤 상황에서의 '조력자'를 의미한다. 도움이 필요한 자는 누구나 일종의 투쟁을 요하는 상태에 있기 때문이다. 전쟁의 유일한 목표는 상대편을 패배시키는 것이며, 패배자가 있을 때에만 승리자가 있다. 다른 파트너를 정복하고 패배시키는 것이 사포의 목표가 아니다. 사포는 그녀의 애정의 대상으로부터 사랑을 얻었다고 해서 그녀의 정복을 자랑하지 않을 것이다. 사포가 추구하는 것은 타협이다. 선물의 교환과 함께 동등한 기반에 근거하여 양 파트너에 의해 합의된 일종의 평화 조약이다. 설득의 여신, 페이토Peitho가 사포를 위해 행할 것이 바로 이것

---

13) 리스먼L. Rissman은 사포의 시들을 호메로스의 「일리아스」에 묘사된 상황과 비교하면서 이 이론을 증명하기 위해 『사랑의 전쟁 *Love as War : Homeric allusion in the poetry of Sappho*』이라는 책을 썼다. 그러나 사포가 호메로스로부터 받은 영향을 추적하는 것과 두 작가에 의해 묘사된 장면을 동일시하는 것을 별개의 문제다. 사포는 전통적인 시적 용어를 사용하면서 자신의 독창적인 시적 세계를 창조하고 있다.

이다. 사포에게 있어서 사랑은 전쟁의 영역이라기보다 오히려 수사학과 설득의 영역에 놓여 있다. 경쟁적인 투쟁으로서의 사랑(그리스 남성 동성애 관계에서 우리가 보는 관점)은 여성 동성애의 애정 관계에서는 존재하지 않는다. 페이토와 함께 아프로디테가, 사포가 사랑하는 소녀를 그녀에게로 인도하기 위해 사포에게 '동맹자'가 될 것이다. 여기에는 공격적이거나 투쟁적인 양상이 내포되지 않으며 완전히 여성의 세계에 속하는 부드러움과 미묘함이 존재할 뿐이다. 사랑의 이 수사학적인 양상을 사포의 다음 시(fr. 16)에서 또한 볼 수 있다.

아나크토리아를 그리며

어떤 자들은 잘 정열된 기병대가
어떤 자들은 보병들의 행진이
또 어떤 자들은 일련의 함대가
검은 대지 위에서 가장 아름다운 것이라고 말하네.
그러나 나는 그것이 무엇이든지
어떤 자가 사랑하는 것이
이 세상에서 가장 아름다운 것이라고 말하고 싶다네.

이것을 모든 사람들이 이해하게 만드는 것은
아주 쉬운 일이지. 아름다움에 있어서
모든 사람들을 훨씬 능가하는 헬레네조차
그녀의 고귀한 남편을 저버리고
자식이나 부모에 대한 생각조차 잊어버린 채
트로이아로 배를 타고 떠나갔지 않은가.

〔아프로디테가〕 그녀를 유혹했기 때문이지.

……

나 또한 사랑의 전율에 가슴 설레며
멀리 떠나가 버린 아나크토리아를 그리워하네.
그녀의 사랑스러운 걸음걸이와 눈부신 광채로
빛나는 얼굴을 잘 정열된 뤼디아의 마차들이나
보병들보다 나는 더 열렬히 보기를 원한다네.

……

이 시는 구조적으로는 세 부분으로 나뉠 수 있다. 일반적인 진술, 실례, 그리고 사포 자신의 경우. 첫 연에서 사포는 지상에서 가장 아름다운 것은 무엇이든지 한 개인이 욕망하는 것이라고 말함으로써 사포는 개별적인 것들 속에 제시된 사고를 일반화한다. 어떤 자가 이 세상에서 가장 아름다운 것이 잘 정열된 기병대라고, 어떤 자는 보병들의 행군이 그리고 어떤 자는 한 무리의 함대라고 말하지만, 사포의 의견으로는 이것들 각각은 단지 그 특수한 대상을 갈망하는 각 개인에게만 참되다. 사포는 가장 아름다운 것의 주제에 대해서, 모든 자에게 절대적으로 아름다운 것은 아무것도 없으며 각 개인이 판단에 대한 그 자신의 범주를 가지고 있다는 상대주의적 견해를 제시한다. "무엇이든지 어떤 자가 사랑하는 것"——이 구절에는 미묘함이 들어 있다. 여기서 사포는 가치에 대한 상대주의적 관점을 표현할 뿐만 아니라 또한 에로스의 수사학적 권능을 주장한다. 사랑은 그의 사랑의 대상이 이 세상에서 가장 아름다운 것이라고 믿도록 사랑하는 자의 마음을 설득하고 기만하는 세력을 지닌다. 에로스의 힘은 사실 청중의 마음을 설득하고 기만할 수 있는 수사학에서의 로고스의 힘과도 같다. 왜냐하면 로고스는 가장 작고 미세한 존재로서 가장 신적인 것을 성취시키는 위대한 군주이기 때문이다.[14] 자신의 입장을 증명하기 위해서 사포는, 아프로디테에 의해 기만되어 그녀의 고귀한 남편과 자식과 부모를 저버리면서까지 그녀가 인식한 아름다움을 추구한 헬레네를 소개한다.[15] 사포는 스스로의 길을 선택한 한 개인으로 그녀의 용기와 결단을 찬양하기 위해 헬레네를 묘사하지 않는다. 사포는 오히려 에로스의 능력에 의해 기만당한 극단적인 예로서 헬레네를 묘사하고 있다. 우리는 14행에 있는 "그녀를 유혹했기 때문이지."의 주어가 무엇인지 모른다. 사포는 사랑하는 사람을 따라가도록 헬레네의 마음을 설득하고 기만한 자가 아프로디테였다는 것을 의미하는 것 같다. 이 사고는 「아프로디테에게 드리는 기도」에서 아프로디테의 특성을 묘사하는 형용사 '계략을 짜는'과 잘 조화된다. 이와 같이 사포는 헬레네의 예로써 그 헬레네의 사랑을 정당화하기보다는 아프로디테의 매혹적이고 기만적인 능력을 강조하고 있다.

헬레네의 에피소드는 지금 사포에게 멀리 떨어져 있고 그녀가 열렬히 보고 싶어 하는 사포의 사랑하는 소녀 아나크토리아를 상기시킨다. 사포는 뤼디아의 마차들이나 보병들보다 그녀의 사랑스러운 걸음걸이와 눈부신 광채로 빛나는 얼굴이 더 보고 싶다고 말한다. '사랑스러운'이라는 단어는 사포가 이미 에로스의 권능에 의해 매료되었으며, 아나크토리아가 이 세상에서 가장 아름다운 존재라고 믿도록 설득되었다는 것을 의미한다. 한편 사포의 마차와 보병에 대한

---

14) 고르기아스, 「헬레네를 위한 찬사」(Diels. fr. 11) 참조.

15) J. Winkler, "Private and Public in Sappho's Lyrics," H. Foley, ed., *Reflections of women in Antiquity*(New York, 1981), 72쪽. 여기서 사포가 헬레네의 경우를 제시하는 것은 가장 아름다운 것이 어디로 인도하든지 간에 그것을 욕망하고 추구하는 것이 옳다는 것을 증명하기 위해서라고 말한다. 그러나 헬레네의 행위가 옳으나 옳지 않느냐는 사포의 관심사가 아니며, 여기서 사포가 보이려는 것은 사랑의 위대한 '힘'이다.

언급은 우리들을 다시 첫 연으로 돌아가게 만든다. 거기서 사포는
이것들이 어떤 사람들에게는 가장 갈망되는 대상들이라는 것을 인정
했다. 첫 연에 언급된 개별적인 것들은 모두 전쟁과 관련된 것들이
며 따라서 남성들에 의해 욕망되는 것들이다. 그러나 끝 부분에서
전쟁에 필요한 항목들보다 사랑하는 소녀를 더 선호한다고 말하면
서, 사포는 남성과 여성의 두 가지 가치 체계를 대조시키고 있다. 사
포가 살던 아르카익 시대에, 귀족 출신 남성들의 삶의 목표는 호전
적인 용맹성을 추구하는 것이었으며, 그들은 자신의 탁월함(아레테)
을 주로 전쟁터에서 입증했다. 사포는 이러한 남성의 가치 체계에
도전하며 남성들에게 그만큼 그리고 더 가치 있는 다른 것들이 있음
을 상기시킨다. 남성과 여성은 각각 다른 역할을 담당하기 때문에
남성의 가치 체계가 여성에게 부과될 수 없으며, 또 남성은 여성의
삶이, 각자가 자신의 기호를 가지듯이 그 자체의 장점을 가진다는
것을 인정해야 한다는 것이다. 마차와 보병들보다 그녀가 사랑하는
소녀에 대한 사포의 선호는 여성의 세계는 폭력이나 공격의 세계가
아니라 사랑의 세계라는 것을 나타낸다. 더욱이 여기에는 파괴적인
전쟁을 좋아하고 상대편을 패배시키고 파멸시킴으로써만 자신의 아
레테를 입증하고자 하는 남성들에 대한 어떤 풍자가 내포되어 있다.
사포가 시의 첫 부분에서 전쟁이 욕망의 대상이 될 수 있다는 것을
인정하고 있기는 하지만, 지금 그녀는 평화스러운 사랑이 파괴적인
전쟁보다 훨씬 더 매력적이라고 주장한다.

　　질투

　　그는 한 인간이지만
　　나에게는 신과 같이 보이는구나.

너를 마주하고 앉아
너의 달콤한 목소리와 사랑스러운 웃음소리를
듣고 있는 그 사람.
그 목소리와 웃음소리는 한때 진실로
나의 가슴을 전율케 했었지.

이제 잠시 너를 흘끗 훔쳐볼 때
나는 더 이상 말을 할 수가 없고
내 혀는 굳어 버리네.
뜨거운 불길이 나의 살갗 밑을
휩쓸며 지나고
내 눈에는 아무것도 보이지 않네.
그러곤 귀조차 멍해져 버리는구나.

차가운 땀이 쏟아져 내리며
공포의 전율이 나의 온몸을 사로잡고,
나는 마른 잔디보다 더 창백해지며
죽음 가까이 다다름을 느낀다네.

하지만 이 모든 것을
나는 견뎌 내야만 해.
……

　이 시(fr. 31)를 이해하기 위해서는 무엇보다도 이 시의 상황을 이
해하는 것이 아주 중요하다. 첫 연의 "나에게는…… 보이는구나."는
분명히 사포 자신의 시각을 언급하고 있다. 그러므로 한 남자가 실

제로 소녀와 마주 보고 앉아 있다는 것을 가정해야 한다. 그러나 사포는 그들과의 대화에 참여하고 있지 않다. 그녀는 외부인이며, 아마도 군중 속에서 한 남자와 함께 있는 소녀를 멀리서 바라보고 있는 듯하다. 한편 '신과 같은'과 유사한 문구를 사포의 다른 시들, 특히 결혼 축가에서 볼 수 있다. 한 시(fr. 44)에서 신랑 헥토르가 '신과 같은 자'라고 불리고, 또 한 시(fr. 111)에서는 신랑이 '아레스와 같은' 자라고 표현되어 있으며, 또 다른 시(fr. 112)에 나타나는 '축복받은 신랑'이라는 표현도 이것과 아주 다르지 않다. 이와 같이 사포는 자주 신랑을 신들과 비교하며, 소녀와 마주 보고 앉아 있는 남자 또한 그 소녀의 '미래의 남편'일 가능성이 많다. 그리고 아마도 이날은 결혼식 날이기 쉽다. 왜냐하면 사포는 특별한 경우를 위해 초대받지 않는 한 그 소녀의 '약혼자'를 볼 기회가 거의 없기 때문이다. 왜 그 남자가 신과 동등하다고 묘사되었는지에 대해서 많은 논란이 있었다. 그가 신과 같은 용모를 지녔기 때문에, 다시 말해서 그가 미남이기 때문에, 혹은 그가 초인적인 힘을 가졌기 때문에, 혹은 사포가 경험하는 감정적 징후들을 겪지 않고 그가 소녀를 마주할 수 있기 때문에, 혹은 사포가 경쟁에서 그 남자와 상대가 될 수 없기 때문에, 혹은 그 소녀의 사랑을 얻어 행복하기 때문에 등등. 그러나 우리가 여기에 언급된 남자가 신랑이라는 것을 받아들인다면, 사포가 그를 신에 비유하는 것은 그의 축복과 행복을 강조한다는 것이 꽤 명백하다. 그는 어떤 다른 신랑과 같은 만큼만 신들에 동등하게 보이는 것이 아니라, 특히 지금의 사포에게 그렇게 보인다. 왜냐하면 그는 사포가 여전히 사랑하고 소중히 여기는 사포의 연인을 얻었기 때문이다. 그래서 사포는 그를 신들과 동등한 것으로 묘사하면서 또한 그의 행복을 8행 이하에 묘사되어 있는 자신의 비참함과 대조시킨다.

이 시의 나머지를 이해하기 위한 결정적인 단어는, 다른 모든 동사들이 현재 상황을 묘사하는 현재 혹은 현재완료 시제인 데 반하여 이 시에서 유일하게 단순과거 시제인, 7행에 나오는 '전율케 했었지 eptoaisen'이다. 대부분의 학자들은 이 단어를 현재 상황을 묘사하는 것으로 해석하며, 그럼으로써 8행 이하에 묘사된 감정적 징후들을 이 단어에 반영된 감정의 부연적인 설명으로 해석한다. 그러나 이 단어는 그리스어로 분명히 과거 시제며 따라서 과거의 감정을 묘사하고 있다.[16] 사실 사포는 두 가지 유형의 감정적 경험들, 다시 말해서 과거의 감정과 현재의 감정을 대조시키고 있다.[17] 과거에 사포와 사랑하는 소녀가 에로틱한 관계를 가졌을 때, 지금 다른 남자가 즐기고 있는 그 소녀의 달콤한 목소리와 사랑스러운 웃음소리는 진실로 사포의 가슴을 기쁨으로 전율케 했다. 그러나 지금 한순간 그녀의 신랑과 함께 있는 소녀를 바라볼 때, 사포는 이전의 감정과 완전히 다른 감정을 경험한다. 그녀의 모든 감각들은 정상적으로 기능하지 않는다. 식은땀이 흘러내리고 마른 잔디보다 더 창백해지며 그리고 마침내는 죽음 직전에 이른다. 이 징후들 속에는, 사포가 이전에 사랑하는 소녀와 함께 애정을 나누었을 때 경험했던 기쁨으로 충만한 행복감은 존재하지 않는다. 단지 그녀의 전신을 압도하는 '공포의 전율'[18]만이 있을 뿐이다. 죽음에 대한 언급은 확실히 사포가 환

---

16) 이것은 필자의 박사학위 논문에서 밝힌 바 있다. 시 속에서 특수한 용법으로 단순과거 aorist가 현재의 상황을 묘사할 수도 있겠지만, 단순과거 시제를 현재로 보는 것보다 과거의 경험으로 볼 때 이 시의 의미가 더욱 명확해진다.

17) 리스먼은 단순과거 시제를 현재의 상황을 묘사하는 것으로 그리고 6행의 '때'를 '때마다'라고 번역함으로써 6행 이하에 기술된 감정을 과거의 경험으로 보고 있다. 과거 시제가 현재의 상황을 그리고 현재와 현재완료 시제를 과거의 경험으로 보는 것 또한 옳지 않다.

18) 우리말로 적절한 표현을 찾지 못해 고심했다. 어쨌든 이것은 기쁨의 감정도 아니고 슬픔의 감정도 아니며 두려움보다도 더 강한 감정으로서 사랑하는 사람을 영원히 잃

희의 상황이 아니라 절망과 좌절의 상황에 있다는 것을 말한다. 이 시는, 사포가 그 소녀와 애정 관계에 있지 않다면 그녀가 그러한 징후들을 경험할 수 없다는 의미에서 사랑의 시다. 그러나 이것은 어떤 종류의 사랑인가? 이것은 더 이상 성취될 수 없는 불가능하고 절망적인 사랑이다. 사포는 사랑하는 소녀가 언젠가 결혼을 위해 그녀를 떠날 것이라는 것을 너무나 잘 알고 있었으며 바로 지금이 그 시각이다. 단념의 한숨이 있다. 그녀는 스스로에게 말한다. "하지만 이 모든 것을 나는 견뎌 내야만 해."라고. 사포에게 있어서 사랑하는 소녀를 영원히 잃는다는 것은 정말 견딜 수 없는 일이다. 사포가 느끼는 '공포의 전율'은 소녀에 대한 사랑과 정열이 컸던 만큼 그녀의 전신을 압도한다. 그러나 사포는 그 현실을 받아들이고 그녀의 미래의 행복을 위해 소녀를 떠나 보낼 준비가 되어 있다. 이것은 사포가 사랑하는 소녀의 달콤한 목소리와 사랑스러운 웃음소리를 지금 즐기고 있는 그 남자가 그녀의 남편이라는 것을 재확인시킨다. 그렇지 않다면, 사포는 사랑하는 소녀를 쉽게 포기하지 않을 것이며, 오히려 그녀의 수호신, 아프로디테에게 호소함으로써 소녀를 되돌려 받으려고 노력할 것이다. 사포는 그렇게 할 의도를 전혀 보이지 않으며, 소녀의 불성실함에 대해 그녀를 비난하지도 않는다. 단지 한숨만이 있을 뿐이다. 단념의 한숨. 왜냐하면 사포는 이것이 그러해야만 한다는 것을 알기 때문이다.

이와 같이 「질투」는 절망적인 상황에서 사포가 경험하는 개인적인 감정과 육체적 징후들을 표현하고 있는 아주 사적인 시다. 이 시의 첫 줄이 결혼 축가와 어떤 유사성을 지니고 있지만, 그리고 거기 언급된 남자가 신랑이기는 하지만 이것은 결혼식에서 부르도록 의도된

게 된다는 생각이 머리를 스칠 때, 그 순간의 절망적인 감정을 의미한다. 경험이 있는 사람들에게는 이해가 되리라 믿는다.

축가가 아니다.[19] 그리고 이것은 신부와 신랑을 위한 찬사의 시도 아니다. 이 시는 자신이 사랑하는 소녀를 영원히 잃게 된다는 생각이 그녀를 '위협'했을 때 경험했던 무서운 감정적 경험에 대한 사포의 고백이다. 사포는 그 순간을 회상하며 후에 다시 그녀의 동료들에게 이 시를 노래할 수도 있다. 그러나 이 시는, 그 경험이 그녀 자신의 것이듯이 완전히 사포의 사적인 세계에 속한다.

이별

……
나는 정말 죽고만 싶구나.
그녀는 많은 눈물을 흘리며 나를 떠났고
이렇게 말했었지.
"아, 우리에게 어떤 불행한 일이 닥쳤나요.
사포여, 나는 정말 어쩔 수 없이 당신을 떠납니다."

나는 그녀에게 이렇게 대답했지.
"안녕, 잘 가거라. 그리고 나를 기억해 다오.
너는 우리가 너를 얼마나 아꼈는지 알지 않니.
그렇지 않다면, 우리가 함께 나누었던 즐거운 시간들을
너에게 상기시켜 주고 싶구나…….

---

19) 이 시를 결혼 축가로 보는 학자들도 있다. 그러나 사포가 사랑하는 소녀를 위한 결혼 축가에서 죽음을 언급한다는 것은 믿을 수 없는 일이다. 사포가 결혼 축가를 짓기를 원했다면 그녀는 오히려 소녀의 행복을 위해 자신의 감정을 감추었을 것이다. fr. 94에 묘사된 이별의 장면에서 사포가 비통한 자신의 감정을 숨기고 오히려 침착하고 안정된 것으로 가장했듯이.

너는 내 곁에서 제비꽃과 장미꽃으로
엮어 만든 화환을 머리에 얹었지.
그리고 너의 부드러운 목에 아름다운
꽃으로 만든 목걸이를 걸었었지…….

여왕에게 어울리는 향기로운 향유를
몸에 바르고, 너는 부드러운 침대에서
욕망을 충족시켰지.

우리가 함께 가 보지 않은 사원이 없었고
함께 가 보지 않은 숲이 없었지.
우리가 함께 추어 보지 않은 춤이 없었고
함께 불러 보지 않은 노래가 없었지.”
……

이 시(fr. 94)의 첫 줄에 나타나는 죽음에 대한 언급은 우리들에게
「질투」를 상기시킬 뿐만 아니라, 사포가 또 하나의 다른 감정적인 고
뇌를 표현하고 있다는 것을 말해 준다. 「질투」에서와 같이 이 시 속
에는 현재의 고통과 지나간 좋은 시절 사이의 대조가 있다. 그러나
시적 구조는 정반대다. 「질투」에서는 과거의 기쁨으로 가득한 전율
에 대한 간략한 묘사 뒤에 현재의 고뇌에 대한 긴 묘사가 뒤따른다.
반면 「이별」에서는 현재의 고뇌에 대한 간략한 묘사 뒤에 사포가 사
랑하는 소녀에게 기억하기를 바라는 지나간 행복한 순간들에 대한
긴 묘사가 뒤따른다. 이 시에서 사포는 사랑하는 소녀가 울면서 자
신의 의지에 반해 사포를 떠나는 것을 애통해하는 슬픈 이별의 장면
을 그리고 있다. 이것은 사포와 소녀가 어떤 외부적인 조건에 의해

헤어져야 한다는 것을 시사한다. 아마도 소녀의 부모들이 그녀가 결혼할 나이가 되었을 때 그들의 딸을 부른 것 같다. 소녀가 떠날 때 사포는 오히려 침착했으며, 작별 인사를 하고 사랑하는 소녀에게 그들이 함께 나누었던 과거의 행복한 순간들을 상기시킬 만큼 충분히 이성적이었다. 사포는 사실 자신의 슬픔을 생각할 여유를 갖지 못했다. 그녀는 성숙한 여인으로서 슬픔으로 타격받은 소녀를 위로해야만 했기 때문이다. 그러나 지금(아마도 그날 저녁) 그 순간을 회상할 때, 그녀는 자신의 슬픔이 사랑하는 소녀의 슬픔보다 더 크다는 것을 고백한다. 지금 사포가 겪는 모든 슬픔, 고통, 고뇌가 한 줄에 압축되어 있다. "나는 정말 죽고만 싶구나." 사포와 소녀가 여전히 서로 사랑하고 있기는 하지만, 그들은 영속적인 관계를 가질 수 없으며, 가져서도 안 된다는 것을 알고 있다.[20] 결혼과 함께 소녀는 새로운 사회적 역할을 담당하게 되며, 그리스 사회에서 동성애 관계는 결혼 전의 젊은이들에 의해 향유되었기 때문이다. 남성의 동성애적 관계에서는 소년의 턱에 수염이 자라기 시작할 때 그 소년을 저버리는 자가 일반적으로 에라스테스다. 그러나 여성의 동성애 관계에서는 한 파트너의 결혼이 그들의 애정 관계를 끝맺게 한다. 이와 같이 여성 동성애의 관계도, 남성의 경우와 마찬가지로 결혼을 반대하지 않는다. 오히려 이러한 종류의 사랑은 여성들이 훌륭한 부인과 어머니가 되기 위해 그들의 여성적 특성들을 계발하려고 노력하는 분위기 속에서 일어났다.

「이별」 속에서 우리는 「아프로디테에게 드리는 기도」에서 사포가

---

20) 사포가 '결혼'이라는 합당한 이유로 그녀를 떠나는 소녀를 결코 비난하지 않는다는 점으로 미루어 보아, 사포는 사랑하는 소녀와 영속적인 관계를 추구하지 않았다는 것을 알 수 있다. 사포의 이러한 태도는, 동성애 관계가 결혼 전의 젊은이들에 의해 향유된 사랑의 한 유형이었던 당시 그리스 사회의 풍습을 반영한다.

갈구했던 상호적인 관계가 이루어진 것을 볼 수 있으며, 또한 사랑하는 여성들이 공동의 경험 속에서 무엇을 즐겼는지를 엿볼 수 있다. 소녀가 사포를 기억하고 그리고 꽃으로 화환을 만들고 사원과 숲을 찾아다니며 음악의 선율에 맞추어 춤을 추고 노래를 부르면서 그들이 함께 나누었던 행복한 순간들을 기억하는 것이 사포가 이별하는 소녀에게 바라는 유일한 소망이다. 그들이 함께 경험했던 이 모든 것들은 한 여성이 다른 여성과만이 즐길 수 있는 것들이다. 이와 같이 서로에 대한 그들의 사랑은 남성에 대한 대용물로서가 아니라 여성으로서 다른 여성 속에 구현된 여성성을 사랑하고자 하는 욕망으로부터 초래되었다. 사실 그들이 나눈 아름다운 경험들은 남성이 참여할 수 없는 여성의 세계에 속한다. 사포는 또한 사랑하는 소녀에게 그들이 함께 즐겼던 육체적인 즐거움을 상기시키는 것을 잊지 않는다. "너는 부드러운 침대에서 욕망을 충족시켰지." 그러나 소녀가 자신의 욕망을 충족시켰는지 아니면 사포의 욕망을 충족시켰는지는 이 문맥에서 분명하지 않다. 사포가 여기서 한 파트너의 행위만을 묘사하고 있다 하더라도 이 시 속에 나타난 상호적인 관계에 비추어 볼 때 그들이 서로의 욕망을 충족시켰을 가능성이 크다. 서로서로의 보답적인 사랑은 여성 동성애에 있어서 필수적인 요소이기 때문이다. 스티거스는 「사포의 사적인 세계」라는 논문에서 "사포의 에로티시즘에 대한 감각은 여성의 생리학에, 성적 응답을 받고자 하는 충동 속에서 느껴지며, 그리고 여성은, 욕망이 상호적이지 않은 상황에서 어느 한쪽이 상대편을 공격적으로 '취할' 수 없다는 사실에 근거한다."고 말한다.[21] 연상의 파트너가 그들의 관계에서 상대적으로 지배적인 역할을 행한다 하더라도, 여성은 본성에 있어서 다른

---

21) E. Stigers, "Sappho's Private World," H. Foley, ed., *Reflections of Women in Antiquity*(NewYork, 1981), 54쪽 참조.

파트너로부터 애정을 받기를 갈망한다. 그러므로 여성의 동성애 관계는 상호적인 사랑 없이, 다시 말해서 단순히 상대편을 소유함으로써 형성될 수 없는 것이다.

「이별」은 사포와 사랑하는 소녀가 부드러운 애정은 물론 육체적 관계를 즐겼다는 것을 보여 준다. 우리는 또한 우리가 이미 본 fr. 126으로부터 그리고 다음 시(fr. 940)로부터 여성 동성애의 육체적인 양상을 엿볼 수 있다.

　고독

　달은 지고
　플레이아데스 성좌도 지고
　깊은 밤
　시간은 자꾸만 흐르는데
　나는 홀로 누워 있네.

이 시에서 사포는 밤에 그녀의 외로움을 고백한다. 사포는 사랑하는 소녀들과 함께 즐거워했던 추억들을 회상하면서, 그녀의 침대에서 잠을 이루지 못하고 뒤척이고 있다. 한편 어떤 학자들은 동성애에 대한 그들 자신의 편견 때문에 사포의 애정 관계의 육체적인 면을 부인하려 하며, 소녀들에 대한 그녀의 사랑이 순수하게 정신적이었다고 주장한다. 그들은 2세기의 철학자 튀레의 막시무스에 의해 묘사된 사포와 소크라테스의 비교를 지적한다.

　레즈비언 여자의 사랑…… 이것이 소크라테스의 사랑의 기술과 다를 바가 무엇인가? 이들 두 사람은 나에게는 그들 자신의 방식에 따라 사랑을 추구한 것으로 보이기 때문이다. 사포는 여성에 대한 사랑을 그리고 소크라테스는 남성에 대한 사랑을. 왜냐하면 이 두 사람은 많은 자들을 사랑했다고 말해지며 모든 아름다운 것들에 매료되었기 때문이다. 소크라테스에게 알키비아데스, 카르미데스, 파이드로스가 있었다면, 이 레스보스의 여인에게는 귀린나, 아티스, 아나크토리아가 있었다. 소크라테스에게 프로디코스, 고르기아스, 트라쉬마코스, 프로타고라스 같은 경쟁자가 있었다면, 사포에게는 고르고와 안드로메다가 있었다. 때로 그녀는 이들을 비난하며 반박하기도 하고, 때로는 소크라테스와 같이 반어법을 사용하기도 한다.

그러나 지금까지 우리가 살펴본 사포의 여성에 대한 사랑의 특징들로부터, 사포의 사랑의 방식이 소크라테스의 사랑의 방식과는 아주 다르다는 것을 알 수 있다. 사포와 소크라테스 사이의 유일한 유사성은 이들 두 사람은 그들 자신의 성의 육체적인 아름다움에 의해 마음이 움직여졌으며 그들의 연소자에게 인생의 스승의 역할을 했다는 것이다. 그러나 이들 두 사람의 차이점은 유사성보다 더 현저하다. 소크라테스는 젊은이들 속에 구현된 개별적인 미를 통해 절대적인 미를 추구한 반면 사포는 어떤 아름다운 것도 그것 자체로 받아들일 준비가 되어 있으며, 우리가 「아나크토리아를 그리며」에서 보았듯이, 미에 대한 상대적인 관점을 충분히 받아들이고 있다. 소크라테스는 소년들과의 어떤 육체적인 관계도 부인함으로써 소년들과의 정신적인 사랑을 추구했으며, 그의 사랑의 방식은 후에 '플라토닉한 사랑'으로 명명되었다. 반면 사포의 사랑은 자주 가슴을 찢는 고뇌와 고통이 수반된 아주 정열적인 사랑이었으며 그리고 육욕이 그녀의 애정 관계의 아주 중요한 한 부분으로서, 그녀가 추구한 것은 정신과 육체가 조화된 사랑이었다. 소크라테스가 절대적인 진리를 추구하며 젊은이들을 추상적인 이데아를 향한 사색적인 탐구로 인도한 반면, 사포는 실제 세계와 경험들을 노래하며, 음악, 춤, 시를 소녀들에게 가르치는 서정시인이었다. 소크라테스의 논적들은 그와는 다른 방식으로 가르치며 수사학에 전념한 소피스트들이었지만, 반면 사포의 경쟁자들은 오히려 전통적인 같은 분야에서의 경쟁자들이었다.

사포의 사적인 삶은 후세대들에 의해 항상 이해되지는 않았다. 많은 것들이 그녀를 찬양하면서 말해졌고 또한 많은 것들이 그녀에 반대하여 말해졌다. 같은 사실이 관찰자의 관점에 따라 좋게 혹은 나쁘게 말해질 수 있기 때문이다. 사포에 대한 첫 번째 확실한 공격은 기원전 5세기, 4세기 아테나이의 희극 작가들에 의해 행해졌다. 우리는 적어도 여섯 명의 희극 작가들(아메입시아스, 암피스, 안티파네스, 디필로스, 에피포스, 그리고 티모클레스)이 「사포」라고 불리는 희극을 썼다는 것을 안다. 이것들 중의 어느 것도 현존하지 않기 때문에, 사포가 어떻게 묘사되었는지 알 수 없다. 그러나 아테나이오스에 따르면 안티파네스는 사포를 수수께끼의 해설자로 묘사했으며(아테나이오스 X. 450e-451a), 디필로스는 그녀를 시인 아르킬로코스와 히포낙스의 정부로 묘사했다.(아테나이오스 XIII. 599d) 사포는 사실 그녀보다 한 세기 먼저 살았던 아르킬로코스나 그녀보다 한 세기 후에 살았던 히포낙스의 정부였을 수가 없다. 이 경우들에 비추어 판단해 본다면 희극 작가들은 사포를 결코 그녀가 아니었던 전혀 다른 인물로 만듦으로써 그녀를 조롱한 듯하다. 그렇다면 우리는 왜 아테나이의 희극 작가들이 사포를 조롱하고자 했는지를 생각해 보아야 할 것이다. 분명히 이것은 그녀의 동성애적 사랑 때문이 아니었다. 왜냐하면 여성의 동성애는 남성들의 관심을 거의 끌지 않았으며, 또 어떤 남성이나 여성이 동성에게 이끌린다는 사실을 그리스인들은 자연스러운 인간의 본성으로 받아들였기 때문이다. 그들의 비웃음의 이유는 사포의 큰 명성에 대한 그들의 질투 그리고 사포의 삶의 자유로운 방식에 대한 그들의 냉소적인 관점일 수 있다. '육신의 뮤즈'로 불리는 사포는 확실히 그들 희극 작가들보다 훨씬 더 큰 명성을 누렸다. 자신들이 여자보다 못하다는 생각은 그들의 심기를 불편하게 했음이 틀림없다. 한편 한 개인으로서 사포가 즐긴 자유롭고 충만한 삶은, 여성의 주된 역할이 단지 가정에서 부인의 역할을 행하는 것이라고 생각했던 아테나이 사회의 규범에 적합하지 못했다. 그래서 강한 개성을 지녔으며 자신의 삶의 방식(일반 아테나이 여성들의 삶과는 다른 방식)을 추구했던 이 위대한 여성 시인은 아마도 희극 작가들로부터 어떤 냉소적인 관점을 야기했는지 모른다.

현존하는 고대 그리스 작가들의 작품들로부터 사포의 동성애에 대한 어떤 언급도 들을 수 없다. 사포의 동성에 대한 사랑이 어떤 비판을 받기 시작한 것은 단지 로마 시대에 들어와서다. 2세기 말엽 혹은 3세기 초기의 것으로 추정되는 옥쉬린쿠스 파피루스(fr. 1)의 문서에, 어떤 자들에 의해 그녀의 삶의 방식이 비정상적이며 여성을 사랑한 여자라고 비난되었다고 기록되어 있다. 그러나 그녀의 작품들이 공중 도덕에 하나의 '위협'이라고 선포한 것은 로마 교회였다. 우리는 로마 주교의 지시 아래 두 번이나 그녀의 시들이 광장에서 불태워졌음을 전해 듣는다. 첫 번째는 4세기 말엽 나지안주스의 그레고리우스 아래서, 그리고 두 번째는 1073년 로마와 콘스탄티노플에서 그레고리우스 7세 아래서다.[22] 동성애 관계가 죄악이라는 기독교의 독단적인 관점은 특히 이러한 종류의 시들을 파기시켰다.

---

22) C. R. Haines, *Sappho*(New York, 1926), 5–6쪽 참조.

사포의 시를 읽는 우리들 중의 누구도 로마 교회의 잔인한 행위를 유감스럽게 생각하지 않을 수 없다. 현존하는 조각난 파편들로부터 우리는 고대인들뿐만 아니라 현대인들을 매혹하는 시인의 천재성을 엿볼 수 있기 때문이다. 사포의 시를 불태운 것이 이 세계에 도의를 수립하는 데 기여했다고는 아무도 말할 수 없을 것이다. 이와는 반대로 이것은 인류 역사의 엄청난 손실이다. 문학 작품으로서뿐만 아니라 인간의 본성에 대한 이해를 더 높일 수 있는 문서로서도. 사포의 시를 음미할 때 사포가 노래하는 '소녀에 대한 사랑'이 비천하다거나 상스럽다고 느끼게 하는 것은 사실 아무것도 없다. 오히려 사포의 내면 깊은 곳으로부터 우러나온 그 사랑은 순수하고 아름다운 시가 되어 있었다. 그녀는 자신의 가슴속에 일어나는 전율을 진솔하게 표현했고, 격렬하고 제어할 수 없는 열정을 그대로 시로 노래했던 것이다. 자유로운 사랑을 구가하며 정열적인 삶을 살다 간 사포, 사랑을 노래하며 사랑을 위해 살다가, 사랑을 위해 목숨을 바친 육신의 뮤즈, 사포를 위해 시돈의 안티파트로스가 읊은 비문을 되새겨 본다.

사포가 여기 누워 있노라. 아이올리스 땅에.
불멸의 뮤즈들과 함께 노래하는 육신의 뮤즈.
퀴프리스와 에로스가 함께 양육했던 자.
그녀와 함께 페이토는 영원한 노래의 화관을 엮었네.
헬라스의 기쁨이여, 그대에게 영광이 있으라.
오, 물레가락에 세 가닥의 실을 잣는 운명의 여신들이여,
왜 헬리콘의 뮤즈들을 위해 불멸의 선물을 창조해 낸
시인을 위해 영원한 생명의 실을 잣지 않으셨나이까?

── 「팔라티네 앤솔러지」(VII. 14)

참고 문헌

그리스 · 로마 문헌

Ailianos, *Miscellaneous History*.

Aischines, *Speech Against Timarchos*.

Aischylos, *Libation-Bearers*.

Alkaios, *Lyric Poems*.

Alkman, *Partheneion*.

Apolodoros, *Bibliotheca*.

Apuleius, *De Magina*.

Aristophanes, *Birds*.

————, *Clouds*.

————, *Frogs*.

————, *Thesmophoriazusae*.

Aristoteles, *Nicomachean Ethics*.

————, *On Sophistical Refutations*.

————, *Poetics*.

————, *Politics*.

————, *Art of Rhetoric*.

Athenaios, *Deipnosophistae*.

Cicero, *De Finibus Bonorum et Malorum*.

————, *Tusculanae Disputationes*.

Diodorus Siculus, *World History*.

Diogenes Laertios, *Lives of Ancient Philosophers*.

Epikuros, *Letter to Herodotos*.

————, *Letter to Menoikeos*.

————, *Principal Doctrines*.

Euripides, *Bacchae*.

————, *Wrath of Herakles*.

Eusebios, *Preparation of the Gospel*.

Gorgias, *Defence for Palamedes*.

————, *Encomium of Helene*.

————, *Epitaphios*.

————, *On the Nonexistent*.

Herodotos, *Histories*.

Hesiodos, *Theogonia*.

————, *Works and Days*.

Homeros, *Ilias*.

————, *Odysseia*.

Horatius, *Art of Poetry*.

————, *Epistles*.

Ibykos, *Fragments*.

Longinos, *On the Sublime*.

Lucretius, *De Rerum Natura*.

Marcus Aurelius, *Meditations*.

Nonnos, *Dionysiaca*.

Ovidius, *Metamorphoses*.

Pausanias, *Description of Greece*.

Philostratos, *Lives of the Sophists*.

Pindaros, *Nemean Odes*.

————, *Olympian Odes*.

————, *Fragments*.

Platon, *Gorgias*.

————, *Menon*.

————, *Phaidros*.

————, *Protagoras*.

————, *Republic*.

————, *Sophist*.

————, *Symposium*.

————, *Theaitetos*.

Plutarchos, *Amatorius*.

————, *Constitution of the Lace-
daemonians*.

————, *Lives of the Ten Orators*.

————, *Lykurgos*.

Sappho, *Lyric Poems*.

Seneca, *De Providentia*.

Sextus Empiricus, *Against Schoolmasters*.

————, *Pyrrhonism*.

Solon, *Elegies*.

Sophokles, *Oedipus the King*.

————, *Women of Trachis*.

Strabon, *Geography*.

Themistius, *Orationes*.

Theognis, *Elegies*.

Theokritos, *Idylls*.

Thukydides, *Peloponnesian Wars*.

Xenophon, *Hieron*.

————, *Oeconomicus*.

Commentary on Hermogenes.

Epigrammata Gaeca.

Palatine Anthology.

Suda.

일반 문헌

Adams, S. M., *Sophocles, the
Playwright*(Toronto, 1957).

Amos, H. D. & Lang G. P., *These
Were The Greeks* (Chester Springs,
1982).

Annas, J., *Hellenistic Philosophy of
Mind*(Berkeley, 1992).

Bailey, C., *The Greek Atomists and
Epicurus*(Oxford, 1928).

Bates, W. N., *Sophocles, Poet and
Dramatist*(New York, 1969).

Beattie, A. J., "Sappho Fr. 31,"
Mnemosyne. s.(1956), 103-111쪽.

Beck, F. A. G., *Greek Education*
(New York, 1964).

Benardete, S., *The Argument of the
Action: Essays on Greek Poetry and
Philosophy*(Chicago, 2000).

Boardman, J. & La Rocca, E., *Eros in
Greece*(London, 1978).

Bowra, C. M., *The Greek Experience*
(London, 1957).

————, *Sophoclean Tragedy*(Oxford,
1965).

Burkert, W., *Greek Religion* (Cambridge,
1985).

Burnet, J., *Greek Philosophy* (London,
1914).

Caldwell, R., *Hesiod's Theogony*
(Cambridge, 1987).

Cameron, A., "Sappho's Prayer to
Aphrodite," *HThR* 32(1939), 1-17쪽.

Castledge, P., "Spartan Wives:
Liberation or Licence?" *CQ* 31
(1981), 84-105쪽.

Clay, D., *Lucretius and Epicurus*
(New York, 1983).

Cole, A. T., "The Apology of
Protagoras," *YCS* xix(1966), 103-118쪽.

————, "The Relativism of Protagoras,"
YCS xxii(1972), 19-45쪽.

Cory, D. W. ed., *Homosexuality*
(New York, 1956).

Dawe, R. P. ed., *Sophocles: Oedipus
Rex*(Cambridge, 1982).

Devereux, G., "Greek Pseudo-
homosexuality and the 'Greek

374

Miracle,'" *Symbolae Osloenses* 42(1967), 69-92쪽.

————, "The Nature of Sappho's Seizure in Fr. 31 LP as Evidence of her Inversion," *CQ* 20(1970), 17-31쪽.

De Witt, W. N., *Epicurus and His Philosophy*(Minneapolis, 1954).

Dickinson, G. L., *The Greek View of Life*(New York, 1930).

Diels, H. & Kranz, W., *Fragmente der Vorsokratiker*(Zürich, 1952).

Diller, H., "Erwartung, Enttäuschung und Erfüllung in der griechischen Trag die," *Serta Aenipontana* 7/8(1962), 93-115쪽.

————, ed., *Sophokles, Wege der Forschung*(Darmstadt, 1967).

Dodds, E. R., *The Greeks and the Irrational*(Berkeley, 1951).

————, ed., *Euripides, Bacchae* (Oxford, 1977).

Dover, K. J., "Aristophanes' Speech in Plato' Symposium," *JHS* 86(1966), 41-45쪽.

————, "Classical Greek Attitudes to Sexual Behavior," *Arethusa* 6(1973), 59-73쪽.

————, "Eros and Nomos," *BICS* 11 (1964), 31-42쪽.

————, *Greek Homosexuality* (Cambridge, 1978).

————, *Greek Popular Morality in the Time of Plato and Aristotle* (Berkeley, 1974).

Easterling, P. E. & Knox, B. M. W. ed., *The Cambridge History of Classical Literature*(New York, 1966).

Ehrenberg, V., *From Solon to Socrates*(London, 1968).

————, *Sophocles and Pericles*(Oxford, 1954).

Festugiere, A. J., *Epicurus and His Gods*(London, 1969).

Flaceliere, R., *Love in Ancient Greece*(New York, 1962).

Foley, H. P. ed., *Reflections of Women in Antiquity*(New York, 1981).

Foucault, M., *The History of Sexuality*(New York, 1978).

Freud, S., *The Interpretation of Dreams*(New York, 1955).

Freeman, K., *Companion to the Pre-Socratic Philosophers*(Cambridge, 1966).

Gellie, G. H., *Sophocles: A Reading*(Carlton, 1972).

Giangrande, G., "Anacreon and the Lesbian Girl," *QUCC* 16 (1973), 129-133쪽.

Gill, C., *Personality in Greek Epic, Tragedy and Philosophy: The Self in Dialogue*(Oxford, 1998).

Golden, M., " Slavery and Homosexuality at Athens," *Phoenix* 38(1984), 308-324쪽.

Gomperz, T., *Greek Thinkers*(London, 1949).

Gould, J. P., "Law, Custom and Myth: Aspects of the Social Position of Women in Classical Athens," *JHS* 100(1980), 38-59쪽.

Gould, T. F., *Platonic Love*(London, 1963).

Gouldner, A., *The Hellenic World* (New York, 1969).

Grube, G. M. A., *The Greek and Roman Critics*(Toronto, 1968).

———— ed., *Aristotle on Poetry and*

Style(New York, 1958).

Guthrie, W. K. C., *The Greeks and Their Gods*(Boston, 1954).

――――, *The Sophists*(Cambridge, 1966).

Hallett, J., "Sappho and her Social Context," *Signs*(1979), 447–464쪽.

Hegel, G. W. F., *Lectures on the History of Philosophy*(London, 1892).

Heinimann, F., *Nomos and Physis*(Basel, 1945).

Henderson, J., *The Maculate Muse: Obscene Language in Attic Comedy*(New Haven, 1975).

Hussey, E., *The Presocratics*(Bristol, 1972).

Jung, C., *Psychology of the Unconscious*(New York, 1957).

Karavites, P., "Tradition, Scepticism and Sophocles' Political Career," *Klio* 58(1976), 359–365쪽.

Karlen, A., *Sexuality and Homosexuality* (London, 1971).

Kaufmann, W., *Tragedy and Philosophy*(New York, 1969).

Kerenyi, K., *The Gods of the Greeks*(New York, 1960).

――――, *The Heroes of the Greeks*(New York, 1959).

Kerferd, G. B., "Plato's Account of the Relativism of Protagoras," *DUJ* 42 (1949–1950), 20–26쪽.

――――, "Gorgias On Nature or That Which Is Not," *Phronesis* I(1951–56), 3–25쪽.

Kirk, G. S., *The Nature of Greek Myths*(New York, 1976).

Kirk, G. S. & Raven, J. E., *The Presocratic Philosophers* (Cambridge, 1957).

Kitto, H. D. F., *Greek Tragedy* (London, 1978).

――――, *Sophocles: Dramatist and Philosopher*(London, 1958).

――――, *The Greeks*(Baltimore, 1960).

Kirkwood, G., *A Study of Sophoclean Drama*(New York, 1958).

Klaich, D., *Women+Women*(New York, 1974).

Knox, B. M. W., *The Heroic Temper*(Berkeley, 1964).

Koniaris, G., "On Sappho Fr. 31 (LP)," *Philologus* 112(1968), 173–186쪽.

Kranz, W., *Untersuchungen zu Form und Gehalt der griechischen Tragödie*(Berlin, 1933).

Kroll, W., "Knabenliebe," *RE* 21(1921), 897–906쪽.

――――, "Lesbische Liebe," *RE* 23(1924), 2100–2102쪽.

Krook, D., *Elements of Tragedy* (London, 1969).

Lacey, W. K., *The Family in Classical Greece*(Ithaca, 1968).

Lagerborg, R., *Die platonische Liebe*(Leipzig, 1926).

Lefkowitz, M., "Critical Stereotypes and the Poetry of Sappho," *GRBS* 14(1973), 113–123쪽.

Lesky, A., *Greek Tragedy*(New York, 1978).

――――, *History of Greek Literature* (New York, 1966).

Licht, H., *Sexual Life in Ancient Greece*(New York, 1953).

Long, A. A., *Language and Thought in Sophocles*(London, 1968).

――――, *Hellenistic Philosophy: Stoics, Epicureans, Sceptics* (Berkeley,

1986).

Maffesoli, M. & Linse, C., *The Shadow of Dionysus: A Contribution to the Sociology of Orgy*(New York, 1993).

Marcade, J., *Eros Kalos*(Geneva, 1962).

Marcovich, M., "Sappho Fr. 31: Anxiety Attack or Love Declaration?," *CQ* 22(1972), 19–32쪽.

Marrou, H. I., *History of Education in Antiquity*(New York, 1956).

Marry, J. D., "Sappho and the Heroic Ideal," *Arethusa* 12(1979), 71–92쪽.

Merkelbach, R., "Sappho und ihr Kreis," *Philologus* 101(1957), 2–29쪽.

Moore, J., *Sophocles and Arete*(Cambridge, 1938).

Morford, M. P. O. & Lenardon R. J., *Classical Mythology*(New York, 1977).

Moser, S. & Kustas, G. L., "A Comment on the 'Relativism' of the Protagoras," *Phoenix* 20(1966), 111–115쪽.

Musurillo, H., *The Light and the Darkness: Studies in the Dramatic Poetry of Sophocles*(London, 1967).

Neumann, H., "Diotima's Concept of Love," *AJP* 86(1965), 33–57쪽.

Nichols, J. H., *Epicurean Political Philosophy*(New York, 1976).

Nicolai, W., "Sophokles und die griechische Ethik," *ZRGG* 31 (1979), 147–158쪽.

Notomi, N., *The Unity of Plato's Sophist: Between the Sophist and the Philosopher*(Cambridge, 1999).

Nygren, A, *Agape and Eros*(London, 1953).

Opelsten, J., *Sophocles and Greek Pessimism*(Amsterdam, 1952).

Otto, W. F., *Dionysus: Myth and Cult*(Dallas, 1986).

Page, D. L., *Alkman: the Partheneion*(Oxford, 1951).

————, *Sappho and Alcaeus*(Oxford, 1955).

Porter, J. I., *The Invention of Dionysus: An Essay on the Birth of Tragedy*(Stanford, 2000).

Reinhardt, K., *Sophocles*(New York, 1979).

Rissman, L., *Love as War: Homeric Allusion in the Poetry of Sappho*(Koenigstein/Ts, 1983).

Rist, J. M., *Epicurus: An Introduction*(Cambridge, 1972).

————, *Eros and Psyche*(Toronto, 1964).

Seale, D., *Vision and Stagecraft in Sophocles*(Chicago, 1982).

Segal, C., *Tragedy and Civilization* (Boston, 1981).

Segal, E. ed., *Greek Tragedy*(New York, 1983).

Sharples, R. W., *Stoics, Epicureans and Sceptics: An Introduction to Hellenistic Philosophy*(London, 1996).

Simon, E., *Festivals of Attica: an Archaeological Commentary*(Medison, 1983).

Singlair, T. A., "Protagoras and Others," Classen, C. J., *Sophistik*(Darmstadt, 1976), 67–94쪽.

Slater, P. E., *The Glory of Hera*(Boston, 1968).

Sprague, R. K. ed., *The Older Sophists*(South Carolina, 1972).

Stanley, K., "The Role of Aphrodite in Sappho Fr. 1," *GRBS* 17(1976), 305-321쪽.

Stigers, E. S., "Retreat from the Male: Catullus 62 and Sappho's Erotic Flowers," *Ramus* 6(1977), 83-102쪽.

Stradach, G. K., *The Philosophy of Epicurus*(Evanston, 1963).

Svenbro, J., "Sappho and Diomedes," *Museum Philologum Londoniense* 1(1975), 37-49쪽.

Taplin, O., *Greek Tragedy in Action*(Berkeley, 1979).

Taylor, A. E., *Epicurus*(New York, 1969).

Tripp, C. A., *The Homosexual Matrix*(New York, 1975).

Untersteiner, M., *The Sophists*(Oxford, 1954).

Versenyi, L., "Protagoras' Man-Measure Fragment," Classen, C. J., *Sophistik*(Darmstadt, 1976), 290-297쪽.

Vickers, B., *Towards Greek Tragedy* (New York, 1973).

Vlastos, G., "Protagoras," Classen, C. J., *Sophistik*(Darmstadt, 1976) 271-289쪽.

Waldock, A., *Sophocles the Dramatist* (Cambridge, 1966).

Webster, T., *An Introduction to Sophocles*(London, 1969).

West, D. J., *Homosexuality Re-examined*(London, 1977).

Westermarck, E., *The Origin and Development of the Moral Ideas*(London, 1906).

Whitman, C. H., *Sophocles: A Study of Heroic Humanism* (Cambridge, 1951).

Winnington-Ingram, R. P., *Sophocles* (Cambridge, 1980).

찾아보기

그리스 문화 산책

디오뉘소스의 열정에서 사포의 사랑까지

1판 1쇄 펴냄 • 2003년 9월 15일
1판 2쇄 펴냄 • 2006년 9월 1일

지은이 • 정혜신
편집인 • 장은수
발행인 • 박근섭
펴낸곳 • (주) 민음사

출판등록 • 1966. 5. 19. (제16-490호)
서울시 강남구 신사동 506 강남출판문화센터 5층 (135-887)
대표전화 515-2000 • 팩시밀리 515-2007
www.minumsa.com

값 13,000원

ISBN 89-374-2511-4   03800